严绍璗文集 卷二

严绍璗

比较文学研究

著

北京大学出版社
PEKING UNIVERSITY PRESS

严绍璗1940年生于上海市。北京大学教授,北京外国语大学荣誉教授。北京大学比较文学与比较文化研究所所长(1998—2014)、北京大学中文系学术委员会主任(1998—2014)、国际比较文学协会东亚研究委员会主席(2000—2004)、北京大学东方文学研究中心研究员、学术委员会主任(2010—2018)、中国比较文学学会副会长兼学术委员会主任,全国古籍整理与出版规划领导小组成员、国际中国文化研究学会名誉会长。日本京都大学、佛教大学、文部省国际日本文化研究中心客座教授。先后获得北京大学人文社科研究成果奖(多次)、亚洲太平洋出版协会(APPA)学术类图书金奖、北京市第十届哲学社会科学优秀成果一等奖、教育部第五届人文社会科学研究优秀成果一等奖、2010年获日本第二十三届"山片蟠桃奖",2015年获首届"中国比较文学终身成就奖",2016年获首届"国际中国文化研究终身成就奖"等。

2002年于奈良县

目录

我走上比较文学研究的文化历程 …………………………………… 1

"文化语境"与"变异体"以及文学的发生学 ………………………… 19

双边文化与多边文化研究的原典实证的观念与方法论 ……………… 31

在"比较文学"研究中创建具有自己民族特色的中国学派的构想 …… 52

民族文学研究中的比较文学研究空间 ………………………………… 55

确立关于表述"东亚文学"历史的更加真实的观念 ………………… 66

中外文学交流史:中国比较文学研究中的基础性学术 ………………… 74

文学与比较文学同在共存 ……………………………………………… 79

比较文学研究中的"文本细读"的体验 ……………………………… 83

文化的本体论性质与马克思的文化论序说 …………………………… 111

日本短歌歌型形成序说 ………………………………………………… 145

日本《竹取物语》的发生成研究 ……………………………………… 199

日本平安文坛上的中国文化 …………………………………………………… 229

论五山汉文学 ……………………………………………………………………… 247

日本古代"小说"的产生与中国文学的关联 …………………………………… 276

对"比较文学与世界文学专业"名称的质疑 …………………………………… 288

关于比较文学博士养成的浅见 …………………………………………………… 297

"严绍璗文集"总目录 …………………………………………………………… 305

我走上比较文学研究的文化历程[①]

谢天振、陈思和与宋炳辉三位先生主编"当代中国比较文学研究文库",旨在集合30余年来我国学界人士在比较文学研究领域中表述的多彩智慧,展现比较文学研究在中国学术界的实践与经验,既可为国人继续推进这一学术提供参考和提示,从而或许多少可以削弱一些在这个领域中"言必称希腊"的"无主体"状态;又可为中国学界与国际同行的对话建立起较成规模的研讨平台,展示中国话语的力量。此于人文学界实在是功德无量的事情。

2009年初春,"文库"主编之一宋炳辉先生来京告诉我这件事情,我感到很是振奋。炳辉告诉我,规划中邀约的单子上也列有我的文稿,则又感到受宠若惊。这倒不是故作虚伪,实在是我自己感到,在我50年的人文学术生涯中,特别是30余年来逐步走进比较文学研究领域,我的学术基础、学术起步与学术实践,与我们比较文学学术研究领域中大多数学者的状态,殊不一致。自己数十年来依凭兴趣与感悟,经常在几个学科的层面中融合操作。知我者誉我"融通",不知我者责我"越界"。炳辉兄至诚感人,热情可掬,他转达思和、天振二兄盛邀之

[①] 本文原载于《比较文学与文化"变异体"研究》,复旦大学出版社,2011年。

情,又是复旦大学出版社这样的知名学术机构刊出,我就被鼓励和被诱惑到这项很有意义的学术工作中来了。

综观世界华人学界从事比较文学研究的路径,大致有两种历程状态较为普遍。一种是在国别文化(中国或世界各国)的研究中,逐步接受了比较文学的基本学理,于是在不同的学术层次和层面中跃起而进入跨文化立场的比较文学研究;一种是在尚未形成自己的国别文化研究本位时,已经先行接受了比较文学的学理,直接进入这一领域。上述两大营垒虽然出发点不一,但几乎都是在学术的行程中受到欧美比较文学基本学理的洗礼而一步跃入这一学术殿堂的。我自己在这个领域中的行程,显得非常异类。直到现在使自己忐忑不安的是,至今我也没有接受过学界普遍认定的那种纯正学理的洗礼,却已经在这个神圣的祭坛上做起了弥撒,尽管当下学界有朋友对于我在30余年间以文本解析为基础而积累的关于跨文化研究的实践和经验,以文化变异体为核心提出的文本发生学论说,给了了不少的美誉,但也有些先生和朋友对我在学界的身份(假如有这样的"身份"标识的话)持有异见,没有一定之规。

一

回忆20世纪50年代末进入北京大学在中国语言文学系的古典文献专业读书,用今天学界最时髦话来说,受到的是很经典的国学教育,然而自己在一生的学术道路中却在不知不觉跌跌撞撞间竟然走到了被学术界称为最前沿学科的比较文学领域中了(假定自己走的这条道还叫作学术的话),不禁感慨良多。

回想50多年来自己的历程,不知是天性使然,还是先辈教导,或许二者兼而有之,自己从很年轻的时候开始,在最基础层面上接受最基础的国学教育的时候,常常有些"躁动不安"的质疑,例如我常常琢磨我们的中华民族文化与世界文明的总体进程究竟是什么关系?有时候又琢磨当时提倡的所谓古为今用究竟应该怎么个用法?自己的这些质疑埋在心底,却总想知道其所以然。学生时代依据教学大纲读到的书本,从《周易》《尚书》到儒学宗师孔老先生等诸子百家,由此延续数千年一直到浩如烟海的《皇清经解》,都是中国人编著的给中国人读的书；为我们讲授课程的先辈，皆是学界名师，当代在各种论坛上那些花里胡哨张扬妄说的专家学者岂能望其项背！像游国恩、林庚、冯钟芸、吴组缃诸先生讲授中国文学史，张政烺、田余庆、邓广铭诸先生讲授中国史，张岱年、冯友兰先生讲授中国哲学史和史料学，顾颉刚先生讲授中国经学史，魏建功先生讲授文字音韵训诂学，王重民先生讲授目录版本校勘学、王力、吉常宏先生讲授古代汉语，林涛、朱德熙先生讲授现代汉语，以及由郭沫若、吴晗、齐燕铭、侯仁之、席泽忠、向达、史树青、启功、阴法鲁诸先生组成的巨大阵容连续两年讲授中国文化史。他们皆是经纶满腹的天下名士。我等听诸位先生的讲授，妙趣横生，自己考试竟然门门得了"五分"。尽管学术氛围很是浓重，但诸位导师讲授的却还只是在中国范围内关于中国古文化的学识，自己心里的质疑时时作祟，挥之不去。时间稍长一些，与诸先生在私下的聊天中却似乎又慢慢明白了许多，原来诸位先辈导师在当时课堂上依照教学大纲的讲授与他们本身所具备的知识量其实是不相等的，他们满腹经纶好像只透露了一半似的，例如，专业主任魏建功先生与我们聊天，说他20世纪20年代在北大当学生，先师钱玄同使用的是瑞典学者高本汉（B.Karlgren）构拟的《切韵音系》作为教本来讲授汉语声韵学。魏先生被学术界定评为"架起了从传统的音韵学研究通向近代音韵学研究的桥梁"，他作为近代汉语音韵学的奠基者的学识表述以《古音系研究》为主要代表。我受好奇心驱使，于是找来此书阅读，想一明究竟，翻阅后则使我大受震动。①先生在大著中明确说："这十年中的情况（指20世纪20—30年代），我们音韵学的新建设现在才算有一点萌芽。想当初，十年前我听钱玄同先生讲的时候，他就拿高本汉的著作作为教材，同时说明他自己的主张。"我读到此段，便一时兴发查查高本汉的业绩如何，才知道原来他是20世纪初欧洲杰出的中国学家，擅长于汉语音韵训诂的研究。使我更加震惊的是，高本汉1889年出生，当时还是个不算年老的学人，但是在我国新文化运动中有卓著名望的骁将之一钱玄同先生，虽然年龄比高本汉还大两岁，却拿小弟的著作作为教本，可见前辈不居高视下，积极寻求新学问的气度。钱先生不仅把欧洲人关于对中国文化的研究引入自己的学问中，并且引导他的学生建立"中国文

---

① 魏建功：《古音系研究》，民国廿四年（1935），北京大学出版组；1996年中华书局重版，2001年收入《魏建功文集》第一卷，江苏教育出版社出版。

化的新视野"。再读魏先生的书，先生在自己的论说中对于极为丰厚的汉语语料的声韵学阐述，除了以自我的思辨提纯我国传统的研究观念和方法论之外，还遵循他导师的轨迹，高度重视欧洲由沙畹（Chavannes）、伯希和（Pelliot）等在《通报》上发表的有关Sinology的相关阐释，特别是由伯希和与马伯乐（H. Maspero）所做的关于汉语古音的构定，并且追踪由艾约瑟（Edkins）、薛力赫（G. Schlegel）、武尔坡齐利（Volpicelli）、商克（S. H. Schaank）和佛尔克（A. Forke）等学者提出的主张。原来被我们这等学生视为非常枯燥和封闭的汉语音韵学，在欧洲学界竟然有这么多的学者关心，并且创造出如此热闹的世界；而被人指责为"封建余孽"的魏建功先生，竟然在20世纪30年代就在自己的学术领域中，具有如此宽阔的学术视野，真是为我等后人打开了一个偌大的视窗[1]。恰好当时，我用一学期的时间，修完了北大规定的两年半的英语，魏先生就对我说："你再去读点日文吧，日本人搞了我们很多东西，将来总归要有人来清理的。"[2]于是，我就边上日文课，边阅读一些日文的中国学著作，记得上《史记》课的时候，我就尝试翻译日本学者撰著的《司马迁生卒年考》，感觉到其对中国学术的表述真的还有一种新天地。于是便寻思这个Sinology或许就是我们中国文化与世界连接的一种通道吧？

  一个人一生中的道路在冥冥之中或许可能真的与机运有些联系。1964年由于

---

[1]　魏建功（1901—1980）先生，江苏人氏，1919年入北京大学预科英文班，1921年入北大中国文学系，师从陈独秀、胡适、钱玄同、刘半农诸先生，1926年被聘任为北京大学教师，自助教至教授。1935年刊出《古音系研究》，1946年受国民政府委派，出任台湾省行政长官公署国语推行委员会主任，在台湾建立"国语电台"，创办《国语日报》，在公务系统、教育系统等行业中禁止日本语，推行国语，其功绩彪炳千古。同年出任新建立的台湾大学中文系第一任主任。1948年末回大陆，于1949年3月出任北京大学中国语言文学系第一任主任，1951年出任新华辞书社社长，主编《新华词典》。1956年被评为中国科学院哲学社会科学学部首届学部委员（院士），1959年受高等教育部委派在北京大学筹建中国第一个"古典文献专业"，出任专业主任，1962年被任命为北京大学副校长。详见严绍璗等编辑的《魏建功文选》"前言"北京大学出版社，2010年。

[2]　对中文系学生强调外语外文教育，是北大人文学术的一贯传统。记得1971年7月我从江西"五七干校"回来，在北大未名湖边碰到了老系主任杨晦先生，他当时还是未被摘帽的"反革命修正主义分子"，在向我打听了干校的一些情况后，突然问我："你那个日文丢了没有？英文也不要丢，别看现在没有用，外文这东西，将来一定会派上用的！"杨先生瘦小的身躯中燃烧的是对民族文化复兴的希望，是对一个青年教师未来成长的希望。一个中文系的主任，在艰难的时刻，教导他的学生不要丢掉外国语文，因为将来可以"派上用场"，这是何等的胸怀！何等的眼光！我就是被他们领上学术之路的众人之一。

当时国务院副秘书长齐燕铭先生在与学界数位先生协商后，希望把由1948年被我人民解放军在解放北京的过程中在京西美国燕京大学封存的"帝国主义文化侵略机构"即"燕京—哈佛学社"的档案进行拆封登录，"看看有哪些对我们文化建设还是有用的"，他要求北大安排一两个年轻助教，趁着原来的中方老人还在，让他们做些指导，好好地做起来。经过北大谨慎研讨，出身"黑类"的严绍璗被留校作为助教从事此项工作。现在想来，齐燕铭先生作为国家高级领导成员，大概是想对"燕京—哈佛学社"实施"解禁"，似乎希望以此为一个突破口，拓展中国文化研究的世界性眼光。但是，这个工作我实际上只做了不到两个月，齐先生就被毛泽东主席指定为"反革命修正主义分子"，由他规划的人文学术在一个角落里的整顿、重组和复兴被阻断了。但对于我来说，齐先生虽然不幸被监禁了，但Sinology这个概念，却与我学生时代朦胧的感觉相契合，由此在我心中播下了努力探索中国文化与世界连接的学术性种子，开辟了一生的道路。

二

当我稍稍深入日本中国学的内涵的时候，逐步感知所谓国际中国学的研究情况原来是非常诡谲和复杂的。就说近代日本东京大学的儒学研究吧。20世纪初期两位同时代的著名学者井上哲次郎（1855—1944）和白鸟库吉（1865—1942）作为这一特定时期最杰出的学者，在儒学的表述中具有完全对立的观念。井上哲次郎自1891年以阐释明治天皇的《教育敕语》作为进入儒学阐释的起步，倡导以近代语义阐释儒学，他把儒学的核心"孝悌忠信"诠释为"爱国主义"，构建成为近代日本国民的基本道德纲目，由此开创了日本的"国家主义儒学观"。白鸟库吉则以1909年发表《支那①古传说之研究》为起点，介入儒学阐释，在日本文化

---

① 近代有些日本人以"支那"称呼中国，很多中国人，包括作者，对此感到不适和厌恶。直到日本战败，应中国代表团的要求，盟军最高司令部经调查，确认"支那"称谓含有蔑意，故于1946年责令日本外务省不再使用"支那"称呼中国，特别是在中华人民共和国成立后，日本才渐次放弃使用"支那"，改称"中国"。为了呈现历史事实和文献原貌，本书中涉及的经典文献史料中出现的"支那"、部分专有机构名称中的"支那"未作更改。

思想史上提出了著名的"尧舜禹抹煞论"。白鸟把孔子创导的尧舜禹三王政治指称为是物神崇拜的产物,完全由虚构组成,提出了中国历史是叠层累加而造成,由此引导日本学术界对中国先秦文献提出了近乎全面否定的质疑,构成"激进批判主义儒学观"。两种主流儒学观的对立,引起后世研究者诸多的困惑。

若从本质层面上考量日本的"国家主义儒学观"和"激进批判主义儒学观"的研究,他们与中国学者虽然面对共同的客体,然其表述的本质意义其实并不在一个学术框架之中,也就是说,他们的研究并不是我们中国学人研究国学的自然延伸。如果我们把这样的视野再作若干扩展,文化状态的表现也许会更加生动和深刻。18世纪欧洲启蒙时期的思想家如笛卡尔、莱布尼茨、沃尔夫、魁奈、伏尔泰和狄德罗等对华夏文化的研究,他们几乎都以阐发中国儒学非神信仰的理性道德为核心,并提纯为他们反对中世纪欧洲神学统治、创建近代理性社会的思想材料;然而几乎与此同时,东亚日本德川幕府时期的思想家,例如藤原惺窝、林罗山、了庵桂悟、中江藤树等的著作,也都是在儒学的道德层面展开论述,然其兴奋点却与欧洲启蒙思想家们迥异,他们强调例如阶位制的伦理学意义、忠诚信念的社会价值、以神儒合习作为文化本位的排他主义,以及以心读心的格物致知等,他们甚至把中国儒学中的所谓"理"或"心"的范畴,强调为"日本古已信仰的'神本体'的外化形态"。这样的儒学阐述成为德川幕府政权强化自我统治的意识形态的成分,因而在19世纪中期发生的明治维新的最初30年间,又成为日本维新思想家推进近代型思想革命的主要对象。但是,这个作为日本近代维新思想革命的对象,在20世纪初期却又有了新的形象,在20世纪日本儒学史上举办第一届祭孔大典的人士竟然是日本的军方,其创导者又竟然是甲午战争中的"黄海战役元凶"。此即1906年以日本陆军元帅、海军大将伊东佑亨与海军大将东乡平八郎为首,在东京北部的足利学校纠集了20余位日本将军,举行了日本近代史上第一次祭孔典礼,目的是将甲午海战和日俄战争的胜利告慰孔子。这位伊东元帅1895年时担任日本联合舰队司令,在中国威海卫附近丰岛冲打响了近代史上日本进攻中国的第一枪;这位东乡大将当时担任日本主力舰"浪速号"舰长,他指挥击沉了清朝北洋海军主力"高升号"。由他们开始的祭孔典礼不久即被由日本研究儒学的文人组成的"斯文会"接手,一直到1943年在美军轰炸中停止。依附于此种皇国主义本体上的学者在理论上阐述了军国主义的对华战争是"把真正的儒学送回中国是日本国民神圣的责任"的价值意义。日本军国主义者把孔子作为自己的战旗，发动了对孔子祖国的进攻。这种想来一定使孔子莫名惊诧的文化事态究竟缘何而能发生呢？

在同样的时间段中研究中国儒学，欧亚两地的阐述竟然是这样不同；同样在日本的近代进程中，前后40年间孔子的价值又竟然会如此自我对立，中国学术史上至今还无人探讨过此种文化怪相。我在逐步思考与摸索中开始明白，国际中国学研究表述的多元价值，经常与我们国学国人对同一主体的理解出现的差异相关，这种文化状态与研究的客体对象其实是没有关系的，差异是由于研究者文化出身与文化身份不同，从而在各自研究中隐含的哲学本体不同而造成的，而各种哲学本体则来源于生成这些研究的母体文化之中。正是研究者自持的母体哲学决定了研究者（当事者）对于中国文化（例如儒学）作出这样或那样的理解和阐述，也只有这样或那样的理解与阐释，才使得多元研究在各自的母体文化中具有相应的生命活力——或许这就是中国文化参与世界文明进程的形态。因此，如果要真正把握国际中国学的表述，理解它们的价值，仅仅依赖于自己的国学根基显然就是不够的了；至于期望外国人的研究能够与国人的观念想法契合，那就更加天真了！作为一个认真的学者，就必须在相当的层面中把握与理解养成他们各自的中国文化观的母体文化，从而在国际中国学研究中使自己具备对象国文化的基本素养，能够把握论说的本质，这就成为介入这一学术层面的必由之路了[①]。

三

或许正是这样的认知，无形的学术推力把我自己的学术进程又推进到了第三个层面中，即从基本的国学教育经由国际中国学的通途而试图进入对象国文化的养成研究中。世界文化的广阔丰厚使自己只能把这种养成放置于切实可行的范围内，我的能力远远达不到学界有些先生的文化高度，他们可以做环球世界文化

---

① 基于对Sinology内涵本质这样的理解，我逐步地认为，这一学术实际上是跨文化研究总体学术中的一个层面。

研究，自己虽然对此心存羡慕，但揣量自己实在是没有本钱来做这样的学问，于是把养成目标集中在中国的邻居日本身上。在学术界主张"国际化""世界化"的浪潮中，我想我们如果连自己的邻居的文化构成也没有摸清楚，就"言必称希腊"时间长了恐怕就会延误了"国际化"。至于说到"日本"这个课题，国人又有极为复杂的情感形态，不仅是学术界，似乎社会人士只要有人说到日本，就能说出个一二三来，它的被表述表现为高度的泛化。但依我30多年来对日本的透视，觉得我们对日本文化的哲学本体、内在构成、运行机制等等层面的把握，可能是世界上至今还不能把握到位的数种重要文化之一了。或许正是因为这样的状态，在日本汉学和日本中国学领域中，所谓的研究报告，大量的其实是拘泥于形态描摹，常常掐捏不到本体的咽喉。

在进入日本文化养成的过程中，碰到的最前沿的挑战不只是国人认知的泛化，而且也来自日本文化研究中被深深嵌入的以国粹主义为核心的文化孤独情绪。自中世纪以来，日本一部分贵族分子把其民族原始的多神信仰引向了意识形态和政治理念，阐释与强化了"日本为神国"的观念，把日本文化解释为"纯粹的日本产品"，强调只有日本人才能理解，才能享受，制造了日本文化是一种高纯粹的日本民族奢侈品的幻觉，遮蔽了其文化内在构成本相，其最深刻的目的在于试图握紧对日本文化阐述的话语权力，从而把对日本文化的诠释引向脱离世界文明总体语境的孤立主义与绝对主义，这种价值观念蔓延至今，并在当代日本学术界相当层面中仍然以非常近代性的形式表现出来。比如"海洋的日本文明论"，便是把日本文化与日本文明发展历史，阐释为与亚洲大陆文化的分离与对抗的历史，以表现日本文化的独特的优越性，其中就深含着极为顽固的关于日本文化发生的绝对主义和孤立主义精神倾向[①]。这样的文化思潮观，不仅长期误导了日本国民，而且对中国从事日本学研究的一些学者来说，往往会在缺乏科学的文化理论的状态中，误以为真，也拿来作为自己的日本文化观，从而遮蔽了中国

---

① 关于这一主题，可参见著者拙文《解析"海洋的日本文明论"的本质》，载于香港大学现代文化学院主编：*Multiculturalism and Japanese Studies in Asia and Oceania*，2009年；《日本古代文明的历史考察——与"海洋的日本文明论"史观的商讨》，载于《日本学》（第14辑），北京大学出版社，2008年；《对"海洋的日本文明论"的思考》，载于复旦大学亚洲研究中心：《迎接亚洲发展的新时代》，复旦大学出版社，2007年等论文。

人把握日本文化的智慧。

在近30年前,一个中国学者要表达自己真正独立的见解有时候并不容易。记得20世纪70年代末,我读到了日本文学史家西乡信纲的关于"日本文学与华夏文明的关系"的论述,他把这种关系表述为"学木乃伊的人自己也变成了木乃伊",我深不以为然,撰写成《日本古代小说的产生与中国文学的关联》一文,并致函北京大学《国外文学》编辑部[①]。编辑部同仁很高兴,说这是《国外文学》创刊以来收到的第一篇批评日本学者论说的文稿,言之成理,即可刊用。然后,不到一个月,他们又紧急给我送来书面通知,文曰:"绍鎏同志,本刊顾问审读了你的来稿,他不同意你的论说,本刊不能发表了,日前编辑部曾做承诺,谨致深深歉意。"我一时彷徨,编辑部提议我直接向顾问权威请教,看看是否有挽回的余地。于是,我就壮胆拜谒了顾问先生,先辈也很直爽,他问我:"你知道西乡信纲是谁吗?"我说:"不知道。"顾问说:"他是日本文学研究的权威,你现在指名道姓地批评他,日本人会以为中国是不是又要发动对日本文化的'大批判'了?"我这才知道自己是"在太岁头上动土"了,似乎触犯了什么行规似的,但我对权威的逻辑又有点茫然,当时我只是北大芸芸众生中一个普通的讲师,怎么会有能力发动对日本文化的"大批判"呢?正在不知所解的时候,先辈又说了一句有些奇诡的评语,他说"你在文章中佐证的材料很多,你在哪里弄到这么多的材料的?有些文献我们还不大知道哩,倒是驳不倒,可以说你材料很多,但你点名批评西乡是不对的!"虽然后来在编辑部诸先生的斡旋之下,我改成只批评观点不指名道姓,此文才刊登在北大《国外文学》1980年第2期上[②]。论文虽然被公刊了,但这一小小事件却提示我,在理解、把握与阐述日本文化与日本文学本相的学术进程中,年轻学人面对国内权威追随日本国粹主义的桎梏造成的局面可能是很严峻的;但同时在不经意中我还获得了另一个感悟,即尽管这种局面严峻,但权威们毕竟是学者,他们在最基本的层面中,还是能够感悟到确

---

① 西乡信纲文章见《日本文学史——日本文学的传统与创造》,佩珊译,人民文学出版社,1978年,第38页。此书原版系日本东京厚文社,1954年。

② 尽管30年前的这一次现场的博弈是十分残酷的,但自己一直在心里愧疚的是自己未能摆脱体制评价的诱惑和压力而做出的让步。眼下自己在某些层面上也可以对他人研究的"生死"起某种作用的时候,我总是告诫自己要反省30年前的这一现场,在学术领域中,坚持以追求真理为上,以表述事实本相为上,以多元共存为上。

切真实的基本材料所表现的力量,即人文学术必须用事实说话。几乎整个20世纪80—90年代的20年间,我就在日本中国学、日本文化与文学,以及日本藏汉籍几个相互关联的层面中学习与探索,走自己的路。

四

正当我在自我养成日本文化认知的道路上蹒跚而行的时候,季羡林、乐黛云诸先生都满怀热情地把我的学术兴趣以及由此发表的文稿称为"这就是比较文学!",这不仅使我受宠若惊,而且极大地提升了我的学术情趣。

其实,在20世纪70年代末,当比较文学刚刚在复兴的萌芽中时,我作为中国古文献专业的年轻教师已经对它萌生了兴趣,我觉得这个学科的主张,与我正在研讨的Sinology似乎有相似和相同之处,但又感觉它作为一门外国学问,自己只是仰之弥高。1980年追随乐先生编辑《国外鲁迅研究论集》(北京大学出版社,1981年),提供了三篇日本学者论文的翻译稿,乐先生去美国哈佛大学等访学三年,我就协助作些此书的出版事务。或许因为这个原因,1982年《读书》编辑部邀约我参加了由他们主持的6月28日在北京民族饭店举行的"比较文学的理论与实践"座谈会。参加座谈的有朱光潜、黄药眠、李健吾、周珏良、陈冰夷、杨周翰、李赋宁、季羡林八位学科耆宿,还有温儒敏、张隆溪和我三个后辈。这是我第一次参与学界这么重量级的学术聚会,深为感动。据说,这次聚会竟然成为上述"八老"最后的共同见面,《读书》真是做了一件天大的好事,为中国比较文学史留下了重彩的一笔。我在这个聚会上受先生们的鼓舞,怀着对这个学科的憧憬和热情,也大胆地说了些自己的感想,提出要创建比较文学的中国学派,这大概是我对中国未来这一学术发展的最原初的思索吧。现在想来老先生们大概会有"这个后生小子胆大妄为"的感觉。我后来想到这个发言,意识到自己还没有起码的实践和体验,竟然构想起学派来了,确实有些"混账"的状态,但激情倒也是真实的。由此我就觉得我与比较文学这个学科是同声相求的了。这一发言的内容可以作为我在精神层面真正思索比较文学学术的起步性标志。

比较文学研究与一切国别（或民族）文学研究虽然都被称为文学研究，但它们的介入点位却尽然不同——比较文学研究面对的是以丰富的多样性特征共存于世界的文学，与单一国家（单一民族）的文学有着巨大的差异，在这样一种存在巨大差异的大尺度文学格局中，研究者究竟应该以什么样的超越国别文学研究的观念、视角和方法进入自己预设的对象中进行运作从而提升对人类智慧的把握、理解和表述，便成为我经常的思虑。比较文学原理的著作都把比较文学学术划分为比较诗学和关系研究两大层面，这样的框架思维似乎已经成为经典型的学科构架。但我在逐步行进中，慢慢地对此产生了一些惆怅，总有些迷茫之感。一个困惑是尽管我把比较诗学作为这一学术的灵魂敬奉，但却又不明白它的存在是否如同人的灵魂依附于人体那样具有物质型的基础本源？另一个困惑是在文学关系研究中当我们致力于揭示一种文学内在具有的异质文化的元素时，其价值意义究竟有没有预设的终极目标？或许正是因为有这样的一些困惑，在这个学科中自己就常常处在既是兴奋，又不断地反省、挣扎和摸索。

我自己在对比较文学原理基本无知的状态中不经意地把研究场面转移到了这一学科中，茫然中，我在青年时代受到的关于中国文献学的基本训练和在中国特殊的"文化大革命"10年中获得的基本教训却在冥冥中发生着助推作用。前者就是相信人文学术研究一定要回归文本，把握住文本就是在学术海洋中抱住了"救生柱"，就不会沉没；后者就是人文学术研究必须恪守这一学术的基本的学术规范，保持学术跃动中的心定气静，不要把自己的学术兴趣被自己也闹不明白的一些时髦的鼓噪所诱惑。30年后回顾学术的踪迹，可以说自己也还算得上在进程中守贞求真了。

前述的《日本古代小说的产生与中国文学的关联》论文，开启了我自己对日本文学与文化的构成本相的探寻与阐述。当我开始有意识地把日本文化（也包括日本文学）作为解析的文本，而把它放置于学术的解剖台上的时候，逐渐地意会到它的内部组成的多元复合，我的眼前于是展现了文学文本内部构成的瑰丽世界①。无论是作为这个文化源头的神话体系,还是由此而发展形成的散文叙事和韵文咏唱,以及由这样的基本文学部类中不断生成的多样式文学作品,其内部构成几乎都超越了单一民族文化成分,而显得并不那样纯粹了。其实,一个中国学者,只要具备国学的基本训练、具备若干世界文化知识和近代文化学观念,三者综合在一起的话,他总可以从日本古代文化中体验出隐藏在它的整体形态内的亚洲大陆文化的元素,例如作为日本文化源头的"记纪神话"中便可以解析出诸如佛教的、华夏的、朝鲜半岛的、通古斯的,甚至是阿伊努的文化元素,至于近代日本文化,除了上述这些成分之外,当然还可以解析出欧洲、美洲和更多的非日本文化元素,即便是被诺贝尔文学奖评审委员会誉为"最典型地表现了日本文学的民族性"的日本诺贝尔奖得主川端康成的创作也不例外②。每一次在对文本的阅读中感悟到它可能存在的内部形态时,便会产生有点像侦探者接近本相的愉悦。我自己以跨文化视野观察到的这些内含多元文化元素的新文本,它们都具有从原发性文明的承传中脱出,在特定时空中与当时可能接触到的多形态文明在不同的层面上组合成的各种新文化形态的基本特征。这表明文学文本的建构,它们是一直处在混溶性动态之中的,静止的文化只是相对的。我在思索中徘徊,在徘徊中思索,反复再三,终于借用生命科学范畴内的概念,把在多元文化语境中构成的文学文本称之为"变异体"(variants)。1985年《中国比较文学》第1期发表了我的论文《日本"记纪神话"变异体的模式和形态及其与中国文化的关联》,此文可以看成是我构建这个概念的起步。在乐黛云先生的支持下,1987年,作为研究论述的阶段性总括,出版了我的《中日古代文学关系史稿》一书。

---

① 依我的见解,日本列岛自上古以来事实上先后至少存在过两大族群。在我国从《山海经》开始到4—5世纪典籍中记载的"倭""倭奴""毛人""虾夷"等实际上是一个称名"阿伊努 / AINU"的族群,他们是日本列岛已知的"原住民"(Proto - Japanese)。现在称为"大和"民族(YAMATO)的日本人群,大约是从公元前4世纪左右开始居住在亚洲东部(含华夏族与朝鲜半岛人群的先祖)、亚洲北部乌拉尔山脉之东信仰萨满教的通古斯人群、太平洋诸岛屿上北漂的人群共同组合成的"新人种"族群。1992年我参与了在日本北海道白老地区"阿伊努人生态"的调查,更加确信了这样的认识。本书中作为研究对象的日本文化是大和族的文化。拙著《中国文化在日本》,新华出版社,1993年,第一章"日本的发现"对这一命题有较为详细的阐发。

② 关于"记纪神话"中内含的多元文化成分的解析,可参见拙著《比较文学视野中的日本文化》(日文版)北京大学出版社,2004年,关于川端康成文学内含多元文化成分的解析,可参见我为周阅的《川端康成文学的文化学研究》所作的"序",北京大学出版社,2008年。

此书与普遍的《日本文学史》与《东方文学史》的表述不尽相同，我并不仅仅在日本文化中认知日本文化，从一开始我就把日本文化放置于我的知识量能够达到的跨日本文化的多元文化氛围中考察，自然就得到了与许多研究者不一样的体验和认知。

1994年11月7日，日本有关方面为纪念"京都建都1200周年"，明仁天皇在京都会见了6位外国的"日本文化研究家"，每人对话7分钟，我侧位其间。这是在1500余年间中日两国关系史上日本天皇第一次与中国大学教授进行直接当面对话，天皇说："先生研究日本文化，请问主要阅读哪些著作？"我回答道："要读的书很多，但我最有兴趣的是像《古事记》《万叶集》这样的日本文化的经典的文本。"天皇说："这些书对我们日本人来说是很重要的，但阅读也是很艰难的，先生阅读时感觉怎么样？"我说："作为构成日本文化与文学的最具有经典意义的文本，每次阅读都感觉到进入了一个充满美意识的世界。它们的古老和丰厚，造成了我们阅读中的困难。但是，《古事记》《万叶集》不仅是以日本本土文化而且是以东亚文化，其中包括中华文化以及人类共同的思维作为它们成书的广阔的文化语境，所以一个中国人阅读《古事记》《万叶集》，他可能在某些层面上可以超越日本国民读书的难处，并且获得一种独特的思考。"天皇说："的确是这样，我们日本文化一直得到中国文化的滋养，京都的建筑构思完全依照贵国的长安城。前年我访问了贵国，参观了长安，留下了非常深刻的记忆。先生到过长安吗？未来的21世纪对日本来说，是应该更加面向世界的时代……" 本文不评论日本现行的天皇制国体，就明仁天皇本人的文化修养来说，他显然是具有内在开拓精神而不拘泥于日本众多的国文学家的见解[①]。正是在这样一个文化层面中，我对日本文化这样的认知，得到了日本学界一些杰出先生的支持。记得日本文学会会长、东京大学名誉教授中西进先生1996年10月在北京大学的讲演中提到上述拙著《中日古代文学关系史稿》一书时说："我阅读严先生的这本著作后，心中产生了一种感觉，我的感觉就是'北京大学呀，毕竟就是北京

---

① 日本明仁天皇作为个人，在中日历史问题上态度一直较为明朗。2006年6月6日，明仁天皇再次向媒体表示："日本牢记军国主义给自己国民和亚洲邻国人民带来的伤害和痛苦。……日本国民应该作出更多的努力，确保历史不再重演。……希望教育专家能够促成有关教育方针，帮助年轻人尽快学会尊敬其他国家。"

大学'!"

五

我以同样的文学变异体视觉对我们中国华夏文学史上的若干文本作了同样的跨文化原典实证解析，在这个过程中，我愈来愈感知原来由周扬和刘再复二先生在为《中国大百科全书·中国文学Ⅰ》所撰写的"前言"中对"中国文学"性质所作的判断，称"其特点显得异常稳定和凝固化，与西方文学相比，表现出一种相当明显的统一性和单一性"[①]的表述，变得不可思议了。当然，作为学者个人的见解，尽可以自说自话，但作为面向公众的百科辞典，则简直就是引导大众盲人摸象，离开文本本相已经很远了。有感于此，我曾经以《中国文学研究中的国际文化视野》为主题，先后在中国社科院文学所"新世纪文学研究名师论坛"、北京市与北大联合举行的"北京论坛"和复旦大学"陈望道讲座"等多处讲坛上呼吁中国文学研究家要建立"多元文化大视野"[②]。同时，我与北大刘渤先生一起撰写了《中国与东北亚文化交流志》，把握了一些朝鲜半岛文学形成与发展实态[③]。此时我已经意会到东亚文学文本的内部组成虽然各有其族群特征，但竟然存在着共同的多形态的多元复合的内部结构系统，我感觉到我们可能正在以跨文化的变异体视觉，通过原典实证的方法推进建立了一种揭示文学文本内部构成的新的观念，此即关于表述东亚文学内部构成的更加真实的某些解析逻辑。这些初起朦胧的观念，随着我以东亚文献学的调研为基础，综合其哲学观念、历史发展线索、文化人类学踪迹、民俗风尚调查等诸层面，提出了若干相应的实证性报告。2001年日本文部科学省（教育科学部）大学利用机关"国文学研究资料馆"

[①] 《中国大百科全书·中国文学Ⅰ》"前言"，中国大百科全书出版社，1986年，第3页。

[②] 《中国现代文学研究丛刊》2000年第1辑首篇刊发《树立中国文学研究的国际文化意识》一文，即是我关于这一主旨的报告。《民族文学研究中的比较文学空间》一文是在此基础上综合我后来参加"蒙古文学研讨会"等民族文学研究会议的发言和获得的知识综合而成的。

[③] 此书作为"中华文化通志"的一卷由上海人民出版社1999年出版，2016年北京大学出版社再版。

（National Institute of Japanese Literature）聘我为客座教授出面组织和主持"日本文学中的非日本文化因素研究班"，邀请5位日本教授和5位非日本籍教授每两个月举行一次读书报告会，为期一年。组织这样主题的读书研讨会，对于日本以"国文学"命名的国家研究机构来说，是一个巨大的学术观念跃进。同年12月3日我在东京大学跨区域文化学部以自己的研究心得作了题为《关于从"浦岛传说"向"浦岛子传"发展的过程——日本古代文学中从"神话叙事"向"古物语叙事"发展轨迹的考察》的讲演，当时坐在第一排的东京大学名誉教授、日本南欧文化研究权威，已经80岁的平川佑弘先生刚听完讲话就站起来大声说："很好的讲演，真正的比较文学！"[①]

平川佑弘教授是以意大利文学研究为核心而称名于世的日本欧洲文学家，他把我关于日本古代文学中这样一个大文本的系统性解析称为"真正的比较文学"，使我很是感动。事后依据他的谈话，我领悟到他对我报告的内容与逻辑表述实际上有三点感觉。此即第一是，觉得这样的研究为认识日本古代文化装备了一个很宏大的学术视野，研究者不仅仅只是在图书馆里读了书籍，还把博物馆里的许多文物和街道上的各种风俗搬进了论说中；第二，在日本上古时代文学样式的发展中解析出了不少非日本文化元素，由此推论，则可以为解读日本文学提供了另一种思考，这就是读者手中的文本常常是由多种文化元素相互推动而得以成立，但阅读者几乎不能知会；第三，对一个民族的文化而言，与外来文化的冲撞并不一定是不好的事情，文化冲突与融合的意义存在多重层面，对于理解世界文明的总体价值很有意思。

诚如平川教授的体验，事实上当我自己在变异体概念的引领下致力于揭示文本内在多元文化元素和探究异质文化进入主体文化的途径与轨迹的时候，自己相应的学术思考和操作途径可能进入了一个在文学和文化研究领域中不太被人注

[①]《日本"浦岛文学"成型中"中间媒体"的意义》一文即为这一研究系统的一部分表述。关于这一主题的研究报告还可以参见拙文《日本古代小说浦岛子传与中国中世纪文学》，载于1983年《中日文化与交流》第2辑；《日本古代汉文传奇〈浦岛子传〉研究》，载于《中国古籍研究》第1卷，上海古籍出版社，1996年；《日本古传奇〈浦岛子传〉の研究》（日文），《日本研究》第12集，日本文部省国际日本文化研究センター刊，1995年；《〈浦岛伝说〉から〈浦岛子伝〉への発展について：亀と蓬莱山と玉手箱についての文化学的解読》（日文），载于*IMAGES AHD JAPANESE LITERATURE NATIONAL INSTITUTE OF JAPANESE LITERATURE*，2002。

意的层面，即从把整体形态，即已经被完成的创作作为客体阐述的对象，转移到了追究这一整体文本生成的过程研究，探索在文本成型过程中内在成分的组成与组成运作的状态。打个不确切的比喻，比如我们把汽车作为一种文本，使用者大抵只注重整车（文本成型后）的状态，但相关工程师则注意整车的内在的诸如制动系统、电路系统、油路系统的构成状态，以及车内各种材料的来源和产地等，然后他明白了每辆整车之所以如此状态的道理，心里便有了数。使用者完全可以依照自己的所见和使用感知对他视野中的车作出属于自己的评价，一百个使用者就会有一百个评价，好比一千个人阅读莎士比亚的作品就会有一千个哈姆雷特一样。然而第一百零一个人恰好就是这个工程师，他的评价就可能与上述一百个使用者的感知不同。大胆地说，他的评价或许可能更加接近这辆车的价值本相。

到这个层面上，我感悟到确认文学变异体的本质或许是进入多种文学研究的比较理想的通道。文学变异体不是一个随意的概念，它是对文学文本经过一定的文化语境层面的解析获得的一种对文学文本生成的定性。依据我对东亚文学这一生成途径的基本理解。文学文本内在多元元素的组成，不管创作者自己是否意会，事实上存在着任何创作者几乎无法逃遁的特定时空中的两层文化语境，内含至少三种文化元素。此即第一层面为社会文化语境，包括生存状态（含自然状态）、生活习俗、心理形态、伦理价值等组合而成共性氛围；其第二层面为认知文化语境，指的是创作者在第一层面中的生存方式、生存取向、认知能力、认知途径与认知心理，以及由此而达到的认知程度，此谓"个性氛围"，它们共同组合成文本生成的文化场。在每一层文化语境中我们几乎都可能解析出三种有效的文化元素，此即"本民族历史承传中产生的文化元素""异民族文化透入中产生的文化元素"和"在特定时空中人类认知共性产生的文化元素"，透过它们的共同组合，我们就可能在这样特定的多元文化语境中还原文学文本的愈益接近的事实本相。

在多类型的文学文本的解析操作中，我意会到仅仅在文学认知意识中承认了文学变异体，并且辨认了它的内在构成元素，我们对文本生成的把握可能还是不完整的。我理解的文学创作，是创作者在自己生存的文化场中对它所感知的生活，以他或以他们自身的认知形态加以虚构、象征、隐喻，并且以编纂成意象、情节、人物、故事等的手段，或者用叙事的形式，或者用歌咏的形式，或者用二者兼而有之的形式来表现创作者作为对人的美意识特征的感悟。因而，对文学文本的解析或许还应该进一步研讨多元文化元素是如何组合成文本中的意象、情节、人物、故事等，这就是辨析、揭示并落实多元文化元素透入文本的途径即文化传递的轨迹。我曾经以日本古文学中的《古事记》《万叶集》《竹取物语》和《源氏物语》为经典样本，辨析关于散文类别和韵文类别中多元元素组合的途径，探明各种文化语境成分进入一个文本中的轨迹[①]。现在大致有把握说，在前述的构成文学文本的文化场中的各类文化元素，事实上都经过中间媒体的言说，成为创作者的显性意识和隐性意识。由于这些意识的交互作用，外在的文化语境成分皆以散片状态交互混溶，成为创作者虚构、象征、隐喻的真实内容，从而使创作者获得了阐释自己美意识的话语形式。其中，每一次异质文化的透入而形成的文化语境最为诡谲，对一个民族（族群）而言，异质文化的透入一般来说也是经由文本作为载体，而由中间媒体的言说而被解析成文化散片的。我这里说的作为异质文化的文本，从我们已知的世界文明的构建来说，主要应该有三种大文本，此即人口的流动、实物的流动和文献典籍的流动，其中文献典籍的流动所产生的透入力度是最为持久和深刻的。这种文化状态对从事比较文学变异体研究的学者来说，事实上提出了很大的挑战，研究者必须在相当的程度上把握透入研究的对象国文化中的外来文献典籍，并且要知晓它们彼此之间连接的中层面和通道。我自己在25年的时间里对留存日本列岛的17世纪中期之前的汉籍作了较为广泛的调研，编著成的《日藏汉籍善本书录》，著录的10800余种汉籍，除了涉及传统目录学著作的基本内容外，主要是调查并记录了这些汉籍在登上日本列岛后与日本政治、史学、文学、民俗，乃至贸易诸领域中的最早期沟通的多种渠道。传统的汉籍目录学家因为不明白比较文学的学理，故而称其为异类，但乐黛云教

[①] 关于《古事记》的探索有《〈古事记〉における疑问の解读——"天の柱"と"廻った方向と"ひるこ"との文化意义》，载《伝统との対话》2002年日本比较文学会刊等；关于《万叶集》的探索有《诗人不能产生语言，语言能够产生诗人——关于〈万叶集〉形成的思考》，载《学人》第10辑，1996年；《〈万葉集〉における〈水江浦岛子〉の文化的意义について》，载《交错する古代》，早稻田大学，2004年；关于《竹取物语》的探索有《かぐや姫の研究二题》，载日本《平安文学》，第2辑，1996年；关于《源氏物语》的探索有《中国文化と源氏物语》，日本《源氏物语讲座》第9卷，日本勉诚社，1992年等。由于本书的篇幅关系，关于论述这一课题的论文皆未著录，有兴趣的读者可以阅读著者的相关论说。

授则称它为"一部真正的比较文学著作"（此书凡三卷，中华书局2007年刊）。当然，读者对此书的任何评价都只是读者源于自己文化状态的感悟，我之所以要做这件事情，就是要为自己正在推进的文学变异体研究寻求并确立实证的文本基础。一切中间媒体都是在这样的基础上依照自己生存的文化场对它们作了一个"不正确理解"，异质文化终于被分解为散片从而有可能进入创作者的领域。

上述冗长的感言是由于谢天振、陈思和和宋炳辉三先生主编"当代中国比较文学研究文库"而引发，特别是由于自己的相关拙文编辑成《比较文学与文化"变异体"研究》一书而回忆漫长的学术道路。当年跻身这条路才30余岁，而现在当把变异体明确认定为一部学术著作的题名时竟然已垂垂70矣。一生就生活在上述四个学术层面中，前后推涌，构成我不断建立的活命基地。这四个层面是以我自己的学术逻辑把它们相互连接。这样的连接之所以成为可能，其实是因为它们本来就存在着旁通的需要，当代人文学术的学科划分，是从中国传统的学术分类中脱出而以近代欧美的格局布置的，这样的进步体现着时代的进步和认知的提升，但随着研究者对学术本体理解的深刻化，我们已经感悟到多类分科之间其实内含着极为复杂的辩证关系。比较文学的学术视野为我们提供了认识这种辩证关系的可能性，也为我们从事跨学科研究提供了相应的知识装备。2010年8月12日的《人民日报》刊发了钱婉约教授的文章《严绍璗：圆融与超越》，同年9月1日《光明日报》在"新闻人物"栏目中刊登了该报记者柳霞女士的报道《严绍璗：为学术"开门挖洞"》。感谢两位以睿智的学术眼光和高度纯粹的语汇，为我的一生的学术做了这样的概述和定评。

是为本书"自序"。

2010年夏秋草于香港港岛寓所
2010年大雪定稿于京西跬步斋

"文化语境"与"变异体"以及文学的发生学[①]

文学的发生学，是关于"文学"生成的理论。我国人文科学领域内对文学的研究，大多数学者都是在国别文学史的系统内加以展开的，即是对已经生成的文学文本在民族文化的范畴中进行阐述。（这里使用的是广泛意义上的"文本"概念，包括文学样式、文学创作和文学理论等，下同。）文学的发生学，更加关注文学内在运行的机制，从而阐明每一种文学文本之所以成为一种独特的文学样式的内在逻辑。

从文学研究的广谱上加以考察，比较文学研究确立了对文学研究的新视角，这一学术与其说是提供了研究的方法论，不如说它是确立了突破狭隘陈说，从而重新构建文学研究的新理念。正是基于比较文学研究的这一基本学术特征，本来在传统的国别文学史的范畴内事实上无法解决的"文学的发生学"问题，终于被提到了比较文学研究领域中来了，从而使比较文学在研究趋向与研究结论方面，更接近于触摸到文学的本质实际。

---

① 本文原载于《中国比较文学》2000年第3期。同年日本《中央学院大学人间自然论丛》第12辑发表本文的日文译文。

文学的发生学，即探明文学文本之所以形成现在已经显现的面貌的内在成因。它与文学的诠释学不同，其学术意义并不在于诠释文学——在诠释的领域内，诠释的立场则是每一个诠释者的独特思想立场。由于每一个诠释者的时代不同，文化底蕴不同，美学趣味不同，当然也由于诠释者本人的生存价值不同和生存取向不同，等等，一个文学文本可以有而且也必然会有多种多样的诠释。但是，作为文学的发生学研究有价值的成果，在关于文学生成的阐述上，其答案应该是唯一的。当然，这种探索唯一的过程可以是多样的，但真正符合科学意义的结论从文学文本生成的本相上说应该是不二的。

比较文学研究意义上的发生学，可能多少与生命科学领域内关于探索"人之所以成为人"的命题在思维逻辑和实证推导方面有些类似。学术界尽可以对"人"（包括"人性"）作出各种各样的诠释，但是，科学家对于"人之所以成为人"的答案认定是唯一的，即他们认为，正是由于人的基因独特的组合程序，才使人成为人。黑猩猩的基因组合与人的组合虽然只有2%的不同，但它们就不是"人"。因此，阐明人的成因，从基因组合的立场上说，便是破译其组合成"人"的相关密码。这是唯一科学的结论。所谓"科学的结论"，即是符合事实本相的结论，即是事物成因的唯一真相。哲学家阐明人的"性"，科学家阐明人的"成因"。同样的，比较文学的诠释学阐明各个时代的诠释者对文学"性"的理解，而发生学则阐明文学的"成因"。

现在，从我们对东亚文学发生的研究体验说来，或许有把握提出关于文学的发生学的范畴，解析其路径，并尽可能提供操作的程序。

在文化语境中还原文学文本

文化语境（Culture Context）是文学文本生成的本源。

从文学的发生学立场上说，文化语境指的是在特定的时空中由特定的文化积累与文化现状构成的文化场（The Field of Culture）。这一范畴应当具有两个层面的内容。其第一层面的意义，指的是与文学文本相关联的一定时空中特定的文化形态，包括生存状态、生活习俗、心理形态、伦理价值等组合成的特定的文化氛围；其第二层面的意义，指的是文学文本的创作者（有意识或无意识的创作者、个体或群体的创作者）在这一特定文化场中的生存方式、生存取向、认知能力、认知途径与认知心理，以及由此而达到的认知程度，此即是文学创作者们的认知形态。事实上各类文学文本都是在这样的文化语境中生成的。因此，揭示文学的发生学轨迹，首先应该借助文化语境的解析，即在文化语境中还原文学文本。

我们如果从东亚文学发展的实际轨迹中加以考察（请注意：这是人类文明的摇篮之一，遗憾的是比较诗学中那些"普世性理论"的构造者常常缺乏这一领域的学识，却又冒充理论的"普世性"价值），那么，构成文学的发生学的文化语境，实际上存在着三个层面。第一层面是显现本民族文化沉积与文化特征的文化语境，第二层面是显现与异民族文化相抗衡与相融合的文化语境，第三层面是显现人类思维与认知共性的文化语境。每一层文化语境都具有多元的组合。目前的研究可以证明，几乎所有的东亚文学都是在这样的文化语境中生成的。

一般说来，所谓文学，可以说是在精神形态中以艺术形式显现的"人"的美意识。这里说的艺术形式，则是创作者在自己生存的"文化场"中对它所关注的生活，以他或以他们自身的认知形态加以虚构、象征、隐喻，并且以编纂成意象、情节、人物、故事等手段，从而表现创作者作为"人"的美意识特征。因而，在文化语境中还原文学，便是在一定的文化语境层面中，透过组合成文学的各个"装置"，例如意象、情节、人物、故事等，对其内涵的各种虚构、象征、隐喻等进行实在意义上的解析，这样便可以凸显文学文本内涵的真正美意识特征，并相应阐明文学文本的实际成因。

例如从比较文学研究的立场上观察日本古代文学，我们常常会感到文学史给予我们的知识的匮乏——目前几乎所有的《日本文学史》（包括篇幅更加巨大的《东方文学史》），都无力揭开深藏在日本文学文本之中的使各个文本之所以成为如此形态的秘密，例如，关于"记纪神话"中 Izanaki 和 Izanami 二神创造世界的形态，他们在下降大地之初，在创生的伊始，为什么首先要在大地上树立起"御柱"？为什么要实行男神从右向左旋转，而女神从左向右旋转呢？为什么二神依此规则实行"交合"后第一次的创生却因为生下一个 Hiruko（水蛭子）而失败呢？为什么神话创造了一个太阳女神而不是男神呢？为什么太阳女神委派她的孙子，而不是她的儿子再次下降大地，从而组织起对人间的统治呢？又例如在日本古代韵文文学的演进中，从自由音素律到格律化，为什么最终会确立三十一音音素律（Misohitomoji）？为什么三十一音音素律最终是以"5·7·5·7·7"的音节组成节奏？为什么这一被称为短歌的文学样式，在《万叶集》的长歌的尾声中又无一例外地被称为反歌呢？又例如在日本古代文人叙事文学创建之初出现的《竹取物语》，为什么故事以竹取开头，却以飞升为其结尾呢？为什么女主人公在设定的难题其内容大多与佛教有关，而自己最后的飞升却又与佛教无涉呢？……由文本所提供的疑问实在是很多的，这些疑问如果思考下去，就必然会涉及日本古代文学中关于发生学的一系列具有根本意义的问题。如果我们能够把这些疑问放置于生成这些疑问的特定文化语境中加以解析，其内涵的各种虚构、象征、隐喻等便可以彰显其真实的意义。

日本当代具有权威意义的学者梅原猛教授，构筑起了庞大的"梅原古代学"。在关于日本"记纪神话"的解读方面，梅原教授认为，以《古事记》为核心的日本"记纪神话"，实际上是8世纪时日本皇室为安排政权接替而特意创作的作品，因为当时执政的元明女天皇正在听从她的婆婆持统女天皇，安排她自己的孙子接任天皇位，因而，《古事记》便特地把太阳神描述为女性，并且安排了"天孙降临"（太阳神把她的孙子降临大地，筹划实行人间的统治）的场面[①]。

这是很典型的历史英雄论（euhemerization）解密论！梅原先生对《古事记》发生的阐述，由于在事实上脱离了相应的文化语境，因而对这一特定的文学文本中虚构、象征、隐喻等的解析，陷入了重大的误区，终于使神话失去了民族的灵光，而沦落为政治的僵尸。

如果我们把《古事记》放置于与它相关联的文化语境中解析，便有可能从本体上把握它一系列的虚构、隐喻、象征等的真正意义。例如，在日本"记纪神话"中，太阳神为什么是女性神而不像希腊神话、中国神话那样是男性神呢？这应该从以《古事记》形成时代为中心的显现本民族文化沉积与文化特征的文化语境中加以探索。这一层面的文化语境，向研究者提供了日本大和族的祖先把太阳神定格为女神，并进而把这位女神幻化为日本皇谱上具有第一意义的远皇祖的丰

---

① 参见［日］梅原猛：《诸神流窜——论日本〈古事记〉》，卞立强、赵琼译，经济日报出版社，1999年。日文原文请参见日本集英社，1982年。

厚民族文化资源，即日本古代社会中长期持续而且深刻化的女性崇拜心理特征，它构成特定时空中日本人普遍的人生观与世界观，并且至今表现为一种社会时尚①。

至于"梅原古代学"中关于"天孙降临"的设问，即太阳神不是以第二代而是以第三代作为管理人间大地之首，在降临大地时又配以"五部神"作为随从，授予"三神器"作为权力象征。这一重大的组合，其实是以圣数（sacred-number）"三五"为核心构成，其内蕴的意义便涉及第二层面的文化语境。从《古事记》的整体结构考察，这一神话群系具有与异民族文化相接触后形成的隐喻系统。而其中若干个隐喻系统则是通过使用圣数来实现的。例如，《古事记》开首描述最初创始天神的形成，首先出现的是"三柱神"（mihashira no kami），继而组成为"五柱神"（gohashira no kami），提供了第一个具有隐喻性的"三五"组合。当创始男神Izanaki从黄泉归来，在水边洗涤污垢之时，他洗左眼而化成为神，称为"天照大御神"（Amederasu-oomikami），洗右眼而化成的神叫"月读命"（Tsukuyomi no mikoto），洗鼻子而化成的神叫"建速须佐之男命"（Takehayasusanoo no mikoto）。由此便开始建立了太阳神的神话群系。这个神话群系是以上述三贵子的诞生作为起始的——神话再次把"三"作为象征性隐喻推到了读者面前。后来，当太阳神的弟弟因为思念母亲而上高天原寻找姐姐，天神们以为他前来夺权，惊恐万状，于是姐弟互相以生殖孩子作为彼此没有歹心的信物——太阳神因此而生殖了五个儿子，她的弟弟因此而生殖了三个女儿——这里提供了又一个"三五"的组合。

研究者注意到《古事记》中以圣数"三五"组成的结构，几乎皆是出现在神话的创生状态中——它内蕴着关于生命创造与起源的意义。其实，这正是亚洲大陆中国道家文化中关于三极创生的最经典命题。《老子》说："道生一，一生二，二生三，三生万物。"这表明在关于宇宙起源的认知学说中，道家把"三"作为万物之始。从隐喻表述的心理意义上说，"三"便是万物创始的象征。中国早期的阴阳家在阐述宇宙和人体的生命运动时，又以"五"为万物均衡的中心，创"九宫之说"。于是，"三五"便作为"非数而数"，成为"万物创生"与

---

① 参见严绍璗：《确立解读文学文本的文化意识》，载于北京大学日本文化研究所：《日本语言文化论集》（2），北京大学出版社，2000年。

"万物恒定"的圣数,具有了隐喻的意义。所以司马迁在《史记·天官书》中说:"为国者,必贵三五","为天数者,必重三五",指的就是"三五"圣数所内蕴的万物创生与万物恒定的隐喻意义。从《古事记》所透露的文化语境以及与《古事记》形成相关联的文化语境考察①,"记纪神话"中的"天孙降临"便正是在这样的文化氛围中被构思为具象,组合而形成具有隐喻性的故事。只有在这特定的文化语境中加以破译,才能揭示其内涵的本质价值。

实际上,从发生学的立场上来阅读《古事记》,还存在着许多研究者尚未注意到的若干文化符号,需要从第三层文化语境中加以阐述。例如,在最初的天神形成的时候,在推出第一组"三五"组合神像之后,事实上先后又形成了十尊天神,但是,"记纪神话"称它们为"神代七世"(Kamiyo Nanayo),我们知道,依据《圣经·旧约·创世记》的记载,希伯来人是把主对世界创造的周期定为以"七"为基数。中国魏晋南北朝的志怪作品《刘阮说话》,记载"刘晨、阮璧入天台山采药",逢"仙女"作乐数日,返回人间,而"乡邑零落已七世矣"。据Brian Morris报告,说祖尼人的分类体系的基本原则,是把空间划分为七方位",他并引用早期人类学家Frank Cushing关于印第安人认知形态的调查说,"在氏族之内的印第安人村庄,也是按照人们自身的归属判定为七个部分"②。这些简单的事例告诉我们,人类虽然分居于全球的天涯海角,但是在其思维形式和认知形态方面,一定具有共性的成分,并且以多种象征与隐喻的形式表达出来,从而在各民族的文化内部,构成为第三层文化语境③。

"记纪神话"中Izanaki和Izanami二神创世之初,先在大地上立起一根"御柱"(《日本书纪》中称之为"国柱"),成为二神创世的第一个道具。那么,开创世界之初,男女二神为什么需要这样的道具呢?有学者称此为"宇宙的中轴",实在过于抽象。其实,这是内隐在神话中的一种象征的积蓄,是实物形态

---

① 参见严绍璗:《日本古代文化中的道家思想》,载于北京大学日本文化研究所编:《日本语言文化论集》(7),北京大学出版社,2006年;刘萍:《中国的阴阳学说与日本的古代文化》,载于《中日文化交流史大系·思想卷》第四章,浙江人民出版社,1996年。

② 《刘阮说话》文本见《文渊阁四库全书·子部·小说家类》。Brian Morris 的报告,见他本人著 *Anthropological Studies of Religion*, Cambridge University Press, 1987, pp.131-132。

③ ,关于在文学发生学中提出"文化语境"的第三层面,参见严绍璗:《记纪神话におけるニ神创世の型态——东アジア文化とのかかわり》,日本文部省国际日本研究中心,1996年。

的符号。本来，人类在对自身生命起源的认知，经历了漫长的道路。大约在公元前6—公元前5世纪左右，人们开始把创造生命的权威，从女性逐步地转移到了男性身上。公元前5世纪，希腊哲学家阿那克萨戈拉（前500—前428）创立种子说，认为万物起源的根源在于男性的"种子"，女性不过是提供了生产的"场所"。同样的观念在古印度文化中也得到显现，古印度教三大教派之一的Saiva Sakta（湿婆教性力派）所崇拜的主神Saiva，其形象的象征被称之为Linga，即是男性的生殖器。至于中国汉民族的文化中，其祖先的"祖"即是"且"字，从象形的视觉考察，与考古发掘之"陶祖"，同为男性生殖器的符号。这样一种在世界范围内对生命起源的革命性认识，同样以象征与符号的形式，隐藏在日本的创世神话中，以一种相关的话语，显示生命之源的力量，从而构筑起属于神话的叙事模式。

一般说来，在这样三层文化语境中解析文本，就有可能揭示文本中原先通过情节、人物、故事等而内含着的虚构、象征、隐喻、符号等所具有的真实意义，显现了各个文本生成的文化场的基本特征，阐明了各个文本之所以具有"个性"的基本内因[①]。

文学的"变异体"与文学的发生学

从文学发生的立场上观察文学文本，可以说，在文明社会中它们中的大多数皆是"变异体"（variants）文学[②]。

[①] 发生学研究中对文本"个性"的解读，与文本创作者关于文本的自我表述不一定是一致的，这好比是"人"对自我的认知与科学家对"这个人"的例如"生物学"的、"解剖学"的以及基因结构的认识不一定相同是同理的。

[②] 这里说的"文明社会"是文化人类学的概念，指的是主要以农耕生产为族群的生存形态，金属生产工具的出现和文字的形成等为标志的社会形态。关于"变异体"文学的特征，本文著者自1985年在《中国比较文学》（第一期）上刊出《日本"记纪神话"变异体的模式和形态及其与中国文化的关联》以来，陆续有所阐发，张哲俊博士在2000年《中国比较文学》第二期的"人物志"上发表《踏实的学风，实在的研究》一文，对著者构思的"变异体"理论的概述至为妥切，有兴趣的读者请参见作者相关的论著和张哲俊博士的文章。

在人类文明发展的过程中,一个脱离了"野蛮"的民族,多少总会有与外部世界相接触的机会,在文化活动的层面上,无论主动或是被动,此种活动一定会形成"新"的文化语境。这种状况不一定只是在"弱势文化"中存在,就是在"强势文化"中也是普遍存在的。即使像在古代汉字文化圈内的各个民族,在他们吸纳汉文化的同时,也仍然以各种不同的方式在不同的层面上把他们自己的文化渗透到处于"强势"状态的大陆汉文化之中;18世纪末至20世纪初期是欧洲殖民主义文化冲击世界的时代,然而,正是在这个时代,各"弱势民族"的文化,在世界文化的若干领域中成就着最伟大和最杰出的业绩,像进化论、文化人类学等这些影响着后来社会历史进程的学说,以及像达尔文、摩尔根和泰勒等这样一些近代文化杰出的创造者,他们的"文化"中事实上留存有大剂量的"弱势民族"的文化成分。

当年,当比较文学研究从法国学派发展为所谓的美国学派的时候,据说是因为一些学者不屑于做文学输出输入的买卖,这当然有其历史的必然性和学术的功绩。但事实上,这一观念的背后,多少也表露出从事比较文学研究的一部分学者十分缺少像文化史学、文化人类学、考古学、文献学、民族学和民俗学的理论和知识。

文本的"变异"机制,是文学发生学的重要内容。

那么,什么是文学的"变异"呢?

人类早期的文化(包括文学),都是在古代居住民生存的特定的自然环境与人文环境中形成的,由此而在文化中孕育的气质,是文化内具的最早的民族特性。任何文化的民族特性一旦形成,就具有了壁垒性特征。其实,文化与文化运动,从本质上说,应该是没有文化学家们所津津乐道的所谓"开放的文化"还是"闭锁的文化"之分的。这种由文化的民族性特征而必然生成的文化的壁垒性,是普遍范围内各民族文化冲突的最根本的内在根源(这里是在排除了文明社会中经济对文化的制约和政治权力对文化的控制等各种因素而言的)。文化冲突并不一定是一件坏事(这里的"冲突",指的是在广泛的意义上发生的由接触而生的撞击现象),从文化运行的内在机制来说,文化冲突能够激活冲突双方文化的内在因子,使之在一定条件中进入亢奋状态。无论是欲求扩展自身的文化,还是希冀保守自身的文化,文化机制内部都会发生一系列的"变异"。

例如，6—9世纪时日本文学中原先存在的无格律自由形态的和歌，面临中国汉诗的重大冲击与挑战，为了寻求和歌的生存之路，争取获得与汉诗相抗衡的能力，自由形态的和歌内部发生了一系列重大的调整，其中包括从汉文歌骚体文学中获取有价值的文学材料，在反复的抗衡与挣扎之中，终于形成了"三十一音音素律"，成为具备了固定音律节奏的"歌"，其生命力一直继续到现代。以音素为节奏单位构成格律，是和歌民族特征的表现，然而，以"三十一音音素律"作为格律的"型"，则对日本语的歌具有明显的强制性（不适应性）。这种新的文学样式，我们称为"变异体"，它的一系列的衍化过程，便可以称为"变异"。在日本古代文学中，从"记纪歌谣"到《万叶集》的歌，可以说是和歌发生一系列"变异"的过程，从《万叶集》到《古今和歌集》是格律和歌最后定型的过程。和歌的格律化，便是在数百年间文化撞击中形成的。

文学的"变异体"形成之后，随着民族心理的熟悉与适应，原先在形成过程中内蕴的一些强制性因素在文学传递层面上会逐渐地被消解（在学理层面上将是永久地留存的）。一旦这些因素被消解，不被人强烈地感受到了，人们因此也就忘记了，并且不承认它们与异质文化之间的具有"生命意义"的联系，并且进而认定为"民族"的了，以此为新的本源，又会衍生出新的文学样式。一个民族的文学民族传统，其实就是在这样的"变异"过程中，得以延续、提升，并在此基础上再次衍生，就像民族的日本和歌，后来又衍生出了如连句、俳句等那样。

脱离了比较文学的发生学立场，常常把处在运动过程中的文学文本，作为一个凝固的恒定物体，因而常常在该文本的生成的阐述上失却了文化事实的本相。例如有的学者把中国文学中的"话本形式的叙事方法"认定为"是小说创作的最基本的（汉民族的）民族传统，丢掉了这一特征，事实上就是放弃了在小说表现领域中的（汉民族的）民族形式"。这其实是从孤立主义的自我意识来臆说自己文学的历史传统和民族形式，其实，只要把话本的样式做一点"变异体"研究，就可以明白它的雏形却是在与一种异质文化相撞击的文化语境中形成的，这种异质文化形式，不仅最终造就了汉民族的话本型小说，而且也造就成了像日本的歌物语那样的古小说形式。一个与异文化接触的民族，它的文学文本的发生与发展，一般说来，都可能具有"变异"的特征。所谓民族传统、民族形式，皆是在这样的"变异"过程中得以改造、淘汰、提升与延续的。对于世界大多数民族来说,"纯粹的"民族文学是不存在的,就像欧洲各君主国的皇室那样,并不存在"纯粹"的国别血统,却仍然维持着各国先后相承的君主谱系;也正如提倡所谓平行研究的一些美国学者那样,它本身就是一个与"异质"具有"血缘联系"的跨文化体,他们或他们的先辈正是在这种"血缘输出输入"的"买卖"中形成的具有"变异"特征的新的"种族"。试图割断或否认这种联系,好比是儿子否认自己是有父亲的、孙子否认自己是有爷爷的,臆造出一系列的文化孤儿与文学孤儿,于是,便误导大众,以为只有孤儿才是具有最"纯粹的血统"。所以,尊重文学运行的内在机制,确立"变异体文学"的概念,则是从理论上对被各种虚妄的理论搅乱了文学身份的大多数文本进行重新构建,并由此可以在这一层面上揭开文学的真正成因。

文学的"变异"是一个十分复杂的文化运行过程,根据我们对东亚文学文本的解析,可以说,几乎一切"变异"都具有中间媒体。这是一个还尚未被研究者注意到的文化运转的过程。或者说,关于一切"变异"都具有中间媒体的论断,它事实上描述了文学变异的基本轨迹。

在对日本神话向古小说演进的过程中,我们发现中国文化的某些因子以一种被分解的形态介入其中;我们在对日本短歌的格律性形成的检讨中也发现了相同的文化现象,即某些汉诗被"分解"并成为新的韵文的过渡形式。例如《万叶集》中著名的歌人大伴家持的《悲亡妾歌》,此歌曰:

从今者,秋风寒,将吹鸟,如何独,长夜乎将宿。(No. 462)

又有著名的歌人柿本人麻吕的《雷神歌》,此歌曰:

雷神小动,刺云雨零耶,君将留。(No. 2513)

这两首歌并不是汉诗,也不是真正的和歌,当代日本的万叶学家把它们以"三十一音音素律"加以训读,然而对日语来说,这种训读表现出了明显的不适应性和强制性。从文学的发生学立场上考察这一样式,应该说它们是汉文韵文体进入和歌过程中一种被分解的形态。[①] 异质文化(文学)以嬗变的形态,即异质

[①] 参见严绍璗:《日本古代短歌诗型中的汉文化形态》,载于《北京大学学报》1982年第5期;《诗人不能产生语言 语言能够产生诗人》,《学人》总第10期,1996年等。

文化整体或部分以一种被分解的形式，介入本土文学之中，在文本成为"变异体"之前，形式一个过渡性走廊，并成为未来新文学（文化）样式的成分，这就是"文学变异"中的中间媒体。当原先的文本衍生成为新的"变异体"形式时，这一中间媒体也就消融在新文本中了。"变异"过程中的此种中间媒体的作用，有些类似化学反应中的催化剂，但它们的最后形态却并不相同。催化剂在反应中起加速作用，反应结束后它仍然保有自身的性质。中间媒体成为两种文化撞击的通道，对文化接触起促进作用，但它本身也消融在这一撞击与接触的过程中。研究者运用比较文学的综合手段（语言学的、文献学的、文化人类学的、民族学的等等），则可以将它们还原为原来的形态。

从文本的解析中揭发这一具有决定意义的文学发生学现象，并从实践与理论上加以确认，将对文学文本的发生学研究，具有相当实际的意义。

文本的"变异"过程和"变异体"的成立，就其形式与内容考察，从最本质的意义上可以说，它们都是在"不正确理解"中实现的。关于这一命题，我曾在《中国比较文学》1998年第4期上为之专论，由这一命题而确认了在文学的"变异"中所形成的新文学样式（文本），都是本土文学传统的延伸和在另一层面中的继承。

文学的发生学研究，极大地提升了比较文学领域中的传统的影响研究。其实，影响研究和关系研究的本质，正是在于从文本的立场上探索文学的成因。因此，当我们把文学的发生学作为比较文学的一个新的研究范畴提出来时，事实上，我们是把传统的影响研究的学术做到了可能接近于它的终极目标了。在这样的意义上可以说，一切所谓的影响研究，如果脱离了文学发生学的基本理论的指导，便会缺失研究的终极目标，其研究成果的价值将变得毫无意义。在同样的意义上说，文学的发生学也对比较诗学提出了极为深刻的理论要求，它使在本门研究中对作为建构理论基础的各类文本的阐述，可以建立在由发生学的研究成果所提供的真实又稳定的基础上，从而在观念与方法论方面，真正成为理论研究与文本实证相互观照的学术，使研究者从概念的移译与名词的叠架中摆脱出来，从被人称为的"说大话、吹大牛、批发洋货、贻害青年"的无奈境地中摆脱出来[①]，

---

① 这是2000年11月23日（星期四）上午，北大哲学系一教授，在北京大学哲学楼就比较文学与比较文化研究的状态对本文作者的当面谈话。

从而真正达到"从作品与世界的关系出发来探讨文学的性质"的学术目标,[①]而真正成为智者的事业。

文学的发生学这一学术范畴本身所显示的基本特征,以及对它的解析所显示的路径与操作程序等,表明这一学术是跨文化(文学)研究中具有重要意义的成员,尽管它在学术范畴的界定方面可能还是不完整,在具体的研究路径的提示方面还有不清晰的地方,但是,我以为比较文学研究只有在对作为研究基础的各类文本的发生有了准确的把握之后,才有可能得出各种各样的见解、论说和理论,才能显示出这一学术稳定的科学意义。

---

① 参见乐黛云、陈跃红、王宇根、张辉:《比较文学原理新编》第五章,北京大学出版社,1998年。

双边文化与多边文化研究的原典实证的观念与方法论

　　学风与学术规范，本质上是研究者心智状态的表现。

　　原典实证的观念，就是学术理性；原典实证的方法，就是遵循文明史形成的轨迹，接近文化事实本相的通道。

　　考据与义理相结合，实证与学理表述相结合。

　　实证研究的观念和方法论，从本质上讲，涉及人文学术治学的根本态度。这些年来，我国的人文学科有了很大的跃进和发展，但在发展的过程中也出现了诸多问题。就学术本身来说，人文学科沿着什么样的学理和方法论来发展也是一个需要讨论的问题。虽然成熟的研究者都有自己的学术信念和方法论，但人文学科作为一个学科，或者能称为一个学科，应该有一个共同的基本标准。现在的人文学术研究中有不少虚假、浮夸，甚至称为文化垃圾的东西。这些都是偏离了学科的宗旨和基本要求。所以在学科中，树立实证的学术观念，掌握实证的基本方法论，既是作好学术本身的基本要求，又是体现学术精神的一个基本问题。

　　与自然科学相比，人文科学不是通过实验的手段而是通过实证的手段来推进自己的研究，并获得研究成果的。那么，人文学科中实证的含义是怎样的呢？我以为，人文学科中的所谓实证，即是以阐述研究课题为中心的最基础材料的相互连接而形成表现研究课题中心思想的逻辑系统。

原典实证的观念，就是学术理性；原典实证的方法，就是遵循文明史形成的轨迹，接近文化事实的通道。这个逻辑系统具有不可逆转性，对一个具体的研究者而言，它应该具有唯一的确定性，它强有力地证明研究者的思维是这样的，而不是那样的。

这个逻辑系统构成我们对研究课题阐释的中心基础。

例如，我们在东亚古代文明的研究中，依据实证的观念方法阐明了和正在阐述东亚各民族的文化(包括文学)与其他东亚各民族文化相互碰撞，亚洲大陆文明结合在一起的文化复合体，而不像有些学者所说的日本文化是"纯粹的本民族系统的"，与世界其他文化无关的所谓"纯粹的海洋文化"。我们对"东亚文明体"的表述，是一个由足够坚实的原典性实证所支持的一个逻辑系统。我以为到现在为止，还没有什么力量可以击垮这个逻辑系统，相反，依据这个逻辑系统的表述，在世界文明史的研究中，当下正在日本很风靡的所谓"海洋的日本文明论"，就只能表现为"意念性的伪学术"。一个研究者只有在自己研究的课题里，建立起自己的实证逻辑系统时，才能使研究成果更接近事实本身。实证作为一种研究观念和方法，具有基础性的意义。理论是在实证研究的基础上的升华。没有足够的原典性文本的细读与分析，就不可能形成理念，当然，也就谈不上有诸多理念汇聚而形成理论。

多边文化研究必须要建立实证理念。多边文化研究是从国别研究的基础上发展起来的。国别研究是在民族文化之内对特定文学文化进行的研究。但是，国别文化研究愈来愈显示出它的局限性，一些文化现象得不到合理的解释，就必须与其他族群、其他区域的文化或文学联系起来进行互动的综合研究。这种研究的核心在于它要求研究者必须具有文化的跨界视野。跨文化视野是比较文化和比较文学研究的基点。一般来说，国别文化研究（含文学研究）当然是有很大价值的。但是文明时代中的文学文本、文学现象和文学样式肯定已经是从国别的边界超越到多边文化之中了。比较文学研究开始的时候，追究的就是一种民族文学文本和非本民族文化和文学的关系，所以说比较文学研究产生的时候是以传播研究和影响研究作为多边文化研究的主要方式，后来又出现了平行研究。但是，随着跨文化视野的扩展，在比较文学研究的逐步发展中，研究者开始意识到所谓影响研究与所谓平行研究在一个文本的解析阐述中其实是分不开的，必须把它们综合起来，把解析的眼光透入文化与文学的内层之中，逐步形成了发生学、形象学、阐释学和叙事学等等的研究。这样一种推进，现在已经慢慢为大家所接受了。

那么，在这样一系列的研究层面上，所谓实证观念究竟是什么意思，包含着什么内容呢？依据我个人的体验，当我们在这样一些层面中展开对文化文本（含文学文本）研究的时候，愈来愈会到所有作为研究对象的文本，它们都一定是在某种特定的或多元复合的文化语境中发生的。因此，研究者必须在特定的文化语境中还原文本的文化元素，有价值的研究只有在还原文本生成的过程中揭示文本容纳的多元文化的内涵，并理解和确认各种因素内涵的文化学意义和价值，然后才有可能对文本进行真正的复原，在复原文本的基础上对文本进行综合阐述。整个这样的一个对文本的文化解读过程，就体现了实证观念的逻辑经验。人类文明社会中间的所有文化文本（含文学文本）都是一种复合体文化。

所以，在科学的文化史学立场上观察世界各民族（各族群）的文明成果（包括文学），其实，并不存在所谓纯粹的、绝对意义上的民族文学（族群文学），因此也没有所谓的纯粹民族文化传统。依据我和我的志同道合的朋友们多年来从事这一学科研讨的实践经验所获得的理性认知，民族文化（含族群文化）当然是存在的，但没有纯粹的。每一种文化和文学现象都是一个复合体。这个复合体的形成一定有特定的文化语境。我们展开跨文化研究，目的就是要在复合体文化语境中来还原文化文本。把复合体文本在它形成的文化语境中加以解构，在不同语境层面上还原到各个层面中间去。然后，在还原文本的基础上推进文本的综合研究。

那么，什么是组合成文本的文化语境呢？我们应该在什么文化语境中还原文本呢？什么是深层复合文本的文化语境呢？按照我们的经验，世界各地的文学文本，至少在东亚地区的文学文本，也至少包含三种文化语境，它们事实上是在三种文化语境中生成文本的。

这三种基础性的文化语境是：

一是表现民族文化承传的系统以及民族文化的现实传统相互共同作用形成的

文化语境。这里的民族（族群）文化传统不是一个恒定的概念，民族（族群）文化传统是一个能动的过程。

二是在文明社会中一个民族和另一个民族通过人口移动、宗教传播、商业交往等活动，从而发生"本民族"和"异民族文化"的碰撞。两种文化在很大范围内，在各个层面流动中，在文化的流动过程中发生碰撞。两种不同的文化一旦碰撞，就必然发生抗争；文化的抗争会激活各个民族内部的某些文化因子，从而使异族文化在碰撞的过程中解体。解体中常常会有若干成分渗透到本民族文化中间，构成新的文化复合体的一种成分。

三是文化文本和文学文本的形成往往在表现人类共同认知的意识层面中形成。就是说人类对外部世界的认知是有共性的。这种共性的表现可能是先后不一的。但是不同的人群在获得各种相似的生存环境时，就会获得对任知的某种共同的途径，表现某种共同的智慧。这便构成一种共性的文化语境。

我们曾收到关于《十日谈》和《三言二拍》关系研究的论文。一些学者发现《十日谈》和《三言二拍》在故事主题、情节、意象十分相似，甚至发现了若干细节的雷同。于是，试图从影响研究的立场上寻找答案，结果毫无所获。这就需要研究者遵循我上面说的实证的第三原则加以思考，我们意识到14世纪的意大利和明朝万历年间江浙一带生活方式的某种相似状态，两地的商业资本都相对发达。对利益与金钱以及多元欲望的构想，以及为实现这些欲望构思的途径与采用的手段都可能出现相同的思维和表现手段。

文学文本总是在多层语境中形成的。我们必须在三个层面中还原文学文本并加以解构。只有加以解构我们才能接近事实真相。

在多元文化语境中还原文学文本，实质上就是文本细读。那么，在执行上述三个层面还原文本的过程中，有没有基本的路径呢？假如有的话，这个路径是否可以把握呢？依据我的体验，实证不是一个抽象的概念，它是一个可以操作的系统。

我在这里慎重地告诉诸位，双边文化关系或多边文化关系研究的基本方法，应该是原典性的实证研究。

所谓"原典性的实证研究"，是指在研究过程中依靠实证和原典来求得结论的确证性。从根本上来说，人文科学的研究，许许多多的命题都处在假设之中，都是研究者的一种判断。这些假设，这些判断，我们不可能像自然科学研究那样运用实验的手段来加以证明。因此，自然科学者中有人嘲笑人文科学是"想象者的乐园"。但是，人文研究之所以成为科学，不只是因为它具有了认识人文现象的观念形态，而且还因为它事实上也已经具备了揭示内在逻辑的系统性方法。人文研究虽然不能运用实验加以证明，然而，它却可以运用实证加以推导，并得出相应的结论。

正因为如此，我坚持认为原典性的实证研究是双边文化关系或多边文化关系研究的最基本的方法论。

原典性的实证研究是一个可以操作的系统。依据我自己运作的经验与吸收朋友们的体验，我以为它包含了下面五个层次：

第一，尊重学术研究史；

第二，确证相互关系材料的原典性；

第三，原典材料的确实性；

第四，实证的二重性与多重性；

第五，研究者必须具备健全的文化经验。

我想就这一操作系统的五个层次作一些说明。

一、尊重学术研究史

原典性的实证研究，要求研究者必须充分尊重学术史的成果。所谓学术史，就是本门学术形成与发展的历史，就是本学科与本命题形成与发展的历史。从实证的研究来说，尊重学术史，就是为自己的研究建立起必须的同时也是不可回避的研究前提。

双边文学与文化研究中的实证观念，要求至少应该在两个层面上重视学术史的成果。

一是对设置的命题，应该充分掌握命题内各项概念的学术史演进轨迹。

例如，有一篇论文题为《风流からみやびへ》，命题是非常有意义的。但作

者忽视了"风流"这一概念,在中国文化史不同的时代有不同的内涵,它是一个不断演进的概念。论文只是以中国古代后期社会中民间通俗的"风流"概念来与日本"万叶"初期以来的"みやび"相比较,从而出现命题概念错位。

这是典型的无前提研究。当文学与文化的研究一旦失却了学术史的前提之后,就会成为学术无知者,成为心理狂躁者,更为欺名盗世者提供最广阔的天堂。

二是必须对设置命题已有的前辈的研究成果,进行学术清理。

从学术文化史上说,任何时代任何人的相关研究,都是总体学术史上的一环。人文学术发展到20世纪之末,任何人的研究命题,以及与命题相关联的怀疑、联想和判断,几乎都是建立在前辈学术的基础上的,完全创新的理论是没有的。

马克思和恩格斯称自己的理论有三个来源(法国空想社会主义、德国古典主义哲学、英国经济学),毛泽东思想把马克思主义作为自己的理论前提,邓小平理论称毛泽东思想是它的根源,这是完全正确的。

但是,目前我国双边文学与文化研究中,声称自己的研究是"第一次"的、"全新创见"的,实在是太多了。

1994年《人民日报·海外版》曾经连续两次发刊同一则报道,报道了河南某大学的一位教授与一位女博士一起论证了孔子的先祖是河南人而不是山东人。假如说,这真是这位教授和博士的研究,那就令人震惊。难道有哪一位真正的中国人文学者会认为孔子的祖先真的是山东人而不是河南人吗?其实早在两千年前,司马迁写的《史记》中,已经写明孔子的祖先是"宋人也",所谓宋国,就在今河南省治之内,这难道还会成为问题?还需要河南的教授和山东的博士来设置命题,来花费我国国民的税金来进行"研究"?还有劳《人民日报》重复刊登报道加以宣传?还需要我们的国民再掏腰包重复购买这在两千年前已经明确的事件报道吗?我想来,这位教授与这位博士,在河南一定是名声大噪、荣誉满身了。

再举一个研究实例吧!中国宋庆龄基金会孙平化日本学学术奖励评审委员会收到一篇论文,是关于考定日本国号的"研究论文",论文一开始就说,这是我国学者第一次论述日本国号的问题,具有开创学术研究的功绩。不仅作者自己这么写,就连专家推荐也这么说,这就令人十分奇怪(很不好意思,我本人从这个"奖励评审委员会"设立以来至今一直担任这个委员会的主任委员）。关于日本的国号，19世纪末期，日本学者开始研讨"倭"的由来，20世纪30年代起，我国学者也开始进入这一领域，研究日本的国号称法，1990年新华出版社出版的《中国文化在日本》一书的第一章为"日本的发现"，就是对日本国名的由来研究，1998年以来，中国中央电视台第四频道（CCTV 4）已经多次播出过30分钟分量的"中国文化在日本"的专题，其中也涉及了"倭""日本"等名称的形成，远在美国和欧洲的学者都已经在相关论文中引述了上述中国学者的见解，怎么我们近在咫尺的国内学者反而在那里梦游神说呢？评审委员会拒绝这样的论文是理所当然的了。因为从学术史的立场上说，没有学术前提的所谓研究，事实上是没有学术价值的。

类似的"研究论述"还真不少。

2009年南开大学送来"日本神话研究"的博士论文，称言中国研究日本神话的成果只有他导师的一篇文章，她是第一次把"日本神话研究引入中国学者研究的视野中"中国人学者，而在百度上一搜就有50余篇相关文章。

二、确证相互关系材料的原典性

所谓"确证相互关系材料的原典性"，指的即是论证中的材料对研究的命题，即对置于我的研究视野中的客体对象来说必须具有原典性。这一原则指的是对象与材料必须具有时间上的，即研究命题的佐证材料与命题实体生存时代具有一致性，即为论证命题提供的材料，必须与命题所体现的时间具有同步性，或者至少应该具有趋同性。关于确证相互关系材料的原典性原则，至少具有两个层面的含义。

一是指作为研究的材料，对研究的客体（对象）来说必须具有原典性——一切文化都是在特定时间中成长的（时间是文化的基础之一）。

二是指作为研究的材料必须是研究主体的本国或本民族的材料，即作为论证中具有主体意义的材料必须是命题母语文本材料——一切文化都是在特定空间中成长的（空间是文化的基础之一）。

先谈作为研究的材料，对研究的客体（对象）来说必须具有原典性——一切文化都是在特定时间中成长的（时间是文化的基础之一）。

例如，要把中国文化史中"徐福的传说"变成"徐福的历史"，论证中所必须具备的原典性材料，则应该是与徐福的时代具有一致性的材料。徐福是公元前3世纪左右的人，那么，关于对这一命题的论证，就必须具备与这一时间区域中相一致的材料。现在的问题是，那些热衷于把传说作为历史的学者们振振有词地拿出来作为"徐福东渡到达日本"的材料，最早的却是17世纪的文献。用两千年后的文献记录，来证明两千年前的事实，这样的文献，这样的材料，就没有什么原典性可言，材料不具备原典性，结论当然也就不会正确。

当代中国人文学界与中日文化界的一些人士所谓的"徐福研究"具有充分的典型意义——他们创造了一种首先设定结论，然后再进行一些不需要任何前提的所谓"研究"，然后便宣称结论的准确性。这是把学术当作游戏。当然，现在已经看得很清楚，这场游戏从一开始因为就为一些人在政治上与在经济上的变态心理所支配，所以它就不可能进入学术的轨道上来。但它告诉我们，纯洁的学术环境与真诚的学术心态，对于学术文化的研究，是何等的重要。

这一层面的非原典性在当下中国文化和多变文化研究中，在相当层面上可以说，泛滥成灾。

黄帝——竟然知道他、爸爸、他太太

孔子——他的出生与世系／《史记》记述他"野合而生"，报告了中华文明史的"两性关系史"的一个基本事实；

曲阜孔陵肯定与孔子无关？他是一个不得意的读书人，不知埋葬在何地，怎么会有"世系"留下，现在的多少代，他们的DNA如果能与孔子比对，可以肯定是不一致的。

材料的原典性的第二层面含义，是指作为研究材料必须是研究主体的本国或本民族的材料，即作为论证中具有主体意义的材料必须是命题母语文本材料——一切文化都是在特定空间中成长的（空间是文化的基础之一）。

研究材料必定会出现非汉文文本，如是，论证意义使用中必须保持它们在自己语言体系中的意义原典，必须在保持它们意义原典的基础上参与问题的研究，即参与一个课题研究的多元文化，必须是各国、各民族的本体材料，即作为论证中具有主体意义的材料必须是多元文化母语文本材料。

作为研究材料必须是本国或本民族的原典材料，即作为论证中具有主体意义的材料必须是母语文本材料。这里便涉及对他国与他民族文学的译介问题，或者说是文学的译介与比较文化（文学）的关系问题。

毫无疑义，译介是两种文学与文化接触的主要渠道，它作为比较文化（文学）研究的一个领域，具有自身的学术意义。但是，比较文化（文学）研究，是不可以依靠译介来进行的。比较文化（文学）研究必须在两种或两种以上的语言文本中进行，这便是另一种材料的原典性。作为翻译家的译介，与作为研究家的研究，这是两个不同层面上的活动，不可等合为一。语言是思维的材料，世界上各民族的思维都具有自己民族的特殊性和表现形式，不同民族的思维，不可能完全整合，因此，世界上也不可能存在两种在意义和表述逻辑上完全对等的语言文字，因此，译本与原本的不整合，是客观的事实。如果再加上翻译家内内外外的各种条件，译本与原本的差异自然会更大了。在双边文学与文化研究中，研究者在不知不觉中跌入了翻译家设置的"陷阱"之中的"事故"，是大量存在的。

最常见的译本陷阱，大概有这样几种状态：

陷阱一，译本根本就没有读懂原著（不是理解的错误）。

美国哈佛大学教授李欧梵先生著有 Shanghai Modern: The Flowering of a New Urban Culture in China, 1930—1945, Cambridge: Harvard University Press, 1999。此书有中文译本，书名为《上海摩登——一种新都市文化在中国，1930—1945》（毛尖译，北京大学出版社，2001年）。其中有很多笑话。

1. 中译本第35页："上海城市生活中舞厅的流行给共和国新女性的出现其实是提供了一个必要的背景，虽然这背景是负面的。"

什么是"共和国新女性"？1930—1945年是中华民国时代，这一时期的女性或许可以称为"民国女性"。"共和国新女性"怎么会出现在这个时期呢！

所谓"共和国新女性"一说，在原著第28页是这样表述的"public persona of women"，意思是指"在公共空间（而不是私人空间）活动的女性"。

译者一定是把public作为republic来翻译了。但即使是republic，作者也忘记了事件发生的特定时间概念，在这一特定时间段中，也只能用"民国"来表示，而不能用"共和国"来表示的。

2. 原著第29页，原文是这样的：

These posted regulations finally came down when the Nationalist forces under Chiang Kai-shek assumed control of Shanghai in 1927.

这句话讲的是上海原来的外滩公园，有一块"狗与华人不得入内"的牌子："当1927年蒋介石的国民党军队占领上海后，就被摘下来了。"

中译本第36页翻译了这一段，译文这样写道："这些招贴的规定，最终推动了民族主义者运动，并使蒋介石在1927年控制了上海。"

译文与原著文简直没有任何关系了！

"came down"是"摘下"的意思；"Nationalist forces"在这里是专有名词——国民党军队，不是"民族主义者"；"when"是时间状语，整个句子是时间从属句。"当……的时候，发生了……"

本段译文，完全是臆想的，与原文没有关系，却容易让读者上当。

3. 特有名词翻译的错误：

原著提到五四小说中的"维特式主人公"，"维特式英雄"，使用的是"Wertherian hero"（原著第41页），译文全部译为"西式主人公"。"西式"是什么？译者可能把"Wertherian"，看成了"western"。

中译本的第26页第5个注解中，有一个书名叫《低城高城：东京从伊豆到地震》，让人不知所云。"伊豆"是地名，"地震"是事件，东京又怎么从一个地名到一个事件，难以明晓。原来，"伊豆"在原著中的文字是"Edo"，日本语发声为"えど"用汉字表示就是"江户"，而相摸湾中的名胜地则是"Ido"，日本语发声为"いど"，翻译者没有分清Edo和Ido的不同，于是就有了"东京从伊豆到地震"。实际的原意是"东京：从江户（时代）到地震（时代）"。"地震时代"是20世纪日本文化史的特有的名词，指的是1923年东京大地震时期。

陷阱二，译本迁就中国人的思维，在不对称中作强制性整合。

台湾学者夏冰语在他的大文《脏话满嘴粗话连篇，美利坚总统都爱国骂》中说，"（约翰逊）对他的化妆师吼道：'小子，你他妈的滚蛋！'"；"（杜鲁门对《坦白话》作者默尔·希勒说）'我告诉你，蒋介石他从来就是他妈的不好！'"大著又说"英俊潇洒形象良好的肯尼迪，私下也是'他妈的'等粗语朗朗上口的总统。"（载《新闻报》周刊1995年8月12日）。夏先生在文中所指的所谓"国骂"，显然就是由鲁迅先生解析的汉语国骂词"他妈的"了。鲁迅先生非常准确地破译了它的意义，称它的内涵即是"你的妈妈被我使用过"，这是一个隐性的性词汇。夏先生列举的美国总统的骂词是"shit""bitch""fuck""fuck off"，这中间没有任何一个词具有与鲁迅释义的汉民族的"国骂"相一致的内涵，都与汉语的这个"国骂"词的境界不相一致。至于有人把日语作品中的"ばか""ばかやる"、"くそ""なにくそ"等译成"他妈的"，更是离题万里了，因为日语中几乎没有涉及性事的骂词，利用这样的材料来做骂词的研究，岂不是上了大当！

陷阱三，译本表现译者个人对原著美意识或意义的理解，添加了原著没有的成分，或者把原著内蕴而没有表述的内容作个人理解的显现，从而，使依据译本把握原著观念在事实上已经不是原著本身了。

最近读了一篇研究日本民族"色彩观"的论文，在论述日本人倾向于"青色"时，引用了杨烈先生翻译的《古今和歌集》中纪贯之的歌：

外子有青衣，洗时如降雨；雨淋草上春，草绿添娇妩。

杨先生的译笔很美，节律犹如五言汉诗。但是，原歌词是这样的：

わがせこが　衣はる雨
ふるごとに　野べの緑ぞ　いるまさりける

原来，在纪贯之的原歌歌词中，有"衣"而无"青色"之说。所谓"青衣"，只是汉译者的自我意会。这种意会体现了译者对日本美意识的理解，我们无须对此作什么价值评价。问题是研究者本人在实际操作中忽视了遵循材料的原典性，没有使用母语文本，因而提出了一个与研究本题毫无关系的文本来作为论说的依据，由此得出的结论也就是没有意义的了。

三、原典材料的确实性

所谓"原典材料的确实性",这是指在双边文化与文学的研究中,在已经具备了原典材料的条件下,必须甄别原典材料中的哪些材料是具有"确实性"的,——所谓的"确证性",即运用在论证命题的逻辑推导中,具有不能辩驳的、无法推倒的实证性作用,它对"命题"的成立,具有根本性的支持价值。

关于日本古代最早的物语《竹取物语》与中国文化的关系问题,自江户时代以来,论争已经有三百多年了,莫衷一是。正方与反方使用的其实是同一材料,即中国秦汉时代"嫦娥飞升"的传说。正方认为,《竹取物语》的结尾就是仿照"嫦娥飞升"的传说;反方认为,为什么不能说"嫦娥飞升"的传说是仿照了《竹取物语》的故事呢?在双边文学或文化研究中,当一个材料可能被推引导出双向影响的结论时,一般说来,这样的材料便不具有"确证性"。这一实例要说明的是,并不是所有的同时代原典材料都具有"确证性",只有那些反映文化事实本质的原典材料,才能在双边文化的研究中具有决定性的意义。

当然经过对东亚文化史的研究,同时对世界文化史的考察,我们现在有把握地说,在解决"嫦娥飞升"的传说与《竹取物语》的故事的关系方面,已经获得了具有"确证性"的原典材料。

这一具有"确证性的原典材料",便是关于世界神话中普遍的"日月神本体论"与中国汉民族神话在秦汉之际从"日月神本体论"向"日月神客体论"的变异。原来,几乎全世界的关于太阳与月亮的神话都是本体论的形态,即太阳与月亮都是作为神的本体显现于世的。希腊的日神阿波罗与月神阿尔忒密思是兄妹;日本的太阳神天照大御神与月亮神月读命是两姐妹;中国汉民族的神话中,日神的母亲羲和与月神的母亲常羲是帝俊的二妃,所以日神与月神都是帝俊的儿女。《楚辞·九歌》中描述的作为太阳神的东君,驾龙舟,载云旗,上着青衣、下着白裙,举长矢,射天狼,是一位英俊的武士。总之,日神与月神,它们作为神的本体,具有鲜活的生命形态。然而,在秦汉时代于汉族文化圈内发展起来的方士,他们在寻求长生不死的所谓方术活动中,臆想在大地之外的海洋和天空中存在着不死之地,于是开始有把人送往月亮中成仙的构想,这种构想运用神话的形式表现出来，就是嫦娥飞升的传说。在这则传说中，月亮再也不是具有鲜活生命形态的神，而是成为臆想不死的仙人们的居住区了。早期的日月神本体论在这里消失了，代之以起的是日月神客体论。这一新的幻想性观念，在全世界神话中具有明确的汉民族文化特征。日本古代既然不存在日月神客体论的观念，那么，关于《竹取物语》结尾的构造在发生学方面的困难也就可以得到比较明确的解析了。

原典材料的确证性，用司法界的行话来说，便是提供死证。

四、实证的二重性与多重性

双边文学与文化的研究，一般都是依据文献进行的。但是，实证方法论不仅注意到文献的确证性，而且也尽量注意到运用文物参与实证的可能性，我们称为"实证的二重性"。就中国学者而言，自觉地运用二重实证法是从20世纪开始的。19世纪末和20世纪初，甲骨文字的出土与敦煌文献的发现，刺激了学术方法论的重大革新。

1915年，王国维在日本撰写《三代地理小记》一文。

王国维《三代地理小记》研究殷商自契至成汤8次迁移的地理问题。他确证自盘庚时代起，至纣王亡国，其都在殷(河南省安阳县西北)。其最可靠的证据便是从此出土的甲骨文字，几乎都是从盘庚以来至殷亡二百数十年间的遗物。由此实证，遂为不移之论。

这一研究的价值，比起获得了一个具体的结论更加有价值的，在于提供了一种古史与古文化研究的新思维——古史研究必须建筑在实证基础之上，依此提示人文研究者学术研究必须彻底摆脱经史文化的羁绊。此种实证逻辑，又必须建立在古代文献与地下文物相互参证的基础之上，这便是王国维首倡的"二重证据法"。

20世纪30年代，傅斯年先生在"二重证据法"的基础上，又把"民风""民俗"引入人文学术的研究中，近30年来，我们又把文化人类学、自然地理与经济地理等学科获得的原典性成果引入人文学术的研究，提倡实证的多重证据。

双边文学与文化研究中，凡是能运用文物材料的，应该尽量运用，使结论更加深刻而生动；凡是必须运用文物材料的，缺少了这一部分，就不能提出准确的结论。例如，关于前述"徐福与日本"的关系问题，这是一个必须具备有文物材料才能确证的命题，然而，主张徐福到达日本的学者们，至今也未能提供任何起码的文物证据。我曾经对所谓徐福登陆的四个日本地点作过实地调查，不仅没有找到任何实物证据，相反，原发地的文物却可以更加证明"徐福在此登陆"的不可靠性。

我在《中国文化在日本》的第一章"日本的发现"中，曾经提出，中国上古时代记录"原日本人"为"倭"，这是一个人种译名。此即是 Ainu 人的最早的汉译。"倭"在上古时代作"委"，"委"属"哥"部，发"A"音。吴语上海话把"矮"读若"A"，便是近上古音。所以，"倭"便是"Ainu"的直音。《后汉书·东夷传》记"光武中元二年（57），倭奴国奉贡朝贺……光武赐以印绶。"此处称为"倭奴"，乃是"倭"的长音，更接近"Ainu"的本音。事实上，在汉语中，"倭"是一个连绵词，本身并没有意义，它是不可以也是不可能独立存在的。几年前，《北京日报》驻日本记者发回一个报道，说国家某家大通讯社负责人参观日本九州，那里有一个"倭国"和一个"奴国"，这显然是据《魏志·倭人传》中列数日本列岛所谓各"国"名称而说的。但当时《魏志·倭人传》的作者因为不懂日本语发音的特征而把"Ainu"这样的一个表示种族和部落（或部落联盟）的词活活地拆成了"ai"和"nu"两个不知所云的音，制造了"两国论"，实在是应该纠正的。保守的史学家们长期囿于这种说法，令人震惊。其实，关于这个问题的论证，可以运用实物材料作证，原来在日本九州志贺岛早就出土了一枚金印，印文有"汉委奴国王"五字。这枚印玺确证了"倭奴"就是"委奴"，"倭"读若"委"，"委奴"就是"Ainu"。

应该说，假若没有文物参与作证，关于"倭""奴"和"倭奴"的论证还可能延续多少年，现在，由于提供了原典性的实物证据，"倭奴"即为"Ainu"我认为应该是不移之论了。

在双边文化与文学的研究中实行二重证据是完全有可能的。例如，我在关于东亚原始图腾的考证中、在关于与日本"梅原古代学"就日本神话的某些发生学方面问题的论争中，在关于日本早期物语文学构造的解析中，都引入了实物证据。由于文献与文物的相互印证，这就使实证具有了二重性，结论也就更加符合文化史的实际。

但是，当我们在运用实物参与实证时，对实物本身的确证性，研究者也应该具有学术的警惕。因为参与我们实证的实物，它本来的鉴定者，也可能由于知识的缺陷，或由于功利的驱使，也会制造一些指鹿为马、指蛇为龙的陷阱，给研究者造成困难。因此，研究者也应该具有相当的文化史知识，包括考古学识和文物鉴赏的知识。

五、研究者必须具备健全的文化经验

人文学术的研究，说到底，它实际上是以研究者的主观性判断来处理各种客观性材料。人文学术的成果，正是处于主观性判断与客观性材料的交接点上。因此，研究者具备健全的文化经验就成为最重要的条件了，由此便可以获得进行双边文学与文化研究的良好主体境遇。

所谓"健全的文化经验"和"良好的主体境遇"，指的是研究者不仅要在使用材料时注重原典性，而且，作为研究者本身，他还应该具备两种以上文化的实际经验。这种文化的实际经验，我以为最主要的在于体验下列四个方面的经验：

1. 必须具备关于对象国文化的综合性体验

本来，关于这一个要求，在研究者中是不应该有歧义的。但是，实际情况却并不是这样的。有些学者，在对对象国文化几乎毫无综合体验和把握的状态下，就任意命题，见风使舵，发表些不三不四的见解，影响舆论，误导青年，甚至获得功名利禄。例如，近二十年来关于日本当代社会是所谓"儒学资本主义"的命题在这方面便具有特别的典型意义。

相当一些中国学者，在对日本社会几乎没有综合性知识的状态下，开始对当代日本社会性质随意发表见解。他们既没有日本思想文化史的基本知识，不知道日本儒学在近代日本的命运，不知道它曾经是构成日本军国主义意识形态的一种基础；又没有在战后的日本有过真正的生活（请注意，这里强调的是"真正的"三个字，不是像某些媒体先生那样在国外十几天就对该国家的社会，文化，乃至所谓的国民性作出胡说八道的评论的那种生活）；更没有对日本的社会与经济，乃至企业运作，民众生活作过什么像样的调查。几乎在毫无综合知识装备的情况下，妄言儒学对日本的近代化如何如何具有重大意义，甚至提出"儒学资本主义"的概念，以便与"西方资本主义"相区别。在他们的论述中，"儒学资本主义"乃是一种崇尚人际关系，上下协调，以和为贵，以人为本的资本主义，是一种大大优裕于西方的资本主义的具有亲切的资本主义。

1990年的东方会议上，只有我一个人坚决不赞成日本儒学资本主义说，我作为一个人文学者，曾经对日本琵琶湖沿岸18个工厂作过民俗学调查，我确信资本的运行，在本质上是没有"东方"与"西方"的区别的，资本为追求最大的利润，在本质上它是绝对凶恶的（以2006年4月26日北京出租车涨价听证会上资本家的表现足证矣）！

他们的说法，对熟知日本的人来说，好比天方夜谭一样。其实，当学者们在20世纪80年代末与90年代中，在书房中为津津乐道的儒学在儒学资本主义的日本取得了重大成就而手舞足蹈的时候，这个国家的经济危机已经初露端倪了。现在，由于日本经济在低谷中徘徊，且难以提升，由于日本右倾思潮的发展，当年海阔天空地谈论日本儒学资本主义的学者，几乎全体实行了命题回避，大家都闭口不再说往事，放弃了这个题目。但是，遗憾的是没有一个当年呼叫儒学资本主义的学者出来反省这个命题的荒谬性，以及检讨分析造成这种荒谬性的学术原因、经济原因和政治原因。

然而，我们作为这一命题的一贯批判者，却应该从中反省，驱除功利主义的目的，从学理上来说，研究者必须具有健全的文化经验，对研究对象的文化一定要有一个综合性的把握，由此来获得进行双边文学与文化研究良好的主体境遇。

2. 研究者必须特别体验本土文化与对象国文化在生活观念方面的差异并掌握这种差异

研究者在双边文学与文化研究中，可以体会到两种文化在生活观念方面的差异几乎遍及文化的各个层面,是否理解与是否掌握这种差异性,关系到研究的准确与深入。

曾经有一位研究中国现代文学的日本学者,就中国的一分钟小说《强刺激》提出困惑。这篇小说只有三百来字,写一位女青年因为煤气中毒而昏死,医生抢救、母亲哭喊、男友呼唤、领导宣布提升工资……一切办法都不能把她救活。这时有人在她的身边轻轻地说:"你快醒醒,有人说你和他……,你不说的话,这事就讲不清了!"女青年忽然仰起脸,大声地说:"胡说,你这是胡说!"日本学者始终也不明白,这"强刺激"到底是什么,但是,中国读者已经明白小说的内蕴与宗旨了。

日本很有名的一位教授,到中国很有名的一所大学任教。校长宴请教授,二人有如下的对话:

校长说:"先生您一人到中国来,您的太太不会有问题吧?"

教授答:"我太太觉得我是世界上最好的男人了,所以不会有问题的。"

在比较文学与比较文化研究中,这可以说是典型的"聋子的对话"。两位都是名人,但是两位对于对象国文化的生活特征都毫无所知。

如果研究者不能把握两种文化的生活观念差异,在研究中会造成重大的误差。

例如在关于对日本"记纪神话"的理解上,天神 Izanaki 和 Izanami 下降创造日本,二神在大地上分别演变为男性神和女性神,神话以直观的和自然的手法,展示了这一演变过程,表露了男女性器官的形成与作用。由此而透露的生活观念与汉民族有着重大的差异。汉民族在性的表现方面,从儒学的立场上说,表现为"发乎情,止乎礼",也有人说"外乎礼,内乎淫",总之中国研究者对日本民族表现出这样的对生命的激情,一般作负面的理解。有人认为,日本神话是日本色情文学之始。有位主张日本当代社会处在奴隶社会阶段的先生,在论述中便举日本人至今推崇 Izanaki 和 Izanami 神话,论证其民族品格低下。这就造成了生活意识的判断错位,只要在研究中发生这样的意识判断错位,其研究结论就不可能是科学的,不可能是准确的了。日本民族在神话中表露的性,是与生命的创造意识相联系的,这是一种对生命产生的渴望和激情,具有民族情感的尊严性。这一特征可以说一直影响着日本文学与文化的意识。

3. 必须体验双边文化中的"语义"的差异并把握这种差异

双边文化的研究者不一定是语言学家，但是，研究的宗旨决定了他或许比语言学家要更加关心两种文本中语义的差异。

法国杂志《星期四周刊》（1991.1.31—2.6期）曾经有一篇题为《给交战者上一堂语义课》的文章，分析了20世纪90年代初期海湾战争中老布什与萨达姆之间可怕的对话。当萨达姆攻占科威特的时候，他估计美国是不会动手的。当美国人准备教训萨达姆的前夕，布什说了非常粗野的话。美国总统说："我们要用酸菜塞满萨达姆的屁股！"萨达姆的情报系统当然报告了美国总统如此这般粗俗的言辞，但是，伊拉克总统只认为这是美国佬吓唬他，他不知道这句话表示意义的严重性。原来在第二次世界大战时，美国在正式动手对付希特勒时也说过"我们要用酸菜塞满希特勒的屁股！"这句话的语义是表示美国人真正愤怒了，忍无可忍了，真要动手了！可惜，萨达姆完全不理解它的语义，于是美国的坦克开进了沙漠。

这段故事对比较文化研究者意味深长。它告诉我们，理解不同民族之间语义的差别，是感知一个民族文化氛围的基本内容。

一般非日本人在掌握日语方面都知道いいです具有"好的""可以的"等正面肯定的意义。但是，在实际生活中，恰恰是这个いいです，也可能具有もういいです的含义，即具有否定性的"到此为止"的含义。这是日本民族体面主义心理特征的表现，细小的差异会造成对民族心态诠释方面的重大的误解。中国学者由于不明白这一语义的多重性，不能把握在多样语境中语义的复杂性，我们出过一些特别可怜和可笑的判断故事。

4. 要特别体验文化氛围中的"美意识"经验

中日两国民众对于"美"的感受很不相同，表现在文化中的美意识就不相同。我曾经劝某作家读一读世界上第一部写实长篇小说《源氏物语》，后来作家给我写来一张便条说："好不容易耐着性子读完了这三部书（丰子恺译本共三册），实在读不出一个'好'字来。"《源氏物语》在日本文学史上，是确立日本古代文学美意识的既是经典性又是奠基性的作品,然而,在中国真正能欣赏它的读者却是相当少的。究其原因,最主要便是美意识的隔膜。作为中日文化与文学的研究者,如果也存在这种隔膜,那就不会有言之中肯的见解。

我们常常提到日本近古俳人松尾芭蕉的俳句《古池》,这也是日本近世文艺史上美意识的经典,典型地表现了日本人与日本文学的审美情趣。

古　池　や　蛙　飛　こ　む　水〃の音
（Furu ike ya　Kaeru tobi komu　Mistu no oto）

俳句在表现上最重大的特征,在于俳人不是通过视觉,而是依靠听觉向欣赏者传递美感。它真正引起欣赏者心灵的颤动,不在于俳句本身,而在于俳句之外的余韵。在俳句中,古池并不是表现情感的道具,它表现的是一种意识,即横亘在时间与无时间之间的一个意识过渡带。青蛙跳入水中,由这个动作激起的声音要创造一个无限的寂静——随着听觉中声音的消失,不仅恢复了原来的寂静,而且意识也随着远去的声音,向时间的超越过渡,从而进入一种无时间的永恒静寂状态。从一个角度说,这是俳人与欣赏者一起共同进入一种对生命生与死的二元超越。这便是芭蕉的美意识。此种美意识的获得,完全是通过欣赏者沿着俳句所指示的情趣方向去体验的,即"余韵性主旨"。

静寂（Wabi）,物哀（Monono Awae）,幽玄（Yuzen）三大情趣,构成了古代日本文化与文学最根本的美意识特征。余韵性主旨或余韵,是欣赏者与文学作品本身美感共鸣的最基本的形式。

对我们中国研究者来说,这多少是一个难题。我们习惯于从自己民族的美意识出发去理解芭蕉作品。于是,我们在芭蕉这一作品的汉译方面,使原句的意趣发生了变化,对读者的欣赏导向作了误导。这真是尴尬的译作。

试见汉译文:

——苍寂古池,小蛙迈然跳入,池水的声音。

——青蛙入古池,古池发清响。

——蛙跃古池内,静潴传清响。

——幽幽古池畔,青蛙跳破镜中天,叮咚一声喧。

——古老水池滨,小蛙儿跳进水里,发出的声音。

——苍寂古潭边，不闻鸟雀喧；一蛙穿水入，划破静中天。

如果我们仔细考察六种译诗，便可以发现所有的译者都尽量地追求"静寂"的意境，把原句中的"古池"和"青蛙"作为创造这个"静寂"和打破这个"静寂"的道具，古池是孤独闲寂的表象，跳入古池的青蛙则打破了静寂。译诗便把这样的意趣提供给欣赏者。但这种情趣其实并不是芭蕉《古池》内蕴的美意识。如果我们继续沿着我们自己认定的这种情趣去解析日本文学，其结果当然便是有千里之遥了。

在双边文学与文化研究中，运用此种原典性的实证研究方法论，实际上就是文本批评的方法，不过，我们与传统的文本批评并不完全相同。双边文化研究中的文本批评，其目的是通过对文本的实证，旨在揭示与命题相关联的文化史事实，从而获得确证的文化语境，达到问题的解析。在这个意义上说，我们倡导的原典性的实证，倒有些与神话原型批评、新历史主义文化批评（注意，这与日本目前兴起的"新历史主义"是两个概念）有相通之处。这一方法论，说到底是建立一种老实的、不奢华的、不夸张的不以功利为目标的实事求是的学术观念，它需要十分艰苦的辛劳，是任何急功近利之徒所难以操作的。

实证的观念与方法论，在中国学术史上有过长期的论争，直到作者写作本文的时候，论争也没有停息。近五十年来，中国学术界常常有人在"没有理论"和"销蚀理论"的幌子下对实证性研究发难，其中不乏名家大师。推其原因，当然各有难言的苦衷，然不肯系统地读书、真正老老实实地读书也许是共同的病根。尽管有不小的力量在那里反对与抵制原典性的实证研究，然而，在实际的研究中，原典性的实证研究却一再显示它内具的生命之力。当无数的空谈泛论成为文化垃圾之后，那些经过实证而确立的命题及其成果，却仍然始终支撑着双边文学（文化）与多边文学（文化）研究。

一个有责任感的研究者，一个诚实的研究者，现在应该大声呼吁：学术文化研究，要充分重视研究的方法论。

人文学术研究的方法，当然是因人而异。每一位成熟的研究者，都会有属于他自己的方法论，从而使学术研究更加丰富多彩。但是，无论其方法论具有多么独特的个性，作为对一个共同主题的研究，则必须遵循符合科学的原则。所谓方法论的科学原则，我以为是揭示或接近文化事实的原则。如果有一种研究，其结果是离文化事实愈来愈远,并且还执迷不悟,并且还以此换得地位与钱财,那么,即使在一段时间里许多人蜂拥而上,即使得到很大的政治与经济的支持,在文化学术史上,它只能是伪命题、伪学术、伪科学。当然,它们在文化学术史上也有作用,这便是警示同行,避免在类似的状态下再次跌入误区,并且显示各种非学术的欲望一旦介入学术研究之中,对真正的学术研究,将会造成多么重大的腐蚀和损失!

在"比较文学"研究中创建具有自己民族特色的中国学派的构想①

世界上比较文学研究的学派,基本上是按照研究的方法论来区分的。但是,无论是注重实证考据,以辨明各国文学相互关系的法国学派,还是在更广阔的范围内,从平行的角度来探求文学本质特征的美国学派,其内容基本上都是以欧美文学为中心的,虽然有某些学者顾及东西方研究,但毕竟是极少部分,且研究中肯者,更是为数寥寥。

目前,当比较文学研究在我国文学研究领域兴起的时候,我们应该在继承世界比较文学研究优秀成果的基础上,致力于创建具有东方民族特色的"中国学派"。只有这样,才能与中国文学的悠久历史,与它在世界文学中的地位相称。

---

① 三联书店《读书》杂志1982年第9期刊发同年6月28日在北京民族饭店举行的"比较文学的理论与实践"座谈会纪要。参加本次座谈的有朱光潜、黄药眠、李健吾、周珏良、陈冰夷、杨周翰、季羡林、李赋宁、严绍璗、温儒敏、张隆溪凡11人。在中国比较文学史上,除严绍璗、温儒敏和张隆溪三人外,其余九位先生作为中国20世纪这一学科的耆宿,是唯一一次学术聚会。文章把各位讲话的核心皆以相关的标题标出,其中严绍璗的讲话以"严绍璗提出创建具有民族特色的'中国学派'的构想"为标题,本文为发言摘要。

这一构思中的中国学派的研究任务，我认为至少应该包括三个方面：

第一，探讨中国文学对世界文学发展的影响，从而阐明它在世界文学中的地位；同时，也探索外来文学对中国文学发展的影响，从而阐明中国文学对外来文学的分解与融合能力。这一研究，应该看成是构成中国学派的基础。

第二，在与世界文学的比较研究中，真实地（而不是臆想地）揭示中国文学的民族特色，阐明这种特色形成的过程、它与外来文学的关系、在世界文学发展中的意义，并力图使这一研究成果成为当今作家从事创作的借鉴。

第三，把中国文学作为世界文学发展中的一种形态，与各国各民族文学相比较而探索文学的一般规律（以及它们各自的特殊性），从而阐明人类形象思维的基本特征，揭示文学的本质。这一任务，应该作为构想中的中国学派的最终目标。

要实现这样一些任务，我们在观念和方法论上应该有所突破，所谓影响研究和平行研究都不是绝对的，常常是互相包容的。事实上，实际的研究中必然会采用文学史的方法和文艺批评的方法等，否则将无法得出结果。因此，我以为中国学派不排斥影响研究和平行研究，同时应该从实际研究中摸索出一种适合于完成我们任务的综合性研究方法论。

老一辈学者为创造中国学派的比较文学研究，已经做了许多工作，但大量实际研究还有待于中青年学者来做。我们现在面临的状况是，虽有兴趣但缺少素养。比较文学研究必须在熟悉两国以上的文学及其历史文化的条件下进行工作，简单的比附和类比不能给人以什么启示。我以为，目前最迫切的任务是比较文学研究者需要以更加刻苦地学习和实在地研究，提高修养，不务空名。只有这样，比较文学研究才能逐步在我国得到发展，我们也才能在世界的比较文学研究中，创建起具有自己民族特色的中国学派。①

---

① 关于严绍璗在1982年《读书》杂志的这一座谈会上的讲话，2000年《中国比较文学》第2期第124—137页上，张哲俊先生在《踏实的学风 实在的研究——记严绍璗教授的学术道路和学术建树》中有如下的评述：他说：据中国三联书店《读书》杂志1982年第9期记载，该编辑部曾于同年"6月28日邀请在北京部分教授和研究工作者召开座谈会"，就"比较文学的理论和实践"进行研讨。出席这次座谈会的有朱光潜、黄药眠、李健吾、周珏良、陈冰夷、杨周翰、季羡林、李赋宁、严绍璗、温儒敏、张隆溪共计11位先生。就这张出席聚会的名单来看，或许可以说，在中国比较文学史上，再也没有比它更加具有"权威性"的学术聚会了。

（转下页）

（接上页）严先生在这次聚会上，即我国比较文学事业刚刚开始起步的时候，便提出了"创建具有自己民族特色的中国学派的构想"。严先生的谈话，透露出他对于刚刚在复兴中起步的中国比较文学研究的一种"学术的自觉"。他明确地意识到，在中国复兴和发展比较文学的研究，首先就应该突破"欧洲文化(文学)中心论"的藩篱，在学术上走"具有东方民族特色"的路。当然，这一条学术道路，也并不是凭空而起，他一开始就强调了对世界比较文学研究的优秀成果的继承。

严先生继而阐明了他对于构想中的"中国学派"的内涵的设定，其中心特征便是"中国话语"。他试图表明，中国的比较文学的研究，必须以"中国文学"为基质，通过对它与世界各文学的解读，真正阐明中国文学的民族特征，真正理清中国文学的发生发展与世界各文学的关系，最终，真正认识"文学"的本身。

……

但是，在这之后，我们几乎听不到严先生关于创建"中国学派"的呼声了。要是不看1982年第9期的《读书》杂志，恐怕没有人会把他也列入"中国学派"理论创导者的行列的。

其实，近20年来，严绍璗先生在东亚文学与文化的研究中，正是逐步地实现着自己的学术理念，为创建"中国学派"积累"个案"的经验。他偶尔也发出一些与建立"中国学派"相关的直接的呼声，例如《中国比较文学》1996年第1期上发表了他的"专论"《双边文化关系研究与"原典性的实证"的方法论问题》，表述的就是依据自身的学术体验关于怎样把理论的研究与文本的解读连接起来的思考。至于严先生为什么从提倡"建立"中国学派的最前线转移了自己的阵地，则是他从来也没有解释过的一个"谜"。但是，他在讲授"比较文化史学理论"的课程中，曾经讲到过明人黄宗羲作《明儒学案》与《宋元学案》的事，从中可以窥见他的思考。

严先生认为，《明儒学案》与《宋元学案》是中国文化史学在理论认知方面的重要的著作。黄宗羲从明代纷乱的文化学术中，立"学案"十九，分析为"宗派"，列学者二百余人，阐明其师承关系，条理其"宗派"特征，归拢而为"明代学术"。依此路数，黄宗羲又作《宋元学案》，总结两代学术。严先生强调，黄宗羲的经验告诉我们，所谓的"学派"，特别是具有全貌性的"学派"特征，都是后人对前人的总结。这种总结必须首先是立足在"学案"的基础上的，即立足于已经成就了的"学术"的基础上的。严先生说，像《明儒学案》《宋元学案》这些著作，表明了中国学术具有"认识自我"的机制，而这种"机制"的启动与运作，又是在极其严密的"实证"状态中进行的。"要总结一个时代的学术，就需要有一个时代的积累，需要有一个时代的准备！"是的，先生深虑精思，"没有具体的研究，怎会有学派的特征？"故而，严先生很快就不言"学派"之事，而只埋头于学术的本身了。他以自己"踏实的学风""艰苦的学习"和"实在的研究"，争取为后人总结这一段学术，提供一个"属于中国人自己的实证"。

民族文学研究中的比较文学研究空间①
——为纪念《中国比较文学》创刊20周年而作

文学研究在实现自己的终极目标的过程中，经常会遇到两个难题。第一个难题是，作为民族文学，它与世界文化的关系究竟是怎样的。文学研究如果不能很好地回答这个问题，民族文学的研究就会呈现为一种民族自闭的文化表述形式；第二个难题是，古代文学的研究，如何阐明它与人类现代生存之间的价值关系。文学研究如果不能回答这个问题，就会呈现为一种"拍卖古董"的玩赏主义行径。

其实，这两个问题几乎是一切民族文学和国别文学研究者所面临的难题，它们常常困扰着我们的理论和实践。在民族文学和国别文学研究中的各种各样的民族主义思潮，又常常制造自己本民族文学或本国文学的所谓统一性和单一性、稳定化和凝固化的特征，把自己民族的或国家的文学当成是"在自己本土纯粹的文化中生成，也只有本民族或本国的民众才有能力消费"的"家族遗产"，从而隔断了民族文学与世界文化的丰富多彩和千丝万缕的联系，从而把本来是由各民族和各国家的文化

---

① 本文原载于《中国比较文学》2005年第3期，《新华文摘》2005年第21期转载，王守常、张文定：《中国文化的传承与创新》，北京大学出版社，2006年转载。

（包括文学）共同组合成的世界文明，伪造成七零八碎所谓具有单一性和凝固化的纯粹的民族文学。

比较文学提供了一种从跨文化的立场观察文学和文化的学术视角。一百多年前当先辈学者创设这一学术的时候，他们是苦于在民族文学或国别文学的范畴内遇到了只有超越一个民族或一个国家的文化范畴才能解决的难题，因而从民族文学和国别文学的概念中独立出了以双边或多边文学研究为基础的比较文学的新学术。一个世纪以来，国别文学研究一直与比较文学研究相对峙，并且常常使比较文学的学术陌生化。但是，随着比较文学研究的发展——它在实践中的不断探索并由此而提升的学理，它不仅已经认识到纯粹民族文学或纯粹国别文学阻断表述民族文学与世界文化联系的事实及其严重的后果，而且，也多少摸索到了回答上述难题的某些学术层面，这就是我们现在已经多少有把握地提出"把比较文学做到民族文学的研究中，在民族文学的研究中拓展比较文学的空间"，从而能够在多元文化的语境中，连接民族文学与世界文化的丰富多彩的联系。我觉得，这是比较文学学术特别是我们中国比较文学学科在四分之一世纪中所获得的最有价值的学术成果之一。

我以为提出"把比较文学做到民族文学的研究中，在民族文学的研究中拓展比较文学的空间"这样的学术构想，是建立在我们深化对比较文学学理的认识，并在此基础上已经获得了在一个文学文本中展开比较文学研究的可行性事实。依据目前的学术认识和学术积累，我以为比较文学研究至少可以在三个层面上进入民族文学的研究中，从而在突破民族主义思潮为民族文学设置的所谓统一性和单一性、稳定化和凝固化的藩篱，克服由此而造成的某些研究者的心理障碍，并在努力还原文学的真实而达于文学研究的根本目的方面，发挥这一学科的应有之义。

第一，在文学的发生学层面上，可以揭示与世界文化的连接，从而使民族文学摆脱它虚假的所谓单一性繁殖的文学孤儿的不真实的身份，在人类文明的成果中表述自己生成的内在逻辑，从而确认自己是世界文化进程中具有生命力的成员。

从广泛的文学的发生学立场来说，世界上任何文明时代的民族，即开始使用了金属工具，有了相对稳定的农耕生产和使用自己的文字记录语言的民族或地区,它们的文化和文学的生成即"发生",一般来说,至少应该具有三种文化语境层面相互作用,——这就是"表达本民族或本地区文化传统和文化现实的文化语境","异质文化透入在抗衡中融合的文化语境",以及"显现人类共同思维特征的文化语境"。因此,文明时代的各民族的文学,从本质上考量,其实并没有纯粹的民族文学,他们几乎都是多元文化的"变异体"。

把比较文学发生学的这一基本学理透入民族文学的研究中,则可以克服民族文学只是在单一的民族文学传统中承前启后的"单亲生成"的"孤儿观念",从而展现民族文学发生过程中与世界文化连接的丰富多彩的内在逻辑。

例如,《中国大百科全书·中国文学Ⅰ》关于中国"北朝诗歌"的生成与发展,有如下经典性的表述:

> ……北朝的文人诗兴起很晚。……所存作品不多,艺术手法大抵仿效南朝,但并没有达到南朝的水平。……北魏末年……分裂为东魏和西魏,以后又变成北齐和北周的对峙。其中东魏和北齐统治着经济和文化比较发达的黄河中下游地区,北方文人大抵聚居邺城。……他们的诗主要取法南朝的齐梁诗人。……艺术水平已逐步与南朝相接近。
>
> ……
>
> 北朝诗兴起较晚,在形式和技巧方面,学习了南朝的诗歌。但由于社会生活与南朝有较大的差异,因此北朝诗在内容与风格上仍然具有自己的特色。①

这一段关于"北朝诗歌"的发生学阐述,其中心思想是以"南朝诗歌"为"北朝诗歌"的兴起提供了驱动能量,并且把"南朝诗歌"作为评价其优劣的价值标杆。从比较文学的发生学立场考察,这样的表述与"北朝诗歌"生成的实际状况并不一致,与"北朝诗歌"在文学史上实际应该获得的地位并不一致。

依据法国学者Chavanne(沙畹)、日本学者Hata Tooru(羽田亨)、Ogawa Tamaki(小川环树)等所做的文学的语义学研究,他们认为,在中国的《乐府诗集》中所收录北朝的"敕乐之歌",实际上是一首汉文翻译的外来民族的"歌"。"敕勒"原来的语音和语义,应该是"突厥"(Turkut)的意思,此歌

---

① 《中国大百科全书·中国文学Ⅰ》,中国大百科全书出版社,1986年,第35—36页。

原来即为"突厥之歌"。

关于泛土耳其族早期韵文与歌的材料，目前保存的文献有1073年 Mahmud Ibn Alhusain Alkasgari编著的*Diwan lugat at-Turk*。20世纪上半叶德国学者 Carl Brockelmann从这部辞典中辑录出229节断片的诗歌，编辑为*Asia Major*。其中，我们观察到有相当一批古土耳其歌的形体与现在的《敕勒之歌》的音节韵律相似。皆为大二行，小四行，6-8-6-7 的节奏。

（敕勒川-阴山下）3-3 ＼（天似穹庐-笼盖四野）4-4 ＼
（天苍苍-野茫茫）3-3 ＼（风吹草低见牛羊）7

请注意，这里展现的不是文字的字数一致，而是韵律节奏相同。

这一个事实提示我们，关于"北朝诗歌"的发生，事实上有着比《中国大百科全书》所表述的远远丰富得多的内容，可能隐藏着我们至今也还不知道的我国黄河流域地区与中亚细亚和小亚细亚极为宽泛的文化接触，并由此而造成了异质文化透入的生动而有趣味的事实。实际上，我们知道，从北魏、北周到隋代，有一种被称为"北歌"的歌曲，常常与西凉的音乐一起合奏。到唐代，据说这种"北歌"还存有53章。其中在歌词中还可以见到若干匈奴族和鲜卑族的用语。考虑到匈奴族和鲜卑族在西亚和中欧的发展，可以推测，北歌具有相当宽阔的文化语境，并且与唐代的乐府体在韵律上可能有着某种关系。①

这就昭示我们的研究者，遥远的古代外来民族与外来民族的歌曲，包括音乐在内，有可能促使汉族的韵文产生新的形式。

我在这里只是以中国文学北朝时代一个实际的"歌"的例子，试图说明中国文学汉民族文学的发生，具有非常宽阔的超越汉族的文化语境，它显然不只是在

---

① 其实，北朝韵文中有相当数量的非华夏族群的各种语言韵律组合成的文学遗产。上文叙述的"北歌"，应该是北魏时期的《真人代歌》的后人称法。《旧唐书·音乐志（二）》曰"后魏乐府始有《北歌》，即魏史所谓《真人代歌》是也……周隋与西凉乐杂奏。今存者五十三。其名目可解者六章……其不可解者多可汗之辞。"什么是"真人代歌"呢？《魏书·音乐志》记载北魏道武帝时"正月上日，飨群臣，宣布政教……掖庭中歌《真人代歌》。上叙祖宗开基所由，下及群臣废兴之迹，凡一百五十章。昏晨歌之，时与丝竹合奏。"从这样的描述中可以见到当时一百五十章《真人代歌》的演奏，何其恢宏！后来《隋书·经籍志（一）》记载有"国语真歌十卷"。此处的"国语"当为当时的"汉语"之意。由此可以推考北魏时期宫廷的一百五十章《真人代歌》非为汉语文本，学者推为"鲜卑语"。有兴趣的读者可以阅读马祖毅诸先生的《中国翻译通史》（古代部分），湖北教育出版社，2006年。

汉族群体的生存范围内形成的。考虑到汉族形成的巨大历史能动的过程，从而形成了一个中国文学（这里指的是汉民族文学）发生的极其丰厚的土壤和极其宽阔的空间。这一个实例所显现出的学理，我觉得它可以在广泛的意义上使用于民族文学发生的研究，民族文学也只有揭示了它内在的生成逻辑过程，才能在更加深刻的意义上体现它的世界性价值。①

第二，在文学的传播学层面上，可以揭示民族文学与世界文化的连接，使其摆脱在世界文明的发展中自我幽闭的孤独境地，从而在人类文明的进程中显现它对世界文化的独特作用和贡献。

任何民族的文学的样式和文本一旦形成，它的传递和扩散，便成为考量这一文学价值的一种标尺。民族文学研究的主流话语因为长期囿于只在本民族群体的范畴内立足于民族的传承，也就没有能力顾及民族文学本来所具有的依托世界文化的互动而造成传递和扩散的丰富状态，从而在世界文化的格局中造成自我幽闭的局面。例如，我们以《中国大百科全书·中国文学Ⅰ》（第23页）"白居易"条目对白居易文学的传递和扩散的描述为例。

> 白居易的名声远播国外。当时有朝鲜商人来求索白诗，带回去卖给该国宰相，一篇值百金。日本僧人惠萼也在苏州南禅寺抄得一部白集带回国，后陆续有人抄回，至今日本保存有相当于宋、元时代的三种抄本各一卷，视为国宝。

作为以国家面貌提供给全社会的百科全书，对白居易文学的传播和扩散做如是的表述，可以判断出民族文学研究在这一层面上的严重缺损和极端乏力。

---

① 本文著者在这里表述的价值取向，还可以陈寅恪和朱维之两位前辈的研究作为基点。1930年《史语所集刊》第二本第二分册刊载有陈先生《西游记玄奘弟子故事之演变》一文，阐述孙悟空故事与印度的关系。1940年朱先生在《金陵神学志》（12月10日刊）上刊出题为《中国文学底宗教背景》一文，阐述南亚佛教对中国文学的四个层面的影响。第一，他以《佛教大辞典》为例，指出佛教经典扩大了汉语词汇，他统计汉语中有3500个新词来自佛教经典。第二，他认为自南北朝以来，佛教徒如沈约等因吟唱佛经而感悟汉语的声调，推进了汉语诗歌散文的节律化。第三，佛教经典的流布，暗示了集中新文体的兴起，如小说、戏剧、弹词等，当为佛教文学的刺激而产生。第四，自六朝以来，文学思想都不能脱去佛教的成分，至于宋明学者，则大多处于外儒内佛的状态。此前，朱维之先生曾为文论证《宋元南戏与沙恭达拉（沙恭达罗）》的关系，认为南戏与印度剧有相似点，并提出由于天台山国清寺中发现了《沙恭达拉》极为古老的梵文写本，"其中的消息更可想而知了"。

比较文学的传播学视野是从世界文化的总体势态中揭示并表述民族文学的传递和扩散的途径、形态与后果。与上述百科全书用道听途说得来的一些鸡零狗碎的花边新闻充作文学传播的内容完全不同，比较文学的传播学把文学的传递和扩散作为一种具有体系性的学术在整体层面上展开追踪和研讨，它企求在世界文化的形成与发展中获得相应的学术表述。

仍然以白居易文学为例。比较文学在传播学层面上立足于在稳定、完善和发展东亚文化圈的文学功能和社会功能中追踪并表述白居易文学的传播和扩散轨迹。目前，我们至少可以说，下述三个层面提供了考量白居易文学的标尺。

1. 白居易文学对日本汉文学的成型和完善具有的价值

日本汉文学初始于5—6世纪日本古代国家的雏形时期，成型于8世纪初期，以《怀风藻》（Kaifusou）为标志，主要是歌功颂德、侍宴从贺之作。日本汉诗的真正成熟始于白居易文学进入日本的9—10世纪，以菅原道真（Sugawara-no-Michizane）为中心标志。

我们从日本汉诗中检查出白居易文学透入其中的三种类型。

第一种类型，是以白居易诗的形体为创作模板，仿真而作诗，可以称"白诗仿体诗"。

《寒早》　　　　　　　《和春深》
菅原道真　　　　　　　　白居易
何人寒气早，　　　　　何处春深好，
寒早还走人。　　　　　春深富贵家。
案户无新口，　　　　　马为中路鸟，
寻名占旧身。　　　　　妓作后庭花。
……

何人寒气早，　　　　　何处春深好，
寒早还走人。　　　　　春深贫贱家。
案户无新口，　　　　　荒凉三径草，
寻名占旧身。　　　　　冷落四邻花。
……

何人寒气早，　　　　　何处春深好，

寒早还走人。　　　　春深执政家。
案户无新口，　　　　凤池添砚水，
寻名占旧身。　　　　鸡树落衣花。
……　　　　　　　　……
（共10章）　　　　　（共20章）

第二种类型，是日本汉诗人采撷白居易诗的若干诗句，融入自己的创作中，可以称"白诗仿句诗"。

　《不出门》　　　　《重题》
　菅原道真　　　　　白居易
一从摘落在柴荆，　　日高睡足犹慵起，
万死兢兢蹐促情。　　小阁重衾不怕寒。
<u>都府楼才看瓦色</u>，　<u>遗爱寺钟欹枕听</u>，
<u>观音寺只听钟声</u>。　<u>香炉峰雪拨帘看</u>。
……　　　　　　　　……

第三种类型，是日本汉诗人融合白居易诗的主题或者意境，贯穿在自己的创作中，可以称"白诗仿意诗"。

　　《路遇白头翁》
　　　菅原道真
路遇白头望，　　白头如雪面犹红。
自说行年九十八，无妻无子独身穷。
三间茅屋南山下，不商不农云雾中。
屋里资财一土匮，匮中有物一竹笼。
……
（全诗52句）

可以这样说，从9世纪开始到11世纪末和12世纪初期，由于白居易文学在日本列岛的传播，使日本汉诗终于变革了奈良时代华丽的殿堂诗风，由于这一变革才使日本汉诗获得里继续生存的生命力。

2. 白居易文学为日本和歌创作提供了有价值的意象,提升了和歌的艺术趣味

许多学者过去和现在都认为,以短歌为代表的运用假名创作的文学,是最纯粹的"日本民族"的文学,即不受任何外来的或外在的他民族文学影响的文学。我们在10—12世纪的日本和歌中,检出了一批以白居易诗歌提供的意象为作品美意识中心点的作品。我们称为"白诗句题和歌"。我们从和歌中检查出,和歌中"白诗句题"大概有这样两种形态。

一种形态时,一首和歌所表达的情感与构筑的意境,实际上就是白居易原作中一句所表示的意象。在这个意义上可以说,这一类型的"白诗句题和歌",实际上是以和歌的31音节律重现白诗的意象,而白居易文学则成为和歌创作的直接的意象库房。

白居易《杨柳枝词》	大江千里短歌	汉文切意
依依袅袅复青青	こづたふに	树梢添出枝
勾引春风无限情	緑の絲（いぬの）	吐出绿丝
白雪花繁空扑地	弱（よわ）ければ	莺飞来歌息
绿丝条弱不胜莺	鶯（うぐいす）とむる	弱嫩不胜力
	よからだになし	

另一种形态时,日本歌人以白居易诗的一句为意象作歌,但歌人在承袭白诗本来的意境时,对原诗有所浑融化,即歌人在歌中以自我为中心,把自我的情感意欲与原诗中的余情余韵、含蓄隐藏的言外深意,浑融为一体了。

白居易《嘉陵夜有怀》	大江千里短歌	汉文切意
露湿墙花春意深	てりもせず	明月掩其光
西廊月上半床阴	くもりもはてぬ	朔云驻其步
怜君独卧无言语	春の夜の	春日夜来临
唯我知君此夜心	朧月夜ぞ	共赏朦胧月

3. 白居易文学进入了日本早期古物语(即古代假名小说)的创作之中。依据研究的数量统计,在日本文学史上第一部,也是世界文学史上第一部写实主义小

说《源氏物语》中，在97余情节中，透入白居易诗文中的80个意象，共同创造了小说所要表达的恋爱的惆怅、仕途的失意、羁旅的愁苦、与大自然融合的空蒙的感受这样一系列的美感意识。

上述三种传播状态，基本的核心则是以白诗作为日本文学的意象本源，显示了两种不同质的民族文学，却可以在文学意象上融通，并且以此为基质组合成一种新的美意识。此种美意识的构成材料来自白居易文学，但当它进入另一种民族文学之后合成的美意识却已经被醇化为日本民族的。白居易文学在传播和扩散中的重大文学价值和深刻意义，可能就在这里。

此例所展现白居易文学在传播学层面上的活动空间竟然是如此地丰富广大，它多少可以表明比较文学的传播学一旦进入民族文学的研究中，则可以引领民族文学走出自我幽闭的孤独文化境地而重新返回世界文化的大家庭中，从而从一个层面上揭示了民族文学本来就具有的与世界文化交融的生命力。

第三，在文学的阐述学层面上，可以揭示文明时代的任何民族文学，作为人类文明的共同瑰宝，在对它的解读层面上凝聚着人类共同的智慧，从而克服把民族文学作为家传遗产的关门消费主义和独家把玩主义。

从文明史的立场上说，文明时代世界上已经形成的所有文学，它们一旦产生，就既是属于民族的，同时也是属于世界的，它们与各民族的文学共同体现人类文明的成果和文明的进程。关于文学文本的二重性归属特征，来源于文明时代的任何文学文本的产生，从本质上说一定是与具有"世界性意义的文化语境"相关联的这样一种基本事实。这一基本的归属特征，无须人们承认或不承认，因为这是文学发生的本质特征之一。民族文学的这种二重性归属本质，就决定了对文学文本的解读是世界性的。

例如，对于希腊文学的解读和阐述，近代以来一直都是以世界性的规模展开的，包括希腊本身在内的学术界都承认世界第一流的希腊文学研究家不是希腊人；人们并不为此而感到大惊小怪，希腊国家也并不为此而认为丧失了自己民族文学的荣耀。同样的状态还有如对于罗马文学的研究，甚至是对于像英国莎士比亚这样个案文学的研究，相对应的被世界公认的当今具有权威意义的学者，并不一定是以国籍来决定的。

民族文学一旦形成，它就是全人类文明的共同瑰宝。世界性地对民族文学的解读，集中地凝聚着人类的共同智慧。

我们以敦煌文学研究为例。1911年秋天，在敦煌文献被发现的初期，日本京都帝国大学教授狩野直喜（Kano Naoki）追踪被英法探险家所攫取的文书，开始了"敦煌研究"中最早的文学研究。1916年起日本《艺文》杂志刊登他从欧洲发回的《中国俗文学史研究的材料》，陆续公布了他读到的后来被称为"变文"的文本如《唐太宗阴魂游地府》《秋胡的故事》《孝子董永的故事》《伍子胥的故事》等，并且断言"治中国俗文学而仅言元明清三代戏曲小说者甚多，然从敦煌文献的这些残本察看，可以断言，中国俗文学之萌芽，已显现于唐末五代，至宋而渐推广，至元则获一大光明也。"这是最早的敦煌文学研究，他不仅具有首创之功，而且所获得结论的基本内涵，后来成为中国文学史上关于讲唱文学源头的经典性表述。1920年王国维在《东方杂志》17卷9期上发表了《敦煌发见唐朝之通俗诗及通俗小说》一文，为我国学者首次研讨敦煌文学资料与中国文学发展的关系。其中论说通俗小说的部分，采用和吸收了狩野直喜的上述见解。这是民族文学在阐述学层面上展现自己世界性智慧的生动事实。

但是民族文学研究中的主流话语，有意或是无意地回避这样生动的事实和这样丰厚的智慧积累，我们以《中国大百科全书·中国文学Ⅱ》（第732—734页）"《诗经》研究"为例。"诗经研究"是《中国大百科全书》中的大条目，厘定为"《诗经》是中国最早的一部诗歌总集"，分"汉至唐代的《诗经》研究""宋元明的《诗经》研究""清至近代的《诗经》研究"等子目，其叙述与时间共进。但是，它完全回避了《诗经》研究实际上已经是一门国际性学术这一基本事实。

《诗经》作为中国文学的起源性作品和经典性作品，从7世纪传入东亚古代诸国，17世纪传入欧洲，一直存在着当地学者对文本的持续不断的解析。近代以来的研究，例如，法国学者 M. Granet（1884—1940）的 *Fêtes et chansons anciennes de la Chine*（《中国古代的祭礼与歌谣》）（1919），一直被国际人文学界称之为"具有划时代的功绩"。它以文化人类学和民俗学的视角，以分析《诗经》为基点，试图通过《诗经》歌谣来复原中国古代的以祭礼为中心的民俗，从而来解读中国古代社会。一个世纪以来，欧美和日本的人文学家对《诗经》阐述的主流，几乎都是沿着M. Granet的图谱发展的，而且对中国一些著名学者像闻一多先生等，也产生过实际的影响力量。我们现在正在编纂《20世纪日本中国学（古典研究）书目》。在过去的一个世纪中，日本中国学界对中国古代文化的研究出版了54000余种著作，即平均每2天有3部著作公刊。这里，我们不评价他们对中国文化阐述的意识形态特征，就说在这样一个国家内，几乎每天都有人在那里对中国文学、中国文化作出具有他们民族特性的解读，进而扩大到全世界，那么，我们可以想见这种解读的资源是何等丰厚，何等生动。其中关于《诗经》这一个主题的研究，日本学界在100年的时间中公开出版了67部文本，平均每一年半左右有一部研究著作问世，民族文学研究者不应该对其中所积累的智慧无动于衷，而只是关起门来"自己欣赏""自己把玩""自说自话"的。

比较文学原先是从民族文学（国别文学）研究中分离出的学术，经过了学术的锤炼，提升了它的初生态，逐步地完善着它的学理和实践，现在，它又可以重新回返到民族文学（国别文学）研究中，在这样古老的学术中开拓自己活动的空间，从而有助于开通民族文学与世界文化连接的通道。这或许是人文学术在21世纪为比较文学研究者提出的一种学术责任和社会责任吧。

谨以这样自以为是的思考，来纪念对推进我国比较文学学术中功勋卓著的《中国比较文学》20周年纪念。

确立关于表述"东亚文学"历史的更加真实的观念[①]

——我的关于"比较文学研究"课题的思考和追求

在2003年"北大—复旦比较文学论坛"第三届年会上,我曾经说过,我的关于东亚比较文学研究的思考和设定的学术目标,最根本的便在于追求更加真实地,也就是更加科学地表述东亚文学的历史。它的隐含的价值意义则在于评价截至目前的多种关于东亚文学的历史表述,在学术的层面上说,则是不大真实的,也就是不大科学的,应该并且需要进行新的学术审视。这一价值判断之所以得以形成,因为在近30年来我接受比较文学的学理并在实践的基础上深化与纯化相应的学理观念以来,从文学的发生学、传播学、阐述学、形象学、译介学等多层面的立场上考察学术界关于东亚文学历史的表述,愈益感觉到目前所读到的各种国内外的《东方文学史》《中国文学史》《日本文学史》和《朝鲜(韩国)文学史》的大多数,其中特别令人注目的是,有些是获得了各种崇高的学术奖励的研究表述,基本上是在民族文化自闭的文化语境

[①] 本文原载于《中国比较文学》2006年第2期。

中，以自己本民族文学或本国文学的所谓统一性和单一性、稳定化和凝固化为自身的民族性特征，把自己民族的或国家的文学当成是在自己本土纯粹的文化中生成，也只有本民族或本国的民众才有能力消费的家族遗产，从而阻断了民族文学与世界文化的丰富多彩和千丝万缕的联系，从而把本来是由各民族和各国家的文化（包括文学）共同组合成的世界文明的多元形式伪造成七零八碎的所谓具有单一性和凝固化的愈是民族的便愈是世界的纯粹的民族文化（文学）。

40多年前，我开始接触国际Sinology，特别是从30年前以较大的精力从事日本中国学起开始注目于东亚文化关系，又从宽泛的文化关系的兴趣中专注于东亚文学关系（包括相关联的东亚思想史的诸层面）的研究[①]。我的目的是希望通过这些关系的研讨，从中获得关于东亚文化或东亚文学传递的某些学术图谱，从而成为阐述日本中国学的具有确定性的真实背景。不意一旦进入这些领域，就把自己放置于比较文学的研究之中，从此便坠入了"万劫不复"的境地，从而使自己的研究看起来有些主次颠倒，把比较文学研讨变成了主业，而把Sinology的研讨变成了副业。但我日益意识到具有双边或多边文化价值意义的Sinology研讨（包括关于这一研究的原典资料的收集整理与阐述）原来是应该纳入比较文学研究的一个领域。于是，在朋友们看来，我既从事比较文学研究又同时在操作Sinology，但在我本身则从来也没有感觉到它们之间存在着所谓的学术间距，反而感觉到在学界有些朋友以为是两个学科的研讨对象，在我自己则感到在相对更广泛的层面上为自己提供了思考的空间而逐渐夯实了自己应有的学术基础。

我愈来愈相信比较文学的学术观念有可能为我提供一种从人类文明的总体进程中、在世界文化的相互流动与交融中观察文学和文化的视角，即在跨文化的立场上以多元文化的学识和理念考察世界各族群、各民族和各国家的文化与文学的发生与发展，从而有可能逐步揭示人类文化（文学）充满鲜活生命力的能量源泉。一旦把这样的学理立场变成自己的学术观念和方法论的基础，我发觉自己对从前所拥有的关于中国文学和东亚文学的各种知识，产生了不少躁动不安的情

[①] 所谓"40多年前，我开始接触国际Sinology，指的是1964年夏天我从北大五年制本科毕业后留校任助教，依据国务院副秘书长齐燕铭同志的意见，在原美国"燕京—哈佛学社"（The Yenching—Harvard Institute）中方老人的指点下，整理学社遗留在中国而归北大保存的资料。这一工作进行了一个多月后就被有关方面叫停，但却由此而奠定了我自身此后数十年学术发展的道路。

绪，即时常怀疑自己已经获得的知识的真实性价值。我最早的这种怀疑和自省是从日本古代文学开始的。比如，我从自己所能读到的一些中外《日本文学史》和《日本思想史》的著作中感受到作为日本历史的起始当然也作为日本文学起始的"记纪神话"，从内容到形式是日本文化民族性特征的最初始形态，这一文化特征构成（无与伦比的）日本文化的民族传统。但是，跨文化立场的思考使我对这样的结论产生反省。当比较文学的研究正在相关的文学领域中解构纯粹民族文学特性，以复原文明世界中的文学样式事实上具有层次不等的多元文化构造的时候，我便开始把认识日本文学最初始的经典样式应该具有的内在多元发生与构造机制作为自己的课题，着手揭示和阐述这些机制的材料组成和表述的逻辑特征。

我自己以为这是一个很有意义的课题。假如我们能够在这个课题中有所收获，我们或许可以找到一个重新认识更加接近于真实的东亚文学历史的有意义的入口。20世纪80年代初年我读到日本文学史家西乡信纲的《日本文学史》，他把日本古代对华夏文化的吸纳阐述为"学木乃伊的人终究也变成了木乃伊"，他认为"奈良时代的贵族醉心于华夏文化，从而是把自己的文学称为'殖民地文学'"。他认为《万叶集》是"真正的摆脱了这种'殖民地文学'的作品"。"柿本人麻吕是第一位真正地摆脱了汉文化'殖民'的日本歌人。"我以我当时远不如现在具有的日本与东亚文化和文学的知识思考，对于他的结论断语的真实性深感怀疑。于是撰文在北京大学《国外文学》第2辑上发表了《日本古代小说的产生与中国文学的关联》一文。这是我第一次试图阐述在东亚文学的研究中必须建立文化动态观念和族群与民族间文化平等观念的极为初步的表露，其论说框架与材料解析显得还很幼稚，但萌发的核心观念与25年后我的理性思考则是一以贯之的。此文当时在编辑部遭到我国日本文学研究的一位权威，也是西乡信纲《日本文学史》的汉文译者的狙击[1]，他教导我"日本文学丰厚的民族性是不可能被否定的"，"不要指名道姓批评日本学者，不要再搞'文化大革命'那一套了"。权威先生的教导是严厉的，我真诚地感谢他对我论文的批评，但我意会到他的学术观念的核心正是一切把日本文学称为国别文学的学者的基本观念和基本信仰，它起源于江户时代的中期，二百年来成为日本精神层面中的痼疾，我自知

---

[1] 此文后来收入张隆溪、温儒敏主编：《比较文学论文集》，北京大学出版社，1984年；后又收入卢蔚秋编：《东方比较文学论文集》，湖南文艺出版社，1987年。

自己的学识能力是无法克服这样的痼疾的，但内心却又涌动着寻求东亚文化（文学）发生与发展的本相事实的冲动，在沉思反省中提升自己。

1985年《中国比较文学》第1期以专论形式发表了我在东亚比较文学研究中重整旗鼓后关于"记纪神话"研讨的第一篇论文《日本"记纪神话"变异体的模式和形态及其与中国文化的关联》。这一论文的基本思考不在于试图推翻"记纪神话"的日本民族文化特征，而是着意于揭示这样的民族特征产生的本源。论文在原典实证的支持下，提出了"记纪神话变异体"的概念。本文受到了相关研究者的重视和支持，被收入《北京大学哲学社会科学优秀论文选》中[①]。但是，当时我自己已经觉察到，该论文关于这一课题的阐述有着重大的缺陷，即它注重的原典材料仅仅在于经典人文文献学的范围，没有在广泛意义上的多元文化语境中，即在文化人类学、民族学、民俗学、社会学的更加广泛与更加深刻的文学生成的语境中，以我自己正在思考中的比较文化论加以考察，并且研究者的眼光也还只是立足于东亚地区而缺乏世界性意识。我自己沿着这一课题的设计希冀能够不断地深化自己的认识并获得相应的表述。

20年来，我设定自己应该在两个层面上展开这一课题的研讨。一个层面是沿着关于"记纪神话"作为神话变异体的本体论内容，不断地在多层面中搜索材料，细读文献，进行可能的田野调查，从而提升自己的思考，确立相关的课题。另一个层面是以"记纪神话"的研讨作为基地，把思考与表述对象扩展到对关于构成日本上古文学基本线索的相关的经典文本的生成机制中，采用在"记纪神话"研讨中积累的命题与解题的经验，在较为宏观的层面上，希望构成既能更加接近文学在宽广的跨文化文明史中生成的真实状态，又具有研究者学术个性的揭示日本上古文学生成本源的一个逻辑解析系统。

由于我的学术构想已经介入东亚文学的许多部位，所以面临已有的学术观念的重大挑战，这种挑战本身也具有跨文化性质。我想，既然我设定以日本上古文学作为体验比较文学学术的价值和意义，那么，作为一个中国学者就应该把这些研究课题做到对象国的学术界去。30年前，当我开始日本中国学研究的时候，北京大学的一位主管文科的领导向景洁先生对我说："我们希望有能力和有眼光的从事外国文化研究的学者把研究的课题作到对象国去。我们一定要改变有

[①] 《北京大学哲学社会科学优秀论文选》第3卷，北京大学出版社，1988年。

些学者在中国国内讲外国的东西，在外国人家的地方讲中国的东西，以获得两全其美、旱涝保收的结果。一个有能力有抱负的研究者，正应该适得其反，能够在国内讲中国文化，能够在外国讲那个国家的文化，以验证自己研究的真实性价值。"我觉得他的思想具有很深刻的学术严肃性，而且对我国人文学者揭示中国学术与世界文化的广泛而细微的连接本质的可能性表述了很大的前瞻性。这对我有很大的启蒙教育。

我在第一个层面上以《古事记》《日本书纪》和《风土记》为基本文本，确立了12个课题，其中有8个课题都在日本的几个大学和文部省直属研究机构中做过讲演，以验证这些研讨的价值，此即《神話の文化学の意義について》（《关于神话的文化学意义》）、《日本神話の構成について》（《论日本神话的结构》）、《「記紀神話」に現われた東アジアにおける人種と文化との移動について》（《关于"记纪神话"中所表现的东亚人种与文化的移动》）、《記紀神話における二神創世の形態》（《"记纪神话"中二神创世的形态》）、《東アジア創世神話における「配偶神」神話成立時期の研究について》（《关于东亚神话中"配偶神"神话形成时期的研究》）、《東アジアの神々における中国漢民族の「神」の概念について》（《试论在东亚诸神中汉民族关于"神"的概念》）、《「古事記」における疑問の解読——「天の柱」と「廻った方向」と「ヒルコ」との文化意義について》（《〈古事记〉疑问的解读——关于"天之柱""旋转的方向"与"蚂蟥"的文化意义》）。为进一步验证自己的研究，我以一年26讲的规模在日本宫城女子大学设立了"日本神话研究讲座"。当年这个大学的日本文学的毕业论文中以"记纪神话"为课题的有十几篇，据说在此之前很少有学生对这样遥远的课题有兴趣。这些研究结果加上我在1987年出版的《中日古代文学关系史稿》、1992年出版的《中国文化在日本》和在1999年出版的《中国与东北亚文化交流志》中关于"记纪神话"变异体本体论的阐发，我自以为这一课题在20年间基本构成了一个系列。

在第二个层面上，与"记纪神话"变异体本体论的阐发相呼应，确定对构成上古时期日本假名文学的散文文学与韵文文学的两大文学样式中的《万叶集》《浦岛子传》《竹取物语》《源氏物语》这4部被广泛认定的文学经典，探讨其文学本源，并阐述其经典形成的轨迹。其中，对《万叶集》设定的课题在于研讨作为和歌音律的"三十一音音素律"形成的本源、早期和歌中音读与训读的文化价值与和歌中枕词的民族性意义；对《浦岛子传》设定的课题是六种文本演进所体现的从神话叙事到初始古物语叙事的轨迹研究；对《竹取物语》设定的课题是文本透露的文化视阈、《竹取物语》假名文本的前驱汉文文本或准汉文文本的可能性研究、亚洲大陆"日月神神话"观念从本体论走向客体论与《竹取物语》意象的关系研究等；对《源氏物语》设定的课题是中国汉民族文学在日本的变异与《源氏物语》情节、意象的关系研讨。这些课题的完成都包含着很艰难的文本细读和在广泛的文化史图谱上的文本解析历程。例如我为《浦岛子传》设定的课题最终是在日本文部省的国际日本文化研究所又用了一年的时间才得以完成的。2001年12月3日我以《「浦島伝説」から「浦島子傳」への発展について——日本古代文学における神話から古物語への発展の軌跡について》(《试论从〈浦岛传说〉向〈浦岛子传〉的发展——关于日本古代文学中从"神话"向"古物语"发展的轨迹》)为题在日本东京大学比较文学研究中心作了讲演，其内容在于研讨和揭示这一发展轨迹中至少包含了大和族群的本体精神、以华夏文化为核心的亚洲大陆文化因素和世界人类共有的认知形态等三个层面文化语境。当年80余岁高龄的东京大学名誉教授平川佑弘先生坐在最前排，他听完后站起来说"非常好的讲演，真正的比较文学！"平川佑弘先生的评价之所以使我感动，是因为我体味到日本人文学界学养有素的权威中事实上确实有不少这样心胸博大而能接受新见解的学者，我想起了1995年日本文部省直属国际日本文化研究中心学术刊物《日本研究》发表我的《日本古传奇〈浦岛子传〉の研究》一文中西进教授与我谈话的场景，一种对学术的欣慰掠过我的心头。①

---

① 中西进教授是名闻世界的日本古代文学研究的耆宿，东京大学名誉教授，曾任日本文学会长。1994年由于他的推荐，我进入日本文部省直属国际日本文化研究中心担任客座教授。1995年初，我将在该研究所近一年研究文学发生学的心得撰写成《日本古传奇〈浦岛子传〉の研究》一文，约有5万余字，交予该所学术刊物《日本研究》。该刊物编辑与我交谈，提出两点：第一，日本文学史上没有被称作"传奇"的文体；第二，论文很长，考虑分两期发表。我对第二点没有意见，对于第一点申明是我的见解。编辑表示："先生若坚持这样的观点，论文发表将很困难。"他们托中西先生与我谈话。我详细阐述了在东亚文学史上我对于"传奇"文体的理解，认为像《浦岛子传》这一类作品被称为"传承"等是不确切的，它们事实上就是属于"传奇"类的文学。中西先生表示，学术研究尊重具有独立见解并有相当事实分析的见解。他说："我理解和尊重你的观念，你的文章可以发表，并且应该一次发表。"表现了对学术研究的博大胸怀。

这些课题的研讨与第一层面呼应配合，我以为我开始对日本上古文学的本源与相互连接的轨迹有了一个属于自己的较为清醒的认识，于是愈发认为在东亚文学史领域内重新认识日本上古文学的发生与发展已经成为燃眉之急。

在上述两方面的课题深入的同时，我又意识到，我们现在是在文学关系的传统框架中推进自己的研讨，而研究的结果是以中日文学关系或东亚文学关系的概念展现的，它与国别文学和民族文学的研究仍然是两张皮。一百多年前当先辈学者创设这一学术的时候，他们是苦于在民族文学或国别文学的范畴内遇到了只有超越一个民族或一个国家的文化范畴才能解决的难题，因而从民族文学和国别文学的概念中独立出了以双边或多边文学研究为基础的比较文学的新学术。一个世纪以来，国别文学研究一直与比较文学研究相对峙，并且常常使比较文学的学术陌生化。但是，随着比较文学研究的发展，即它在实践中的不断探索并由此而提升的学理，它不仅已经认识到纯粹民族文学或纯粹国别文学阻断了表述民族文学与世界文化联系的事实及其严重的后果，而且，也多少摸索到了回答上述难题的某些学术层面，这样，我以为现在我们已经多少有把握地提出"把比较文学做到民族文学的研究中，在民族文学的研究中拓展比较文学的空间"，假如我们真的能够做到这一步，那么我觉得，这将是比较文学学术特别是我们中国比较文学学科可能获得的最有价值的学术成果之一。

我对这个问题的思考已经有好几年了，但我一直不敢轻易出口。1998年中国社会科学院文学研究所邀请我参加他们举办的"新世纪文学研究名家论坛"，我尝试着以"中国文学研究必须树立国际文化意识"为主题第一次提出在中国古代文学研究中应该高度重视比较文学研究的成果，研究者自身应该有比较文学观念的自觉意识。这个设想不意受到了中国现代文学研究的权威学者严家炎教授的大力赞同，他建议《中国现代文学研究》在1999年第1期上作为首论文章发表公刊。在北京大学东语系为纪念北大一百周年举行的国际学术研讨会上，他们邀请我这个不是日本语言文学专业出身的人作了"如何研究日本文学"的主题报告，我意识到这不仅是北大东方语言文学系的学者们对我个人表现出的敬重，而且更是对像日本文学这样的国别文学在研究中引入比较文学观念与方法的浓烈的兴趣和期待。于是，我对"如何把比较文学做到民族文学或国别文学中去"作为双边文学研究或多边文学研究必然的学术延伸，给以足够的思考。2003年在首届"北京论坛"上,我以《中国大百科全书·中国文学》编纂中存在的文学观念的单一性和封闭性为靶的,以国际比较文学界在中国文学研究中的成果为事实基础,再次试图把比较文学的观念和成果植入中国文学研究界。后来,感谢陈思和教授的好意,我在复旦大学"陈望道讲座"上再次发挥这一主题。2005年"全国蒙古学学术大会"在京召开,他们希望我就"蒙古文学研究中如何做比较文学"这一主题发表讲话,与我的思考恰好一路。2005年《中国比较文学》第3期以"民族文学研究中的比较文学空间"为题发表了我几年来对这一问题综合思考而成的论说,《新华文摘》立即转发了本文。至此我对于如何把比较文学的发生学、传播学和阐释学做到国别文学和民族文学中去,有了基本成型的想法。我意识到,学术界如果真正实现我的这一学术追求,文学研究极有可能会有新质的产生,也可能会发生爆炸性后果。基于我自己对于上古日本文学经典文本的解读,几乎比较文学的触角所到之处,许多传统性的观念多少会发生动摇,严重者则坍塌无疑。这就是说,比较文学研究者的手中,真正握有重写国别文学史的旗帜。学术界大凡碰到"拔旗"和"插旗"的争论,背后总是隐藏着"穷凶极恶"甚至"你死我活",我不由得心惊肉跳。我自己目前在比较文学研究领域所从事的课题,就是以文明史的事实为基础,再次检验并推进近30年来在对日本上古文学的以发生学为中心的研究中所获得的成果的价值,并且致力于把这些成果送入日本文学史之中,使比较文学研究和国别文学研究在学术的更高层次上从分离走向重合。我并不是要刻意提出重写文学史,但比较文学研究的逻辑把我们推到了这样的层面上,实非本意,势之然也。

我现在致力的课题,并不仅仅属于我个人,我想只要比较文学研究能够获得愈来愈多的有价值的成果,就一定会有更多的比较文学研究者和国别文学研究者能够在真实学术即科学学术的旗帜下,几代人一起来实践这一个很有意义的学术课题。

2006年元月修正于
美国纽约曼哈顿寓所

中外文学交流史：中国比较文学研究中的基础性学术[1]

——关于"中外文学关系研究"致钱林森教授的信

林森学兄大鉴：

你好！本月中承蒙你和编辑祝丽到北京，大家聚谈，甚是欢洽。由你领衔设计，集合全国一流学者撰著《中外文学交流史》，竟得15卷之巨，十分感动。此15卷《中外文学交流史》的完成，将有可能开始全面厘清我国文学与世界各主要文学系统之间生动而有趣的关系，并为比较文学在理论和实践的多个层面中提供极有价值的研究经验，并将生动地、较为全面地展示中华文化所具有的世界历史性意义。这在我国文化史上无疑具有里程碑的价值，在国际比较文学史上也应该说是第一件杰出的伟大工程，因为至今还没有任何国家和民族组织起这样规模的学术阵容来从事这样切实的以文本细读为研究本位的如此宏大的文学关系的阐述。

---

[1] 本文原载于《跨文化对话》第24辑，江苏人民出版社，2009年。

欣闻7月2号到4号，各卷的撰稿人将不顾酷暑炎热，兴致勃勃，聚会南京，申述旨意，与林森兄互相切磋，共商起笔大计。先是祝丽给我打电话，继后，林森兄电话再三，电子邮件不断，申述旨意，征求看法，使我深为感动。

我自己是游荡在以跨文化理念为中心的比较文学研究圈子里里外外的一个兵勇，只是对一些学科和其中的一些层面常常奇生兴趣，随心而发，偶有所得，撰记成篇。虽有书论若干，终不成系统。我有时候也发奇想，希望就某一层面的研究能够做一较为深入的阐述，然终非个人能力所及。现在听闻学兄与国内诸位仁兄一起，担纲如此重任，不觉欣欣然而释怀焉。由此则对《中外文学交流史》充满期待。

20世纪80年代中期，乐黛云先生曾经主编"比较文学丛书"（湖南文艺出版社），内有"文学关系史研究"数卷，在当时甚得好评。拙著《中日古代文学关系史稿》不仅有香港印本，当时我国台湾地区和日本也都准备刊出，中外学者引述此书与评论者不少。后来当他们奔走告知我可以刊出时，我又觉得事过经年，自己在书中的若干论述好像有了些新的思考，若将老书再献给读者总是汗颜的事情。但从这件事情倒可以看出，国内外的相关研究者与读者对中国学者论述中外文学（文化）关系还是相当重视和关注的。

在我看来，比较文学各个层面的研究，其实都是建立在多元文化形成的文学关系之中，即便是超越关系阐述的诗学阐述，若究其根本，其实也是建立在事实上的关系之中。顺便说一句，我在比较文学学术中游荡二十余年，终于觉悟到所谓的诗学研究，它本质应该是建立在更加广泛和更加深刻的多元文学关系中的智性表述，有价值的诗学研究，事实上是建立在更为广泛和更为深刻的多元文学关系的基础上的。在比较文学中，如果把诗学这一研究单提出来又称之为"平行研究"，恐怕是很不妥当的，在跨文化的理念中试图确立一种叫"平行"的研究，在学理上其实是很莫名其妙的。今天，我不与大兄研讨这个虚假命题的证伪逻辑，也请大兄不必与他人言"严某人视平行研究为伪命题"，否则必有人要"打死我"吧（一笑处之吧）！

我想，我们一定要把中外比较文学关系研究，作为中国比较文学研究者承担这一学术的基础性大课题，应该给予超越现在重视的加倍重视！一个从事比较文学或比较文化研究的学人，不管他在何等层面中展开研究，如果他对研究对象的文学或文化的世界性历史联系没有知识，对作为对象的文学或文化在人类总体文明中的地位和价值没有把握，那么可以说，他的一切研究最终都可能是没有意义的。学术史和文化史的长期检验，一再显示了这样一个基本学理，就如同我们现在评价以往的学案，其理是相同的。

当前，中外文学交流史（关系史）研究，已经比20年前我们撰写中外文学关系史时的条件好多了，文化语境已经发生了很大的转变和提升。当时，我们还是处在全然摸索的状态中。我在做《中日古代文学关系史稿》时，检索日本文部省编辑的有关材料，从1900年到1980年的八十年间，我们中国学者撰写的有关中日文学关系的材料只有三篇，是不是真是如此，也不敢断言。如果这个材料比较可信的话，那么，在20世纪的前80年间，我们每26年半才有一篇研究中日文学关系的论文发表。这是种什么样的学术语境呀！现在的学术语境有了几乎翻天覆地的转变。近三十年来，我国学者在文学关系层面上所作的研究极大地提升了这一研究领域的水平，并且在若干层面上推进到被国际学术同行美誉为"真正的比较文学"！相互对话，互补互进。我们的研究者现在可以，而且事实上也已经开始站在已有成果的基础上向前延伸和推进。

我个人更愿意把文学交流定义为文学关系。近三十年来，我国比较文学界在推进文学国际关系的研究中获得了超越以往的业绩，在研究思路与阐释表述诸层面上出现了不少具有学者个性的思考。我个人思索文学关系，即文学交流研究的终极目标或接近终极目标，并不在于只是表述文学的传播与接受，而应该是在特定时空的多元文化语境中，在文化与文学的广泛又极细微的流动中，一种性质的文学A（这里指的文学当然是包含文化在内的，而文学的传递一定是以更广泛的文化为助力的）以各种形式和姿态透入另一种性质的文学B中，于是便引发了文学B的内在机制发生多种变异，正是这一系列的变异，使得文学A在整体上或若干部位上被解构，这些被解构的成分，正是它被文学B所接受，并被变异而进入文学B的从精神形态到表现形态的各个部位中，形成作为新生命形态的文学变异体。依据我们对东亚文学发生与发展已经获得的感知，脱离了蒙昧而进入文明时代的每一族群（或民族）的文学内部，都存在着在不同时空中形成的文学变异体。各种文学变异体的形成，表明了文学在世界范围内不断流动的文化本质，成为各族群（或民族）文学成长或发育的标志之一，共同构成人类文明成果的一翼，体现了人类文明史发展的内在逻辑。从比较文学的学理上说，我以为这就是各族群（或民族）文学关系即文学交流的最本质表现。

当我们在阐述这一传递过程中这样复杂而有趣的轨迹时，我以为把握"多元文化语境"、关注"变异与变异体文学"的逐步形成，以及把握"文化传递的不正确形式"这样三组关键词所构成的范畴与丰富的内涵，可能是思考的关键。在这些层面中推进与展开研究，或许能够更加接近文学关系的事实真相并呈现文学关系的内具生命力场面。我之前刊出的《比较文学视野中的日本文化》（日文版）一书（2004年，北京大学出版社）就是努力基于这样的学理而撰写的，得到东亚文化与文学研究的国内外一些同行的认同，或许就是基于大家接近的学理认知，我很感动。

我个人还体验到从事文学与文化关系研究，必须具有族群（或民族）平等和文化平等的基本立场，并作为观察文化现象和阐述文化现象的意识形态基点。提出这一点或许是多余的，但这是因为我读到了一部分族群（或民族）意识形态十分强烈的文章而心生担忧。追求民族平等和实现民族和谐是全人类包括马克思一生为之奋斗的目标。文学关系的研究最能触动民族关系的神经。我期待本书系各卷能够以事实真相为基础，既充分展现中华文化向世界的传播，又能够实事求是地表述世界各族群（或民族）的文化对丰富多彩的中华文化的接纳，把中文文学关系研究确切地表述为中国和世界文化互动的历史性探讨。

另外顺便提到一件事情。今年5月我在审查某大学送来的一部博士论文时投了"不赞成"票。有人戏称我"凶神恶煞"，这实在是不得已而为之的。该论文题目研讨日本《古事记》与中华文化的关系，立意不错。但作者在"前言"中明言"国内学者关于日本神话与中国文化关系的研究论著不多，除了周启明的译本和我导师的一篇论文外，未见有其他的著述"。这样的结论性表述，使我十分震惊，这是在文学关系研究中不读书的典型表述！我随手查检到中国学者关于这一主题的论著，近21年来已经有52种刊出。就为他列了一个目录。我觉得充分掌握已有的学术成果与表述自己个人独立的见解是相辅相成的。文学关系即文学交流研究（多元文本碰撞的状态与后果），必须要把自己的阐述不仅放置于文本细读的基础上，而且也必须放置于本门学术史的总体研究背景之中，愈是能够把握总体研究成果的学者，便愈是能够深入地发现问题、阐述自己见解的学者。

这两年我参加"国家社科基金项目指南"（外国文学）的出题，去年的"项目指南"中便设计了一项"文学的发生学研究"，研究者可以在这个宗旨中从事各民族或国家的文学关系与文学发展的研究。我在阐述这个项目意义的时候，认为它应该具有广阔的表达空间。但结果令人遗憾，呼应这个宗旨从事论述者仅有寥寥数位。这多少反映了我国比较文学研究与外国国别文学研究中虽然从事关系研究的人愈来愈多，但能够真正深入文学内部运行中考察并能在文学变异中阐明文学新体的研究者真是太少了，让人多少感到有些寂寞。现在，由钱兄总其纲而又有这么多的学术同行朋友集合在一起，从整体上全面展现世界文明图谱中的中外文学互动关系，将是何等壮丽、何等辉煌！

我相信新撰的《中外文学交流史》各卷，一定能够从一般的表象事实的描述深入文学事实内具的各种本相的探讨和表达。我这样啰啰嗦嗦地说了许多，只是以开诚布公之心答谢学兄的好意，并顺此表达对各位撰写书卷的期待。我已经说过，我不过是这一学术中的一个兵勇，随心而想，随想而说，不仅不足为凭，而且谬说不断，一笑而已。

请代为转达对参加编撰《中外文学交流史》各位的敬意！

文学与比较文学同在共存

——由巴斯奈特发表的论说引发的思考①

21世纪虽然刚刚开始，2006年英国学者苏珊·巴斯奈特（Susan Bassnett）却已经发表了《21世纪比较文学的反思》，在为21世纪比较文学的把脉中，再次对比较文学研究的生死存亡提出了警告。在此之前的2003年，斯皮瓦克（Gayatri Chakravorty Spivak）教授在《学科之死》（Death of a Discipline）中更断言传统意义上的比较文学已经死亡。自意大利的克罗齐对比较文学学科高度质疑以来，为这一学科的命运进行诊断的学者，一批又一批地开出了救命的药方，已成蔚为大观。我自己作为对这个学科有兴趣的一个兵勇，近30年来在这个圈子中获得的种种感知和经验却又告诉我，如果从东亚地区，特别是从中国地区的比较文学的研究来考量，例如从2008年10月刚刚举行的中国比较文学学会全国学术年会上对30年来我国关于这一学科蓬勃发展的总体状态的估价来看，我觉得欧美的这些学科病理学者所描述的学科病状和阐述的病理机制，与我国和东亚比较文学研究的现实，相距甚远。

---

① 本文原载于《比较文学与文化"变异体"研究》，复旦大学出版社，2011年。

人文学科在其自身的发展中，许多学科都已经发展出了两个层面，即一个层面是从事作为本门学科基本研究对象的本体性的研究，构成这个学科得以产生、生存和发展的基础系统；一个层面是基于本体性研究的成果而抽象出来的学科理论，构成这一学科原理的阐述系统。这两个层面本来是相辅相成的，特别是当它们共存在于一个学者或一个学派之中的时候，其相辅相成可以逐步臻于至美的程度。但在有些学科中，两个层面逐渐分离以至对立的状态日益明显，终于变成了一个躯体两张皮，造成眼下有些学科正在这样的病态中运行。比较文学的发展不幸未能免其俗，其学科的阵容目前已经深深地陷入了两张皮的病状之中。

在我个人阅读到的关于对比较文学学科危机的诊断分析以及由朋友转告的信息中可以体会到，欧美有些原理阐述者不断发出学科危机论，21世纪以来提升了危机警示的级别。尽管表述的视角不尽相同，甚至彼此还有争论并达于对立，但若把他们的表述与从事比较文学本体性的研究相比较而言，则它们之间的差别就无足轻重而与本体性研究的对立在本质上却是一致的。我个人认为在学科的两个基本层面上——这就是关于对比较文学学科中"比较"范畴的界定与对于比较文学学科中本体性研究对象范畴的界定，学科本体性研究者与危机论者似乎存在着根本性的不一致。

危机论者几乎都是致力于学理的阐述，一般未见其有文本研究问世。统观他们的论说，其立论大都缺失一个作为立论基础的具有稳定性的"比较"范畴。他们纵横捭阖、旁征博引的说辞中给人的感觉则是论说者几乎都没有能够从作为认识论的一般形式认知的意义上摆脱"比较"的概念而赋予它作为比较文学特定学科中所应该具有的学理意识。

说起来是老话了，当年比较文学在创建的过程中确立的"比较"范畴最根本的意义在于跨文学研究的价值。其后在这个学科长期的学术实践中，例如近30年以来，中国研究者以文学发生学等为核心对跨文学研究的认知与把握已经有了极大的提升，他们从文明史积累的丰厚的知识和自己的研究体验中认识到任何一个作为现实存在的文本本身，一定是人类总体文明进程中由特定时空造就的多元文化复合体，对任何一种群体文学或民族文学的传统来说，它们几乎全部都是文学变异体，从而创生了绚丽多彩的文学史和文化史的长卷。[①]研究者对文学本相的开掘与所提升的理性思考，使作为这一特定学科中的"比较"范畴具有远远超越在其创立时代所表述的学理意识而在多元文化的层面中拓展和深化了它的价值意义。确立这样的"比较"范畴意识，就是在文明史总体中即在世界文化的范围中扩展了比较文学学科的学术视野，它实际上已经在对迄今为止几乎所有已经被阐述过的文学文本进行重新审视，并在世界丰厚的文学资源中依据学科范畴意识进行新的发掘与表述，从而成为人类认知自身文明史的一翼，并成为昭示未来发展的智慧。我相信这是在本学科的实践中提升的关于"比较"范畴的基础的也是核心的学理意识。理解这一基本学理并沿着这一方向继续升华，可以有效防止比较文学学科失却核心的解释意识和研究对象，防止在非比较文学的各种思潮的冲击下本学科不断地转向，例如，像美国比较文学学会(ACLA)1993年提出的所谓比较文学发展的两个转向——全球主义转向和文化研究转向（伯恩海姆报告），这种转向把一般文化学、文学、哲学，乃至政治学、社会学等学科中一时间兴起的主义作为比较文学的学理而不断使学科研究改换其主体方向的典型，造成理性表述的飘游不定。而当这些主义在它们本领域退潮后，在亢奋中转向的这些所谓的比较文学也就失去了它的生命力，造成学科衰竭虚像，在缺失文本研究实感而浮游在本学科外缘的学者中造成重重错觉，或许他们本人就是这些错觉的倡导者，学科危机感和失落感便由此而生。

比较文学危机论的本质，则在于论说者虽曾多方寻找或预测这一学科研究的核心而又不可得，在不断地转向中思虑迷茫终究失却了信心。其实，比较文学从它形成的缘由开始就已经表明，它是一个在多层面上解析文学的逻辑系统，并不是一门纯思辨学科，这一学科的本体性研究对象存在于对文本的研究中。中国与东亚比较文学研究实践表明，人类文明史上几乎所有的文学文本都可以而且也应该是它细读与阐述的对象。这就是说，只要我们具备作为学科"比较"范畴的学理意识，这一学科的研究事实上存在着广泛而又丰厚的文学资源库，无须以飘忽

[①] 本文使用的"文本"概念是"大文本"概念，依据阐述的语境，它可以指称一个族群的文学整体或一种文学样式，也可以指称一个具体的作品或一个作家或作家群等。当研讨在引入文化语境的状态时，对文化状态的把握，也可以采用这样的概念。关于文学变异体的范畴，本文篇幅所限，可参考作者自1985年以来在一系列论著中的表述。

的眼光到处寻找活命的处所。作为比较文学学科，它的文本阐述的层面必然是多样性的，诚如"21世纪比较文学教材系列"所设定的发生学、形象学、阐述学、译介学、符号学、诗学等研究，由此构成这个学科得以生存的基础，展示了这个学科相对恒定的基本价值，并且在人文学术中愈益显示它的生命力。

比较文学的学理当然应该是在这样丰厚的文本阐述的基础上得以凝聚、形成、提升和发展。这并不是说比较文学的学理拒绝接受相关学科的思维，恰恰相反，学科的本质特性使它有可能比其他学科更能把多个学科的理性思维成果融合在自己的学理中，但这并不是由此而可以认为比较文学的学理就是欧美多种学科思潮的批发部和中间商。30年来的实践使我们更深切地体验到，本学科学理的本质性概念的形成与相对确切的表述，一定来源于具体文本研究的经验与思考，学科理性表述的本体由此而逐步形成。如果不做文本解析而空言学科道理，就像一个没有做过实际病况诊断和没有处理病情经验的人对芸芸众生随意开出救治处方，甚而发表病理学报告，其远离主题则是必然的。这样的诊断不仅必定没有意义，而且其隐伏的后果极其危险。我在上文中提到学科危机论主要是由缺失文本研究实感而浮游在本学科外缘的学者所主张，这一判断或许不恭，但不是情感性提法。我追踪本学科主要理论者的学术踪迹已经很久，我们几乎很难读到危机论者所提供的关于在比较文学意义中进行文本解析研究的报告。这一事实提示我们，不做文本研究而空言学理的比较文学学者对学科的认知，与我们这些正在从事学科本体性学术研讨的比较文学学者对学科的认知，是非常的不同的。学科实践告诉我们，只要人类文明总体中有文学存在着，比较文学学科就不可能有灭顶的危机，它当然需要在学术实践中不断修正和提升，但这一学科乐观的前景则是确定无疑的。①

2008年11月初撰于港岛Park Towers寓所

---

① 本文在草成之际，读到了最近由北京大学出版社出版的周阅博士所著《川端康成文学的文化学研究》和由清华大学出版社出版的隽雪艳博士所著《文化的重写：日本古典中的白居易形象》，窃以为此二书是今年比较文学学科中本体性研究，即文本解析的喜悦的收获，这些论题的提出和研究的业绩，再次提示我们，只有坚持本学科的本体性研究，学科则充满生命力。但这是一个艰难的旅程，需要跨民族和跨国度的足够量的语言文化学识，需要对观察到的文学现象在多元文化语境中进行变异认知与辨析的能力，需要融通古今中外学术之变，没有对学科的执着的追求和情感，假以岁月，是难以登堂入室、难以体验学科的辉煌的。

比较文学研究中的"文本细读"的体验[1]

这次有机会在由张辉教授主持的"比较文学与世界文学系列讲座"上，向诸位谈谈我在学术习得中"阅读文本"的一些体验，我感到很高兴。一个活跃着生命力的大学，必定有传授知识的丰富多彩的渠道。1959年到1964年我在北大中国语言文学系当学生的时候，我们这个只有二十几个人的专业小班，一直有一个"中国文化史特别讲座"，由我们的专业主任也是北京大学副校长魏建功教授组织和主持，像郭沫若、吴晗、老舍、齐燕铭、金灿然、史树青、侯仁之、柴德赓、启功、波兹德涅娃等先辈，都在这个讲座上讲述过他们的学术心得。郭沫若先生讲得很有兴致，连续讲了四回。这些学术讲座和我们正常的课程相得益彰。至今在我的学术思考中留有他们许多丰富的教养，高等学府中认真的讲座，其影响是深远的。

---

[1] 本文原载于《比较文学与世界文学》（第二期），北京大学出版社，2012年。

"比较文学学术"的三个"关键词"

这次讲座的主题核心是"比较文学研究中的'文本细读'"。关于"比较文学学术"的概念和范畴,学界已经有过N次的阐述,大家一定很熟悉了。依据我自己数十年来的习得体验,自以为可以把比较文学学术诠释为"在跨文化多元视野中观察、解析和阐述在社会人文中形成的文学的一个逻辑系统"。

这一本质性的界定,可能会受到局内局外不少的质疑,基本的质疑可能是:"为什么比较文学研究变成了这样的一个逻辑系统了呢?"其实,问题不是"比较文学研究变成了什么",而是研究者应该思考比较文学研究基本的文化属性到底"应该是什么"。

我对比较文学学术作这样的定义,是基于我对构成这一学术内涵的三个根本性层面的体验,也就是说它之所以成为学术,它内含有三个关键词,这就是"跨文化的多元视野""社会人文形成的文学"和"逻辑系统"。所谓"比较文学学术",它的本质意义其实就是由这样三个关键词为根性展开的三个基本层面相互连缀组成的一个研究范畴。

这三个关键词,以及它展开的文化层面可以说是我数十年来经由文本细读对文本内在运行机制进行研讨的体验,同时也是不断指引我推进自己对文本思考和阐释的航标。

在进入讲座的主体前,我想先简单概略地阐述我对于这三个关键词表述的三个层面的学理界定的认知,否则就无法与我表述的关于文本细读的体验连接起来。

第一个关键词"跨文化多元视野"

我们进入这一学术的第一步,首先应该确立文明时代的任何文本都必定由多元混融的文化元素组合而成的基本文化立场。①

　　这应该是不言而喻的起步性观念，但在我阅读到的本学科的论著中，包括多年来阅读的硕士和博士的论文中，学术视野闭锁的状态不算少数。依据我的体验，我们开始确定一个研究对象的时候，往往就会把注意力集中在这个对象文本所归属的学科本位性质和族群本体性特征层面，这当然是应该的。但这与本学科预定的研究目标，即在力求体认和把握文本内在运行的逻辑，进而在某一层面上阐述文本的接近本相的特性相比，就显得浅薄和狭隘了。研究者需要时刻关注和警惕，文本内部有可能在超越被习惯所认定的学科范畴、族群范畴，以及地域范畴这样三个文化领域的规定性之外，它的内在运行机制中存在着更加广泛的文化空间，这些文化空间中存在着广泛的多元文化的散片，这些散片被以各种隐喻的或比喻的形态透入文本之中，组合为文本生命力的不可或缺的成分，从而造成文本在事实上存在着相应复杂的多元文化形态的性质。比较文学研究作为学术的最基本的也是最初始的学术标界，就在于当研究者一开始介入文本的时候，他不是以单眼观察文本而一定是以复眼观察文本的。我这里说的是"一开始介入的时候"。比较文学学术观念的养成，就应该从这一学术视野的训练开始，否则在本学科中我们就不可能有"以后……"。

　　《中国大百科全书·中国文学Ⅰ》在"前言"中有这样的表述："中国古代文学尽管在不断发展，但其特点显得异常稳定和凝固化，与西方文学相比，表现

---

　　① 关于对"文化"概念的基本定性以及内涵的本质特征的表述，学术界长期以来一直存在着丰富多彩的各不相同的认识。1982年我参加在复旦大学举行的"联合国教科文组织关于编撰《世界文化史》座谈会"，会上发布的关于世界学者的定义性见解大约有170余种。我本人关于把"文化"阐述为"'人'之所以作为'人'的本质性展现"的见解，则在从1974年到2007年于北大中文系多个学科中开设的"历史文化论""比较文化史学"等课程以及相关的学术讲座活动中多次阐述过，本次讲座无法展开讨论，但在关于组合成"文化"的内在机制层面，涉及这次的讲座，稍微做一个提示。一般说来，依我的感觉，直至目前流传于学界的，可能有四种学术理路传布相对广泛。此即由柏拉图、亚里士多德等主张的"文化的同一性"（世界文化组成的同一性）、由黑格尔等主张的"文化的差异性"（世界文化的不对称性）、由近代民族国家形成以来的民族主义思潮所主张的"文化的单一性"（每个民族文化的纯粹性）以及由20世纪后期以来主要由我国一些比较文学学术研究者主张的"文化的多元混融性"（每一种文化中都内含有人类多元文化的多重因素）。但本学科内也有不少学者的主张仍然是与黑格尔等的观念相连。当代有些学者主张把比较文学研究推进到文化研究层面，并不是基于对文化本体内在运行机制的认定，而是为世界舆论广泛张扬的全球化、国际化所激发，认为既然经典已经消失，文学已经变成了大众的快餐，于是，就需要把文学研究发展到文化研究，这与我们的观念逻辑是不相同的。

出一种相当明显的统一性和单一型。"①这是非常遗憾的表述，它很典型地表现了自近代民族国家形成以来的各种民族主义思潮所主张的"文化的单一性"，即民族文化是由各自民族的纯粹性组成的观念。

跨文化多元视野并不是臆想出来的，而是研究者在无数的文本的阅读操作中反复体察醒悟从而归纳形成的。其实，确立这样的观察视野，只是表述了这一学术的研究者体察到了人类文明发展的某些基本内涵，此即全世界的多元文明在世界范围内的流动是绝对的，稳定和凝固则是相对的。正是这样的能动性造成了世界各个族群或民族的文化固守自己文化壁垒只能是相对的，而在不同的层面中被融入异质文明的成分而变异为自我发展元素的进程则永远没有停滞。人类文明史的丰厚性并不是依靠各个族群各自孤立的民族文明的拼图组成的，事实上它是在以文明的世界性流动而创造出的各个族群对自己从远古开始形成的源文明进行不断的吐故纳新和去腐生精的生生不息的变异中形成的。追溯比较文学学术的起始，就是当年的研究者感知并捕捉到了民族（国别）文本中被融入了异质文化的因素而引导出新的学术思维。今天我要与诸位研讨的文本细读的基本立场，根本的就是研讨在文本阅读中如何确立属于研究者应该具备的跨文化多元视野的体验。

第二个关键词"在社会人文中形成的文学"

把比较文学学术的研究对象界定为"在社会人文中形成的文学"，可能会让人觉得很奇怪，常常有研究者呼吁"使比较文学回归文学"，就是担心在文化中解析研究文学便会消融了文学。其实，我们的关注点不应该是质疑把研究的对象从文学变成了在社会人文中形成的文学，而是应该思索当研究者在跨文化多元视野中观察文学的时候，我们究竟观察到了什么？如果研究者真的是从跨文化多元视野中观察，那么我以为这样的观察一定会触及文本内在运行的机制，否则就无法真正把握文本的文学性本质；当观察触及文本运行的内在机制，那么事实上就一定会涉及文本内部构成多样化运行机制中具有丰富的社会人文的诸多领域和相

---

① 《中国大百科全书·中国文学Ⅰ》，周扬、刘再复合撰"前言"，中国大百科全书出版社，1986年，第3页。

关领域中的诸多层面的文化成分。如果确认文学是人类文明成果的一个部类，那么，我们便会明白，所有的文学都是在特定时空中的文化语境中生成的，所谓特定时空中的文化语境，本质上就是由特定时空中的自然生态和社会生态组合成的一组极为丰厚的文化场。这就决定了所有的文学创作者都无法逃脱以这个特定的文化场为舞台，用艺术的手段表述自己对人性的解释。因此，研究者不仅应该而且必须从单眼对文学的观察扩展到运用复眼对生态场进行观察。真正解读文本，则应该尊重这样基本的文化事实，把眼光伸展到与文学文本相互匹配的大文化语境的范畴中去把握文本的文化本相。唯有这样，我们才可能进入对文本理性操作的相对正常的通道之中。

或许可以这样说，从情感层面的心理而言，对文学的理解就可能造成一千个人读莎士比亚的戏剧就会有一千个哈姆雷特的形象；但如果从学理研究的层面而言，人们应该跨越自设的文学的赏析界限，在更加宽广的文化场中追求把握莎士比亚在创造哈姆雷特这一文学形象的内在运行机制，达于作家文学思维和表述的本相层面。

举一组初看上去很简单的神话文本，其实是必须在大文化的语境中才能把握它们的内容的所以然的。并且只有在这样的社会人文的大文化中解读，才有可能发现它们原来是一个大文化链上创造出的不同文明阶段中的一组特定时限中的文学文本。

我国保存至今的女娲神话有两个系统。A系统曰"俗说天地开辟，未有人民，女娲抟黄土做人"（这个神话仅存在于华夏先民中）；B系统曰"昔宇宙初辟之时，只有女娲兄妹二人，在昆仑山中。而天下未有人民，议以为夫妻，又以为羞耻，乃结草为扇，以障其面。今娶妇执扇，象其事也"（这一神话的核心存在于汉、彝、苗以及壮族的一个支系中，形态略有差异）。

目前神话研究著作评述女娲神话A系统时说"女娲抟黄土做人的传说，表现了中华民族的先民对于黄土地的执着"；评述B系统时说"这一传说表现为'女娲兄妹结婚'，生动有趣，它解释了直到近代中国人结婚的仪式中新娘运用'盖头'的起源……"

各位知道，神话表现力的背后，事实上隐藏着这个族群生存的历史。神话故事，哪怕只是一个简单的小故事，其实就是这个族群对这一段生存历史的一种记忆的艺术叙事。在各个族群的神话背后,一定存在着超越神话表现艺术外壳的,为阅读者所不熟悉的,甚至根本无法想象的文明史上的若干记忆,只有把握了神话内涵的基本本相,才能认知神话文学的文学性本质。我觉得神话研究的本质意义,就在于寻找、开掘、还原与展现古老文明发展中的本相,并阐释以这样的本相为内核而创造出的艺术外壳的价值意义。如果仅仅依据它的艺术外壳发表评价,那只是表达对一件已经成型的艺术品的赏析,体现的是艺术成品的整体外壳提供的一种愉悦功能,但这种愉悦并没有进入文本形成的真实的文化语境中,它只能在心理上获得直观性和自由心证型的感觉和满足,并不能真正触及和理解它实际具有的文学性内涵,也就谈不上什么价值研究了。只有把它放置于特定时空的廓大的社会人文中进行检讨,才有可能接近它内涵的本质意义;只有把握了本质意义,才能谈得上这是神话的研究。当然,我表述的这样的观念是对神话研究而言的,并不是对社会大众的文学赏析功能做直接的价值评价。

女娲神话的这两组文本,内含着需要研究者把握和认知的共同的大文化语境——人类对生命起源的认识,以及与此相关联的两性关系的文明史语境。女娲神话的A系统,是人类在文明史上对人的生命的生成最初始的源发性认知,即由人的生命只是女性单体完成的观念幻化出的多形态的一神创生世界的故事。我一直把这样的独体生命起源观的神话称为"独身神神话"。在神话的广谱上考察,同类神话在汉族中还有如"盘古创生"、在古埃及有"创生神La从莲花中升起"的创生神话、在古希腊有"普罗米修斯用土和水揉成为泥而捏出了人"的神话、在古巴比伦有Marduk神战胜恶魔Tiamard,把他的尸体撕成两半,一半为天一半为地,用他的血与黏土造出了人类的神话、在日本"记纪神话"中有"Izanaki在溪水中洗面,双眼与鼻子变成三贵子"的神话,等等,在世界文明史中组成一个具有基本共性的神话群体,这些都是"旧石器时代"早中期记忆的遗子,它们记录的应该都是人类在未能认识人的性关系与人的生成之间的意义之前,对人的生成所做出的最朴实的解释。如果把这一则神话与《淮南子·览冥训》中女娲"炼石补天"的记录连接在一起,那么,独身神女娲不仅创造了人,而且补天造地,在与自然生态的奋斗中创造了一个和谐的世界,从而使人有了稳定的生活秩序。这便是中国汉民族祖先独身神创世神话所包含的真正的文化记忆,也正是这样的文化记忆所体现的文明价值使女娲神话中的A系统神话成为后代人认知自身起源的最原始的文明路线的导标。

女娲神话的第二种形态,是人类进入群婚制时代初期的典型的兄妹婚神话,可能产生于新石器时代的中后期。依据摩尔根和泰勒的文化学理论和我们对中国、日本列岛、朝鲜半岛等保存的关于传说中的民俗生活的文献与文物的解析,相互发明,可以确认东亚地区在人类两性关系领域的发展形态与世界同步,这种关系第一次具有社会性的制约则是从无辈分两性(杂婚状态)发展为等辈两性(群婚状态)起始的。这使人类共同对两性关系创造人的生命意识具有了重大革命性的提升。最初的群婚是在部落中把性关系限定在年龄大致相等的两性群体中进行,而在一个老祖母为首领的部落中,所谓年龄大致相等的两性在血缘谱系上就是互为"兄妹"。女娲神话的B系统表述的无疑就是这个时代的记忆。"兄妹婚神话"作为神话谱系学上第二级偶生神神话(第一级偶生神神话应该是如Erebus逐父娶母那样的神话),几乎存在于一切比较古老的原始部落中,中华民族中的汉、彝、苗、壮(分支)中共有的"女娲/伏羲兄妹成婚"神话,不仅表现了这些民族的早期都曾经经历了兄妹婚时代,而且从族群谱系考察,上述各民族可能具有共同的起源始祖。至于神话中出现了兄妹在议以为夫妻的时候,"又以为羞耻,乃结草为扇"等等的叙事,这与神话生成时期文明史的本相恰恰相反,因为兄妹合婚在当时是特定时空中唯一符合伦理的两性行为,所以肯定不可能存在"又以为耻"的任何道德谴责。这一段叙事显然是在族群文明进入了族外婚之后才形成的意识,是在华夏族群中已经有了"娶妇执扇""新娘盖头"之类婚礼装饰后,才有好事者编制成文字把它插入神话之中,试图以此解释"自己迷茫"的民俗形态,这样的叙事又恰好表现了华夏族群正在形成(或已经形成)的"发乎情,止乎礼"的族群性特征。当下我们涉及神话文学的研究大多还只是在神话中解读神话,多少缺失了在这样的大文化中解读的观念,就神话内涵的文学性价值的认知来说就显得苍白了。

当然,文本的内在构成中具有的大文化元素比我的这个实例要丰富和复杂得多。文学研究如果不能把它们放置于多类型的大文化范畴中认知,我们的阐释常常会距离文本所表述的本相愈来愈远。正因为基于这样的理解,北京大学才把教育部批文建立的比较文学研究所在学术实践中追加上比较文化的概念,重新定名为"比较文学与比较文化研究所"。这块牌子不是说这个研究所既做文学研究又做文化研究,而是说我们把对文学的研究已经推进到了在文化的领域中展开,并且使用跨文化研究的基本视域和基本学理来进行操作。①

第三个关键词"逻辑系统"

把比较文学学术确立为一种"逻辑系统"的概念,就是明确了这一学术运作的根本内涵是解析与阐释文本,这里说的解析与阐释指的是以多元手段介入其中,例如发生学的、形象学的、阐释学的、符号学的,乃至译介学的等理性思考,以揭示文本内涵的某一层面的逻辑特征,强调的是比较文学学术本体并不是中国文学、美国文学、英国文学等的文学样式,当然也不是以国别文学形态存在的或以国别文学合成形态出现的世界文学。比较文学学术恰恰是阐释这些文本的一种逻辑系统。特别是在当下我国大学中把世界文学的范畴与比较文学的范畴并列为一个学科的状态下,保持研究的理性原则是特别重要的。

比较文学学术依靠研究者积累的一系列的多形态知识和相应的理性解析,以把握文本内在机制为基本点,对文本可能具有的人性本质进行多层面阐述,从而揭示和认定它们所具有的价值意义。这一逻辑特征最根本的表现,应当是经由我们的阐释过程和获得的结论使文本内涵的价值本相逐步接近事实本源。

作为一个逻辑系统,它与情感性赏析不同的根本之处在于它是以命题建构起自己的理性思考的。由命题所构建的这一理性思维的表达,从逻辑意义上说,应该把握主词、宾词和系词三层组合关系。在跨文化视野的文本细读中所谓主词就是把握阅读者需要判断的对象,即文本本身;所谓宾词就是由对文本细读判断引导出的文本内在的构成,这就是由对象规定的规定;在文本与被揭示的文本内在的构成之间存在着一系列的离合关系,这就是系词,我们称之为通道。文本细读之所以被我们认定是一个逻辑过程,就是因为它事实上存在这样的理性思维

---

① 我与主张使文学研究回归文学论者各位的分歧是在学术层面上的感悟不同,同时我历来对各位主张者在学科道德层面上的善意深怀敬意。在当前社会的文化生态中,当电子技术造就的媒体艺术运用狂欢化、物质化和世俗化轰毁人的理性思维和正常的情感逻辑,从而使经典文学瓦解于混沌之中的社会生态中,使文学研究回归文学的倡议作为警示性的呼声,在伦理上具有积极的价值。但是,事实上这一类的媒体艺术只是玩弄人类心智的游戏,至少在当下是不可能列入人文学术研究领域的经典之中的,几乎没有认真的研究者把它们作为学术来对待,与我们在这里研讨的不是一个领域的问题。

系统。

　　正是在这样的认识论意义上，我特别要强调有大牌作家认为"不同的读者、不同时代的人都可以从我的作品中读出他自己来"作为对他作品最高的评价。这表述的是文学赏析的作用，不是我们在这里研讨的研究的目标。如果从发生学的意义上说，阐述的结论通过一系列的原典实证，在最本质的层面中是可以再现的，这就是说准确的接近本相的逻辑表述不会是各人说各人的。

　　上面表述的是我自己以构成这一学术的三个关键词演绎的基本内涵对于比较文学学术的体认，作为学界多种理解之一，供诸位参考。我个人走入比较文学研究领域的途径与大多数的研究者可能不尽相同。多数研究者是在接受比较文学若干学理的基础上进入这一领域的，我个人年轻的时候在中国文化最基础的层面即古文献层面中接受教养，由于内在渴求理解中国文化在世界文明中的价值的欲望而进入sinology领域，在这个学术领域中的学习使我体会到国际中国文化研究，既是中国文化在国际时空中的延长，而同时也充满着世界各国研究者以自身的哲学本体为其表述观念的痕迹。在这个领域中，中国学者不仅应该欣赏各国学人对中国文化表述与我们的同一性，更应该发现和思考各自的差异性的内在哲学思想和理性智慧。正是在这样认知的意义上，为着理解和解析国际中国文化研究接近本相的价值意义，我便进入了对对象国文化（包括文学）的学习和思考，在解读这些文本的过程中，逐步感知了文本内在运行机制的多元性特征和文明流动的变异性后果。2010年《光明日报》评价我这样的学术途径，很直白地称之为"为学术开门挖洞"，同年《人民日报》的评价委婉地称之为"圆融与开创"。我这样的学术习得，当年被季羡林先生、乐黛云先生诸位称为"这就是比较文学！"于是，我又走进了被称之为"人文学术前卫学科"的比较文学研究。这是一种很个性化的学术通道，在数个学科的相互贯通中努力寻求接近学科内涵的本质性把握，逐步形成了自己体察学问的经验理性。我这样层累地建立起来的对几个学科的体察而形成的经验理性，它的最核心的层面则是通过对一系列的文本的细读而获得的结果。

文本细读的第一视觉点
——关注与把握文本生成的多元文化语境

今天在这里向各位讲述"文本细读"的体验,就是希望能够向诸位表述我在四个学科通道中穿行而达于比较文学学术的基本经验。我要再三说明,我的基本经验是非常个体化和个性化的,丝毫也没有要把我的这些零星的经验理性普适化的企图,但我又确实坚持以自己这样的学术认知来观察文本以及评价研究者对文本阐述的成果,认定在这一学术中,文本细读是研究者进入本学科中进行研究的真正的生命力的本源。比较文学学术中已经建立起来的对文本的多元层面的阐述(比如发生学、阐释学、形象学、主题学、符号学等等以及比较诗学的精髓丰富的精神表达),其实都是以文本细读为基本出发点的。我多少有把握地说,文本细读是这一门跨文化学科得以生存和发展的第一生命力要素。

那么,在跨文化多元视野中的文本细读究竟应该怎样进行呢?我依据自己的心得体验提供三个层面的基本视觉点,供诸位参考:

第一视觉点,即是关注与把握文本内涵的在多元文化语境中生成的层面。

前面我说过,研究者进入比较文学学术的起步的时候,就应该努力养成自己运用复眼来观察文本的基本能力。这里我以日本《古事记》中《神代卷》的"初始创世"段落为"解析文本"的实例进入讨论。

略叙文本故事:

> 天地发轫之初,唯有高天原,首神定名称"天之御中主神"……(凡十神)共同商议,委派Izanaki和Izanami二神创造山河大地。
>
> 二神下降,先树立一杆,变身为男女两性,于是开始绕"御柱"旋转。女神由右向左,男神由左向右,旋转中女神先咏唱"啊呀,真是个美男子!"男神和声"啊呀,真是个美女子!"在汇合处成婚,产下一只"蚂蟥"。二神回高天原禀报会商。众神说"女神先唱了,不好,回去重来!"二神回返,绕柱旋转如前,男神先唱"啊呀,真是个美女子!"女神应和,顺利产下八座岛屿,此谓"大八岛国"。

1. 从文本细读的意义上说，研究者应该首先把握构成这一故事的基本意象。本段落由"高天原""十尊无性天神""二天神下降形成性别分为兄妹""立柱子以为创生道具""二神左右反向旋转""旋转中女神与男神先后领唱""怪胎蚂蟥与反思"以及"大八岛的诞生"凡8个意象组成。

上述意象都是神话生成时，（群体创作者）在特定时间和空间的多元文化语境中生存意识的感悟，转而以各种隐喻或比喻的形式构建成代码符号，组成意象，连缀而为故事。

2. 从跨文化多元视角来观察八个意象的文化价值，我体验它们实际是上分别属于三种不同的文化语境的产物：

（1）"高天原""十尊无性天神"与"大八岛的诞生"三个意象事实上表征了这一段神话主体的神信仰意识；

（2）"二天神下降形成性别，以兄妹婚形态开始创生"和"立柱子以为创生道具"表征了独居于亚洲东部岛屿上的大和族群具有与人类文明进程中共性相存的文明意识；

（3）"二神左右反向旋转""旋转中女神与男神先后领唱"和"怪胎蚂蟥"三个意象，可以表征东亚文化作为异质文化的若干元素已经渗入这一族群的创世意识中。

综观上述三个层面，可以体认"记纪神话"至少是在三种文化语境层面中构建成型的。此即"本族群文化本源""人类文明发展中的共同思维和形态"以及"异质文化的透入"。

3. 上述三种文化语境中，神信仰意识具有决定性的意义和价值。《古事记》第一句话语为"天地初发之时，于高天原成神名，天之御中主神"（天—宇宙；御—尊称；中主神—中心神）。这是"记纪神话"体系中的第一神，它是整体神话组合中的主神，以当时的观念推断，就是唯一最高之神，以当代的科学观判断，显然具有宇宙中心主义的观念。神话表征日本的大地是天神交配而生成，所以，日本国土不是自然物而是神体的延续，这与世界大多数神话中土地是自然物，例如希腊神话中普罗米修斯的儿子丢卡利翁（Deucalion）申言"大地是万物之母"的自然观念完全不同，"记纪神话"这一小段所要表述的是日本国土具有与天神相同的生命，由此而言明日本的土地是活体。神话这样的构思在世界各类神话中是极少见的。可以推定，以这样的神格和神土地而形成的神信仰在实际生活中存在着广泛和深刻的多神信仰意识。这样的神信仰意识和由神话提供的具象化的故事情节积累而在日本中世纪开始演变成"日本是神国"的意识形态。

4. "二天神下降形成性别，以兄妹婚形态开始创生"和"立柱子以为创生道具"，这两个意象是日本先民在自己文明进程中表现出的具有世界性共性的记忆表现。

高天原上的"无性神"下降后变异为男女两性，神话对于这一变异有相当具象化的描述。从前我曾在北京鲁迅文学院的"作家班"上讲授过"日本神话"，有些作家由此觉得这可能就是日本色情文学的起源，这是他们不熟悉神话叙事的本质性意义而产生的错觉。人类对于生命再生的认知过程始终贯穿于人类总体的文明发展中，至今也没有停止，它的原始的探索就表现在世界各族群丰富的神话中。一般说来，神话中关于性的生成的叙事，事实上具有人类对生命起始的庄重性和神圣性的敬畏。最初意识到生命再生与两性交合关系的记忆，例如希腊神话埃里伯斯（Erebus）"逐父娶母"的叙事可以被认知为性价值进入神话叙事中的起始，但最初的叙事表现为无等辈（超辈分）的杂婚制度。在漫长的发展中才演变为等辈婚姻，这一婚姻群类的第一种形态就是血族兄妹婚，前面说到的像中国多族群的"伏羲—女娲神话"群系以及希腊宙斯（Zeus）神话群系中的主神宙斯与他的正妻赫拉（Hera）就是一对姐弟婚（据说宙斯是弟弟，赫拉是姐姐）。日本"记纪神话"群系作为日本大和族群远古时代文明进程的最远古的回忆性叙事，它开始于天神在下降后演变为兄妹二性，以模拟白鸟飞翔交配的方式创造日本大地，生动地表明大和族群虽然偏居于亚洲最东部的太平洋西侧，它的文明进程事实上与欧亚大陆的文明进程的第二阶段完全契合。在阅读"记纪神话"文本时这一段落很容易被人忽视，但它作为日本远古文明进程的回忆性叙事，却在不经意之间表述的是日本文明与世界文明的共同性特征。

表现这种共性特征的意象，在这一段神话中还有一个重要的具象符号，这就是二神下降后"立柱子以为创生道具"。在开创世界之初，男女二神为什么需要这样的道具呢？其实，这是内隐在神话中的一种象征的积蓄，是一种具象的符号。人类在对自身生命起源的认知经历了漫长的道路，大约在公元前6—公元前5世纪左右，开始把创造生命的权威从女性逐步地转移到了男性身上。公元前5世纪希腊哲学家阿那克萨戈拉（前500—前428）创立种子说，认为万物起源的根源在于男性的"种子"，女性不过是提供了生产的"场所"。同样的观念在古印度文化中也得到显现，古印度教三大教派之一的Saiva Sakta（湿婆教性力派）所崇拜的主神Saiva，其形象的象征被称之为Linga，即是男性的生殖器。我们注意到在中国神话中所有涉及"伏羲—女娲兄妹婚的神话"，他们的合婚都是以"绕树旋转"的形态展开的；在希腊雅典的宙斯神庙宽阔的入口处，耸立着两根柱子，表现他是"创生之主"；在我们的汉字中，原本"祖先"的"祖"的甲骨文字是"且"字，从象形的视觉考察，则与考古发掘之"陶祖"同为男性生殖器的符号。正是这样一种在世界范围内对生命起源的革命性的认识，同样以象征与符号隐藏在日本的创世神话中，以一种相关的比喻显示生命之源的力量，从而构筑起属于神话的叙事。

上述两个意象共同表征了独居于亚洲东部岛屿上的大和族群具有与人类文明进程中共存的文明意识。它多少可以表征在脱离了野蛮时代进入文明时代中的任何族群的文明形态，一定都会以多元的隐喻或比喻体现着与世界文明同步的意识，从这样的意义上可以认知，世界文明中所谓纯粹的族群文明其实已经是不可能存在的。①

5. 日本神话的这一小段起始叙事中还存在着第三层面的文化语境，这就是异质文化的透入层面。

神话记叙二神的创生是经历了失败和成功两个段落，决定成败的关键则是"女神与男神先后领唱"的排列次序，作为首次失败的警告则是"女神产下（怪胎）ひるこ（蚂蟥类）"，由此而引起反省。但无论是失败或是成功，婚礼仪式中则始终是"男神从左向右旋转""女神从右向左旋转"。我体会这三个意象表

---

① 这种人类思维的共性事实上表现在世界文明史的广泛的领域内，并且在广泛的层面中表现出来。当代法国学者François Lecerele（弗朗索瓦·勒赛克乐）曾经就欧洲拉丁戏剧与东方传统戏剧的表现形式的共性做过较长期的调研，获得了很有趣味的成果。他在2007年10月与我们研究所交谈时有如下的表述，他说：拉丁戏剧与东方传统戏剧在形式上十分接近。至少有这样五个层面：第一，一系列的戏剧场面在同一环境中进行；第二，演出中肢体语言的成分常常超越台词对白；第三，音乐成分大大胜过人物台词对白；第四，道具中面具与服具具有重要意义，场景道具很少；第五，舞蹈动作与肢体语言十分相近。弗朗索瓦·勒赛克乐所说的东方传统戏剧，主要指的是他曾经观赏过的中国的京剧和日本的歌舞伎。所以他觉得在法兰西剧院观看莫里哀和拉辛戏剧的复原性演出，有一种与观看歌舞伎和京剧同样韵味的感觉。

明，华夏异质文化已经透入神话之中。

（1）在首次合婚创生前夕的二神歌唱中，女神领唱，男神应和，结果便生了怪胎蚂蟥；在反省中天神决议，男神领唱，女神应和，于是则生养了日本八岛。这显然是告示一种社会生存的法则，观念来源无疑来自中国汉代的儒学著作《关尹子》中所直白的"男唱女和，万物盛行"。神话以隐喻的形态将其镶嵌在自己的叙事中。

（2）与"男唱女和"相呼应，创生中男神始终从左向右旋转，女神始终自右向左旋转，无论成败如何，二神皆不改其路线。《古事记》诞生的时代，日本使用的自然方位概念属于华夏八卦系统。即东方为左，西方为右。这可以日本京都市至今保存的区域命名为证明。它以东方为左，京都市东侧称"左京区"；以西方为右，它的西侧称"右京区"，这与现代的现代测量学的方位定向不一致。太阳从东方升起，男神便从左起始旋转；太阳由向西落下女神便从右向东旋转。这是以比喻的形式宣告"男性照耀人间"，"女性处于黑暗之中"。这或许正是以《论语》中所告示的"唯女子与小人难养"中获得的材料变异而成的神话叙事。

上述三个意象组合表明的是男性中心主义观念，这是中国儒学发展到汉代确立的社会基本伦理。今天我不讨论这一伦理在当时日本社会的价值，而是提示在日本大和民族创世神话中已经存在着异质文化的透入这一文化事实。

在文本阅读中，如果把握了文本生存的基本的文化语境，我们便有可能进入认知它的基本状态的通道。如同我们对"记纪神话"起始段的这样的阅读，或许已经提示了我们如何认知日本文明内涵的基本的文化特质的可能性了。

文本细读的第二视觉点
——关注与确认"文本"的"变异性"特征

从文本细读的体悟来说，我们还应该确立和关注阅读对象内部的变异性特征。我们常常会把注意力集中在感知文本的民族性特征上，不太留意在文明社会中发生的文学文本中的大多数，它们其实都是属于变异体（variants）文学。

文本的变异机制,是文本生成的基本范畴之一。那么,什么是文本的变异呢?

前面我们已经谈过文学研究的关键词和文本细读的第一视觉点,它揭示了大多数文本中内含有在族群本体文化之外的多元文化元素,这种由族群本体文化元素和非族群的多元文化元素共同融合组成的文本,相对于这个族群的纯粹文化元素构成的源文本(初始的、起源的文本),它们就是变异体文本。前面举证的日本"记纪神话"可以说对日本列岛的本源神话而言,它就是一组变异体神话系统。

依据我们关于文本细读的体会,文学变异体的形态至少应该存在着两种类型:

第一种类型,是在族群文学或者国别文学中出现的若干文本,它们对这个族群的最原始的源文学而言,在本质上往往有可能就是一组庞大的文学变异体。

中国汉族文学的本源,如大多数学者认定为华夏文学是以《尚书》《诗经》为本源起始,但事实上从春秋时代开始,现在的中国文学史(其实是中国汉族群文学史)中所表述的一些内容就已经不是纯粹的《尚书》《诗经》的精神和文体的本源性延伸了,它们在与周边许多族群的接触中融入了许多非本源性的文学材料而成为变异体文学。

文学史家陆侃如、冯沅君两位先生在20世纪50年代对《楚辞》文学的民族属性即它是不是纯粹的所谓汉族文学提出了疑问[①]。其实早在中世纪的宋代,学者沈括在他的《梦溪笔谈》中已经指出:"《楚辞·招魂》尾句皆曰'些'(苏个反,即念se),今夔峡湖湘及南北江獠人,凡禁咒句尾皆称'些'。此乃楚人旧俗,即楚语'萨诃'(sa he)。"依据他们的提示,我们可以举证大量的上古文献证明无论是"夔峡湖湘"还是"南北江獠",乃至"楚地楚人",他们都不是周王天下的诸侯国,与夏周并不是一个大血统的族裔[②]。当然,更有科

[①] 参见陆侃如、冯沅君:《中国诗史》(上册),作家出版社,1956年。
[②] 如《孟子·滕文公上》曰:"今也南蛮鴃舌之人,非先王之道。"《国语·晋语八》曰:"楚为荆蛮……与鲜卑守燎,故不与盟。"《史记·楚世家》曰:"我蛮夷也,不与中国之号谥。"这些都表明,楚不是周天下的诸侯国,与周非一个大血统的族裔,而是一个可以与周族分庭抗礼的很具有进攻性的异族群。

学家和学者研究认为,《楚辞》的这个用词,实际上是一个梵文词,《楚辞》中还有其他的梵文词,比如《离骚》中记载岁月的"摄提",应该是梵文"岁星"(Vrishaspati)的音译。但也有学者认为,这是梵文"北斗"(Shaptakah)的音译。也有学者认为,"摄提"一词可能是巴比伦拉底语的"岁星"(DibbatGotao)的译名,或者是巴比伦十二宫中"双鱼宫"(Shepat)的译名等等。中国台湾学者苏雪林教授1974年提出"《天问》这篇大文,是域外文化知识的总汇",认为《天问》中"不但天文、地理、神话来自域外,即历史和乱辞也杂有不少域外文化分子"。[①]

《九歌》中有这样的文句记载:"羌声色兮娱人,观者心詹兮忘归。"这里描述的古代羌人(今居住于岷江中游)的生活习俗。后世《汶川县志》中记载:"羌民丧葬有丧葬曲,相互舞蹈,以示悲欢,盖古风尚存焉。"有意思的是,2008年5月12日汶川大地震,现场记者无意间发出了关于"羌人民俗"的报道曰:"5月14日,汶川大地震的第三天,汶川县城东北面山脊海拔2300米的最高处,牛脑寨的村民正在用羌人的仪式为底下喊中的逝者释杯按魂。……倏地,葬礼中静默的人群跃动起来,手舞足蹈。羌人尚舞。"[②]几乎可以佐证《九歌》的羌人歌舞。这就提示我们,《楚辞》的内在运行机制中存在着更加广泛的文化空间,这些文化空间中存在着广泛的多族群文化的散片,成为组成文本生命力的不可或缺的成分,造成文本在事实上存在的复杂的多元文化形态。凡此种种,可以推考《楚辞》对当时的尚书—诗经文学而言,是一种融杂有大量非华夏文化成分的变异体文学。

至于在广袤的东亚地区,日本、朝鲜、越南的古代文学的庶民文本形成时期,他们都曾经以汉字的传入为核心,依靠汉字和汉文,把本族群的口头的本源性文学记载为书面文学,并称之为"汉文学"。中国境外的东亚各国的"汉文学"系统,不是"中国文学",而是日本文学、朝鲜文学和越南文学,它们长期与后来形成的由自己本族群的文字记录的文学文本互为犄角、互相递补,共同组成自己的国别文学系统。这些国家的文学,在总体上无疑应该被认定为"变异体"文学。

[①] 苏雪林:《天问正简》,文津出版社,1992年。
[②] 《南方周末》记者2008年5月22日现场报道记叙。

第二种类型则是族群文学或国别文学中的某一类源文学，在它自身的演进中出现了新的文学形式。对这个族群的源文学而言，这些新发展的文本在本质上可能便是一组隐型的文学变异体。

例如，以日本的韵文文学来说，以"5-7-5-7-7"为节奏的"三十一音音素律"（みそひともじ）的和歌，在成为近代诗歌产生之前一直是日本韵文的基本的也是基础性的节律，在日本传统的文化概念中被认为是由上古承传下的韵律形式。18世纪由于国学的兴起，特别是由于像本居宣长这样的国学领袖的解释，和歌的音律被认为是由于日本语言的神秘性即所谓的"言灵"（ことだま）所决定，因此这是一个不能讨论的也不用讨论的更是一个不可能讨论的问题。20世纪60年代著名的日本文学史家西乡信纲在《日本文学史——日本文学的创造》中讲述到6—7世纪日本文学的时候，著者认为日本由于受到"汉风的影响"，"学木乃伊的人变成了木乃伊"，造成了"国风的黑暗"，而"撕开这样的黑暗，迎来日本文学第一时期辉煌的，则是《万叶集》的诞生"。西乡之所以这样命题，就是因为在此之前以"记纪歌谣"为代表的日本上古韵文文学是自由韵律的歌唱，其实这是世界各族群韵文文学的共同的形态。但是他认为之所以如此，就是为汉诗的压抑造成。《万叶集》中出现了后来被作为"日本韵文"经典性代表形式的"三十一音歌"，在《万叶集》中被称为"短歌"或"反歌"，由此而认定这是在抵抗"汉风"中迎来日本文学第一时期的辉煌。我一直关注这一个"西乡命题"，因为我在研读日本文化中感知，把握"记纪神话"和"万叶和歌"的文学本相，是认知和阐发日本文化（文学）的基本出发点。

我自己的能力有限，但还是尽力地阅读《万叶集》。依据中日两国学者的研究，我们可以明白，原来6—9世纪日本文学中原先存在的无格律的自由形态的和歌，面临中国汉诗的重大冲击与挑战，为了寻求和歌的生存之路，争取获得与汉诗相抗衡的能力，自由形态的和歌内部发生了一系列重大的调整，其中包括它们从华夏先秦文化一直到汉文歌骚体文学中获取了有价值的文学材料，在反复的抗衡与挣扎之中，终于形成了"三十一音音素律"，成为具备了固定音律节奏的歌，其生命力一直继续到现代。在阅读过程中，我慢慢地意识到，假如把"日本6—7世纪称为国风的黑暗"是因为"汉风"的传入和在贵族层面的张扬，那么，把《万叶集》定义为"排击汉风中才迎来了辉煌"的"西乡命题"是一个虚假的命题。

第一，"万叶"的名称来源于华夏自殷商以来的词组。

中国上古器物与典籍中关于"万叶"的词组举例如：

（1）殷周时代青铜器《越王钟·铭文》：

> 越王赐旨，择厥吉金，自祝禾廪□……顺余子孙，万叶无疆，勿用之相丧。

（2）殷周时代青铜器《王孙遗者钟·铭文》：

> 王孙遗者，择其吉金，自乍穌钟……叶万孙子，永保鼓之。

（3）殷周时代青铜器《南疆钲·铭文》：

> 师余以政，司徒余以□□□□□□余以伐子孙，余冉此钲，女勿丧勿败，余处此南疆，万叶之外，子子孙孙□作□□□。

（4）《梁书·武帝纪》：

> 闻者太息……见者殒涕……悯悯缙绅，重载天庆贺；哀哀黔首，复履地蒙恩……超宰邈也。……克固四维，永隆万叶。

（5）《昭明文选·（颜延年）曲水诗序》：

> 其宅天衷，立民极，莫不崇尚其道。神明其位，拓世贻统，固万叶而为量者。

（6）陆云《祖考颂》：

> 灵魂既茂，万叶垂林。

第二，《万叶集》中短歌的样式大量的是以长歌的尾声而存在的。长歌和短歌，则是汉魏乐府中的韵文样式。关于韵文配以尾声，则从春秋时代起，《论语·泰伯》曰："关雎之乱，洋洋乎盈耳。"这儿的"乱"，便是指《关雎》全篇的尾声。

乐章歌诗在演奏吟唱之末，历来都十分重视尾声的构造。《荀子·赋篇》是中国赋体文学中最早期的作品了，该篇的尾声称为"小歌"。《楚辞》讲究尾声，即在正文之后，用一小段单独的文字来加深主题、延续意义，或发表议论等，并名之曰"乱""少歌""倡"等。《万叶集》中保留着接受这种形式的原始痕迹。

第三，日本和歌采用"音素"作为构建韵律的基本单位和手法，符合日语的表现力特征，但是，采用"三十一音音素律"，在开始的时候，具有强制的痕迹。

从东亚文学的历史来看，韵文以"五七"或"七五"的音素来构成节律，最早出现在中国文学的"歌骚体"中。

> 浇身被服强圉兮，纵欲而不忍。……
> 吾令凤鸟飞腾兮，继之以日夜。……
> 闺中既以邃远兮，哲王又不寤。……
> 皇剡剡其扬灵兮，告余以吉故。……
>
> ——《楚辞·离骚》

中国先秦骚体文学中的这种七五调，在汉代的乐府中，被大量地演变为五七调，以便更适合于吟唱。

> 乌生八九子，端坐秦氏桂树间。
> 左手持强弹两丸，出入乌东西。
>
> ——乐府古辞《乌生》

> 小弟闻姊来，磨刀霍霍向牛羊。
> 同行十二年，不知木兰是女郎。
> 双兔傍地走，安能辨我是雌雄？
>
> ——乐府古辞《木兰辞》

中国文学中的骚体与乐府体诗歌，是两种音乐性很强的文学形态，它们运用汉语的单音节词的特点，构成五七音错落排比的句式，具有表现一种欢快，或者激烈的抒情格调。此种节律，又经过文人诗人的提炼，进一步发展为

"五·七·五·七"或"五·五·七·七"的双重连缀的节律形式。

> 泻水置平地，各自东西南北流；
> 人生亦有命，安能行叹复坐愁；
> 酌酒以自宽，举杯断绝歌《路难》；
> 心非木石岂无感，吞声踯躅不敢言。
>
> ——鲍照《拟行路难·其四》
>
> 海客谈瀛洲，烟涛微茫信难求；
> 越人语天姥，云霓明灭或可睹。
> ....
>
> ——李白《梦游天姥吟留别》
>
> 大儿聪明到，能添老树巅崖里；
> 小儿心孔开，貌得山僧及童子。
> 若耶溪、云门寺，
> 吾独胡为在泥滓，青鞋布袜从此始。
>
> ——杜甫《奉先刘少府新画山水障歌》
>
> 汴水流，泗水流，
> 流到瓜洲古渡头，吴山点点愁；
> 思悠悠，恨悠悠，
> 恨到归时方始休，月明人倚楼。
>
> ——白居易《长相思》

其中李白更确实自觉地依据"三，五，七"的形态组成自己的歌体，自题诗名为《三五七言》。李诗曰：

> 秋风清，秋月明。
> 落叶聚还散，寒鸦栖复惊。
> 相思相见知何日，此时此夜难为情。

第四，在《万叶集》中还保存着正在被消化中的汉诗的残余，可以认定是汉诗进入和歌的中间形态，以西乡信纲氏最为推崇的"没有接受大陆文化作为他自己知识修养"的柿本人麻吕的《雷神歌》为例：

　　雷神小动，刺云雨零耶，君将留。

　　　　　　　　　　　　　　——《万叶集》卷十一，No.2513

这首歌，它不是汉文诗，但是，它已经通过汉字，从汉文的意义上表述了歌人的心怀。但是，日本的万叶学者们认定这是一首属于五七音音群的"三十一音音素律"的歌，于是在对它进行训读的时候，便把原本只有三个句子的歌，一定要训读成五七音群的五句的型态，于是，这首歌被训读成如此：

　　雷神の＼すこしとよみて
　　さし昙り＼雨も降らぬか＼君を留めむ

把这样一首原文明明只有三句的歌，一定要训读为"5·7，＼5·7，＼7"这样的音素律，其中在训读中把汉文"雷神"音读为"らいじん"，而不是训读为"かみなりさま"，显然是为了组成"5—7"音律的强制性人为运作的结果。类似这样被强制性地训读的歌，在《万叶集》中构成一个特殊的类别，可以举证很多。

仅仅从这几个层面就很清楚地发现，在和歌韵律规则化的过程中，《万叶集》内涵具有大剂量的异质文化元素。可以说，《万叶集》表征的是，为了寻求和歌的生存之路，争取获得与汉诗相抗衡的能力，本源性和歌内部发生了一系列重大的调整，在与汉文韵文反复的抗衡、挣扎与接受、解析、融会之中，终于形成了"三十一音音素律"，成为具备了固定音律节奏的歌，其生命力一直继续到现代。以音素为节奏单位构成格律，是和歌民族特征的表现，然而，以三十一音作为格律的"型"，则对日语的歌具有明显的强制性（不适应性）。这种新的文学样式，我们称之为变异体，它的一系列的衍化过程，便可以称之为"变异"。和歌的格律化，便是在数百年间的文化撞击和吸纳中形成的。

文学的变异体形成之后，随着民族心理的熟悉与适应，原先在形成过程中内蕴的一些强制性因素在文学传递层面上会逐渐地被溶解（在学理层面上将是永久地留存的）。一旦这些因素被消解，不被人强烈地感受到了，人们因此也就忘记了，并且不承认它们与异质文化之间的具有生命意义的联系，并且进而认定为民族的了，以此为新的本源，又会衍生出新的文学样式。一个民族的文学的民族传统，其实就是在这样的"变异"过程中，得以延续、得以提升，并在此基础上再次衍生，就像民族的日本和歌，后来又衍生出了如连句、俳句等等那样。

《万叶集》的解读，我个人觉得对于认知文学变异体具有经典性意义。

脱离了比较文学的变异观察的视域，常常会把处在运动过程中的文学文本，作为一个凝固的恒定的物体，因而常常在该文本的生成的阐述上失却了文化事实的本相。

文学的变异是一个十分复杂的文化运行过程，根据我们对东亚文学文本的解析，可以说，几乎一切变异都具有传达的通道，我们也称为中间媒体。这是一个还尚未被研究者注意到的文化运转的过程。或者说，关于一切变异都具有中间媒体的主张，可能事实上描述了文学变异的基本轨迹。

文本细读的第三视觉点
——把握"异质文化"与"本源性文化"冲突与圆融的文化通道

在阐述这一层面的阅读体验时，先说我个人的一个小经历。20世纪70年代中期之前，我一直认为日本古代文化属于儒学文化圈内。后来阅读了一些日本人关于"亚细亚主义"的论述，在对日本斯文会的"汤岛祭孔"的调研中，知道了20世纪日本连续不断的祭孔大典最初始的创办人竟然是日本军方。1906年12月23日，日本陆军元帅兼海军大将伊藤佑亨率领一批海陆军将校在中世纪开创的足利学校举行"祭孔大典"。这位主祭人就是当年甲午战争时日本联合舰队的司令，他指挥打响了日本近代史上对中国发动野蛮侵略的第一枪。第一陪祭则是海军大将东乡平八郎，此人是甲午战争中日本"浪速号"舰长，在他指挥下击沉了北洋水师"东升号"。他们在经历了甲午战争和日俄战争后回首来告慰孔子为日本赢得了海上霸权。为此我多次赶到足利学校，见到庭院中当年他们祭孔时各人栽种的树木全部系有名牌。我徘徊在这些牌前，仰望正殿中孔子的座像，唏嘘不已！在时代的冲突中，历史竟然让一位中国的思想家在异国的土地上变异为一具进攻他自己祖国的政治偶像！假如孔子真的是安葬在曲阜，他的灵魂应该听到了当午黄海海面上日本海军进攻的隆隆炮声；现在他又在这些进攻他的家乡的侵略者的本土上接受他们的告慰，孔子的灵魂将情何以堪！此时，我曾经有过的所谓"东亚儒学文化圈"的概念立时轰毁，生活的真实迫使我重新思考文化传播与传递的内奥，由此开始则十分关注异质文化的传递究竟是以怎样的方式使本源文化甚至可以变异成面目全非的异类型状态。

文本细读应当十分注重文化传递的形态和轨迹及其后果，它是准确阐明文学文本内涵的不可或缺的一个层面。这里，我以下面这一组文化景象与各位探讨文化传递的通道，此即文化传递中中间媒体的概念与价值。

我们以17世纪后期到18世纪欧洲启蒙主义思潮与同一时期日本德川幕府官方意识形态生存的形态来考察异质文化传递的基本形态轨迹。这是一个可以作为揭示文化传递和流动本质的经典性命题。

本命题之所以在跨文化多元视野中可以作为经典加以阐述，这是因为在同一自然历史时期中，在当时地理上分处欧亚两洲互不相干的两个地区正在生成的两种本质上对立的文化形态中，却检出了它们都包容的一种共同的文化因素——中国的儒学。

欧洲自文艺复兴以来，反宗教神学的思想力量一直在成长，其中虽存在不同流派，但几乎都对中国的儒学文化倾注着热情，他们从中看到了批判宗教神学的理性之光，尤其是在18世纪法国大革命中，思想的先驱们曾广泛而狂热地运用中国儒学文化来守护欧洲近代启蒙思想的摇篮并唤起民众。他们主要以中国儒学宗师孔子的学说来作为反对中世纪封建统治，争取实现资产阶级统治的精神力量。

几乎在同一时期，日本进入德川幕府的封建专制统治时期。德川幕府为确保其权力的永恒性，以政治力量确定了宋代儒学文化在意识形态中的统治地位。德川时期几乎所有高层官僚和知识分子都接受了此种教育。虽然在250年的儒学内部分裂为很多门派，但其作为维护德川幕府封建制度的意识形态的根本性立场则并无二致。于是，在以后19世纪中期的明治维新时期，儒学便成为日本近代思想启蒙主义者们确立近代国民思想的主要的精神敌人。

于是文化史学便提出一个耐人寻味的问题，同一种儒学文化为什么会在几乎相同的历史时期，在欧洲成为反对中世纪封建统治，争取资产阶级权力的精神力量，而又在亚洲成为巩固封建制度确保专制的意识形态，并随后成为日本近代启蒙思想运动的主要精神敌人呢？这一现象深刻地展现了文化阐释的本质特征。

如果将儒学文化在欧洲及亚洲的传递中形成的接触链以图式的方式表现出来，可以形成下面的两组图式：

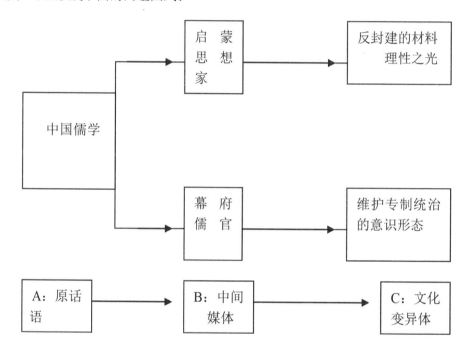

在这组接触链中，分别存在着A、B、C三个文化场。A是被阐释的源文本（原话语），B是作为阐释的中间媒体，C是作为被阐释激活而形成的新文化变异体。儒学在欧亚所体现的不同作用都是通过这样两次阐释（文化对话）才得以实现的。在欧洲，儒学文化是经由启蒙思想家这一媒体而表现为具有启蒙的理性意义的；而在日本则是通过德川思想家的媒体而表现为巩固幕府统治的封建意识形态的。也就是说，中国的儒学文化在特定时空中可能具有何种社会意义，并不取决于儒学本体的价值，而取决于文化传递中的媒体系列的阐释。经过中间媒体之后，儒学文化的本体价值便从事实的文化演变为描述的文化。而一切所谓的文化的对话都是在描述的文化的层面上进行的。

马克思在1861年7月22日给他的朋友拉萨尔写过一封信，其中评价拉萨尔的"既得利益体系"时有如下的阐述：

> 你证明罗马遗嘱的袭用最初是建立在曲解上的。但是决不能由此得出结论说，现代形式的遗嘱——不管现代法学家据以构想遗嘱的罗马法被曲解成什么样子——是被曲解了的罗马遗嘱。否则，就可以说，每个前一时期的任何成就，被后一时期所接受，都是被曲解了的旧东西。例如，毫无疑问，路易十四时期的法国剧作家从理论上构想的那种三一律，是建立在对希腊戏剧（及其解释者亚里士多德）的曲解上的。但是，另一方面，同样毫无疑问，他们正是依照他们自己艺术的需要来理解希腊人的，因而在达西埃和其他人向他们正确解释了亚里士多德以后，他们还是长时期地坚持这种所谓的"古典"戏剧。……被曲解了的形式正好是普遍的形式，并且在社会的一定发展阶段上是适于普遍应用的形式。①

马克思在这里讲到了两个事实，一是英国的遗嘱法和罗马的遗嘱法之间的关系问题，二是16世纪到17世纪法国古典主义戏剧理论"三一律"和古希腊戏剧之间的关系问题。他认为这两个文化事实可以说明一个基本的原理，即文化传递中"被曲解了的形式正好是普遍的形式"。

马克思认为，法国古典主义戏剧家们在理论上提出的"三一律"是建立在对希腊戏剧不正确理解上的，但是另外一方面，他们是按照他们自己的艺术需要来理解希腊人的，因此在安德烈·达西和其他人解说亚里士多德之后，还长久地固执这个所谓的古典戏剧。16世纪到17世纪的法国，是路易十四以专制统治制造出的"朕即国家"的时代，在这样的时代法国的主流戏剧家们以所谓遵循"三一律"原则而形成了古典主义戏剧流派。所谓"三一律"，依据古典主义戏剧家的解释，即戏剧故事的演绎为一个地点、一天时间和一个故事，此即地点、时间和情节的一致性。之所以称它为古典主义戏剧，是因为这一流派强调所谓"三一律"是从古希腊悲剧中提升出来的原则，并由亚里士多德所传导。法国思想界有些人士对"三一律"提出怀疑，哲学家安德烈·达西天真地认为这是因为法国人没有看懂亚里士多德的《诗学》而造成的"误会"，但是，尽管安德烈·达西把《诗学》从拉丁文翻译成了法文，解释了希腊悲剧没有"三一律"，亚里士多德也没有提出过"三一律"，但古典主义戏剧潮流依然蓬勃成长。马克思认为，

---

① ［德］马克思：《马克思恩格斯全集》（第三十卷），人民出版社，1974年，第608页。

这一文化运行的事实表示了一种文化传递的基本逻辑——这就是不正确理解的形式。

我把马克思的阐述分为以下几个层面理解和把握：

1. 古典主义戏剧里面有希腊悲剧的某些成分，但它不是希腊悲剧。

2. "三一律"是对希腊悲剧的不正确理解的形式，但是也不能把古典主义戏剧说成是"不正确理解的希腊悲剧"。因为你如果说它是不正确理解的希腊悲剧，那就是说它还是希腊悲剧。

3. 古典主义戏剧只是古典主义戏剧家们生存的那个时代所需要的形式。古典主义戏剧家们找到了可以和古希腊悲剧互相联结的某些成分，由此制造了"三一律"这一个戏剧论说。

4. 古典主义戏剧家们只有按照自己的需要对希腊悲剧作一个不正确理解才能提出"三一律"来，才能有古典主义戏剧的存在。

5. 结论：不正确理解的形式正好是普遍的形式，并且在社会的一定的阶段上，是适合于普遍使用的形式。

文化传递的基本形态就是这样的——原话语经过中间媒体的解构和合成，成为文化的变异体，文化的变异体已经不再是文化的原话语。之所以有新文化（或新文学）文本的产生，不是为了重复原话语，完全是为了本土文化的需要。所有的比较文学学术中的发生学、阐释学、形象学等等的阐述都是与这个文化传递的模式有关系的。迄今为止的文化运动，都证明了马克思所阐述的这一原理的准确性。在我们主张的文学发生学的实践中已经证明，作为它内在"异质文化语境"的文化传播的所有形式几乎都是在不正确理解的逻辑中进行的。

依据这一理论原则，我们可以这样判定中国儒学与18世纪的欧亚文化间的"对话关系"：

1. 虽然使用了中国儒学的材料，但无论法国理性主义思想还是日本德川的封建极权主义都不是中国的儒学文化。
2. 两者同样也不是"不正确理解"的中国的儒学文化
3. 法国批判宗教神学的理性主义思想是当时法国的文化思想思潮。同样日本德川幕府的封建性极权主义也是当时日本统治阶级的意识形态。
4. 二者各自依照自身的需要对中国儒学文化进行了"不正确理解"，从而使儒学文化中的相关成分成为各自的材料和养分。
5. 所以，在相同的历史年代中，中国儒学文化既可以参与批判宗教神学、倡导资产阶级革命的思想文化活动；又可以参与维护封建意识、倡导极权统治，张扬宗教神道的思想文化活动。

事实上，中国儒学所承担的两种价值完全相悖的社会功能并非事实的儒学的本体性价值，它们只能是描述的儒学的价值，只有对事实的儒学进行一种"不正确理解"，使其演变为描述的儒学，在此层面上才有可能实现文化的传递。而这一过程的基本特征便是对话中的B方总是从自己的意欲出发来激活对话A方的，所以法国思想家与日本思想家以各自不同的"不正确理解"的形式将儒学演绎为描述的文化。但这并不是文化传递的终极形态。传递过程还要经过B与C的对话才能得以实现。通过这组对话，描述的儒学便消融于异质文化中，于是产生了新的文化，所以B与C的对话便表现为文化的消融与文化的重构，这样，中国儒学就通过A方与B方以及B方与C方两组对话进入异质文化中并使其发生变异。这就是中国儒学向欧亚传递的终极形态。这便是不同文化之间的传递所遵循的共同轨迹。

这一观察文本的视域，在学术界并不很受重视，但真正把握的研究者又是十分钟情于这一论说。依据这样的解读获得的理性意识，我可以理解1906年日本军国主义的极端集团为什么需要祭祀孔子以及他们获得孔子学说的传递通道的文化运行轨迹。关于这一课题的具体的思考和表述，我已经在自己的论著中做过了较多的阐述，各位有兴趣可以阅读后一起研讨。

各位，跨文化多元视野中的文本细读，极大地提升了我个人在这一学科中的认知能力，对与自己相关的文化与文学的认知获得了自信心和自由裁量权。比较文学学术是智者的事业，它的研究需要具备多层面的相互融通的学识，需要长久的耐力性思考，各位有机会踏入这个学科中，有许多具有睿智的先生为各位导航，在各位自己的努力中会成功。请不要忘记，学术的起步，在于文本细读之中；只有在文本细读中才能形成经验理性；将经验理性在大文本层面和观念层面进行层层扩展，可以形成相应的"学术论说"。我以自己50年的学术从业经验告诉诸位，不要去追求夸张性包装和轰动性声响，我们应该而且事实上也只有在成年累月的辛勤中，在多层面的原典实证的推进中，才可能获得关于这一学术在国内外相关层面中的话语权。众多的学术话语权的积聚,才能真正为国家民族文化的崛起和发达尽我们自己的力量!

  谢谢各位!

文化的本体论性质与马克思的文化论序说

文化究竟是什么？这个课题提出的问题，是要研讨文化的本质意义究竟是什么？也许有人觉得这样的问题还需要讨论吗？一会儿诸位可能会感到这个问题作为文化学的最基本问题，其实还是非常需要确切地研讨和把握的。

与之相关的问题接踵而来，思考的第二个问题，即文化传递的模式和通道究竟是什么？如何构建？如何发挥它们的价值作用？更具体地说，例如中华文化走向世界，那么，中华文化究竟是怎样进入对象的文化中去的？

第一，文化的本质意义是什么？

我们先商讨第一个问题，就是文化的本质意义究竟是什么？其中的核心则是"文化的极致状态"究竟是什么？

在我们当前的社会生活中关于文化概念的表述，则文化几乎无处不在，吃饭叫"食文化"，放松休息叫"休闲文化"，出门走走叫"旅游文化",种花植树叫"生态文化",保命活命叫"养生文化"等等。在一个很长的时间里,我们用唱歌跳舞来吸引企业家们的生意,叫作"文化搭台""经济唱戏"。前些日子我参观一个图书展览,大幅标语叫作"筑起了文化长城"。很有气魄,也有意思得很!我们几乎把一切人的活动都称为"文化",那么,这些文化又怎么能"走来走去"呢?

在社会生活中,几乎没有另外一个范畴像文化这样,几乎存在于我们生存的每个层面、渗透到我们生活的每个角落。同时,也没有像文化这样,对这个范畴在人文学术中至今还没有一个能够为大多数人认同的属于本质意义的定位。

1982年我参加联合国教育、科学及文化组织(UNESCO)关于编写"世界文化史"的一个小组的讨论,发给我们所谓世界上著名学者关于"文化概念"的表述,我记得有170多种。人类生活中竟有一个范畴竟然有170余种所谓"名人"的定义,这个范畴事实上其实就等于没有定义了。一切都在各自表述之中。

20世纪90年代中期,国际比较文学学会(ICLA)建议中日韩三国共同撰写"东亚比较文化史",从1994年末开始,到今年20年了,三国专家小组就什么是"文化"?什么是"文化关系"?我记忆中举行过14次讨论,总是达不成大致的共同认定,在一个项目中,没有一个相对一致的范畴的认定,这个项目就没办法做了。

那么,究竟什么是文化呢?它的核心是什么?它的包容度究竟有多大?有些人还问,文化与知识、文化与读书识字是什么关系?它们属于一个范畴?还是属于不同范畴?文化人就是读书人吗?读了书、识了字是不是就是有了文化?比如《北京青年报》曾经报道"北京城管学历大专以上达96%"。(2010年4月20日)是不是说,北京的城管文化就很高了呢?但是,如果以此作为文化的标志,那就有一个问题,中国被称为文化古国,但是,据说到明代末年,中国版图内人群的认字率,只达到占可以统计到的总人口的15%左右,后来由于满族主政全国,降低了这个比例,有人估计,识字人数在全体中国总人口中占大约不到10%。一个将近90%的人口不识字的国家,我们又怎么又被称为"文化古国""文明古国"呢?况且,这文化与文明又是什么关系呢?问题不想则已,愈想则愈多了,甚至有时觉得这种困惑是很痛苦的。

对于我们人文社科研究者来说,把握接近事实本相的文化范畴是极为重要的。因为每一个人在潜意识中都有自我认定的文化范畴,事实上这便左右着他在具体问题研究中的思考和阐释,影响着他的研究路径和表述价值。

所以,我觉得对我们人文社科研究者来说,特别是对以多元文化交互作用为理念核心的比较文化(含比较文学)研究者来说,如果能够逐步地建立起关于文化范畴更加贴近意义本相的言说,对推进我们的人文学术和实际的文化工作,应该是具有重要的,甚至是具有本质性意义的。

我们先简单地研讨在汉文化语境中,文化的范畴是怎么形成的。

现代汉语语境中的文化概念,它所包含的内容,我个人认为它是从日语明治时代初期中的汉文辞中移译过来;而日语中的"文化"范畴是从英语移译过来的。据说,英语中的culture一词,来源于11世纪高卢人入侵英吉利之后开始出现的。在世界语言谱系中,英语属于日耳曼语系,高卢人的语言属于拉丁语系。所以有语言学家怀疑culture这个词,对古英语来说,也是个外来词。

但也有学者告诉我,例如美国比较文学家、拉丁语学者Nicholas Koss告诉我,在拉丁语文中,其实并没有一个词可以与现在的"文化"这个范畴相匹配的。这就是说,拉丁语系并没有我们现在关于"文化"的概念相对应的特定的词,也就并没有建立起关于"文化"的相对范畴。英语中出现了culture后,据说它是英语词汇中意义最为丰富的词汇之一。**从文化史上说,一个词的包容性愈大,它在概念意义上就愈容易产生多义性。**

当代汉语语境中的"文化"是从英语通过日本学者作为中介移译来的。但从文化史上考察,在英语中形成culture之前2000多年,汉族的先祖在自己最早的文献中,其实就有关于"文化"的概念。这就是中华文献最早的典籍《易经》的表述。

据说,中国文化中的被称之为《易经》的这部著作在夏朝时代就有的,当时称为"连山",流传到了商朝,被称为"归藏",流传到了周代,才被称为"易"。当时没有文字,是我们的祖先口耳相传,世代保存。如果真是这样,我们先祖的记忆力确实是惊人的!据说孔子整理"六艺",把它写定了,后世称之为"周易"。它记载的每一卦都有卦辞。卦辞是阐述卦的意义与价值。在《易·贲卦》的卦辞中出现了"文化"和"文明"的概念。《易·贲卦》曰:

文明以止,人文也……观乎人文,以化成天下。

在这一段论述中，我们现在应该研讨的关键词，则是文中的"文明""止""人文""化成天下"。

孔颖达在《周易正义》中做了解释，他说："观乎人文以化成天下，言圣人观察人文，则诗书礼乐之谓，当法此教而化成天下也。"孔颖达先生不能理解这里出现了"文明"与"文化"的概念，也没有明白文句中出现的"止"字的文字性的本义。但他提示我们"人文"就是"诗书礼乐"，就是考察如何运用诗书礼乐化成天下，仍然具有很深刻的指示性价值。

按照我在北大古典文献专业读书时从先师魏建功先生（1956年中科院学部委员）处学到的知识，感知在这段文字中，孔颖达没有解释的这个"止"字，恰巧就是释义《易经》此段文字的关键。

汉字"止"的意义解释层面"古今"不同。现在的诠释者中很多人把它解释为"停止"的"止"、"止步"的"止"，这是不对的。在上古汉文中，"止"是一个象形字。这个象形实际上是仿照人和大型动物脚趾的"趾"的形象画出来的一个汉字，我们可以而且也应该理解和解释它为"踪迹"的意思，它的引申义在上古汉语中，我们依据上下文的内容，也可以理解为"底部""基础"的意思。汉字由于起源时代很早，古今意义出现差别是很多的，比如"大娘"的"娘"，古今意义的差别很有意思。现在可以把"生我的女性"称为"娘"，但唐代诗人白居易有著名的诗歌，题名《公孙大娘舞剑》。这里的"娘"是"年轻的女孩子"的意思。当今日文假名中的汉字就是借用"娘"来指称"小姑娘""年轻女孩子"的意思。这是不能搞错的。

所以，我们在阅读《易经》的时候，"文明以止，人文也……观乎人文，以化成天下。"这句话意思是说"文明的踪迹，就是人文。……考察人文，如何化育天下，它表现的就是文明"。归纳说就是"文明的踪迹，在于文化的运行"。也就是说，文明是外在的，文化是内存的。这是在儒学形成之前，《易经》本身的定义，它并没有说，作为内存的文化具体是什么。

《易经》提出的实际上是一组具有很丰富内容的抽象性命题，讲的是若要考察文明，必须追踪到文化。这是世界文化史上关于文明和文化的最早定义，实在是非常了不起的。正如18世纪欧洲启蒙时代杰出的思想家伏尔泰说的：当我们欧洲人还在树林采撷野果充饥的时候，东方的中国人已经具备了超越我们现在水平的文化了！

在中国传统的学术意识中，大家虽然没有文化的概念，但几乎都认为以诗书礼乐教化天下，就是文明的表现。这样的阐述暗含着，也是事实上把文化的含义阐释为儒学伦理的本体。这个说法当然也就来源于孔颖达对《易经》的解释。孔颖达先生是唐朝时候的经学家，他生活的时代是儒学已经成熟的时代，他依据自己的儒学观念解释了《易经》中的这一组范畴，认定了"观乎人文，以化成天下"的内容，就是"圣人观察人文，则诗书礼乐之谓"（的运行）。

这是儒学家对中华古老精神遗产作的一种"不正确理解"的传递。

于是，后世的学者认定，《易经》中的文化概念，就是以诗书礼乐进行教化，教化结果的表现则称为文明。推导这个命题，所谓文化就是运用诗书礼乐对人进行教化运作的过程，其范围可能包含了从内在气质到外在行为的全方位的驯化。这样教化的结果，就构成了文明。这就是9世纪中国儒学家的文明与文化观，它一直延续到当代。

显然，这一文化观念是与"暴政"相对立的，这是一种治国和治身的生存原则和治理世务的原则。或许，这就是孔子开启儒学，倡导仁政而假借《易经》表述的思考。

当代汉语语境中使用的关于文化与文明的概念，从文化史学的立场考察，并不是从古代直接继承下来的。

现代汉语语境中的"文化"和"文明"这两组词虽然与英语culture和civilization相互对应，但如方才我说的，它也不是从英语文化中直接移用，而是通过中介间接移用的。从文化的世界性流动的立场上说，汉语中的这两个词是日语汉字词汇，是日语翻译英语culture和civilization用日文汉字表示的"日语新语"，是日本文字中的汉字，属于假名汉字的范畴。

19世纪60年代，日本开始了明治维新，出现了一批"维新词汇"。当时"文明"这个词在"维新词汇"中出现比较早。在标志维新的前一年，即1867年，被日本知识界称之为近代思想界"维新之父"的福泽谕吉（ふくざわ　ゆきち Fukuzawa Yukichi），刊出了他出访欧美的报告《西洋事情》，书中第一次把civilization用假名汉字表现为"文明"。1868年，明治天皇进入江户城（即今天的东京），德川幕府宣布无条件献城。天皇宣布日本立国的三大目标为"殖产拓业""富国强兵""文明开化"。其中,实行"文明开化"已经作为日本近代国家的标志性指向。

1875年,福泽谕吉又出版了《文明论之概略》。

文明这个范畴不仅出现在学术界,不仅作为国家建国战略,而且社会上已经有了广泛的接受层——出现了"文明面包""文明伞""文明车"等。

但是,直到这个时候,日语中还不见有"文化"这个词。在明治维新开始36年之后,即1903年1月,日本学者沼田赖辅(ぬまだ よりすけ / Numada Yorisuke)博士刊出了一部叫《日本人种新论》的著作,首次出现了"文化"这个汉字新词。他在书中讲到"虾夷族"(Ainu)与"大和族"(Yamato)的关系时,说:"虾夷族是很早归顺了(大和族),并采用了日本的文化……"作者是一个严肃的学者,他在"文化"的旁边,用英文加上了一段说明:"Culture, ways of life, the mode of life of this or that people."(这三句话层层推进:文化——生活方式——这些人或那些人的生活模式。)

这是日本人文学术中第一次把英语中culture翻译成"文化",用假名汉字构成日语语汇的新语,并且对"文化"这个词所表述的范畴做了第一次近代性的规范。

4年后,明治四十年(1907),早稻田大学编写了《早稻田大学校歌》(作者相马御风)。歌词第二段开始说:"将东西古今之文化潮流,汇于一大岛国兮,创造我日本新文化……"

由此在日本语文中,出现了与欧洲语文中culture相呼应的词汇即"文化",并在东亚汉文汉字系统中形成了一个借用汉民族《易经》中的词,又赋予了与《易经》中的文化概念并不相同的新的学术内涵。

我个人体味沼田赖辅(Numada Yorisuke)对"文化"这个汉字新词用英文所作出的阐述,他把文化的核心界定为"ways of life, the mode of life of this or that people."(即文化是"生活方式,是这些人或那些人的生活模式"。)他对文化做这样的界定,对我们具有启示意义。这种启示就是向着作为人的生存本质的方向去探索文化本质意义、去探讨文化与文明这一组范畴的真实的内涵。

我个人在人文学术研究中几十年来有一些体悟,大致感到界定文化范畴的本体意义,确认文化本质性的意义,就是"人与社会共生的精神形态"。人以此种精神形态展现出的"自我的人性",它就是文化。文化对于个人来说,就是他的个性。人是群居的生物体,因此,对于人的集合体来说,这个团体的文化就表现为这个团体的共性。在人类发展史上,在特定区域中于共同的自然生态和社会生态形成的诸多集团的联合形成"族群"(在近代构成"民族"),族群(民族)的精神形态就是这个"族群"(民族)的"族群性"(民族性),这个族群性就是文化;多元民族形成为国家,各民族的精神形态相互混融,构成为"国家精神"。国家精神就是国家文化的几种表述,这几种表述便是构成国家主流形象的基础性层面。

按照我个人的理解,所谓文化范畴的本质意义,实际上便是表述"人性的展现"。它应该具有两个层面的意义,提出来向各位请教。

在第一层面上说,文化体现"人性的展现",便是"人类生活统一性"的表现。

在第二层面上说,便是作为"人的主体"与他"生存的客体"之间实现"相互转化的同一性"的表现。

我们分层面来讨论。

第一,什么是"人类生活统一性"的表现?

"人类生活统一性"指的是人所具备的生物自然属性和人所应该具备的社会属性在人的观念和行为中的统一。这种统一性就是文化。

用最简单的事例来解释,《孟子》中引用告子的话说"食、色,性也"。告子认为,吃食和两性关系,是人的本性。许多人认为,告子说得"很本质"。我觉得不是,他只说了人的生物属性,没有提及"性",即人性应该具有的社会属性。所以,《孟子》引用告子的这一命题,并没有涉及文化的本质,所以告子的这一命题,并没有涉及文化本质,只是他观察到一切生物体的生命运作状态。

人需要饮食,这与一切动物与植物是一样的,这是人作为生物的自然属性,因此,不能一概而论地把"人—吃—食"就称为"食文化"。人在人类进化史上长期处于茹毛饮血的状态,那就不具备文化元素,不能构成一种文化形态。所以,文明史研究把人类茹毛饮血的时代定位为史前史;在"野蛮"与"文明"两大社会形态中界定为"野蛮时代"。(顺便说一句,这样的界定,是文明史研究中的范畴。)我们在文明史的表述中,一般说来,是把种植农耕的出现、金属器具的出现和记录语言的文字的出现,这三大特征作为一个特定时间和空间中的一个特定人群社会生态从"野蛮"走向"文明"的基本标识。茹毛饮血不能构成"食文化"。只有在明白了"吃什么?""是不是应该吃?""是不是可以吃?""怎么吃?""为什么要这样食?"具备这样的意识与过程,人的进食才具备了它的社会性意义, 从而使人的饮食与一切生物区分,才可能构成文化状态,从而才可能进入食文化的范畴。

所以在"食"的社会性至少应该具备两个层面:1.你的饮食不妨碍他人的生存安全(巧取豪夺而获得的饮食不是文化);2.你的饮食不妨碍社会生态的安全(破坏社会生态危及人类生存而获得饮食不是文化)。有人问我,应该如何评价"满汉全席"?中国文化走出去要不要介绍"满汉全席"?依我之见,我一直认定满汉全席是反文化的行为,清廷档案证明,清代没有一个帝王举行过满汉全席(120道菜肴);这是后代极少数人以自己的贪欲假借清廷而杜撰的菜席,假如你把满汉全席以及类似的菜肴以"食尖的中国"为名走向世界,那一定会在世界的面前轰毁了中国,所以我有机会就呼吁各位领导,请诸位无论如何要把住这个关,保住中国文化的形象。

同样的道理, 告子说"色"是人的"本性"。性的欲望在初发阶段是人的一种自然属性, 但如何实现这样一个原本属于自然属性的本能欲望,对人来说,是必须备有社会性的准则。

当人类处在"杂婚"时代中,即性关系没有辈分和情感,只是作为人的性本能表达系统,那么人还没有脱离作为动物自然属性的状态, 所以,文明史上把由这种性关系形式构成的社会,称之为"野蛮"和"愚昧"的时代,当然是没有文化的时代。当人类的两性形态由"杂婚"进入"血族群婚"(即规整了性关系的辈分,确立了跨辈分的关系),由此开始,作为人的性本能表达系统开始出现了规范生物体本能规则,尽管这个规则是粗放的,但它是人在性行为领域中最初的社会属性的标志,开始构成为一种文化。以后,人类对性本能的表达系统的规制随着生命意识的提升而愈来精细化,社会规范中对性的辈分关系和性的感情关系愈来愈明确,直至后来为性关系的规制有了立法,它以强制的规范确认了人类的性关系必须建立在相应的社会属性之中。这种社会属性最基本的核心必须遵循:1.血缘区分的规则;2.必须遵循情感表达的规则;3.必须遵循保障社会共存的根本秩序规则。这样的性关系规制为人之外的一切生物所不具备，从而使人的性活动具有了确定性的社会属性，这样的社会属性便是人之所以为人的精神标志，它们之间的协调和统一的性行为，才构成为文化。

第二，作为"人的主体"与他"生存的客体"之间实现"相互转化的同一性"的表现。

人的自然性和社会性相一致的过程、相互协调的过程就是人不断克服野蛮和愚昧的过程，在这个过程中获得的成果智慧就是文化的发生与发展的过程。

在第一层面中，我们事实上已经表述了谈论文化，实质上就是讨论人的问题。这样我们就可以进入关于文化范畴本质意义的第二层面的内容了，也就是文化范畴的深层意义。

这就是我主张的所谓"文化"，作为人的本质的成因和展现，就是人的主体与他生存的客体之间，能够实现有意识的相互转换的精神意识，此种精神意识能够不断地改善和提升人生存的精神环境和物质环境。

这就是说，泛意义上精神与体能的运作，使得主体客体化，即使主体意识对象化，也就是说，在社会实践中能够把自己的主体意识对象转化为客体。而同时，又能在社会实践中使客体主体化，即使作为客体的对象，通过社会实践达到符合自己的主观要求。这二者的协调合作，从而创造一个符合人在特定时空中需要的世界，这就是人的本质的成因，也是人的本质的显现。由此构成"文化"。

举一个最好理解的实例："愚公移山"。在这个传说中，关键词是"移"，连接这个关键词的主体和客体则是"愚公"和"山"。"愚公"是主体，"山"是客体。他们之间相互转化的连接体（即一系列转换运作过程）便是"移"。

作为主体的人，即"愚公"，他要移走这座山，就是要求实现"主体观念的客体化"，通过他的实践，作为客体的"山"被移走了，这就实现了"客体的主体化"，即客体依照人的主体意识，变成了新的事物。这一过程就是人性的展现，它在观念形态上表现为文化。

文化范畴的本质意义，就是这样被创造和这样被诠释的。

在这里，其实提出了构成文化的三个基本要素：第一是人；第二是人实现主体与客体之间的相互转化；第三是在这一转化中人所内在具有的和外在表现出的想象力、创造力和劳动力。

我个人认为，这便是构成文化本质范畴的三要素。我们面对的各种社会现象与社会运作，是否属于文化形态，应该考量它的内涵是否具有这些要素的主要成分或某些成分。

在这样的过程中，人也就形成和发展了自身的创造能力，这种人的想象力、创造力和劳动力便构成文化的本质性要素。

什么是人的想象力、创造力和劳动力，我以为指的就是人在实现自身的自然属性和社会属性统一的过程中，在"主客体相互协调"的过程中，所体现出的改造自身生存形式和生存环境中形成和积聚的智慧。

人在把主体客体化——同时使客体主体化——的过程中获得了在特定条件中符合自身需要的世界。这一过程的实体展现和行为展现可以用文明的范畴加以表述，而造就文明展现内在力量则就是文化与文化的运作。

在这样的意义上可以说，文化是内在的精神形态；文明是文化展现的物化形态，两者之间的关系，就如中华最古的文献《易经》所说的"文明以止，人文也"，文化是文明的基础。

因此，我觉得文化是精神形态的，文明是物像形态的。中华文化在近代之前在亚欧世界的传递，有可以称为文化的，有可以称为文明的。二者当然是不能割裂的，但确实还是显现不同的价值意义。

我们所举的关于日本政治文化的构建和西欧近代思想运动的构建，其中被检出的中国元素可以说都是属于文化范畴的，即表现为精神形态的透入。

精神形态的透入，可以说是近代之前中国文化走向世界的极致形态。所谓极致形态，指的是在人类文化史上最具有价值意义的状态。

我特别强调人是文化的主体。文化只是发生在人的定位点上。也就是说，只有人才可能有文化。人是一切文化的根基。

这样说是为了提示不属于人的任何生物，它们可能具有某些行为模式，比如猴子、狗，在一定的状态中，甚至可能开动一辆汽车。但我们不能因此而称"猴文化"或"狗文化"。因为开车驾驶必须具有驾驶意识，例如要有速度意识、要有规避意识，要有道路选择意识、要有对外界特变的反应意识，等等。这样的一系列意识来自人的认知能力、创造能力，也包括人的想象能力。这一系列能力的核心就是在努力追求和实现主体（驾驶者）与客体（路况）的统一，期望达到一致（安全地到达目的地）。猴子和狗不具备这样主客体一致的可能性，所以动物对人的模拟动作，都不能归为文化的类型。所以，在文化学词语中，不能有"狗文化""猫文化"等由生物构成的文化，只可能有人对动物驯养的"养狗文化""养猫文化"等事项。

这样，我们就摸索到了文化范畴，接近本质的层面了。

第二，马克思文化论序说
——关于19世纪马克思和恩格斯对历史文化阐述的基本理论的讨论

我们的"比较文化史学"课程这学期已经进行了将近一半了，从关于文化和文明的概论性讨论进入文化学家和他们的基本论说的介绍和研讨。上个星期蒋宏生老师已经向各位介绍评述了泰勒和摩尔根，以及他们的文化学理论。

泰勒和摩尔根的文化学说，我个人认为，在我们理解、把握和解析人类的文化中具有奠基性的价值意义。我本人在文本阅读的基础上，提升了自己对文本对象的内在本质性的理解，我自己以为我在跨文化多元视野的一个层面上有些业绩，就是得益于泰勒、摩尔根的学说。

一

我学习泰勒和摩尔根文化论的一些心得。

第一组：东亚神话阐述研究

2000年我在日本的一个刊物上发表了论文：

《東アジア創世神話における"配偶神"神話成立時期の研究について》《アジア游学》第12辑2000年1月

2005年3月我在上文的基础上在北京大学比较文学与比较文化研究所的刊物《多边文化研究》上发表了中文论文：

《东亚文明进程黎明期的文化研究——关于东亚创始神话时代测定的研讨》

《多边文化研究》第3卷，北京大学出版社，2005年3月

2008年我国教育部在向国际推荐中国学者的人文学术研究出版物上刊出我由上述论文提炼的英文论文：

Culture studies of the East Asian civilization in the dawn: On the dating of the creation mythology period in East Asia From Frontiers of Literary Studies in China Vol.2 June 2008

第二组：日本列岛人种与文明的历史发展形态：

1. 关于现今的"大和民族"不是日本列岛"原住民"的论说；
2. 关于日本"记纪神话"的解读与阐述。

上述研究业绩是将包括摩尔根、马克思、恩格斯等的理论内化为自己的精神，引导自己思考的结果，在一定意义上瓦解了日本神话的"一元论"。

正由于上述研究，2010年获得"山片蟠桃奖"。

今天给各位介绍和研讨的课题就是以马克思的观念为中心，包括恩格斯的理论在内的历史文化论说。马克思是各位都知道的人物，但对于他的历史文化理论，我相信现在能够提起来的人是不多的，包括国内现在正在从事马克思主义研究的各位，也未必注意到他与恩格斯关于文化理论的表述，在我的视野内似乎就没有真正见到过重视马克思和恩格斯在历史文化理论上的建树。更不要说理解他们这一系列表述对于理解和把握人类复杂的文化价值和在实际文化研究中把他们的理论转化成自己研究的内在精神意识。

假如不带有意识形态的偏见，那么马克思和恩格斯，作为19世纪欧洲杰出的思想理论家，他们在对于人类命运的思考方面，以及在哲学、经济学和社会学领域中的贡献，可以说是超越了同时代的所有学者的。同时，在文化学范畴内，他们也具有相当卓越杰出的理论见解，构成一个特别的学派，并且启示后来的研究直到现今。

在比较文学的理论中，例如在各种各样的出版物中，中国比较文学理论研究者似乎还没有提到过马克思、恩格斯的文化学理论，大家很乐意畅谈诸如现代主义批评、后现代批评、结构主义叙事学批评、精神分析批评、神话-原型批评、新历史主义批评、后殖民主义批评、女性主义批评，一直到现在又很盛行的生态批评等等。当然大家关注和重视的学者就很多了，诸如威廉

斯（Raymond Williams）、维特根斯坦、海德格尔、索绪尔、福柯、鲍德里亚（Jean Baudrillard）等。

这当然很好，呈现多彩的研究状态，但几乎从来也没有听到过马克思学派，实在是很可惜了的。

大家都是把马克思、恩格斯作为政治家，当然是不错的，但马克思和恩格斯不仅是杰出的政治家，而且在我的理念中，他们更是杰出的学者。

当历史经历了20世纪天翻地覆的变化之后，从总体上说，在中国人的心里，作为政治家的马克思的形象已经淡漠了不少，而他作为杰出的思想家、文化学家和历史学家的形象，却又不为大家所认识，我自己认为，这是20世纪人类思想史上十分悲哀的事件。

我们对马克思杰出的哲学观念和文化观念的淡漠，很可能是来源于我们（中国人）把中国政治革命中几乎一切问题和严重后果，甚至灾难性的行动，都归置于马克思的"主义"。我个人觉得这至少是我们缺乏文化学理念所造成的极大谬误。正如马克思自己提出的文化学上一个极有价值的命题：曲解是文化传递的普遍形式，我们对他事实上作了一个完全基于自我生态需要的不正确理解。

我一直在思考：

第一，1949年以来发生的一些对于政治分子自由言论的灭杀，这与马克思的理论有什么关系呢？

马克思在1842年的文章《评普鲁士最近的书报检查令》中说：

> 你们赞美大自然悦人心目的千变万化和无穷无尽的丰富宝藏，你们并不要求玫瑰花和紫罗兰散发出同样的芳香，但你们为什么却要求世界上最丰富的东西——精神只能有一种存在形式呢？①

这是马克思向世界呐喊，要求人类精神自由表达的心声！

我们有多少研究者和主政者阐述过马克思这样的主张呢？这个账和相关的经验总结，是算不到马克思理论身上的吧！

第二，1949年以来发生的一系列关于"以革命促生产"的"大跃进"构思，在一个数千年的农业民族中提出"15年赶上和超过英国和美国"，从而引发一系

---

① ［德］马克思：《马克思恩格斯全集》（第一卷），人民出版社，1956年，第7页。

列的"人间生存灾难",这与马克思的理论有什么关系呢?

马克思与恩格斯在《德意志意识形态》第一章"费尔巴哈"中提出:"物质生产满足个人生存的需要"和"物质生产在满足个人需要之外的剩余"是人类历史发生的基本要素,而共产主义社会是建立在"社会生产力高度发展"的基础上才能得以实现的理想。

所以,我们反省"激进的假大空经济跃进"和特定时间中的"民不聊生",实在是离开马克思的"主义"才造成的。

1989年以苏联为首的东欧一系列社会主义国家解体,中国主流话语至今认为这是"共产主义运动中的挫折",我个人从来不这么认为,我个人恰恰认为,这正好证明了马克思理论的准确,因为马克思历来就把创建"各尽所能、各取所需"的共产主义社会与社会生产力的高度发达连接在一起,他和恩格斯从来就不认为,生产力不发达的民族和国家可以建设成共产主义。(这是我1989年9月4日在日本佛教大学文学部对我到任的欢迎会上讲话的核心。)当代中国正在以致力于生产力的高度发达来实现"中国梦",正是体现了马克思主义政治经济学的本质性价值。

在20世纪世界和中国的一系列事态之后,中国主流研究家没有准确阐述马克思主义的价值和意义,匆忙地掀起了在传统儒学中重构中国人的精神价值,造成当下这一份人类宝贵的思想遗产被忽视,实在是很遗憾。

我们习惯于二元思维,好就好到天上,坏就坏到脚底下,就像我们不断地研讨人性的善恶之辩,不断地研讨天理人欲之辩等等,常常缺失了综合性复杂思维。

当代人文学术界究竟应该怎样对待马克思的思想遗产?

1873年,马克思在《资本论》第二版的"跋文"中这样说道:

> 将近30年以前,当黑格尔辩证法还很流行的时候,我就批判过黑格尔辩证法的神秘方面。但是,正当我写《资本论》第一卷时,今天在德国知识界发号施令的、愤懑的、自负的、平庸的模仿者们,却已高兴地像莱辛时代大胆的莫泽斯·门德尔松对待斯宾诺莎那样对待黑格尔,即把他当做一条"死狗"了。因此,我公开承认我是这位大思想家的学生,并且在关于价值理论的一章中,有些地方我甚至卖弄起黑格尔特有的表达方式。辩证法在黑格尔

手中神秘化了，但这决没有妨碍他第一个全面地有意识地叙述了辩证法的一般运动形式。在他那里，辩证法是倒立着的。必须把它倒过来，以便发现神秘外壳中的合理内核。①

从这里可以看出马克思的高度综合复杂性思辨的逻辑、高尚的思想品格和精神道德，表现了他杰出的人格与学术品位。

我们应该像马克思对待他的老师黑格尔那样，高度理性和热情地来理解马克思贡献于我们的这一份丰厚的思想文化遗产。

二

世界其实并没有忘记马克思。

1999年由英国剑桥大学文理学院的教授们发起的关于在全校推选"可以成为21世纪第一思想家"的民意活动中，卡尔·马克思位居第一位。随后英国BBC广播公司进行了同样的活动，在全球互联网上公开征集投票，马克思仍然获得第一的尊敬地位。我在2002年春天重返日本国立京都大学（1985年我在这里担任过中国第一位客座教授。这里出过5位诺贝尔物理学、化学等方面的获奖者），他们的经济学部中，从20世纪20年代以来，至今仍然开设"马克思《资本论》讲座"。这使我受到一种特别的刺激。毛泽东主席自己说过，他知道马克思的《资本论》最先则是读了日本河上肇的《资本论研究》而获得的教益。这位河上肇便是京都大学经济学部的教授，因为反对日本军国主义的对华侵略而遭受逮捕，在残酷的迫害中死去。1974年冬天，我们北京大学6位教师应日本国立京都大学邀请访问日本（这是经周恩来总理亲自批文的），我们到达后的第三天，就在河上肇的墓前献花默哀，向他致敬。80年代在日本京都大学讲授《资本论》的，已经是他的第四代学术继承人了。

当然，当代欧美思想界和人文学界已经形成了相当有力量的"新马克思主义研究"，我们习惯上称之为"西马"。蒋宏生老师对"西马"有很深入的研究，

---

① ［德］马克思：《资本论》"第二版跋"，《马克思恩格斯文集》（第五卷），人民出版社，2009年，第22页。

他的导师詹姆逊教授是全美国"西马"的领军学者。

我这里向各位介绍的只是中国学者理解的马克思文化观念。

当然,马克思也有局限性,他不是神,不是太阳,他是一位伟大的思想家,与一切观念形态相同,马克思理论也是特定时间和空间的产物,他是以自己感受的19世纪西欧社会作为主要文本,在集法国空想社会主义、德国古典哲学和英国政治经济学精粹的基础上形成的,他没有可能在更加扩大的视野中观察到世界广袤地区的社会状态,更未能意识到资本主义在发展中自身具有十分强大的自我调节的能力(例如,采用高额累进所得税,控制贫富无限扩大差距,形成社会舆论对政府行为的制约,以法律的形式禁止大资本垄断,以及杜绝财阀的产生等),这些是马克思没有看到的。

还有,他没有确切把握俄国的政治经济形态,更没有观察到亚洲包括中国在内的社会政治经济形态。这些都使他的理论表现出"局限性"。但后期马克思似乎已经逐渐意识到这些,他在撰写《资本论》第二卷后,有很多年没有写下去,据说,他正是在思考接受到的俄罗斯社会形态。他在晚年,似乎已经意识到《资本论》三卷中的表述,与亚洲不一定吻合,所以提出了一个"亚细亚生产方式"的命题,没有来得及阐述明白就去世了。

三

直到目前,我们还没有一部关于研究马克思历史文化论的著作,也没有一种公开发行的相关材料汇集。在我的视野中,自中国共产党成立以来,我们只有过两种内部发行的相关的关于他们著作的摘录。

1. 1961年10月人民出版社刊行《马克思主义经典作家论历史人物评价问题》,"内部发行",署名"人民出版社编辑部编辑",定价2角2分。

2. 1971年12月北京大学中文系编辑发刊的《马克思 恩格斯 列宁 斯大林 毛泽东 论文化遗产》,蒋绍愚 严绍璗编辑。

认识我的人对我编辑这样的"长语录"很奇怪,其实,我在大学念书的时候,在古典文献专业受到很好的,可以说是一流的学者们关于中国文化特别是传统文化的教导,但慢慢地自己也有了点质疑,大概在两个层面上。一个层面是关于中国文化的博大精深和世界文化的关系，有没有关系？有什么样的关系？另一个层面，则是我们一直讲对古代文化要批判地继承，怎么样批判地继承呢？说是要"站得高、看得远"，可是什么是"站得高"呢，什么是"看得远"呢？（冯友兰先生关于"忠于"的阐释，叫作"现代意义的转换"就是"化腐朽为神奇"，我感到莫名其妙。）

我以自己阅读马克思、恩格斯等的著作中所获得的关于历史文化论说的感知，开始以历史文化论的总题，向我的学生介绍马克思关于历史文化论述中我所能够把握和理解的一系列理论观念。

这对学生可能有些零星的收获。记得1989年，我们1975年级学生王涵，在日本发表论文《关于唐代的古文运动》，获得日本"论文永久保存奖"，他打电话对我说，这篇论文所以被看好，是因为听了先生的课，运用了马克思的"不正确理解"的概念；2000年我们1977级王瑞来，在日本汲古书院出版了一部很好的著作《宋代政治制度研究》，他对我说，其中有些地方，我运用了先生上课时给我们讲述的马克思关于文化传递中"不正确理解"的理论，很有价值的。同样1977级学生，曾经任职中国作家协会副主席陈建功，2002年1月在日本文部科学省国际日本文化研究中心的研讨会上，特别说道："大学的很多课程忘记了，但是，当时严先生给我们讲的文化运动中'不正确理解'理论，却一直没有忘记，可以运用来观察许多实际文化问题。"我当场对他说："这不是我的理论，这是马克思关于文化传递与文化继承的基本命题呀！"

我本人则在自学与教学之中，以中国和日本文化文本的古籍阅读为基础，开始在经典文化理论中思考关于文本细读获得的感受如何组织成理念形态，并加以表述。

开始只有马、恩、列、斯、毛的著作，我觉得马恩关于历史文化的阐述对我有较大的吸引力，开始真的思考文化问题。20世纪70年代中期以后，可以读到泰勒、摩尔根的著作，还读些其他的理论著作，慢慢地觉得文本中的现象可以归纳成条理型的表述，所以，有"文化变异体"概念的提出，有"文化源与文化流的论说"，有"文学发生学"的学理构思等，形成了现在这个局面。

1998年，在北大百周年校庆的时候，《北京大学学报（哲学社会科学版）》出版了专刊，特邀几位教师撰写了论文，其中也有我的一篇。1998年《北京大学学报》（社科版第2期）发表了我的长篇论文《中国当代新文化建设的精神指向与"儒学革命"》。

谈到中国当代新文化的创建，许多人把回归作为新生命的源头，还要开通古代文化到达当代的"直通车"，我移用一个很好的定义，叫做"文化啃老族"。

当年《文化研究》（人大书报资料中心）1998年第5期全文转载了我这篇论文。此后有人对我说，有人对你的提法很恼火，不合时宜。看看现在的架势，你现在批评毛泽东都是可以的，你如果批评孔夫子，你试试看，一定说你"数典忘祖""洋奴""卖国贼"等等。有多么可怕吧！但我觉得说我"数典忘祖""洋奴""卖国贼"实在是对我的学术观念和学术实践无所知晓，不学无知吧！我从1985年开始到2007年告一段落，为寻找中国古文献在日本的传递与对日本文化的价值，在日本列岛从北海道到九州，历时十余年，出入20余回，在日本朋友的帮助下，捡得清代之前文献一万零八百余，撰写成300余万字的《日藏汉籍善本书录》三卷，揭示了中国文化在东亚文明共同体中的不可磨灭的价值。

为马克思文化理论在国内呐喊的人不多，不免有孤独之感。所以我有机会，就要介绍马克思的文化学理念。

在阐述马克思和恩格斯的社会思想史学派的文化学观点前，我想应该对马克思和恩格斯的基本理念做最简单的梳理。

我以为马克思和恩格斯最基本的思想品质在于他们具有人类最宝贵的人道主义精神。马克思和恩格斯的人道主义，不是停留在慈善会捐款之类的表层层面上，它是基于对于人和人性的最深刻的理解，表现出对于人的生存形态和人性的最深厚的关怀。正因为这样，他们对于自己生存的社会，即18世纪到19世纪社会中的政治压迫、经济剥削、文化不平等，表现出了极大的愤怒。他们一生所追求的就是建立人类的理想社会。为了实现这个理想社会，他们运用自己的知识，对于当时欧洲文明所达到的最杰出的精神形态——即欧洲哲学（其核心是从康德到费尔巴哈的德国古典哲学）进行了解构，提取了其中他们认为最具有价值的成分，以他们自己的生存方式为基础，组成了他们自己的哲学理论；他们对于当时欧洲已经达到的经济产业形态——即资本主义经济形态，进行了解构，其中特别是对资本的形成和资本的增殖，进行了经济学上从未有过的解析，组成了他们自己的政治经济学理论。以此作为两大支柱，马克思和恩格斯设计了人类的理想社会。

这个理想社会，我以为具有三个最基本的内容：

第一，在这个社会中，具有高度发达的生产力，为全社会创造了极为丰厚的物质财富，使社会的每一个成员，都可能按照自己的需要实行消费。

第二，在这个社会中，社会的每一个成员面对社会本身的发展和成长，他们所获得的生存权利，应该是公正和公平的。

第三，在这个社会中，在人性释放自律，即个人发展不妨碍他人利益的前提下，社会每一个成员的个性都能获得自由发展，并在社会成员个性全面地自由发展的过程中，实现全人类的真正的解放。

作为实现这一理想社会的社会标志有三个方面。这就是：社会消除城乡差别，消除工农差别，消除脑力劳动和体力劳动的差别。

这就是马克思和恩格斯的关于共产主义的理论。

马克思认为，他们的关于共产主义的理想社会是能够实现的，这是因为马克思经过对于资本主义社会多个层面的论证，他认为生产的高度社会化与资本的高度私人垄断之间的矛盾，是不可克服的，最终将导致资本破产而实现生产资料的全民所有制。在这个过程中，国家将通过高额累进所得税制度、高额累进遗产税制度、社会就业保障制度和禁止垄断（即禁止市场垄断、寡头、卡特尔等一切不公正交易方式，确保正常的竞争），来逐步地剥夺资本的私人所有权，并且使社会成员获得平等的生存条件。国家如果不能解决这个矛盾，无产阶级应该夺取国家政权，运用工人阶级的新的国家机器所替代，这就是无产阶级革命。

马克思对于未来社会的理想，具有严格的规定性，就是社会改造的进程要与社会生产力发展的进程相一致。马克思关于共产主义社会的理想，是以高度发展的社会生产力为基础的。

在这里要特别提醒的是，马克思和恩格斯关于人类理想社会的建构，与中国古代的大同社会是完全不同的，这是因为构建的生产力基盘和哲学精神是完全不同的。任何人把这二者连接在一起，就是胡说八道！

20世纪的世界性社会大变革，极为严格地证明了任何试图超越马克思的这一社会规定性都是不可能的，它证明了在生产力低下的社会中，是不可能实现理想社会的；中国近40年的改革开放，证明了马克思理论的准确性，中国共产党当今的领导人为着实践马克思的理想，他们把发展社会生产力作为第一任务来执行，从而使中国终于找到了通向理想社会的道路。

当然，马克思和恩格斯的理论主要是以19世纪的欧洲社会为基本社会调查材料和思考材料，他们对于例如亚洲社会就不很熟悉，因此，他们的理论也具有时间的局限性和地域的局限性；当把这样一种理论变成社会实践时，会出现瞬息万变的复杂局面，这一理论也不可能设想得周到，这也许就是这一理论的局限和缺陷吧。一百年来，已经有许多社会实践家为此作了许多的补充和发展，但是，理论本身的基本意义则仍然具有价值，因为人类所追求的仍然是实现这一理想社会。

对于具有这样深厚的人道精神和这样深刻的人性关怀的马克思和恩格斯的学说，我们有什么理由不赞成！由此构成的马克思哲学、政治经济学和科学共产主义理论，具有巨大的精神魅力，在150年间曾经使世界上数以千万计的出身不同、教养不同的人，集合在他们的旗帜下，奋斗终身！

许多人把20世纪50年代以来中国的"大跃进""反右倾""文化大革命"等看成是"马克思主义运动"，那好比是伪劣产品的推销商，声嘶力竭地把推销的伪劣产品作为名牌产品看待了。面对伪劣产品，不是真正的品牌出了问题，而是要学会识别虚假，揭露虚假，而且还应该对恶劣的推销商绳之以法。品牌仍然是精品。

中国年轻的知识分子，当前在毫无马克思主义知识的状态中，对于马克思主义嗤之以鼻，实际上是在嘲弄人类最精粹的知识和思想，实际上是显示了自己的无知。

中国和世界的历史进程证明了马克思和恩格斯关于实现理想社会的顺序的准确性。现在应该是揭露伪劣产品的推销商的奸诈，树立真正的马克思主义"品牌意识"的时候了。

以马克思和恩格斯为代表的文化的社会思想史学派在文化学上的主要理论，我体会可以归结为以下几个方面：

第一，阐述了关于"历史发生的三要素"。

马克思和恩格斯在阐述他们对于历史的观念时，特别强调了历史发生的三个基本要素。马克思与恩格斯在《德意志意识形态》第一章"费尔巴哈"中提出物质生产满足个人生存的需要、物质生产在满足个人需要之外的剩余和从事物质生产的人的增殖，是历史发生的三个基本要素。这一观念，体现了马克思和恩格斯关于构成历史的基础是人，而人的生存是物质，物质是由劳动创造的基本思想。

第一要素：物质生产满足个人生存的需要——历史活动的基础。

马克思与恩格斯在《德意志意识形态》第一章"费尔巴哈"中说：

> 首先应当确定一切人类生存的第一个前提也就是一切历史的第一个前提，这个前提就是：人们为了能够"创造历史"，必须能够生活。但是为了生活，首先就需要衣、食、住以及其他东西。因此第一个历史活动就是生产满足这些需要的资料，即生产物质生活本身。同时这也是人们为了仅仅能够生活就必须每日每时都要进行的一种历史活动，即一切历史的一种基本条件。①

马克思和恩格斯提出，历史活动的基础是物质的而不是观念的；是受物质生产制约的，而不是依靠精神决定的。是物质生产决定历史，并不是精神意识决定历史。

就马克思和恩格斯而言，当时是为了针对即黑格尔之后的德国哲学界中一批没有任何前提的德国人。当时他们提出"所谓历史，便是'想象主体'的'想象活动'"，即"历史是没有任何前提，没有制约的智力产物"。

但是，德国的兰克学派具有很强大的势力。兰克（Leopold von Ranke 1795—1886）本人是柏林大学教授，1841年起担任普鲁士皇家史官，有《强国论》《政治问答》这样几部学派经典著作。兰克学派的主要观念是在对历史资料的分析和批判中，寻求历史发展的内在动力。他在《强国论》中说："我们在世界史的发展中所目击的是各种各样的'力'。"那么这些"力"是什么呢？兰克认为，主要便是精神的创造力。他认为道义的生命力在历史进程中具有决定性的作用。兰克在《政治问答》中说："由于道义的生命力，才能够在竞争中打倒作为竞争者的敌人。"兰克相信，世界历史所昭示的是：国家的衰亡主要不在于外来民族的侵略和破坏，主要来自一个民族内部的"今年高深创造力"的衰退。兰克更多地是从心理因素的视角来阐述他的历史观。

---

① ［德］马克思：《马克思恩格斯全集》（第三卷），人民出版社，1960年，第31—32页。

这一基本立场，与我们在文化思想史学派的谱系上说，与排列第三位的学者叔本华主张依靠情绪激越的爆发，在瞬间的闪光中体验对人与人性的认识，从内心的冲突扩展到外部世界，从而形成所谓的文化条件，以及后来德国的尼采的思想学说都很相近。

19世纪德国思想界具有培育这样的思维形式的肥沃土壤。

兰克学说通过他的学生里斯（Ludwig Riess 1861—1928）传到了日本学术界，又从日本传到了中国学术界。

1886年里斯接受日本文部省邀请，出任东京帝国大学史学科教授，成为日本近代历史学的奠基人之一。1903年，他与东京帝国大学教授坪井九马三（1858—1936）出版了《史学研究法》一书，这是日本近代历史科学中第一部理论著作。这部著作提出：第一，史学系研究人活动发展之科学，而人乃社会之细胞。第二，历史既然为处理人间想象之学问，重视人之心理因素乃系历史研究之第一条件。正是在第二个观念上与兰克学派接轨。日本出现了第一批具有纯思辨形态的历史学家。

这种主张心理因素创造历史的观点，后来从学术和理论层面被引向行为领域，成为日本法西斯主义文化的核心观念之一。被称为"东亚思想魔王"的军国主义学者（甲级战犯）大川周明在《二千六百年日本史》中提出："只要有精神力量，就不需要科学！"

梁启超在《中国历史研究法》中表述了与兰克学派很相似的历史观念。而梁先生的大著《中国历史研究法》又和坪井九马三的《史学研究法》这两本书的书名也很相近。梁先生在《中国历史研究法》中说：历史为人类心力所造成，而人类心力所动，乃极自由而不可方物。心力既非物理的或数理的因果律所能完全支配，则其所产生之历史，自亦与之同一性质。从而成为中国近代思辨史学的创始人。

出乎梁启超先生的本意，他的新史学在20世纪的中国后来也被介入了政治因素，而成为一种行为观念，即相信精神大于物质，思想创造社会。

有人问我：如何估价毛泽东主席的历史观。这个问题当然要使我为难。这是属于研究毛泽东主席整个思想史范畴中的课题。实事求是地说，他的政治学说中，确实有接近新史学，即思想创造社会的因素。这并不奇怪，他的思想中有受到王阳明思想影响的成分，连他的《实践论》在最初发表的时候，有一副标题，用的是阳明哲学的概念——论知和行的关系。但他也有关于物质是历史和创造历史的基础的观念。他在民主革命时代说："我们靠小米加步枪打天下。""小米"的概念就是马克思表达的"人们能够创造历史，必须能够生活"；在社会主义革命时期，1960年他发表著名的论文《人的正确思想从哪里来》，说"人是要吃饭的。这个道理我们的同志干了几十年，现在似乎才明白。"这是表述了一个重要的历史哲学观念——什么是历史的基础。

第二要素：物质生产在满足个人需要之外的剩余——历史活动的主体。

马克思说："已经得到满足的第一个需要本身，满足需要的活动和已经获得的为满足使用的工具又引起新的需要。这种新的需要的产生是第一个历史活动。"

按照马克思的观点，人类的历史活动开始于物质再生产。这里讲的"再生产"，本质上讲的就是生产力的发展。请注意马克思的表述：生产工具和具有使用生产工具能力的人，构成生产力。

人类养活自己，是历史的基础，但是如果人类只能养活自己而不能形成生产力，更不能推进生产力的话，那么人与其他生物群体就没有区别。马克思的这一观点表述的是：生产力的形成和生产力的发展，是历史的第一个内容。

这个观念中包含着这一学派的学者，极为重视，同时也是极为尊重"劳动创造历史的能动过程"。它的意义大致在这样三个方面：

第一方面的意义在于，这个观点强调了"生产力的形成和发展是第一个历史活动"，就是强调了人的劳动在历史形成中的主导地位。这里有两个主体：人和劳动。只是人而不劳动，这和其他生物没有区别；没有人的参与，则无法构成劳动行为；必须是人与劳动结合，才能构成历史。这是一个符合事实的实践观点，是重视和尊重社会人的大多数的观点。马克思和恩格斯说："从这里立即可以明白，德国人伟大的历史智慧是谁的精神产物？"他们指的当然是德意志民族的产物！

社会思想学派认为，文化研究的任务，便是理解、掌握和提纯这一能动的历史过程，以表现大多数人即群众的历史主体性。但是，要真正去做这个任务是非常的难。这是因为（1）以往的统治者有意识地把历史的过程表现为自己力量的过程；(2) 人的观念的进步与生产力的进步比较，往往呈现滞后的状态，而观念的滞后，就成为人对生存环境理解的保守力量。

要对历史的过程进行提纯而表现群众的历史主题性，是非常不容易的。中国当代文化界就是这样，于是我们看到了历史是帝王将相的政治活动和阴谋活动的过程，是杰出人士表现智慧和爱情的过程，等等。

第二方面的意义在于，由于历史最基础的活动是与生产力的发展相一致的，因此，一切关于神学的、政治的和文学的现象都应该从历史活动这一基本内容中加以解释。任何一种文化现象，都深刻地存在着物质与生产方面的因素，即存在着它们综合的经济形态的因素。它们的产生和灭亡，从根本上讲，大都与此有关。

例如，从家族到村社，到城镇，再到较大的城市，是生产力发展的结果，养成了特定的居民，才有了市井街巷文学，才有了通俗读物，才有了街头演出，才有了戏剧样式。

读到《新明日报》(2002年11月25日) 余秋雨先生谈中华文化：《可塑又可被塑 缓冲其他文明冲突》的文章，中心议题是"时间意义上的中华文化"。题目是很有意思的。

作为中国媒体反复炒作的文化人余秋雨对中华文化的看法，引起了我很热切的关注。他希望中华文明保持平衡的特性，能使这个文明成为人类的一种福气。这是很好的愿望。

但是，在谈到文化的时候，他有个奇怪的说法。报纸说：

> 谈到中华文化，余秋雨认为大家应寻找个简便方式、一种方便法门，吸引大家走进中华文化殿堂，把该知道的都发挥出来。他表示自己正在搭建这样的桥梁，让文化深入普通层次。

依据这个说法，现在的中国人都在中华文化的门外，余先生呼吁我们大家走进这个大门。他认为，走进去还不容易，他搭一座桥，让文化"深入普通层次"。啊呀，这个中华文化不在中国人身上，更不在"普通层次"的中国人身上，要依靠余先生的"桥"才能进得去。

我听上去怎么像发烧者在说昏话。把中华文化与创造文化的中国人分开，自己又充当救世主来搭桥引领大家入门。这个余秋里已经发昏了，我想救他也救不了了。

在总论之后，他提出了认识中华文化8个时间点，这是老生常谈，大凡懂一点中国历史和文化史的人，都是这样分期和这样说的。这就是：公元前21世纪：文字创立时期，公元前5世纪：经典创立时期，公元前后：大帝国的出现，2世纪：混乱中的美丽，9世纪：辉煌的积淀，13世纪：铁骑冲破安静，14世纪：文化气势转弱的明朝，明朝之后：惊慌失措300年。

我不明白的是，余先生靠怎么个本事能搭起这座桥？这是典型的"豆腐渣工程"。其中讲到中国杂剧的产生，余先生这样说：

> 佛教在印度灭亡，蒙古人的铁骑，则冲破中国的安静，对中国来说，这是个非常陌生的力量，从大文化的角度看，铁骑带来了一种不讲理的生命力。这时候，中国原有制度中断了，文人无法参加科举，没事可干，像关汉卿这样的文人便跟着流浪戏班写剧本去，中国出现了元曲，也涌现了一大批成熟的戏剧家。

这是什么文化意识和文学意识？元杂剧是市民文艺，它的形成和发达的基础，与中国城市的发达和市民观众的出现具有密切的关系。

与社会思想史学派的观念不一致是可以的，但你也要言之成理，要接近事实本身。

第三方面的意义在于，既然是历史最基础的活动是与生产力发展相一致的，既然是一切关于神学的、政治的和文学的现象都应该从历史活动这一基本内容中加以解释。既然任何一种文化现象，都深刻地存在着物质与生产方面的因素，即存在着它们综合的经济形态的因素。因此任何文化体系，从本质上讲，它们都是一定生产力时代的产物，既然是他们随着生产力的发展而产生，那么它们也一定会随着生产力的再发展而被另一种新的文化所替代。任何文化体系，都具有产生它的时代特征而不具有永恒性。

有人说宗教是永恒的，其实，宗教是不永恒的。它的内容是随着经济形态的不同而不断调整的。

基督教经过马丁·路德开始的宗教改革，到基督教新教。佛教在南亚印度的消失，到中国的诸种宗派到禅宗，到日本的佛教（神佛合习），到当代日本人的宗教信仰（结婚用基督教或天主教，办事用神道教，死了用佛教），到佛教产业（和尚、医生、律师——日本三大富翁阶层）。

与这样的意义相呼应的是，只要产生这种文化的经济形态还存在，在意识形态领域中要消除这种文化，根本上说是不可能的。

马克思有过很好的表述："批判的武器不能代替武器的批判，精神力量不能靠精神力量来消灭。"我以为这是经典名言。

第三要素：从事物质生产的人的增殖——（社会关系的发展与变化成为）历史活动的基础内容之一。

马克思说："一开始就纳入历史发展的第三种关系就是，每日都在重新生产自己生活的人们开始生产另外一些人，即增殖。这就是夫妻之间的关系，父母和子女之间的关系，也就是家庭。这个家庭起初是唯一的社会关系，后来，当需要的增长产生了新的社会关系，而人口的增多又产生了新的需要的时候，家庭便成为从属的关系了。"

这里表达的是由生产力决定社会关系的形成和发展，是历史发展的第三种关系。（第一种关系是人依靠物质生产的自我生存；第二种关系是再生产。这是第三历史的第三种关系。）

人的社会关系是一个发展的过程，它的基础是生产力的水平。依据社会思想史学派的观点，社会关系的发展过程是这样的：

人的自身的增殖→家庭→氏族→国家————→人的增殖依然存在
　　　　　　　（夫妻 两性关系）　（阶级社会）　　　　国家灭亡
　　　　　　　　　　　　其中分成许多的阶段

这里的每个环节都有一个复杂的内容。历史学要研究这个过程，文化学要提纯这个过程，从中抓住不是属于过去，而是属于未来的成分，推动当代的文化建设。

从这一基本观念生发开来，马克思和恩格斯阐述了关于历史构成的基本内容。他们在《德意志意识形态》中曾经这样来阐述历史的含义。他们说历史是一个能动的生活过程。"只要描绘出这个能动的生活过程,历史就不再像那些本身还是抽象的经验论者所认为的那样,是一些僵死事实的搜集,也不再像唯心主义者所认为的那样,是想像主体的想像活动。"①

这里说的"经验论者"的理论,在20世纪的中国可以傅斯年先生为代表,他的《史学方法导论》中说:"历史的对象是史料,史学的工作是整理史料,史学便是史料学。"他在《"中央研究院"历史语言研究所工作旨趣》中重申了这一基本观念。崇拜史料,认为史料就是代表了历史进程的记录,但是没有回答史料是什么。

这一"能动的生活过程"实际内容便是"生产力的发展引起社会革命,社会革命推动了生产力的发展。"

依据马克思和恩格斯的这一理论逻辑,那么所谓历史,便是由两个方面组成。其一,即物质生产的连续不断进行,构成了人类第一个历史活动。这一观念,是把历史建立在物质生产的基础上,因此,就与一切把历史作为心智活动的理论相区别;其二,马克思和恩格斯认为,虽然物质生产构成了人类第一个历史活动,但是并不是历史活动的全部,由生产力所创造的特定的社会关系的发展(即广义的社会革命)是历史的另一个重要内容。这一观念,是把人类社会的生存结构及其变迁作为组成历史的另一个内容,因此,就与一切把历史与作为个人活动的理论相区别。

第二,阐述了关于思想文化形成的条件特征。

马克思和恩格斯在《德意志意识形态》中对于思想文化的形成有过这样的经典性论述:

> 一切划时代的体系的真正的内容都是由于产生这些体系的那个时期的需要而形成起来的。所有这些体系都是以本国过去的整个发展为基础的,是以阶级关系的历史形式及其政治的、道德的、哲学的以及其他的后果为基础的。②

马克思和恩格斯在这里主张的是:

---

① [德]马克思:《马克思恩格斯全集》(第三卷),人民出版社,1960年,第30页。
② 同上书,第544页。

其一，一种思想的产生，一个思想文化体系的形成，"都是由于产生这些体系的那个时期的需要而形成起来的"，即它们都是特定社会时代的产物，它们都根植于现实的生存状态中。这是阐述了一种思想文化形成的"根"，或者说是形成的"种子"（"根"和"种子"在这里是同义的。在日语中，"根"发声为"ne"，而"种子"发声为"tane"，这个"ta"，是"田地"的意思，也是"多"的意思，此即"田地里的根""很多的根"，就是"种子"，日语的认知是很有意思的。）这一理论观点与前一个时期一切把历史文化作为当前时代思想文化之根的观念完全不同（可以看出与"传统文化的现代性转化，现代性诠释"是完全不一样的）。

这是一个根本性的观念，即一切思想体系究竟是从哪里来的？

我和古典复古主义、古典回归学派的最根本分歧，不在于要不要传统文化，而是当代中国文化的根（包括中国当代道德的根）究竟在哪里的问题。我是非常热爱和尊重文化遗产的，20年来，几乎在自费的状态中追寻中国文献典籍在日本的流布，但是我不赞成把中国传统文化作为中国当代文化的根，不赞成通过对古老文化的所谓"现代化诠释"来实行现代化的转化，因为这是不可能的，内含欺骗的成分。这一切几乎是徒劳的，因为古典复归本身，就具有深刻的时代因素。

其二，一种思想文化的根虽然在于当前，但是它又以"本国过去的整个发展为基础的，是以阶级关系形成的历史形式及其政治的、道德的、哲学的，以及其他的后果为基础的"。这是讲思想文化形成的历史条件，提出了"基础的"概念。这个基础指的是一种思想文化形成的土壤。只有把种子播在土壤中，只有把根扎在土壤中，才能结果。在这里，土壤的丰厚和辽阔程度，也就成为一种思想文化具有价值程度的指标了。这一观念，就与一切传统虚无主义不相同了。

正因为这样，每一种文化才具备民族的特征。

第三，阐述了关于文化的多元性特征。

1844年，恩格斯在分析英国工人生存状况的时候，十分敏锐地察觉到，由于阶级压迫和阶级剥削所造成的悬殊地位，英国工人和英国资产者仿佛已经分裂为两个民族。他在《英国工人阶级状况》中这样描述了他所见到的英国的事实：

> 工人比起资产阶级来，说的是另一种习惯语，有另一套思想和观念，另一套习俗和道德原则，另一种宗教和政治。这是两种完全不同的人，他们彼

此是这样地不相同，就好像他们是属于不同的种族一样。①

恩格斯认为，在一个存在着阶级压迫的时代中，国家不论以任何面貌出现，它事实上存在着两种以上不同的乃至对立的生活方式，因此，作为一个统一民族，它的文化事实上不可能是统一的，而是以多元的形态存在的。

1848年，马克思在分析法国大革命失败后的法国社会结构时，也有几乎同样的表述。马克思说："法兰西民族分裂为两个民族即有产民族和工人民族。"②

列宁进一步阐述了马克思和恩格斯的这一理论。1913年他在批判俄国社会民主工党内的民族主义分子提出的所谓"民族文化"的口号时，明确地提出"我们要向一切民族的社会党人说：每一个现代民族中，都有两个民族。每一种民族文化中，都有两种民族文化。"（1913年《关于民族问题的批评意见》）他进而更加严厉地说："谁拥护民族文化的口号，谁就只能站在民族主义市侩的行列里，不能站在马克思主义者的行列里。"（同上书）

这是关于文化多元论的观念。这个观念事实上阐述了在任何一个外表看起来是统一整体的内部，就其文化存在的内涵而言，往往是处在多元状态之中。这一理论对于各种文化的定位，对于文化继承中内在因素的分析，具有重要的价值。

社会思想史学派关于"一个民族文化中有两种文化"的观点，这是针对"统一的民族文化"的观点提出来的。这个观念非常重要，但是我个人觉得，在一般的意义上说，这个观点有不完整的地方。

由于理论的提出者过分强调了"一种民族文化的分裂"，忽视了分裂的民族文化中也存在着共同基质。实际状况确如他们所描述的，由于社会存在不同的经济形态和生活方式集团，特别是在存在对抗的社会中，所谓"统一的民族文化"本身的文化内涵就是不一致的。

但是，这种不一致并没有消灭民族本身，即全民族仍然是使用共同的民族语言和文字创造自己的文化，并且从遥远的时代起接受了相同的文化传统，因此，它们之间存在广泛差异的同时，内部却具有相当的共同基质，并且相互存在着渗透。这种共同基质就是一个民族文化的民族性的特征。

---

① ［德］恩格斯：《马克思恩格斯全集》（第二卷），人民出版社，1957年，第410页。
② ［德］马克思：《马克思恩格斯全集》（第五卷），人民出版社，1958年，第153页。

第四，阐述在各个特定社会中，物质统治地位与文化统治地位的辩证关系。

这一辩证关系包含两方面的内容。

1. 基于马克思和恩格斯关于在一个统一民族中存在着多元文化的理论，马克思和恩格斯在《德意志意识形态》这部重要著作中明确地提出，在一个存在着政治压迫和经济剥削的社会中，多元文化的地位是不平等的，是以一种文化压迫另一种文化，或压迫另外的几种文化而存在着的。

这种压迫其他文化的文化，就是占统治地位的文化。

怎样来认定各个社会中的多元文化的等级状况呢？马克思明确地说：

> 统治阶级的思想在每一个时代都是占统治地位的思想。这就是说，一个阶级是社会上占统治地位的物质力量，同时也是社会上占统治地位的精神力量。①

这是我们观察多元文化的极为著名，也是极为重要的理论。更加具体点说，马克思判定，迄今为止的多元文化关系没有平等可言，谁在物质力量上占统治地位，谁就在精神形态上占据统治地位。

美国文化是多民族文化，是移民多元文化。如果考量美国内部多元文化的状态，即是欧洲白人移民文化对印第安文化、亚裔文化和各少数民族文化的霸权，马克思的这一理论不是非常符合美国多元文化的实际状态吗？

世界当然是多元文化，考量世界多元文化中各种文化的地位和关系，研究世界文化中为什么存在霸权话语，美国文化对世界各种文化的霸权，马克思的这一理论不是非常符合当前世界多元文化的实际状态吗？

这一理论事实上认定了强大的物质力量是文化话语的最根本的支柱和根本的基础。

2. 一个民族中在多元文化相互对立的同时，事实上还存在着相互影响的可能性。

马克思和恩格斯在《路易·波拿巴的雾月十八日》中关于中产阶级政治代表的形成，提出了关于阶级性的判断。他说：

---

① ［德］马克思：《马克思恩格斯全集》（第三卷），人民出版社，1960年，第52页。

不应该认为，所有的民主派代表人物（这里指的小资产者和中产阶级的代表。——笔者注）都是小店主或小店主的崇拜人。按照他们所受的教育和个人的地位来说，他们可能和小店主相隔天壤。使他们成为小资产阶级代表人物的是下面这样一种情况：他们的思想不能越出小资产者的生活所越不出的界限。因此他们在理论上得出的任务和作出的决定，也就是他们的物质利益和社会地位在实际生活上引导他们得出的任务和作出的决定。一般说来，一个阶级的政治代表和著作方面的代表人物同他们所代表的阶级间的关系，都是这样。①

马克思和恩格斯在这里阐述的是，多元文化之间影响与渗透的普遍性状态。他们虽然提出了"一个阶级是社会上占统治地位的物质力量，同时也是社会上占统治地位的精神力量"的理论概念。但是，他们以非常辩证的观点来阐述物质力量和精神力量之间的关系。这就是说，从思想文化的总体而言，是"什么阶级说什么话"的状态；但是，就一个阶级的具体成员的文化状态而言，则不能以总体文化的性质加以判断和认定。他们在这里强调的是物质力量并不能全面涵盖精神的特征，决定一个具体的人，即由这个具体的人所透露出他的思想文化，还应该充分意识到多元文化影响的广泛性和深刻性，即各种不同的思想文化在各种特定的文化语境中可以成为一个具体的人的思想文化的成因。

列宁为评判俄罗斯作家列夫·托尔斯泰，写作了11篇论文。在世界文学史上，一个社会革命家对一个作家表现出了少有关怀。列宁由此而提出了作家本身与作品中人物的多重性格特征。他评价托尔斯泰，一边吃着猪肉团子，一边诅咒自己剥削农奴的无耻；一边赞扬俄国的沙皇制度，一边把自己的农庄分送给农奴。作家的多重性格，来源于同一时代中多种思想文化的相互渗透，终于使农奴主出身的作家托尔斯泰，他的作品却描写了俄国农奴制必然灭亡的命运。

这个理论可以解释为什么从地主阶级和它的知识分子中，会出现农民起义的领袖和思想家？为什么会产生资产阶级的思想先驱？剥削阶级出身的人为什么会同情推翻剥削制度的斗争，并且成为无产阶级的领袖？

第五，阐述了关于文化继承与文化传递的基本原则和内在机制。

---

① ［德］马克思：《马克思恩格斯全集》（第八卷），人民出版社，1961年，第152页。

在文化史学上，我们把文化的纵向传递，称之为"文化继承"；把文化的横向传递，称之为"文化传播"（或"文化扩散""文化渗透"等）。

人类各民族的文化，虽然经历着不同的时代而呈现时代的特征，但是后一时代的文化，都是以前一时代的思想材料作为发展的起点。民族文化中这种前后时代的联结关系，称之为"文化的继承性"。

这是社会思想史学派在文化学理论方面，极有特色，也极具贡献的领域，其内容十分的丰富。它的基本的观点为：

1. 历史文化（传统文化）具有先后的传承性。

马克思在《路易·波拿巴的雾月十八日》中这样说：

> 人们自己创造自己的历史，但是他们并不是随心所欲地创造，并不是在他们自己选定的条件下创造，而是在直接碰到的、既定的、从过去继承下来的条件下创造。①

这是马克思在论述1851—1852年法国政变时候做的判断。这里提出的"前提"，就是"传统"。

传统具有遗传性，正因为这种遗传，才构成当代历史不可逾越的前提。这里说的历史前提，指的是上一代的历史精神、历史意识等，它们构成为历史文化。

2. 精神生产力的概念——生产力二重性理论。

依据马克思思想文化本质上都是时代的思想文化的观念，人们便提出，为什么一个时代消失了，而文化却具备遗传性，并且能够成为新时代思想文化的前提呢？这是一个令人思索的问题。

马克思多次在其经典中讲到，在一种社会经济形式消亡之后，社会的发展却呈现连续性，这是因为社会生产力被保存下来了。（落后生产力集团的入侵是另外一个问题，满族入主中原，社会发展就滞后了一段。）正因为如此，任何人都不可能选择自己生存的生产力舞台，所以从文化来说，任何人作为人的本质的展开，都要受到"既成的以生产力积累为基盘的社会环境"的制约的。这是马克思的经典理论之一。

当人们提到生产力的时候，往往只是意会到物质生产力。

---

① ［德］马克思：《马克思恩格斯全集》（第八卷），人民出版社，1961年，第121页。

马克思在1874—1875年撰写的《巴枯宁〈国家制度和无政府状态〉一书摘要》中，有如下的"识文"：

> 平原和山区的差别，沿河流域、气候、土壤、煤、铁、已经获得的生产力（物质方面和精神方面的）、语言、文学、技术能力等等。①

这里，马克思明确地提到有两种生产力：物质生产力和精神生产力，二重生产力理论。

在《哲学的贫困》中，他把文明的果实作为获得的生产力来看待。

这是社会思想史学派区别于机械反映论的根本点（即把精神文化仅仅作为上层建筑）。

按照这一理论，既然精神文化是一种生产力，那么它就具有与物质生产力相同的特征，即世代相传的特征。

3. 历史文化（传统文化）传递的可能性完全源于现实的需要（传统文化继承的社会本质）。

马克思在《路易·波拿巴的雾月十八日》中这样说：

> 使死人复生是为了赞美新的斗争，而不是为了勉强模仿旧的斗争；是为了提高想像中的某一任务的意义，而不是为了迥避在现实中解决这个任务；是为了再度找到革命的精神，而不是为了让革命的幽灵重行游荡起来。②
>
> 在观察世界历史上这些召唤亡灵的行动时，立即就会看出它们中间的显著的差别。……它（资产阶级）的真正统帅坐在营业所的办公桌后面，……竟忘记了古罗马的幽灵曾经守护过它的摇篮。③

这里至少有两层意思：（1）只有当社会现实需要历史文化中的某些因素时，这一部分文化才能为后世所继承；（2）只有当传统文化中具备某些为现实社会所需要的因素时，这部分文化才能为后世所继承。

4. 阐述了传统文化继承和传递的基本形式——"不正确理解"的形式是普遍

---

① ［德］马克思：《马克思恩格斯全集》（第十八卷），人民出版社，1964年，第682页。
② ［德］马克思：《马克思恩格斯全集》（第八卷），人民出版社，1961年，第123页。
③ 同上书，第122页。

的形式。

马克思在1861年7月22日致斐·拉萨尔的信中,这样说:

> 你证明罗马遗嘱的袭用最初是建立在曲解上的。但是决不能由此得出结论说,现代形式的遗嘱——不管现代法学家据以构想遗嘱的罗马法被曲解成什么样子——是被曲解了的罗马遗嘱。否则,就可以说,每个前一时期的任何成就,被后一时期所接受,都是被曲解了的旧东西。例如,毫无疑问,路易十四时期的法国剧作家从理论上构想的那种三一律,是建立在对希腊戏剧(及其解释者亚里士多德)的曲解上的。但是,另一方面,同样毫无疑问,他们正是依照他们自己艺术的需要来理解希腊人的,因而在达西埃和其他人向他们正确解释了亚里士多德以后,他们还是长时期地坚持这种所谓的"古典"戏剧。……被曲解了的形式正好是普遍的形式,并且在社会的一定发展阶段上是适于普遍应用的形式。①

---

① [德]马克思:《马克思恩格斯全集》(第三十卷),人民出版社,1974年,第608页。

日本短歌歌型形成序说
——日本古代文学发生学①

一、和歌的类型与形式

在人类的文学艺术史上，诗歌与神话几乎是同时产生的。日本民族纯文学的诗歌，称为"和歌"（waka）。和歌原本是日本之歌的意思。初始的和歌具有多种多样的形态。但是在它的发展过程中，原本作为和歌中的一个类型的短歌逐渐成为和歌的主流形态，因此在经历了《万叶集》时代之后，由《古今和歌集》开始到日本近代之前，在日本文学史上，一般说来，大凡称言和歌者，指的就是短歌了②。它以五行三十一个音作为格律规范，所以也称为"三十一音文字"，日本文艺史上有特别的称呼"三十一文字"，读作"みそひともじ"（misohitomoji）。

---

① 本文原载于《日本古代文学发生学研究》，北京大学出版社，2020年。
② 《万叶集》全二十卷，是日本现存最古老的歌集。编者不明，一般认为可能是大伴家持等整理，《万叶集》成于771年左右。本书引《万叶集》文，皆见高木市之助、五味智英、大野晋：『万葉集』（日本古典文学大系4—7）、岩波書店、1957—1962年。

它是世界诗歌史上形态最短小的韵文形式之一，是日本民族引以为豪的一种最具有民族特性的文学样式。

例如：

万叶原文	现代日本语诠译	罗马式拼音	音数字
小竹之野者	小竹の叶は	ささのばは（sasanobawa）	5
三山毛清尔	み山もさやに	みやまもさやに（miyamamosayani）	7
乱友	乱るとも	みたるとも（mitarutomo）	5
吾者妹思	われは妹思ふ	われはいもおふ（warewaimoofu）	7
别来礼婆	别れ来ぬれば	わかれきぬれば（wakarekinureba）	7

——《万叶集》卷二 No.133 现代日本语诠译高木市之助校注本（1）

（汉文译文）：山中竹林柔兮，风吹叶凌乱；
　　　　　　思念我妻爱兮，别来亦悠远。

——严绍璗　切意

在日本古代文艺学史上，把可以咏唱的、具有一定的节奏感的语文形式称为"歌"（uta＼うた），这是为了与从中国传入的"诗"（shi＼し）相对称而确定的名称。直至近代之前，日本文艺学史上，凡其言"诗"者，皆指汉诗；而其言"歌"者，则皆指和歌，概莫能外。

这里需要稍加说明的是，所谓汉诗具有两层含义：第一，它指的是中国人创作的诗；第二，它指的是日本人采用中国诗的语文形式创作的一种表达日本民族情感的诗。在日本文学史与文艺学史上，凡是不具体指明中国人作的诗，则都是日本的汉诗。日本汉诗不是中国文学，而是日本文学的组成部分，它与和歌分列为日本前近代韵文文学的两大部类。在古代汉字文化圈内，例如朝鲜文学史上，越南文学史上，都有类似的文学样式。

和歌的名称，最早见于922年纪淑望撰写的《古今和歌集·序》中。此《序》有"假名序"和"真名序"二文。

《古今和歌集·假名序》：

やまとうたは，ひとのこころをたねとして，よろづのことのとぞなれりける

《古今和歌集·真名序》：

夫和歌者，托其根于心也，发其花于词林者也。①

上述《古今和歌集·假名序》文中被称为"やまとうた"的，即"邪马台之歌"，其音义皆取自中国《三国志·魏志·倭人传》中的"邪马台"。4世纪在日本列岛上兴起的大和人即自称"邪马台"（やまと＼yamato）。由于历史的原因，早期的大和人也使用"倭"作为自称代词。至今日本语中，文字"大和"与"倭"皆发声为"やまと"。所以，古代日本留存的可以咏唱的、有节奏的语文形式称为"やまとうた"（yamato uta），便是"大和之歌""倭歌"的意思，而在古代日本，日本人在书面则称其为"倭歌"，也称"倭诗"。大伴家持在《万叶集》卷十七的《歌序》中说："忽辱芳音，翰苑凌云，兼垂倭诗，以吟以咏……"后代的日本人因为回避"倭"字，又盛行音读，故一般称为"わか"（waka），日文当用汉字标写为和歌。

和歌的形成与发展经历了世界文学史上几乎所有诗歌的形成与发展所经历的共同道路，即从民间形式，逐步走向文人创作；从自由咏唱，逐步走向格律规范。但是，同时和歌在其形成与发展的轨迹中，却又顽强地透露出它作为日本民族文学的民族文化的本质特点，即作为变异体文化内具的运行机制，促使它在自身民族文化的基础上，在复杂多彩的文化语境中，与外来的文化，在抗衡中实行变异，在融合中创造民族文学的新样式。

---

① 《古今和歌集》全二十卷。十世纪时依醍醐天皇敕命，由纪友则、纪贯之、壬生忠等编撰，收录"五七音音数律"和歌1100余首。《集》成于922年。本书引《古今和歌集》文，皆见佐伯梅友：『古今和歌集』（日本古典文学大系8）、岩波書店、1958年。

记纪歌谣的形态和类型

从发生学的视角来考察和歌形成的轨迹，那么，记纪歌谣便是和歌型体的第一阶段，即自由和歌阶段。

20世纪末叶，日本著名的学者梅原猛先生曾经这样说道："讲到日本诗（歌）的产生，不能忘记柿本人麻吕。他是7世纪末至8世纪有名的歌人。在他之前，严格地说来，日本是没有诗歌的。"[①]梅原先生把柿本人麻吕作为日本和歌史上划时代的歌人，无疑是正确的。但是，如果因此而排斥不遵守"三十一音音素律"的日本歌，认为在此之前，日本文明史上就不存在可以被称为歌的韵文文学，那就与日本文艺学的历史不相一致了，也是太苛求于日本的文学史了。

和歌最早期的样式是歌谣。所谓的"歌谣"，指的是在专业文学创作之前，在一个生活的共同体中，因为生活中的某种刺激或某种需要，从而引发人的情感的爆发，形成一种具有节奏感的歌唱。这种歌唱的作者、歌唱的演出者和歌唱的听众往往是同一群人。这种生活在共同体内为表达情感而咏唱的歌，它们处在动态状态中，即这种歌唱的节奏与歌唱的文字，并不是固定不变的，它们在不同时空中，可以随意发挥与变动。只有当它们被文字记录的时候，才有了固定的"型"。

我们现在知道的日本歌谣，都是依靠日本古代的文献保存下来的，也即是这些文献成书的时候，被记录的当时的歌谣的形态。目前，日本的古代歌谣，主要被记录在《古事记》《日本书纪》《风土记》与《续日本记》中，习惯上称为"记纪歌谣"，当然也可以称为"古代歌谣"。

从内容上看，记纪歌谣可以分为"祭歌""祝歌""劳作歌""儿歌""情歌"等。

所谓自由和歌，便是和歌在节律的表现上，处于所谓的动态或者说是活态中，没有固定的格，因而歌型是自由的。

---

① 这是梅原猛教授在1979年5月15日于中国北京大学临湖轩所做学术报告中的断言。报告后，北京大学校长在颐和园听鹂馆设宴招待。是日北京霏霏春雨，笔者应邀在座。当时，梅原猛教授任日本京都艺术大学校长。

日本短歌歌型形成序说

试以《古事记》中的歌谣为例：

万叶原文	现代日本语诠译	读音	音数字
夜知富许能	八千矛の	やちほこの	5
加微能美须登夜	神の命や	かみのみことや	7
阿贺於富久迩奴斯	吾が大国主	あがおほくにぬし	8
那许曾波	汝こそは	なこそは	4
远迩伊麻斯婆	男に坐せば	をにいませば	6
宇知微流	打ち廻る	うちみる	4
斯麻能佐岐邪岐	島の崎崎	しまのさきざき	7
加支微流	かき廻る	かきみる	4
伊苏能佐岐於知受	磯の崎落ちず	いそのさきおちず	8
和加久佐能	若草の	わかくさの	5
都麻母多势良米	妻持たせらめ	つまもたせらめ	7
阿波母与	吾はもよ	あはもよ	4
卖迩斯阿礼婆	女にしあれば	めにしあれば	6
那远歧以	汝を除て	なをきて	4
远波那志	男は無し	をはなし	4
那远歧以	汝を除て	なをきて	4
都麻波那斯	夫は無し	つまはなし	5
阿夜加歧能	綾垣の	あやかきの	5
布波夜贺斯多迩	ふはやが下に	ふはやがしたに	7
牟斯夫须麻	むし衾	むしぶすま	5
迩古夜贺斯多尔	柔やが下に	にこやがしたに	7
多久夫须麻	たく衾	たくぶすま	5
佐夜具贺斯多尔	さやぐが下に	さやぐがしたに	7
阿和由歧能	沫雪の	あわゆきの	5
和加夜流牟泥远	若やる胸を	わかやるむねを	7
多久豆怒能	たく綱の	たくづのの	5

斯路歧多陀牟歧	白き腕	しろきただむき	7
曾陀多歧	そだたき	そだたき	4
多多歧麻那贺理	たたきまながり	たたきまながり	7
麻多麻传	真玉手	またまで	4
多麻传佐斯麻歧	玉手さし枕き	たまでさしまき	7
毛毛那贺迩	百长に	ももながに	5
伊远斯那世	寝をし寝せ	いをしなせ	5
登与美歧	丰御酒	とよみき	4
多以麻都良世	奉らせ	たてまつらせ	6

——《古事记》 现代日语译文：仓野宪司、武田祐吉 校注本[①]

现代汉文译文：

  八千矛尊神，我的大国主呀！

  正因为你是个男子，可以走遍各个海岛，可以游遍各个海滨，

  可以把芳草般的爱妻找到。

  而我呢，因为是一介弱女，

  除你之外没有相好，除你之外没有相亲的人呀！

  愿你在罗帐低垂的屋内，在柔软温暖的锦被里，

  在白苎被褥摩擦的沙沙声中，

  用苎缆似的白腕，把我细雪般的酥胸，

  抚摩而又热烈拥抱；白白的手臂枕着，展腿舒膝睡着，

  请让我献上这杯美酒！

——邹有恒、吕元明译[②]

  这是一首祝歌，也是一首情歌。在这首歌谣中，第一，句子的多少是自由的；第二，每一个句子中的音数是自由的。在现存的记纪歌谣中，句子的音数从

---

  ① 《古事记》全三卷，是日本现存最早的全集性文献，相传为太安万侣编撰，然学术界关于此书的编撰者，尚有不少质疑和论争。本书《古事记》引文，皆见仓野宪司、武田祐吉：『古事記・祝詞』、岩波書店、1958年。

  ② ［日］安万侣：《古事记》，邹有恒、吕元明译，人民文学出版社，1979年，第34页。

三音数到十一音数，都具有自由表现的舞台。

万叶和歌的形态和类型

8世纪后期编纂成的《万叶集》，可以说是和歌发生学轨迹中的第二个阶段。

《万叶集》共二十卷，收录和歌4560首（历代各人说法都不一样，近人井上哲次郎监修《万叶集》说4516首，市古贞次著《日本古典文学研究必携》言4536首，中西进编《万叶集》、吉田精一著《日本文学鉴赏辞典》皆说4500余首等）。

从发生学的立场上考察《万叶集》，它最根本的特点有两个方面：

第一，《万叶集》的编纂，表示日本歌的创作已经从歌谣的时代进入歌人创作的时代，即从社会共同体的集体咏唱发展为作者，有意识的个体创作。无论这个个体在歌的创作上是专业的抑或是业余的，他都是以个体的身份从事创作，这就意味着歌的创作者与歌的欣赏者已经开始分离了。这就使歌具有了表现作者情感个性的可能性。任何文学艺术，只有当作品具有了表达创作者情感个性的可能性时，它才能够成为一种独立的文学艺术样式。《万叶集》的作品大多数是有作者的，有天皇、大臣、文人、游女、劳作者等各行各业，几乎涉及社会的各个层面。从这样的意义上讲，日本的歌，发展到了《万叶集》的时代，才开始成为一种独立的文学样式（请注意，本书在这里使用的是"开始"这一概念。）。

第二，从歌的类型考察，《万叶集》的歌在型体上则有"长歌""短歌""片歌""旋头歌"等区别。长歌是一种不受诗行约束的歌型，保持着自由和歌的形态。短歌则由五行三十一音组成，片歌为十九音三行，旋头歌由两组片歌合成。在这些歌型中，最主要的则是长歌和短歌两种型体。

长歌的形态与记纪歌谣是一脉相承的。但在其语文的表现上，却与记纪歌谣并不相同。

山常庭　　村山有等　　取与吕布　　（5，7，5）

天乃香具山　腾立　　　　　　　　　　（7，5）
国见乎为者　　　　　　　　　　　　　（7）
国原波　　烟立笼　　　　　　　　　　（5，7）
海原波　　加万目立多都　　　　　　　（5，7）
怜可国曾　蜻岛　　八间迹能国者　　　（6，5，7）

————《万叶集》卷一No.2 天皇登香具山望国之时作歌

译文

现代日本语：

大和には　群山あれど　とりよろふ

天の香具山　登り立ち

国见をすれば

国原は　烟立ち立つ　海原は　鸥立ち立つ

うまし国そ　蜻蛉岛　大和の国は

————高木市之助等校注本

现代汉文译文：

大和国兮群山叠嶂，

攀巅顶兮直上香具山，

登顶兮始见平野。

平野兮烟云袅袅

海原兮鸥鸟飞翔。

艳哉兮秋津岛①，

美哉兮大和国！

————严绍璗　切意

这首歌的原文，若与记纪歌谣比较，则有了很大的不同。我们在原文旁标志的音数，并不是文字本身表示的音数，而是通过后世的研究者确定的训读与音读的音数，这是一种非常复杂的状态。

---

① 秋津岛，日本的古称。

第一句"山常庭"中的"山",训读为"やま","常"音读为"と",合起来为"やまと",表示"大和"之意,而"庭"又被训读为"には",作为助词使用。所以本句三个汉字,表示五个音数。

第二句"村山有等"中,前三个汉字训读为"むらやまあれ"。所谓"むらやま",此即"群山"之意,末一个汉字"等"音读为"ど",表示语气。所以本句四个汉字表示七个音数。

……

第十句"加万目立多都"中,前三字音读为"かもめ",即"海鸥"之意,第四字"立"训读为"たち",而第五,第六字"多都"则又是音读为"たつ"。"たちたつ"可理解为"自由飞翔",但是,前一句"烟(けむり)"后的"たちたつ",则可以理解为"袅袅飘动"。所以本句六个汉字表示七个音数。

第十二句"蜻岛"两个汉字要算成五个音数,这是因为"蜻"训读为"あきつ",就是"秋津"的意思,"岛"训读为"しま"。故"蜻岛"并不是"蜻蜓岛",而是"秋津岛",即"我的祖国"之意。

第十三句非常有意思,汉字"八间迹能国者",音读"八间迹"为"やまと",即"大和"之意。而本歌起首的"大和"是用"山常"来表示的,而"能"也是音读为"の","国"字训读为"くに",最后的"者"字,并无固定的"音",视句子的需要而定。"者"在古汉语中,具有提示左右,如"严氏者,上海人也。"故在日本语中,它作为主语的提示助词使用,读为"は",但有的时候,它没有办法读为"は",如本歌中的"国见乎为者","为者"只能读为"すれば"了。

这首歌的汉字字面与它的音数之间的此种复杂关系,表现了《万叶集》非常重要的特点:

A. 表示记纪歌谣的记音方式与型体方式,此时正在或已经瓦解。
B. 一种新的型和音的方式正在崛起。

在《万叶集》中,现在被解读成"三十一音音素律"的歌,几乎都是使用汉字的音读，或者采用音读与训读混合记音的方法，把原本口语的和歌记录为书面形式的。

我在这里强调的是记录的书面形式，这是非常重要的。因为我们现在无法知道，当时咏唱的形式究竟是不是与我们现在所读到的书面形式完全一致。

研究和歌的学者们从未对此提出过类似的质疑，他们相信现在被解读成"三十一音音素律"的歌，在创作当时就是按照这样的三十一音诵读的。但是，如果站在东亚文化语境的立场上，在对和歌的音义与汉字文化内在关系这一机制的研究过程中，理应对此表示怀疑。

在其后的发展中，各类和歌逐步衰退了，而短歌成为最普遍的表现形式。中世时代的连歌，与近世时代的俳句，也都是在短歌的基础上派生出来的。所以，短歌就成了和歌的代称。当然，短歌是从诗型上确认的名称，严格说来，它与和歌是不完全相同的概念。

那么，在作为原生态各类和歌中，其他形态的歌为什么都会让位给短歌呢？

二、歌诗形态的基本特征
―― 诗歌形态特征与语言表现力的关系

一切文学样式，不外都是由形式和内容组合而成的。短歌以诗行音数的长短参差构成诗型，具有独特的形式美。日本近世时代国学派的巨擘本居宣长认为，短歌诗型是日本语音律的绝对形态的表现[①]。这一观念，对日本的文学界与语言学界产生过深刻的影响。然而，近代学术的发展，已经动摇了这种见解。事实上，就日本古代文学而言，各种文学文本，几乎都是在非常复杂的文化语境中形成的。

诗歌作为一种特殊的艺术，在形式上应该具有什么样的特点呢？亚里士多

---

① 本居宣长（1730—1801）日本江户时代国学派学术的中坚代表者。他的这一理论，见于《石上私淑言》（卷下），并可参考佐佐木信纲：「本居宣長の歌論」、『芸文』、1915年11月。近人五十岚力博士率先对本居宣长的见解提出质疑，见于五十岚力：『国歌の胎生および発達』、早稻田大学出版部、1924年。

德在其著名的《诗学》中，在讲到诗作为模仿的艺术的时候，曾经指出诗的特征便是在于用节奏、语言、音调来模仿。其后，他又谈到诗的起源，认为这主要是出于模仿的本能，同时音调感和节奏感，也是出于我们的天性。亚里士多德是用音调感、节奏感来概述诗的表现上的特征的。（这里的诗，当指各种韵文，而主要是指诗剧。）[①]20世纪日本"三木露风派"的著名诗人荻原朔太郎在《诗的原理》一书中，把诗歌称为音律本位的文学，这是很有道理的[②]。当今日本学者松浦友久教授在《诗歌原论》的研究中，提出了"韵律的三要素"。这指的是：1. 音数律——以音节的数量为基准的韵律性（如五七调、七五调、五言诗、七言诗等）；2. 押韵律——以押韵的位置与种类为基准的韵律性（如头韵、腹韵、脚韵等）；3. 音调律——以音节的调子与性质为基准的韵律性（高低、强弱、长短、四声、平仄等）。松浦教授认为，"如果从韵律三要素来考察，那么，日本诗歌便完全是依据音数律而得以形成的。中国诗歌实在也是以音数律为最根本的韵律要素而得以构成的。"[③]

世界上所有的语言所具有的各自的韵律，都是以自己的民族语言作为载体的。日本诗人荻原朔太郎曾经这样说："诗人不能产生语言，语言能够产生诗人。"[④]一个民族的语言，决定了这个民族的诗歌的形态特征和它的发展的方向。这就提示我们应该从把握语言表现力的基本立场上，考察诗歌的韵律要素，解析由此而构成特定的文化语境，从而探讨作为和歌的普遍形式的短歌的诗型形成的轨迹。

---

① [古希腊]亚里斯多德：《诗学》，罗念生译，人民文学出版社，1997年。

② 荻原朔太郎（1886—1942）日本著名的"三木露风派"诗人。荻原朔太郎：『詩の原理』、筑摩書房、1987年。

③ 松浦友久：『中国詩歌原論：比較詩学の主題に即して』、東京：大修館書店、1986年。同时参考松浦友久：『リズムの美学——日中詩歌論』、東京：明治書院、1991年。松浦友久教授是笔者二十余年的老朋友，1999年10月4日笔者在日本早稻田大学小野讲堂作特别讲演，时先生已患癌症，还特意抱病出席，令笔者感动不已。当本稿撰写甫告搁笔，忽闻先生于日前已经在日本东京永眠，感慨唏嘘，痛自心来。谨此记录，以抒怀念之情。

④ 荻原朔太郎：「中国詩壇と日本詩壇」、『日本詩人』、1934年9月。

英语诗的基本形态

韵律是依靠语言来表现的。各民族诗歌艺术"韵律"的形式本质上决定于各民族语言的表现特点。

英语是屈折语中使用最广泛的一种语言。它是一种多音节语言（这当然不是说英语中没有单音节词，如 big，dog 之类，但其大多数是属于多音节的），并且具有明显的轻重音。因此，英语诗的韵律，主要是依靠音节和重音来表现，其节奏单位称为 Foot（音步），并辅之以押韵。我们现在见到的最古老的英语诗，是盎格鲁-撒克逊时代（426—1066）的作品。例如，创作于8世纪的著名长诗 Beowulf（《贝奥武甫》），它的诗型是这样的：

> Flod under foldam （地下的洪流
> Nis thaet feor heonon 离此不远）
> ……………
> In a Somer Season （在夏天的季节里
> When Soft was the Sonne 当太阳是温暖时）[①]

这是两行诗，以每行两个分行的形式排列，每一行有四个加重音节构成音步，以表示音节；尾声不押韵，但每一分行中有两个词的词首采用同一音素，即 F 和 S，构成 Head rime（头韵）。这种首字韵形态，与汉语诗中的双声，有相类似之处。一般说来，古英语诗便主要是采用这种形式来创造韵律的。

从11世纪起，由于诺曼人带来了法兰西文化，英语诗的诗型便发生了一些变化，形成了严格固定的诗格和一定的韵法，它的韵律就更显得丰富，节奏更为铿锵[②]。

下面是莎士比亚《十四行诗》中的一首，它以"A-B"押韵的形式展开：

[①] 1982年在昆明举行全国高等师范院校外国文学教学研究会期间，笔者就 Beowulf 的读法和译法，当面请教了我国英语学的泰斗陈嘉教授。时王智量教授和方平教授在座。

[②] 英语诗的诗格，一般常用的是 iambic（抑扬格），napestic（扬抑格），napestic（抑抑扬格），pyrrhic（抑抑格）四种。其押韵法常用的有 end-rime（押尾韵），head-rime（押头韵）和 internal-rime（押中间韵）。关于英语诗的格律问题，也可参见梁守涛：《英诗格律浅说》，商务印书馆，1979年。

O, how I faint when I of you do write, ◆　　　　A
Knowing a better spirit doth use your name, ◇　　B
And in the praise thereof spends all his might, ◆　A
To make me tongue-tied, speaking of your fame! ◇　B
　　　　　　　　　　—— Shakespeare "SONNETS" No.80

（啊，一面写颂诗，一面满怀凄凉，因为另一位高手也在把你歌唱；为了赞美你，他不惜搜索枯肠，要使我缄口结舌，秃笔无光！）[①]

我们再验证美国经典爵士歌曲"Summertime"（《夏日时光》）韵律组成的形式：

Summertime, \ and the <u>livin'</u> is easy,
Fish are <u>jumpin'</u> \ and the cotton is high, ◆
Oh, your ma is good-<u>lookin'</u> \ and your daddy's rich,
（Oh, your daddy's rich \ and your ma is good-<u>lookin'</u>,）
So, hush, little baby, \ don't cry, ◆
One of there <u>mornins</u> \ you gonna rise up <u>singin,</u>
Yes, you'll spread your <u>wings</u> \ and you'll take to the skies, ◆
But, till that <u>mornin'</u>, \ there's <u>nothin'</u> can harm you,
Yes, with daddy and mammy <u>standin'</u> by. ◆ [②]

（夏日时光，生活很悠闲。鱼儿多得跳出水面，棉花长得很高。
噢，你的爸爸很富有，你的妈妈很漂亮。小宝贝，你就别闹了！
有一天你会长大，是的，你将伸展双翅，你将飞上九天。
但是，在此之前，有爸爸妈妈在你的身旁，谁也不能伤害你！）

在这首通俗歌曲中，每句由两个分句组成；全曲隔行为韵，以"ai"押韵；而每句的第一分句用"in"为韵，保持古老的韵式。

再以民间儿歌的韵律形式验证：

---

① ［英］莎士比亚：《莎士比亚十四行诗》，辜正坤译，北京大学出版社，1998年。
② 由美国 Louis Armstrong（路易·阿姆斯特朗）和 Ella Fitzgerald（埃拉·菲次杰拉德）演唱。

```
Spring is gay with flowers and song◆        A
Summer is hot and the days and long◆        A
Autumn is rich with fruit and grain ◇       B
Winter is brings snow and the New Year again◇  B
```
（花儿与歌陪伴着春的欢乐；夏日炎炎，漫漫白昼；
果实与谷物装扮着秋的富饶；冬日白雪，再待新年。）

——严绍璗　切意

前一首莎士比亚的十四行诗，表现的是16世纪早期现代英语诗的韵律特征。爵士歌曲"Summertime"表现的是20世纪美国歌曲的韵律。后一首是流传民间的《四季歌》，表现的是当代英语诗的韵律特征。虽然时代有前后，但它们在构成"诗歌"的韵律方面，都采用了英语表述能力的一个最基本的特征——音步，并且配以尾声押韵的手法，朗朗上口。这也是英语韵文表现节律的最基本的手段。此种由英语语言表现的能力所决定的节律特征，甚至于谚语也常常采用相同的表现手段，例如：

A friend in need is a friend indeed.
No pains, no gains.
A penny saved is a penny gained.
Call a spade a spade.

这就是说，一种语言韵文节律的表现形式，完全受制于这种语言的表现能力，因此，一个民族文学中的韵文节律是不具有随意性的，韵文的型就是一定民族语言的一种民族的形式。

汉语诗的基本形态

汉语是一种孤立语，它与英语虽然同样都是由音节构成的，但是，汉语中的单音节词很多，特别是在古汉语中，存在着大量的一音一词。这一特点与英语和日语显著不同。

汉语的轻重音不如英语明显，但是，汉语本身却具有平仄声调，并且含有丰富的韵部。若以《广韵》为例，则中古时代的汉语，具有206个韵部。汉语在表现力上所具有的这些特点，使古汉语具备了它自己表现韵律的形态。①

试以《诗经·关雎》为例：

关关雎鸠　（平、平、平、平）　　鸠 [kiu]
在河之洲　（去、平、平、平）　　洲 [tjiu]
窈窕淑女　（上、上、入、上）
君子好逑　（平、上、上、平）　　逑 [qiu]
参差荇菜　（去、平、上、去）
左右流之　（去、去、平、平）　　流 [liu]
窈窕淑女　（上、上、入、上）
寤寐求之　（去、去、平、平）　　求 [qiu]

（依据王力先生的教示，以上押幽 [iu] 韵）②

这首古老的中国诗，在声调的组合和入韵方面虽然都还没有达到规则化，但是，它已经明显地体现了汉语言表现力所具有的特点，即运用平仄错落的声调（在中国汉语言文学中，不存在某一种声调一调到底的诗）；同时采用句末入韵（如上述诗押幽韵）的方法，从而组成诗歌的音调，构成诗歌的节奏，创造一种和谐的声乐美感。

在古汉语诗中，显示汉语表现力特点的最理想形式便是五言和七言律诗了。

国破山河在　城春草木深　感时花溅泪　恨别鸟惊心
烽火连三月　家书抵万金　白头搔更短　浑欲不胜簪

——杜甫《春望》

新年草色远萋萋　久客将归失路蹊

---

① 所谓的平仄声调，指的是平上去入四声；所谓丰富的韵部，指的是依据《广韵》分中古汉语为96个韵部。

② 此处声调依据《广韵》，韵部依据先师王力先生课堂教示，参见王力：《诗经韵读》，上海古籍出版社，1980年。关于古汉语上古声调的分类与归属，学术界尚有不同的见解，如有"二类说""四类说"和"五类说"等。这些见解都是对声调的分类，调值以及归属的分歧，并不是上古时代的汉语有无声调的分歧。

暮雨不知涢口处　春风只到穆陵西
　　城孤尽日空花落　三户无人自鸟啼
　　君在江南相忆否　门前五柳几枝低

——刘长卿《使次安陆寄友人》

　　这两首律诗，前一首是仄声起首，后一首是平声起首。它们运用汉语声调有规则的转递，在听觉上创造一种和谐感。平仄转递的规则是建立在汉语主要是由单音节词构成这一基础上。若以仄声为一拍，以平声为二拍，那么，律诗的每一句的节拍都是相当的，即五言律诗每句为十五拍，全首为六十拍；七言律诗每句为二十一拍，全首为八十四拍。因此，律诗在听觉上造成的和谐感，来自听觉心理上的均衡和稳定的节奏旋律。同时，汉语诗要求押韵，一韵到底，使节奏旋律更显平滑流畅。又如同这两首诗一样，律诗是严格对仗的。对仗的意义在于从视觉上创造意境的对称美感。这一视觉形象的产生，是基于汉语的表达依赖于汉字这种特殊的象形文字。

　　毫无疑问，五七言律诗的诗型，是充分发挥了汉语言在表现力上的特点的。然而，在说到汉语古典诗的形式特点的时候，常常被人忽略的一个重要方面是，汉语的诗型是由多言的自由体，逐步向以五言和七言的形态发展，犹如从上述《诗经》发展到杜甫、刘长卿的近体诗那样，同时，在乐府歌中，也逐步整齐地用五言句和七言句来构成节律，那么，汉语古典诗为什么主要不是以四言、六言或八言来定型，而最终是以五言和七言来定型呢？

　　原来，古典汉诗，从《诗经》开始，历来都是可以和乐的。为此，诗型必须适合于吟唱。以五言或以七言（七言诗是在五言的基础上添加了一组二音群）为形态的诗，如以律诗为例，无论是仄声起式，还是平声起式，它都能在偶数句的句末，组成平声字的结尾（如上述杜诗中的"深、心、金、簪"；刘诗中的"蹊、西、啼、低"）。先师王力先生告示："近体诗喜欢用平声做韵脚，因为平声是一个长音，便于曼声歌唱的缘故。"[①] 这显然是古典汉语诗多采用五言句和七言句的原因。

　　同时，诗行的奇数形式，还在于更加方便舒展诗歌的抒情性。诚如学者已

---

① 王力：《汉语诗律学》，上海教育出版社，1979年，第7页。

经指出的那样，中国的诗和日本的歌，基本特点都是长于抒情而短于叙事[①]。为了在诗中充分地抒发感情，诗人们运用古汉语的词大多数为单音节的特点，组成"2\3（2\1）"与"2\2\3（2\1）"的音群节奏，每一句句末，采用单音节词，（例如上述杜甫诗中的"在、深、泪、心、金、短、簪"；刘长卿诗中的"处、西、落、低"等）。其中以动词或形容词居多，往往起着化静为动与深化感情的点睛作用：

　　天门中断楚江开　碧水东流至此回
　　两岸青山相对出　孤帆一片日边来
　　　　　　　　　　　　　　——李白《望天门》

化静为动是古典汉诗表现抒情的主要手法之一，而要达此目的，只能依靠奇数的诗句。如果诗句的句末多采用双音节词，那么诗的抒情性将大大地逊色，诗性便趋于叙事说理了，当为诗家所忌。或许正因为如此，所以古典汉语诗的诗型，便在长期的摸索中，趋向于采用奇数型句，偶数型行这样一种极具汉语表现力特色的诗型。

汉语诗歌的节律特征及其发展的线索，说明了在各个民族的韵文文学中，韵文节律的筛选与发展，也都是与本民族语言的内具表现能力相一致的，它只能在民族语言所提供表现能力的方向上，沿着这一方向，不断地提纯与完善。

日本语歌的基本形态

古代日本语的歌，长歌实际上是自由歌体，而作为最早定型的歌体，则可以说是短歌了。短歌诗型是由五音群和七音群相间错落排比而成，由"5·7·5·7·7"凡三十一音所组成，故称为"三十一音音素律"，也称"五七音音数律"。

歌人所构思的意境与欲表达的心声，凝聚在这三十一个音中。在这五行诗中，有一行是枕词，即和歌中被凝练固定的词语，起特定的修饰作用，一般是

[①] 参见日本吉川幸次郎：『東洋の文学』（『吉川幸次郎全集』第十八集）；中国学者谢冕：《北京书简》，人民文学出版社，1981年等。

一组五音群。在上述这首歌中，"わきもこが"便是枕词。此外，便是四行的歌句。这是一种非常洗练的诗歌形式，也是一种相当朴实的诗型。

短歌诗型的定型，起始于8世纪后期编撰的《万叶集》，称为"万叶调"。它奠定了以后一千余年间和歌的基本形态。10世纪前后编撰的《古今和歌集》，在万叶调的基础上建立了"古今调"。即万叶调是"5，7，\5，7，\7"的节奏，而古今调则是"5，7，5，\7，7"或"5，7，\5，7，7"的节奏。尽管有节奏韵律上的不同，但在确认短歌的"三十一音音素律"方面，是没有任何问题的。从根本上说，万叶调或者古今调，都是从五音群派生出来而得以形成的。①

短歌采用"五七音音数律"以体现日语诗歌的韵律节奏，这是与日语表现特点相一致的。

日语是一种黏合语，它在表现力方面所具有的若干特性，决定了短歌的韵律形态，与英语诗和汉语诗都是不相同的。

日语虽然和英语一样，是一种多音节语言，但英语是一种以轻重音为要素的语言，而日语的轻重音则是非常不明显的，因此，日语不可能像英语那样依靠组成音步来表现韵律。同时，日语和汉语一样，在五十音图表上，除去"ア"行和"ン"行之外，也都是由声母和韵母连缀而成（ア行是纯元音，在汉语中可以找到相应的单音节词，ン在事实上是不能单独使用的）。但是，从音韵学的角度来看，由于日语缺乏声调，假名所能构成的韵部，以及由这些韵部所表示的音，要比汉语少得多。例如以"a"为准，在汉语中，韵母 a 与十九个辅音组成十九个音，按四声计算，共有七十六个韵；又有 ia 与五个辅音组成五个音，按四声计算，又有二十个韵，二者相加，a 在汉语中存在九十六个韵。但是在日语中，元声 a 所能组成的音，包括了浊音、拗音在内，共为十八个韵，不到汉语韵部的20%。正因为如此，日语也就不可能像汉语诗那样，依靠声调的规则化的转递和押韵来构成韵律。

日语短歌的韵律表现形态是由日语语言的表现力所决定的。日语在表现力上，特别是在书面语的表现方面，具有其他语种所不具备的特点。

第一，日语在表现上具有朦胧的含蓄性。

---

① 关于万叶调和古今调的节奏，参见别宫贞德：『日本語のリズム』、講談社新書、1977年。

这种含蓄性并不是指通过语言表达的内容所表现的含蓄，如同汉语诗说"东边日出西边雨，道是无情却有情"那种形态。它的含蓄性表现在句子的构成形态上，留下了让人驰骋想象的广阔余地。例如：

　　未来の子らに緑の森を

　　　　　　　　　　　　　　　　　（日本NHK放送中的公共广告）

　　世界の車窓から

　　　　　　　　　　　　　　　（日本NHK放送1992—2005年的长期节目）

从英语或汉语的角度看这样的句子，便会感到意义上的不完整。然而，对日语来说，此为语言表达中很普通的现象。新闻上有这样的标题："条約より生活が"等等。从语法上讲，它们是不完整的，但是日语的特征就需要以这种"不完整"为对方提供自由理解的余地。人们可以从自己的体会中来理解这些句子。例如，"未来の子らに緑の森を"这一句，可以理解为"創る"（为未来的孩子们创造绿色的森林），也可以理解为"残る"（为未来的孩子们留下绿色的森林），当然，也可以理解为"贈る"（把绿色的森林送给未来的孩子们）等等。又如"世界の車窓から"，可以理解为"世界を見る"（从世界的车窗看世界），也可以理解为"地球を見る"（从世界的车窗看地球），"人間を見る"（从世界的车窗看人间）等等。

日语在表现上的这一特点，充分显示了日语具有丰厚的含蓄性。这种含蓄性便创造了语言运用上的灵活与语言感觉上的朦胧，应该说日语在表现力上具有的这一特征，本质上就是诗，是与诗一致的。日语的这一特征，是英语和汉语所不具备的，为创造本民族歌的音素韵律，提供了独特的条件。

第二，日语在书面表达中具有相对的省略性。

日语在特定的语言环境中，在表达上即使省略了某些词，对方仍能作出正确的理解。例如：

　　ボスニアに支援，武力も

　　　　　　　　　　　——（日本NHK新闻文句1992年7月30日）

　　太平洋戦争の資料，今も

　　　　　　　　　　　——（日本NHK新闻文句1992年8月11日）

    首相"花粉症"よく対策を
          ——（日本NHK新闻文句 2002年3月6日）
    日本軍遺棄毒ガス・砲弾被害事件訴訟　事実を認め　謝罪と賠償を
        ——（2003年5月15日东京地方法院103法庭外中日双方律师抗议式
                          标语）
    変わるアラブの模範に
         ——（《朝日新闻》2011年2月13日社论《エジプト革命》）

  这五个句子，在表述意义上都具有含蓄性，它们在外观上很相似，都省略了构成句子所必需的动词和若干助词，但实际是很不相同的。这样的句子并不朦胧，读者不能作多种理解，在诠释上它是很明确的，即在第一句的后面，人们都作"すればいい"的理解（支援波斯尼亚，就是用武力也可以）；在第二句的后面，人们都作"保存されている"或"まだ，保存されている"理解（太平洋战争的资料，至今（还）保存着）；在第三句省略了两个格助词和一个动词，本来的句子应该是：首相は"花粉症によく対策をしました"（首相对花粉症采取了有效策略）。第四句"謝罪と賠償を"后面，省略了"かならずしょう"（必须谢罪和赔偿）。第五句"模範に"后面省略了"なりました"（成为变化中的阿拉伯的模范）。

  日语读者不会对此作出其他的解释。此种省略性的形成，是与日语句子构成语序上的特殊性相关的。从而使它在一定的环境中，更多的是在书面上，可以省略以动词为中心的谓语而无妨意义的诠释。这一特点，便为短歌的音素律的确立提供了条件。

  第三，日语句子中的实词具有"无定位性"特征。

  日语是一种黏着语，实词在句中的意义，不决定于它们在句中的顺序，而是决定于这些实词后面格助词的性质。若与英语和汉语比较，实词在句中并无确实的位相，可以称为无定位性。例如：

    田中教授はフランス語でみんなにほかの三人の作家を紹介しました。

  这句话如果用汉语表达，准确的句子语序只有一种：

田中教授用法语向大家介绍了另外的三位作家。

当然，汉语也还可以说："田中教授向大家介绍了另外的三位作家，用法语。"但这样的说法就显得不大标准。此外，汉语似乎没有其他的表述形式了。

如果用英语表达，准确的句子顺序，其实也只有一种：

Prof. Tanaka introduced other three authors to us in French.

当然，英语也可以说成："In French, Prof. Tanaka introduced other three authors to us."这是把原句中的"用法语"作为状语提前或者移后。但这种形式并不规范。英语或许还可以这样说："It is to us that Prof. Tanaka introduced other three authors in French." "It is other three authors that Prof. Tanaka introduced to us in French."但这些都已经变成了主从句，不是一个句子，而是两个句子了，并且有了许多附加成分，如"it" "is" "that"等。

日语的句子顺序与此大不相同。它不需要增加任何附加成分，只要移动句子中实词的位置，便可以组成意义相同而形式不相同的多种句子形态。假定上述一句为歌，句子音素分行如下：

（A）		（B）	
田中教授は	（7音）	田中教授は	（7音）
フランス語で	（6音）	みんなに	（4音）
みんなに	（4音）	フランス語で	（6音）
ほかの三人の作家を	（11音）	ほかの三人の作家を	（11音）
紹介しました	（7音）	紹介しました	（7音）
（C）		（D）	
田中教授は	（7音）	田中教授は	（7音）
ほかの三人の作家を	（11音）	みんなに	（4音）
フランス語で	（6音）	ほかの三人の作家を	（11音）

みんなに　　　（4音）　‖　フランス語で　　　　（6音）
紹介しました（7音）　‖　紹介しました　　　　（7音）

在日语的语句中，像这样的实词无定位性可以确保在句子意义不变的前提下，为了音数的需要而形成多种组合，从而为表现歌的韵律节奏的音数律奠定了极重要的基础。①

第四，日语中的汉字，存在着一语数读和数语一读的现象。

日本文字中使用汉字，成为它重要的造词成分。汉字介入日语后，在口语与文字之间，存在着极其微妙的关系，即用汉字表示的句子，在口语中（即在有声语言中）存在着非常复杂的局面。例如：

母親殺人，娘逮捕，現場驗証。

（日本TBS电视台新闻1992年11月24日播放的文句）

这样的日文汉字文句（注意，这不是中文的汉文文句）在口语中，至少可以有两种解读法：

母親が殺された，娘か逮捕された，現場が驗証された。（母亲被杀，女儿被逮捕，现场被验证）

母親を殺した　娘が逮捕された，現場を驗証した。（杀了母亲，女儿被逮捕，验证了现场）

这样两种口语表述，对读解上述日文汉字句的意义都是准确的，此外还有其他的表述方式。这样的例子表明，日语中的汉字与汉字句，在口语的表述中存在多样性。这是一个极为重要的语文特点，在中国汉语的语文系统中几乎见不到。这一特征与日本韵文中短歌的音数律的确立关系至为密切。

早期的歌，虽然在咏唱的时候，都是使用日语的口语，但在假名形成之前，以记纪歌谣和万叶和歌为中心，几乎都是用汉字记录。这一特点决定了在《古今和歌集》之前的几乎所有的和歌，它们被保存下来的首先是文字而不是语音，

---

① 关于实词在句子中的无定位性特征，并不只是日语所独有，我国白族等民族的语言中，也有类似的现象。白族的韵文文学的节奏，也表现为音数变化的特征。此处不再累述。

并且型的组合具有相当大的随意性（例如"やまと"一词的型，可以用"八间迹"，也可以用"山常"来表示）。这种保存的特点，与汉语诗和英语诗是完全不同的，汉语诗或英语诗，它一旦被文字记录下来，这群文字同时也表达了这首诗的声音和形态。

早期和歌口语与文字的分离，以及在这种分离中，使用口语来解读文字，又具有如上述所演示的那些多样性，于是便为后人解读早期的短歌，提供了非常大的灵活性。特别是在以汉字表示的单词的解读上，便有了相当的回旋空间。

单词是语言表达思维最小的单位，在汉语言中，一个固定的单词（即约定俗成的最小的意义单位），原则上只能发一种声音，例如"故乡""男女"等等，因此构成这些单词的音素是确定的。但是日语则不然，"故乡"一词，可以发为ふるさと（fu-ru-sa-to）（4音），也可以发为こきょう（ko-kyo）（2音，kyo为长音）；"男女"一词，可以发为 おとこ-おんな（o-to-ko-o-n-na）（6音），也可以发为 だんじょ（da-n-jyo）（3音）。这样的发声，从音韵学上来说，当然是由于训读与音读的不同而造成的，但两种读法表达的意义却是相同的。正因为存在着这种多样性，这便为和歌的音数组合创造了其他语文所不能比拟的条件。

于是，在早期和歌中，汉字与汉字句的解读，便出现了两种形态（确切地说，它事实上存在着两种形态），此即一语数读与数语一读。

在一定的语言环境中，日语中的汉字可以有超越它本音的读法。例如"故乡"，它的本音为こきょう（2音），但在歌中，也可以发声为ふるさと（4音）。

相反，原本两个或两个以上的汉字单词，它们的发声各不相同，例如，在《万叶集》中，关于表达"少女"概念的用词，有"处女""乙女""尾迹女""未通女""娘子""少女""娘"等，它们都可以发声为"おとめ"（otome），这便是数语一读。

统观世界文学的历史，可以说，在韵文文学的发展史中，一个民族的语文，创造了这一民族的诗歌韵律形态，并且决定着它可能发展的方向。诗人或歌人，他们只能在自己民族的语文环境中，运用自己的语文创造诗歌。语言能够创造诗人，诗人不能创造语言。日语的表现力，以及它具有的许多特点，决定了和歌只能以"音数"来创造韵律,制成节奏,即以歌行的长短参差构成特有的声韵旋律。

音数律体现的是日本语言特有的声韵所表现的节奏与格调,但它没有能力组织语言的押韵。所以短歌是一种有律而无韵的诗歌。正是这一点最本质地显现了日本古代格律式韵文的生成与本民族语言传统的最基本联系。

现在的问题是,日语的特征决定了和歌必须以音数来创造节律,上古时代的记纪歌谣,呈现一种自由音数律的形态,符合日语的表现力特点。和歌有规则韵律的形成正是沿着它的语言基本特征发展的。现在需要研讨的问题是,为什么在这一发展中,和歌在寻求以音素为韵文韵律节奏的过程中最终形成了"五七音音数律",并且成为其基本的节律规范的和歌型特征呢?

三、日本上古文学中最早的韵文文学集
——关于《怀风藻》几个问题的研讨

日本和歌歌型即它的韵律节奏的形成,存在着超越和歌本身的更为广阔的文化史背景,它涉及文学、文化学、文字学、音乐、音韵学、民俗学等诸多领域。古代日本作为东亚汉字文化圈内的重要国家,它的文化与文学样式的发生,事实上都与这一文化圈所造成的丰厚"文化语境"有着水乳不能分离的关系。

在日本古代文化史上,作为书面文学集的编撰,要早于日本文字的形成。在日本文字形成之前,日本民族运用汉字,创造了辉煌的文学。由于汉字介入了日本文学的创作,造成了它的文学形式的特殊性——一种是运用汉文创作的文学,称为汉文文学;一种是运用汉字记音创作的文学,称为和文文学。不论是汉文文学,还是和文文学,它们都是日本民族文学不可分割的部分。这里特别要强调日本的汉文学——所谓日本的汉文学,指的是日本人用汉文创作的一种表现日本民族思想感情的文学。这种文学的样式是汉民族的,而表现的感情却是日本民族的,所以称为日本汉文学。汉文学系统是古代东亚和东北亚文化发展中一种特异的文化现象,在诸如朝鲜、越南等国的文学和文化中都存在着。其中,以日本汉文学最为发达,它是日本传统文学的有机组成部分,是日本民族文学消融外来文化影响别具创造力的表现。

从日本文学史的发展顺序来说，汉文文学的书面作品集的形式，早于和文文学的书面作品集。751年（日本孝谦天皇天平胜宝三年，唐玄宗天宝十年）日本文学史上第一部书面文学集《怀风藻》诞生。这是一部汉诗集，所以，它也是日本韵文文学的最早期形态[①]。

从日本古代文学发生学的立场上说，这部作品在三个方面具有重要的提示意义。

汉字文化语境中的《怀风藻》

《怀风藻》虽然是一部汉诗集，但正如我们已经特别强调指出的，它是日本人用汉文创作的一种表现日本民族思想感情的文学。从这部诗集的形态特征，可以窥见当时日本文人在"汉字文化语境"中形成的兴奋点和他们所获得的成果。

《怀风藻》全集收录64位诗人的120首汉诗。从诗风内容和诗的形态上看，《怀风藻》表现了以下几个明显的特点。

日本汉文学形成于8世纪中期，正是中国的盛唐时代。《怀风藻》成书的时候，日本已经向中国派遣了第十一次遣唐使。唐代与日本在文化上的联系是直接而紧密的。但是，对日本汉文学的形成起决定性影响作用的，却并不是唐代文学，而主要是秦汉六朝文学。两个不同民族文学相互影响的此种时间差异，对和文文学的形成同样具有意义。这说的是日本文学消融中国文学在时间差方面的总趋势。《怀风藻》的情况是典型的，该集所收录的奈良时代汉诗人的作品大都创作于七八世纪，其中大量吸收了中国诗歌的句式、意境与典故词语。从意象统计的角度测定，它们主要来源于隋唐以前的中国文化遗产。

	秦及先秦	六朝	初唐
句式	1	31	8
意境	8	7	7
典故词语	50	72	19

---

① 本书引用的《怀风藻》文字，皆见小岛宪之：『懐風藻』（日本古典文学大系69）、岩波书店、1964年。

《怀风藻》中的汉诗，融合中国秦汉六朝文学的主要内容，便是在诗句的形态方面，出现从句式模拟开始，其后逐步深化的形态模拟诗。这是令人瞩目的。此种句式模拟具有多种形态。

1. "一字重复"句式

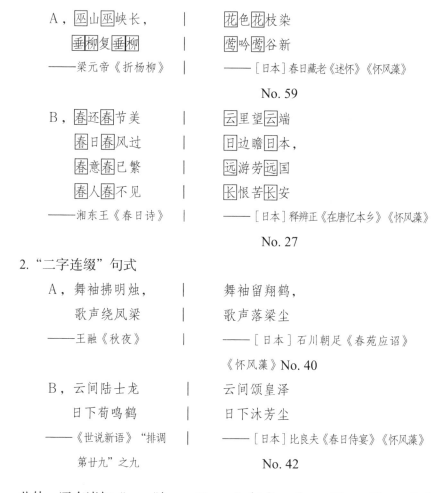

2. "二字连缀"句式

此外，还有诸如"……随……逐……"句式、"……逐……随……"句式、"……时……乍……"句式、"昔……今……"句式、"……将……共……"句式等等，在《怀风藻》中被日本汉诗人们反复使用。

诗歌的句式，在相当程度上决定了诗歌的表现。所有这些同句式形态诗都说明，日本知识阶层在他们接受中国文化，移植汉诗这种文学样式的时候，他们首先注意的,也是功力最深的地方,便是模拟中国诗歌的句式。这一努力的结果,使日本韵文创造了更加完美的韵律表现形式,同时也使它成为世界文学中受中国诗影响最深的韵文文学样式。

3. "全形态模拟"句式

奈良时代以《怀风藻》为代表的日本汉诗人,十分注重中国的乐府体诗歌。他们在理解乐府体诗歌方面,不仅仅只是吸收其诗句形式,创造同句式形态诗,而且,以乐府体诗的整体为范本,进行全形态模拟创作。例如:

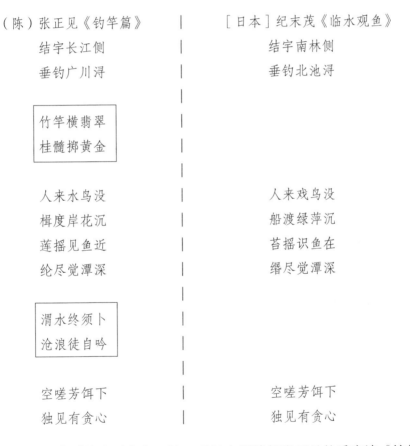

日本诗人纪末茂《临水观鱼》一诗,系以中国陈朝张正见的乐府诗《钓竿篇》为样本而进行模拟的。从诗歌形态学的角度来讲,这种全形态的模拟,也仍然是一种同句式形态诗,不过是把同句式形态扩展到了诗的全形态而已,我们把这种形态称为全形态模拟诗。日本古代文学形成时期的这种对中国作品的模拟形态，在创作中具有积极的意义，它不仅在一般意义上体现了中日之间文化的交流，而且对于积聚文学的创作经验，起着实际的引导作用。

《怀风藻》中的这类全形态模拟诗，也有不同的形式。又如日本释道融《无题》二首：

> 我所思兮在无漏，欲往从兮贪瞋难，
> 路险易兮在由己，壮士去兮不复还。
> 我所思兮在乐土，欲往从兮痴骏难，
> 行且老兮盍黾勉，日明逝兮不再还。

这两首《无题》，其诗型本源于张衡的《四愁诗》。其原型为：

> 我所思兮在太山，欲往从之梁父艰，侧身东望涕沾翰，美人赠我金错刀，何以报之英琼瑶？路远莫致倚逍遥。何为怀忧心烦劳。
> 我所思兮在桂林，欲往从之湘水深，侧身南往涕沾襟，美人赠我琴琅玕，何以报之双玉盘？路远莫致倚惆怅，何为怀忧心烦伤。
> 我所思兮在汉阳，欲往从之陇阪长，侧身西望涕沾裳，美人赠我貂襜褕，何以报之明月珠？路远莫致倚踟蹰，何为怀忧心烦纡。
> 我所思兮在雁门，欲往从之雪雰雰，侧身北望涕沾巾。美人赠我锦绣段，何以报之青玉案？路远莫致倚增叹，何为怀忧心烦惋。

日本释道融的《无题》二首，虽然是七言四句式，而张衡《四愁诗》为七言七句式，但《无题》二首的全诗韵律全盘取自《四愁诗》，它仍然属于同形态模拟诗中的全形态模拟。

《怀风藻》中出现的此类全形态模拟诗，可以说是其后日本古代文学各种样式中的翻案作品（日本传统文化中，把移用外来文学的情节或形式，习惯上称为"翻案"）的滥觞。

此外，还值得注意的是，日本汉诗对中国诗整体形态的模拟，是从中国乐府体歌诗开始的。这种情况与日本和文文学中短歌诗型的形成，存在着相关的联系。

综合以上的实例，可以说《怀风藻》诗歌的形态特征，显现了一个重要事实，即在日本韵文文学领域中，汉字文化给日本当时的诗人们刺激最为深刻的便是构成诗歌的句式。聪明的日本诗人善于利用和模拟中国汉诗的句式，并创造了自己的表现形式。我以为我们对日本早期韵文形态的发生学研究，是绝对不能忽视这一基本事实的。后来日本的歌以"三十一音音素律"作为自己格律的标准，与日本早期韵文在汉文化语境中受到的这一刺激是密不可分的。

《怀风藻》的日本化趋向

日本汉诗虽然不是日本民族土生土长的文学样式，但是从它形成的时候起，经过诗人们的努力探索，便已经出现了日本化的趋势，逐步地融入日本民族的文化中了。几乎与《怀风藻》汉诗的形成同步，《怀风藻》的诗人们同时开始把这种由东亚汉文化语境所提供的韵文形态向日本民族化方向发展的尝试。但是，我想我们也应该实事求是地说，当时这种民族化的过程其主体部分是在无意识中进行的。例如《怀风藻》中关于以美稻与柘媛传说为题材的诗歌，已经在不同程度上开始摆脱纯粹使用中国文化典故的状态，而采用了中日典故交混的形式。例如：

> 高岭嵯峨多奇势，长河渺漫作回流，
> 钟池超潭异凡类，美稻逢仙同洛州。
>
> ——丹墀广成《吉野之作》

诗人漫游吉野，那里流传着一个美丽的传说：美稻与柘媛相爱的故事（这是关于日本农业起源的传说之一。美稻是稻的种植者，柘媛是桑的采摘女）。诗人陶醉在美丽的传说与嵯峨多姿的自然风貌之中。在这种美的经历中，诗人以他深厚的中国文化修养，似乎想起了《洛神赋》中的洛水女神，这是一位绰约多姿、光彩照人的女神，然而，这样的女神，不仅中国有，日本也有。于是，诗人便把中日这两个神话传说融会一起，借用中国吴越的名胜，衬托日本吉野的形势，铸造自己诗的意境，写下了"美稻逢仙同洛州"这样的诗句。像这样把中日典故混融使用，既增添了日本吉野传说的美的感染力，同时，也使日本汉诗更能表现日本人的民族感情和审美趣味。

把日本柘媛的传说与中国典故混融而作诗，在《怀风藻》中共有五首：丹墀广成《吉野之作》《游吉野山》，藤原史《游吉野》，纪男人《游吉野川》，高向诸足《从驾吉野宫》。这是日本汉诗人为汉诗日本化而作的一种初步尝试，这种努力尽管显得还比较肤浅，但它却表明像汉诗这样一种原本属于中国汉民族的文学样式，是可以逐步地融入日本文化内容的。

由奈良时代《怀风藻》的编纂开始，到嵯峨天皇时代有敕撰《凌云集》和《文华秀丽集》的问世，淳和天皇时代又有敕撰《经国集》的问世，成为日本古代文化史上第一次汉文学发达时期的标志[①]。在愈来愈发达的汉文学作品中，大多数诗人都致力于在这种外来文学的形式中融入本土文化的审美意识。从这一期日本汉诗发达的线索来看，即在奈良时代（710—794）与平安时代前期（794—930）的二百余年中，当时主要是以汉文化装备起来的日本知识分子努力地在东亚文化语境中始终致力于摸索把本土文化充填到汉诗的形式之中，并由此而锻炼自身的文化创造意识。

日本古代韵文文学以此起步，在多层面上模拟创造，推进发展。

《怀风藻》诗人与《万叶集》歌人同体的文化意义

从日本韵文文学发生学的立场上研究《怀风藻》，有一个事实也是不容忽视的，即《怀风藻》诗集中有20余位诗作者，同时恰是《万叶集》中的歌作者。此即显示了在那个时代，作为汉诗的诗人，同时也常常是和歌的歌人。创作汉诗与和歌，往往是同时包含在一个个人的智慧之中。

---

① 《凌云集》又名《凌云新集》，奉嵯峨天皇之命，约在814年编纂成书。四年之后，奉嵯峨天皇的命令，又编纂成了《文华秀丽集》。9世纪20年代又依据淳和天皇的命令，于827年完成了《经国集》的编纂。日本文化史上称为"敕撰三集"。三集中前两集是汉诗集，后一集是汉诗文集。"敕撰三集"汇总了当时日本皇室和宫廷朝臣的汉文学作品，体现了古代日本在东亚汉字文化语境中文学发达的状态。依照笔者的看法，在从8世纪到19世纪的1200余年中，日本汉文化（汉文学）的发展出现过三个高潮时期，此即8世纪到10世纪上半叶的奈良—平安前期，14世纪到16世纪的五山文学时期和17世纪到19世纪中期的江户时代。

《万叶集》和歌与《怀风藻》汉诗共同作者表

作者名	《怀风藻》作品名	《万叶集》作品卷号
河岛皇子	（五言）山斋一绝	卷一（34）
大津皇子	（五言）春苑筵宴、游猎临终 （七言）述志	卷二（107，109） 卷三（416） 卷八（1512）
文武天皇	（五言）咏月、述怀、咏雪	卷一（74）
大神高市麻吕	（五言）从驾应诏	卷九（1770，1771）
山前王	（五言）侍宴	卷三（423）
大伴旅人	（五言）初春侍宴	卷三（299，315，316，331—335，338—350，438—440，446—453） 卷四（555，574，575，577） 卷五（793，806，807，822） 卷六（956，957，960，961，967—970） 卷八（1473，1541，1542，1639，1640）
境部王	（五言）宴长宅王、秋夜宴山池	卷十六（3833）
春日藏首老	（五言）述怀	卷一（56，62） 卷三（282，284，286，298）
背奈王行文	（五言）上禊饮秋日于长王宅宴新罗客、应诏	卷十六（3836）
刀利宣令	（五言）贺五八年、秋日于长王宅宴新罗客	卷三（313） 卷八（1470）
长屋王	（五言）元日宴应诏、于室宅宴新罗客、初春于作宝楼置酒	卷一（75） 卷三（268，300，301）
安倍广廷	（五言）春日侍宴、秋日于长王宅宴新罗客	卷三（301，307） 卷六（975） 卷八（1423）
吉田宜	（五言）秋日于长王宅 新罗客，从驾吉野宫	卷五（864—867）
藤原总成	（五言）秋日于长王宅宴新罗客七夕、侍宴	卷五（812）

(续表)

作者名	《怀风藻》作品名	《万叶集》作品卷号
藤原宇合	（五言）悲不遇、游吉野川、暮春曲宴南池并序、奉西海道节度使之作 （七言）秋日于左仆射长王宅宴、在常陆赠倭判官留在京并序	卷一（72） 卷三（312） 卷八（1535） 卷九（1729，1730，1731）
藤原万里	（五言）暮春于弟园池置酒并序、遇神纳言墟、仲秋释奠、游吉野川	卷四（522－524）
麻田阳春	（五言）和藤江守咏比睿山先考之旧禅处柳树之作	卷四（569，570） 卷五（884，885）
石上乙麻吕	（五言）飘寓南荒赠在京故友、赠橡公之迁任入京赠旧识、秋夜闺情	卷三（287，368，374） 卷六（1019，1020，1022，1023）
葛井广成	（五言）奉和藤太政佳野之作、月夜坐河浜	卷六（962）
山田史三方	（五言）秋日于长王宅宴	卷二（123，125）
（三方沙弥）	新罗客、三月三日曲水宴七夕	卷四（508） 卷四（508） 卷十（2315） 卷十九（4227，4228）

此外，尚有一些歌诗兼备的作家，如山上忆良等，创作了极为优秀的汉文学作品，其汉诗虽未录入《怀风藻》，而其歌则记录在《万叶集》中。这么多兼通汉诗与和歌作家的存在，生动地显示出《万叶集》生成的广泛又丰厚的文化语境。

四、《万叶集》和歌的研讨

日本短歌以十世纪的《古今和歌集》作为定型的标志，在此之前的《万叶集》是最早把具有"三十一音音素律"的歌的形态称为短歌，亦称为"反歌"的作品集。依据《万叶集》的歌的形态，研究者可以明白，原来早期的短歌是作为长歌的反歌出现的。所谓长歌的反歌，是指在一首歌句不限定的自由形态的长歌之后，运用五七音群的节奏，由五个歌句构成"三十一音音素律"的歌来概述长歌的内容，或者凝聚长歌中的感情，或者深化长歌表达的主题等。这"三十一个音群"被称为反歌。反歌独立成篇，即为短歌。

日本古代韵文格律化生成过程中的这个特征，无疑显示出《万叶集》作为从自由音素律（即记纪歌谣）向"三十一音音素律"（以《古今和歌集》为代表的短歌）过渡的中间媒介的意义，它构成从自由音素律通向"三十一音音素律"的桥梁。

关于《万叶集》定名的文化意义

8世纪的日本歌人，在编纂流行于当时的各种形态的和歌时，把编纂成的总集定名为《万叶集》。

那么，当时的日本歌人们何以要把这部歌集称为《万叶集》呢？

日本学者们对此有不少的解释。日本岩波书店出版的《日本古典文学大系·万叶集》之首，有名家高木市之助、久松潜一、麻生矶次等撰写的"前言"，其中有"万叶名义"一节，对诸家之说作了概述：

> 万葉集の名義については，古くから（1）多くの歌をのせた集（2）多くの時代にわたる集の二説があり，ほかに近代になってから（3）紙数の多い集と解する考も出たが，第三説は試案の程度で，（1）（2）についていくつかの論考が出されている。（1）は葉をコトノバの意に解する説（仙覚など）と，万葉の二字で多数の歌を譬喩に指す説（岡田正之博士）とにわかれる。（2）は葉を世の意に用いたとする（契沖）。この二説のうち（2）の方が，山田孝雄博士の《万葉集名義考》（《国語と国文学》大正14年2月号—《万葉集考叢》所収）により強く支持された，'言語'という成語が日本で用いられたのは院政時代であること，万葉を万世の意とするは和漢に古くから用例のあることによって，（2）をとるべきであ

り，万世の集とは，古今を通じての歌をあつめた集で，将来長く伝われと祝福する意があるとの趣旨である。この説がほとんど定説となっているが，近年，铃木虎雄博士の《万葉集書名の意義》（《万葉》，昭和26年10月号），星川清孝氏の《万葉集名義論考》（《国语国文学》昭和27年1月号）が出て，（1）の多くの歌の集といふ説が新たに支持されている。

这个综述告诉我们，在日本文化史上，关于"万叶"的解释，至少有三个流派：

1. 认为万叶就是把很多的歌收集在一起的意思，即歌的数量说；
2. 认为万叶就是把很多时代的歌收集在一起的意思，即歌的时代说；
3. 认为万叶就是很多的歌占用了很多的纸张的意思，即为纸张数量说。

所有的解释，无论它们是否符合万叶的原义，从研究的观念与方法论上来讲，学者们都具有共同的缺陷，即没有任何人做过关于万叶的文献学调查和文化学研究，或许其中必有学者是有意回避对万叶这个概念的原典性实证。

万叶这个词其实本来是中国上古文化中的名词，《万叶集》的研究者如果不阐明这个词的起源，就不可能诠释它的语义，也就不可能真正地迈入这部伟大歌集的门槛。

中国文献中关于"万叶"的记载：

1. 殷周时代青铜器《越王钟·铭文》：

    越王赐旨，择厥吉金，自祝禾廪□……顺余子孙，万叶无疆，勿用之相丧。

2. 殷周时代青铜器《王孙遗者钟·铭文》：

    王孙遗者，择其吉金，自乍稣钟……叶万孙子，永保鼓之。

3. 殷周时代青铜器《南疆钲·铭文》：

    师余以政，司徒余以□□□□□余以伐子孙，余冉此钲，女勿丧勿败，余处此南疆，万叶之外，子子孙孙□作□□□。

4. 《梁书·武帝纪》：

闻者太息……见者殒涕……悯悯缙绅，重载天庆贺；哀哀黔首，复履地蒙恩……超宰邈也。……剋固四维，永隆万叶。

5. 《昭明文选·曲水诗序》（颜延年）：

其宅天衷，立民极，莫不崇尚其道。神明其位，拓世贻统，固万叶而为量者。

6. 陆云《祖考颂》：

灵魂既茂，万叶垂林。

7. 6世纪无名氏《洞玄子》：

（两性关系）其导者则得保寿命，其违者则陷于危亡。既有利于凡人，岂无传于万叶。

在上述七个中国8世纪之前的古文献中，1至5，加上7，这六组皆表示的是"万代"与"万世"之义，其中，1至5在表述"万世"意义的同时，都是与行使统治的王权结合在一起的，令我们特别感兴趣的是，"万叶"一词，竟然见于殷周青铜器上。它表明这个词的历史久远，而且更重要的是，青铜器当为王室的重器，是由子孙永久继承的。把"万叶"刻于其上，无疑是表达了对于制造这一重器的王室希望它昌盛与永存的愿望。上述中国文献之6，其意当为指"诗文众多茂盛"之意。《古今和歌集·假名序》曰："倭歌当以人心为种，具备万叶之言"，取的可能就是陆云《祖考颂》中的意思。

由此我们便可以阐明《万叶集》取名的意思了，原来《万叶集》的编纂者以"万叶"命其歌集，取的是万世之长、万茂之盛，兼有巩固王权之义，三者兼而有之。

《万叶集》开宗明义第一词"万叶"，它来自中国久远的文化之中，显示着《万叶集》这部日本文化史上的第一部歌集在它形成的过程中与以"汉字文化"为中心的东亚文化语境之间存在着深刻而广泛的关联。

关于《万叶集》中的长歌、短歌与反歌

《万叶集》中虽然有长歌、短歌、旋头歌、片歌等的区别，但长歌与短歌构成了《万叶集》的基本内容。

在《万叶集》中，所谓的短歌，它大部分是作为长歌的反歌而存在的。一首长歌往往在歌题的末尾标明它有短歌尾随其后，例如：

天皇游内野之时，中皇命使间人连老献歌［并短歌］

八隅知之，我大王乃，	やしみしし，	わが大君の，
朝廷，取抚赐，	朝には，	とり撫でたまひ，
夕庭，伊缘立之，	夕には，	い寄り 立たしし，
御执乃，梓弓之，	御执らしの，	梓の弓の，
奈加弭乃，音为奈利，	中弭の，	音すなり，
朝猎尔，今立须良思，	朝猎に，	今立ちすらし，
暮猎尔，今他田渚良之，	夕猎に，	今立たすらし，
御执能，梓弓之，	御执らしの，	梓の弓の，
奈加弭乃，音为奈里。	中弭の，	音すなり。

在上述长歌结束之后，紧随其尾的便有一首或数首三十一音的歌，但是与歌题标注为短歌的名称不一样的是，这些尾随长歌的三十一音的歌，却在每一首长歌之尾都被标注为反歌。例如上述这首长歌之后的三十一音的歌便是这样的：

<u>反 歌</u>	<u>反 歌</u> （はんか）
玉剋春，内乃大野尔，	たまきはる　宇智の大野に
马数而，朝布麻须等六，	馬並めて　朝踏ますらむ
其草深野。	その草深野

——《万叶集》卷一，No. 3—4

这就是说，在一首不受音数限制的自由音素律的长歌之后，再用一首或数首由三十一音组成的歌附着在其后，它的作用是或概述长歌的内容，或凝聚长歌的感情，或深化长歌的主题，这样的一组或几组"三十一音音群"称为反歌。反歌

独立成篇，就成为短歌。

值得注意的是，《万叶集》每一卷皆有"目录"，每一首长歌皆有歌题。所有的这些反歌，在这些目录与歌题中都被标注为短歌。

《万叶集》卷一"目录"：

  天皇游葛内野之时，中皇命使间人老献歌　［并短歌］
  幸赞歧国安益郡之时，军内王见山作歌　［并短歌］
  中大兄三山御歌　［并短歌］
  过近江荒都时，柿本朝臣人麻吕作歌一首　［并短歌］
  幸吉野宫之时，柿本朝臣人麻吕作歌二首　［并短歌］
  轻皇子宿于安骑野时，柿本朝臣人麻吕作歌一首　［并短歌］
  藤原宫御井歌　［并短歌］

《万叶集》的"三十一音音群"的歌，在目录与歌题中都被标注为短歌，但是在所有的正文中，却又被定名为反歌，那么，为什么会出现这种不一致的命名呢？

长歌与短歌原本是中国汉魏两晋间乐府歌行体的两种曲类。

汉代乐府古辞中有《长歌行》歌体。苏武诗曰："长歌正激烈，中心怆以摧。"这是指"引长声而歌"。

曹操有著名的《短歌行》。那么什么是短歌呢？魏文帝的《燕歌行》说："援琴鸣玄发清商，短歌微吟不能长。"

原来中国乐府歌体文学中存在长歌与短歌两大类别，它们是表示乐府歌咏的时候声的长短。在汉魏时代，乐府是流行歌曲，所以长歌与短歌当然是普遍地被人吟唱的。

那么长歌与短歌又是什么关系呢？晋人傅玄曰："咄来长歌续短歌"其意为在乐府的演奏咏唱中，长歌与短歌是交换使用、互相接续的。

汉魏乐府中的长歌和短歌，以及它们之间在演奏咏唱中的关系，使我们非常容易地理解《万叶集》中长歌与短歌定名的由来，以及它们之间的配置关系。

原来中国从春秋时代起，乐章歌诗在演奏吟唱之末，历来都是十分重视尾声的构造的。

《论语·泰伯》曰："《关雎》之乱，洋洋乎盈耳哉。"

这里的"乱"，便是指《关雎》全篇的尾声。这一点前人已讲清楚了。其后骚赋体诗歌在其形成与发展中，逐渐地把尾声的安排体系化了。

《荀子·赋》可能是中国赋体文学中最早期的作品了，该篇的尾声是这样的：

> 皓天不复，忧无疆也；千岁必反，古之常也。
> 弟子勉学，天不忘也；圣人共手，时几将矣。
> 与愚以疑，愿闻<u>反辞</u>。
> 其<u>小歌</u>曰：
> 念彼远方，何其塞矣；仁人绌约，暴人衍矣。
> ……

这篇《赋》的尾声，在本文的末一句中，被称为反辞，而在其尾声开始时，则又被名之为小歌。在这里，所谓的反辞，就是反歌，即把原文所表述的意思，再复述一遍。接着就正式开始反辞了，这个正式的反辞，被命名为小歌。显然，小歌是对正文所谓的大歌而言，因为返辞的容量显然要少得多。

于是<u>反辞</u>、<u>小歌</u>进入《万叶集》中，便取头留尾，创造出了反歌这一新的日式歌体词汇，在意义上却与反辞、小歌，以及楚辞文学中的"少歌、乱、倡"等相同。这是非常有意思的。

那么，我们何以知道《万叶集》中长歌的尾声在形式与命名上都是仿照中国早期赋体文学的结构呢？

与荀子的作品相呼应，《楚辞》也是讲究尾声的，即在正文之后，用一小段单独的文字来加深主题、延续意义，或发表议论等，并名之曰"乱、少歌、倡"等。《万叶集》中保留着接受这种形式的原始痕迹。

《万叶集》卷十七《大伴家持答大伴池主的汉文书翰》，其后有《附录》汉诗二首，并和歌二首，都明记着"式拟乱曰：……"此则明显地表示在《万叶集》的正文之后，再附一小段韵文作为尾声，此种模式便是拟乱。《万叶集》依此种拟乱的形式而配置的短歌，便名之曰反歌了。

《万叶集》中关于长歌、短歌、反歌这一系列定名的确立，以及与此相关的配置，都显示出东亚以汉字为中心的文化语境极为活跃的生命力。

关于《万叶集》中长歌的歌题和歌序

就歌诗的标题而言，日本的记纪歌谣与中国的《诗经》一样，都是无标题诗。后人为了方便，便把这些歌诗的第一句作为标题。

但是，在《万叶集》中，歌诗的标题发生了变化。作为长歌尾声的短歌（即反歌），仍然是无标题的，但是几乎所有的长歌都出现了歌题，即这一歌题与原歌的歌句并无关系，它的作用是点出全歌的主题，成为一种标题歌。《万叶集》的真正"歌题"起自卷一第三首《天皇游猎内野之时，中皇命使间人老献歌》〔并短歌〕。

东亚古代文学创作中，诗歌作品命之以标题可以说起始于中国汉代的乐府古辞。在《玉台新咏》和《昭明文选》中，最早出现了不以诗歌第一句作为该诗标题的，而是以诗歌要旨作为该诗歌标题的新文学现象。如《饮马长城窟行》，全篇并没有"饮马长城窟"之句，然而却拟定"饮马长城窟"为全诗的标题，在于言此诗表现的要旨在于"言天下征夫，军戎未止，妇人思夫，故作是行"（《昭明文选》）在这个标题中，长城言其边远，饮马言其军旅也。诗歌从无标题发展为有标题，这是文学鉴赏意识进步的结果。

《万叶集》中的长歌，皆被冠之以标题，不能不说是与这样的文学鉴赏意识的进步密切相关的。我们同时注意到，和歌中"三十一音音素律"的形成，几乎是与和歌中的标题歌同时出现的。

随着万叶和歌的歌题的出现，伴之而来的便是歌序的形成。原来在《古事记》与《日本书纪》中保存下来的自由音数律的歌，篇幅不管有多么长，一概是既没有歌题，也没有歌序的。但是，在《万叶集》中，和歌形体的装饰大大地增多了。长歌不仅有了歌题，而且同时还常常伴有歌序。

当研究者开始对歌序进行研讨的时候，我以为不能忽视的是《万叶集》中所有的歌序全部是用汉文撰写的。这一文体的语文特征显现了一个重要的文化事实，它表明在万叶歌人中，凡是能创作长歌，并作歌序的作者，都具有相当优秀的汉文造诣。

歌序的文本形态如下：

山上忆良　令反惑情歌　并序

　　或有人知敬父母，忘于侍养；不顾妻子，轻于脱屣。自称陪（叛）俗先生，意气虽扬青云之上，身体犹在尘俗之中。未验修行得道之圣，盖是亡命山泽之民。所以指示三纲，更开五教，遗之以歌，令反其惑。歌曰：……

诗歌而有序，最早起源于中国汉代的古诗中，《孔雀东南飞》原名《为焦仲卿妻作》，是古诗中第一篇有"序"的乐府诗。其形式如下：

　　汉末建安中，庐江府小吏焦仲卿妻刘氏，为仲卿母所遣，自誓不嫁。其家逼之，乃投水而死。仲卿闻之，亦自缢于庭树。时人伤之，为诗云尔。
　　孔雀东南飞，五里一徘徊；十三能织素，十四学裁衣；
　　十五弹箜篌，十六诵诗书；十七为君妇，心中常苦悲。
　　……

《万叶集》和歌中的歌题与歌序的出现，以及撰写的形式，应该说其本源于中国乐府古辞。

《万叶集》和歌的歌序，不仅在形式上与中国的诗序相同，而且在表达的某些内容与行文的韵腔上，都与某些中国诗的诗序，存在着不少的群类性。

《万叶集》大伴旅人《梅花歌》（并序）

　　天平二年正月十三日，萃于帅老之宅，申宴会也。于时，初春令月，气淑风和。梅披镜前之粉，兰熏佩后之香。加以曙岭移云，松桂罗而倾盖；夕岫结雾，鸟封谷而迷林。庭舞新蝶，空归故雁。于是，盖天坐地，促膝飞觞，忘言一室之里，开衿烟霞之外。淡然自放，快然自足。若非翰苑，何以摅情。诗纪落梅之篇，古今夫何异矣。宜赋园梅，聊成短咏。

晋人王羲之《兰亭集序》

　　永和九年，岁在癸丑，暮春之初，会于会稽山阴之兰亭，修禊事也。群贤毕至，少长咸集。此地有崇山峻岭，茂林修竹，又有清流激湍，映带左右，引以为流觞曲水，列坐其次，虽无丝竹管弦之盛，一觞一咏，亦足以畅叙幽情。是日也，天朗气清，惠风和畅，仰观宇宙之大，俯察品类之盛，所以游目骋怀，足以极视乐之娱，信可乐也。

这两篇"序"，在篇章布局，遣词造句，骈偶运用，乃至气氛烘托，心态表述诸方面，都有着许多内在的群类性。

《万叶集》和歌在歌题与歌序上对中国诗歌的接受与模拟，又从一个侧面透露出了《万叶集》与中国文化之间密切的内在联系。

关于《万叶集》的歌类

《万叶集》的编撰者把四千余首和歌分为二十卷。在分卷的时候，编撰者对收录的歌，从内容的角度出发，进行了分类编排——总计分为六大类：杂歌、相闻、挽歌、譬喻歌、四季、四季相闻。

文学的分类，表现编撰者的美意识情怀。韵文作为心灵的呼声是一个族群美意识的集中表现。《万叶集》编者对"歌"的分类，既表现了当时日本人的美意识特征，又表现了编者对于把握美意识的游弋性。

六个类别中，"四季"与"四季相闻"表述了上古日本人对自然与自然变化的特殊敏感，但是把"杂歌"放在第一位，而且跟着是"相闻""挽歌"等类，多少透露出编者在把握与表述本族群美意识特征时候的若干"模拟"心态，因而显得游弋不定。假如以《古今和歌集》的分类作为对照，问题或许会更加明确。

《古今和歌集》二十卷，收集和歌一千一百余首。全集分别为十四类：春、夏、秋、冬、贺、离别、羁旅、物名、恋（凡五部）、哀伤、杂、杂体、大歌、所御歌。

《古今和歌集》的分类中，最突出的有三个重点，即四季、物哀、恋情。它比较集中地表现了古代日本人的美意识的基本特征。如果以此与《万叶集》相比较，那么《万叶集》编者在分类中表现出了对于自己民族的美意识理解的不稳定性。

《万叶集》的分类，是日本歌人第一次将自己民族的歌进行分类。一般推测它得力于山上忆良所撰的《类聚歌林》。但《类聚歌林》此书现在已经失传，无从考辨。山上忆良于701年担任日本"遣唐使团"的少录，到达中国后，他读到了中国刘孝标所撰的《古今类聚诗苑》与郭瑜所撰的《古今诗类聚》这两部关于中国诗作分类的著作。据说，山上忆良便仿照类聚方法为和歌分类，著成《类聚歌林》。这样说来，《万叶集》对和歌进行分类的想法，它的萌发与成型，应该是与中国文化密切相关的。

现今《万叶集》的类中，杂歌与挽歌两类之名取自《昭明文选》；相闻类的名称，取自三国时期曹植《送吴季重书》中所说"适对嘉宾，口授不悉，往来数相闻"之句。

关于《万叶集》中长歌的旅情登高文义的构造

和歌以长歌为主体，它不受音数的约束，在表现上随兴之所至，有较大的灵活性。但是尽管长歌表现的内容有别，情绪各异，然观其结构框架，仍可以类相归。例如长歌中关于旅情、登高一类的吟咏，其结构框架，基本由三段构成。试以《万叶集》卷一《天皇登香具山望国之时御制歌》为例：

> 大和平野兮群山叠嶂，
> 香具山兮攀巅顶，
> 登顶兮始见平野。　（A）
> 平野兮烟云氤氲，
> 海原鸥鸟飞翔。　（B）
> 艳哉兮秋津岛，
> 美哉兮大和国。　（C）

——严绍璗　切意

从结构布局上看，A段是歌人写自己的行动（场所），B段是歌人记视听范围内的情景，C段歌人抒发心怀感慨。这是万叶长歌中旅情、登高一类的作品常用的三段式结构。

然而，这种结构却是我国唐诗中写景抒情、登高述怀一类作品常用的布局手法。

以杜甫的《登兖州城楼》和崔颢的《黄鹤楼》为例：

登兖州城楼	黄鹤楼
杜甫	崔颢
东郡趋庭日，	昔人已乘黄鹤去，
南楼纵目初。	此地空余黄鹤楼。
浮云连海岱，	黄鹤一去不复返，
平野入青徐。	白云千载空悠悠。
孤嶂秦碑在，	晴川历历汉阳树，
荒城鲁殿余。	芳草萋萋鹦鹉洲。
从来多古愁，	日暮乡关何处是？
临眺独踌躇。	烟波江上使人愁。

当然，在运用这种三段结构时，布局上会有多种变化，但无论怎样变动，总可以归结为基本的三节。这种情况使我们相信，万叶长歌的作者，应该具有相当的汉文化造诣，并且他们十分注意中国诗歌的构造，着意于谋篇布局的模拟。

五、短歌的"五七音音素津"的形成

当以中国的五言为基础的五七言诗弥漫于奈良时代日本文坛的时候，早期的和歌在发展中正经历着重大的转折。宫廷歌人们为了追求和歌的表现效果，正逐步地求得一种统一的形式。他们面对着汉诗的严重挑战，更刻意寻求一种得以与汉诗并存和与之相抗衡的韵律。

奈良时代的末期，由于五七言汉诗的大量存在，更由于当时从事歌体创作的歌人们本身大都只娴熟汉诗人，从而为和歌的定型化提示了它可能发展的许多重要的条件。《万叶集》和歌在形态领域的诸方面几乎全面接受了中国文化的影响，并在其创作领域中，与中国文化的诸种关系，事实上也已清楚地显示了和歌定型可能发展的方向。

这一时代的歌人们，正努力地把从三音素到十一音素共存的歌型，逐步地加以筛选，重新组合的时候，他们便以汉文学的形态来改造自由歌谣。

这是一种矛盾的现象，也是一个痛苦的过程。和歌要求与汉诗抗衡，必须求得自己有定型的韵律，而汉诗在当时的诸种文学样式中，是表现韵律最为优美的一种韵文形式，毫无疑问，和歌的定型是必须以汉文学和汉诗为范本的。在这种抗衡与痛苦的心态中，歌人们以顽强的努力，终于形成了以五音群为基础，五音群和七音群相互错落的"五七音音素律"。这是在外来文化的强烈迫击下，符合日本文学本质特性的逻辑发展的结果。（差不多一千年之后的明治时代，在欧美文学的迫击下，和歌又被迫放弃了"五七音音素律"，成为自由音素的歌体。其间的抗衡与融合，运转的机制几乎是相似的。）

中国歌骚体中的五七调与七五调

从东亚文学的历史来看，韵文以五七或七五的音素来构成节律，最早出现在中国文学的歌骚体中。

> 浇身被服强圉兮，纵欲而不忍。……
> 吾令凤鸟飞腾兮，继之以日夜。……
> 闺中既以邃远兮，哲王又不寤。……
> 皇剡剡其扬灵兮，告余以吉故。……

——《楚辞·离骚》

中国先秦骚体文学中的这种七五调，在汉代的乐府中，被大量地演变为五七调，以便更适合于吟唱。

> 乌生八九子，端坐秦氏桂树间。
> 左手持强弹两丸，出入乌东西。

——乐府古辞《乌生》

> 小弟闻姊来，磨刀霍霍向牛羊。
> 同行十二年，不知木兰是女郎。
> 双兔傍地走，安能辨我是雄雌？

——乐府古辞《木兰辞》

中国文学中的骚体与乐府体诗歌，是两种音乐性很强的文学形态，它们利用汉语的单音节词的特点，构成五七音错落排比的句式，具有表现一种欢快或者激烈的抒情格调。此种节律，又经过文人诗人的提炼，进一步发展为"五·七·五·七"或"五·五·七·七"的双重连缀的节律形式。

> 泻水置平地，各自东西南北流；
> 人生亦有命，安能行叹复坐愁；
> 酌酒以自宽，举杯断绝歌路难；
> 心非木石岂无感，吞声踯躅不敢言。
>
> ——鲍照《拟行路难·其四》
>
> 海客谈瀛洲，烟涛微茫信难求；
> 越人语天姥，云霞明灭或可睹。
> ……………
>
> ——李白《梦游天姥吟留别》
>
> 大儿聪明到，能添老树巅崖里；
> 小儿心孔开，貌得山僧及童子。
> 若耶溪、云门寺，
> 吾独胡为在泥滓，青鞋布袜从此始。
>
> ——杜甫《奉先刘少府新画山水障歌》
>
> 汴水流，泗水流，
> 流到瓜洲古渡头，吴山点点愁；
> 思悠悠，恨悠悠，
> 恨到归时方始休，月明人倚楼。
>
> ——白居易《长相思》

其中李白更确实自觉地依据"三·五·七"的形态组合自己的歌体，自题诗名为《三五七言（秋风词）》。李诗曰：

> 秋风清，秋月明。
> 落叶聚还散，寒鸦栖复惊。
> 相思相见知何日，此时此夜难为情。

一直到18世纪，日本文学家还公开模拟这一诗歌形体。例如著名学者田西元高（刘琴溪）（1751—1824），其《静文馆诗集》中则有《三五七言》一首，其诗曰：

> 晨鸡鸣，晓月倾。
> 昨日非今日，新盟代旧盟。
> 百岁若无离与会，悲欢何必在人生。

诗中有"昨日非今日，新盟代旧盟"一联，系取李白《携妓登梁王栖霞山孟氏桃园中》"谢公自有东山妓，金屏笑坐如花人。今日非昨日，明日还复来"之意象而成诗。

无须再举证更多的实例，上述这些作为由中国六朝和唐代著名的诗人们创作的歌诗，完全采用了五七调的节奏组成节律，并且都能以两组连缀的五七调组成五七音群，并且又常常喜欢用两组七音来结尾，事实上，此种形态与后来形成的日本和歌的五七音音素律在音数节律方面，实在是非常接近了。

和歌的音节句读与文意句读

中国古典汉诗中的五言和七言，都是以五言为基础的，所谓的七言，不过是在五言的前缀处或尾声处加上了一个二音群。任何一个五言句子，又都是以一个二音群和一个三音群连缀组成的；而后一个三音群，实际上又可以分解为一个二音群和一个单音群。

把一个诗歌的句子，按照其节奏韵律表达的需要，分解为若干音群单位，我们称为音节句读。例如中国诗五言句的音节句读形式大多数是"2\3（2·1）"，也有"2\3（1·2）"的形式。同样的道理，七言句的音节句读形式便是"2\2\3（2·1）"，也有"2\3（2·1或1·2）\2"。

> 泻水\置\平地，各自\东西\南北\流；
> 人生\亦\有命，安能\行叹\复\坐愁；
> 酌酒\以\自宽，举杯\断绝\歌\路难；
> 心非\木石\岂\无感，吞声\踯躅\不敢\言。

音节句读是所有歌诗所必备的，它创造了歌诗强烈的节奏感。

但是，歌诗不仅具有音节句读，而且还必须具有文意句读。所谓的文意句读，就是指在一定的声音节奏中，必须包含相对完整的意义单位，即具有文意。在中国古典歌诗中，这种文意句读与前述的音节句读恰好是一致的，即歌诗中的音节单位，也正好是文意的基本单位。

依照五七音音素律所组成的短歌，句式中的音群单位，无论是万叶调，还是古今调，皆以二音群为基础，缀以三音群。短歌的音节句读不允许在句式的起首为单音节奏，也不允许句式中有四音节奏或四音节奏以上的音群组合成音节句读。这就是说，短歌的音节句读，其五音素句则为"2＼3"形式，其七音素句则为"2＼2＼3"或"2＼3＼2"，其音节句读的节律，与中国古典歌诗的节律要求完全一致。

试以《万叶集》中第一首短歌为例：

短歌原文	音节句读	文意句读
玉剋春（たまきはる）	たま＼き＼はる	たまきはる
内乃大野尓（宇智の大野に）	宇智＼の＼大＼野に	宇智＼の＼大野に
马数而（馬並めて）	馬＼並め＼て	馬＼並めて
朝布麻須等六（朝踏ますらむ）	朝＼踏ま＼すら＼む	朝＼踏ま＼すらむ
其草深野（その草深野）	その＼草＼深＼野	その＼草深＼野

——《万叶集》卷一，No. 4

这是《万叶集》中第一首短歌，按照音节句读的要求，它被分解为"2·1·2，＼2·1·2·2，＼2·2·1，＼2·2·2·1，＼2·2·1"这样五组音群，吟唱时具有节奏韵律之感。但是由这样的五组音群组织起来的节奏，虽然符合了音节句读的要求，但令人奇怪的是，这样的音节句读却割破了歌的文意，例如第一句按照音节句读的要求，已经组成了"2·1·2"的节奏，但事实上，这一句"たまきはる"是一个不可分割的五音词，如果要强制性地分解，最多也只能分解为"たまき＼はる"这样的"3·2"音群。此词在歌中作为枕词使用，高木市之助诸先生在《万叶集注》中言明此词"语义未详"，态度极为谨慎。第二句从文意上说，应该是"2·1·4"，"大野に"（おおのに）不应该再被分割了。

第三句勉强可以，严格来说，日本语是黏着语，助词不能单独存在，所以"なめて"应该是一个词，不应该再分割了的。这一句《万叶集》的汉字原文是"马数而"，被用假名标注为"なめて"，这明显地留下了从汉语思维到日语思维的痕迹。中国人表示"数马并行"，用的是"数马"，移植到日本，按照日本语的语法，数字在实词之后的顺序，如"有两本书"，则说成"本が二冊ある"即"书二本有"，所以"数马"就变成为"马-数"；但是日语思维中真正表示"数马并行"，即"一列にならべる"，不用"馬なめて"的。《万叶集》中有用这样的表示法的，如卷第六No. 948，原文汉字句为"马名目而"，此即"馬なめて"。所以《万叶集》歌原文中用"马数而"的表现法，则保留着汉文思维进入日本歌人创作中的痕迹；用"马名目而"则是用汉字显现出了日语的思维形式。从这样细致而异的差别中，或许已经显现了短歌发生学上的一些具有根本性质的问题。而江户时代以来的日本学者，用他们自己设定的这个训读方法，把《万叶集》中汉字原文所表现的这种汉日思维形态差异痕迹与思维形态转化的痕迹几乎完全抹去了，把它完全日本化了。第四句的音节要求与文意相一致。第五句在两可之间，音节句读的文意勉强可解，但是更好的文意句读应该是"2·4·1"的分解形式。

如上所示，《万叶集》短歌的五七音音素律，存在着音节句读与文意句读的不统一性，这多少表明了在五七音音素律为短歌定型时，更多的考虑是此种音素组合，以满足韵律节奏的需要，而选择这样的韵律节奏，却和日语的语义表达完整性之间存在着事实上的矛盾。

这种音节与文意之间的矛盾，对五七音音素律的内在机制的构成特点，为研究者作了具有根本意义的提示，即这一音素律内部包含着某种强制性，它表明"三十一音音素律"的内部存在着非日本语言文化因素。

《万叶集》中训读的和歌

汉字在《万叶集》中最重要的作用，除"汉文序"之外，在歌句中主要是被用来表音的。这其中虽然有训读的字，但是万叶歌句中的训读字，几乎都是为表音而组合运用，根本作用不是为了表意；只有采用汉文的形式，才可能用来表达意义。

但是《万叶集》中有一类在解读方面具有奇特性的歌，超乎这两者之外。这类歌与使用汉字作为纯粹的日语表音符号不同，它们虽然也是使用汉字构成形态，但是这里的汉字不表示音；从认知汉文的立场上说，它们都不是汉文，但却具有表达意义的功用。这就使研究者感到困惑，因为从万叶理论上说，汉字只具有表音的功能，但事实上，这些汉字句（注意：它们不是汉文句）都具有汉文的意义，并不再需要假名的解读，读者从汉文的立场上便能理解它的意义。

以西乡信纲氏最为推崇的"没有接受大陆文化作为他自己的知识修养"的柿本人麻吕的《雷神歌》为例：

> 雷神小动，刺云雨零耶，君将留。
>
> ——《万叶集》卷十一，No. 2513

这首歌不是汉文诗，但它已经通过汉字从汉文的意义上表述了歌人的心怀。但是日本的万叶学者们认定这是一首属于五七音音群的"三十一音音素律"的歌，于是在对它进行训读的时候，便把原本只有三个句子的歌，一定要训读成五七音群的五句的形态，于是，这首歌被训读成如此：

> 雷神の＼すこしとよみて
> さし昙り＼雨も降らぬか＼君を留めむ

本来从汉文的视角不难理解的歌，经过如此的训读之后，问题随之而产生。在这首歌中，把"零"训读为"降"是不对的，训读者在这方面显然缺少中国文化的知识。这个"零"，可以肯定地说，柿本人麻吕用了中国吴方言的一个别字，正字应该为"淋"。《万叶集》中还有类似的歌，如"雷神小动，虽不零，吾将留，妹留者。"此歌中的"零"，也是"淋"的别字。

把这样一首原文明明只有三句的歌，一定要训读为"5·7＼5·7·7"这样的音素律，中间添加了许多文字，显然是强制性人为运作的结果。

类似这样被强制性地训读的歌，在《万叶集》中构成一个特殊的类别，可以举证很多。例如大伴家持的《悲伤亡妾歌》：

> 从今者，秋风寒，将吹乌，如何独，长夜乎将宿。
>
> ——《万叶集》卷三，No. 462

这首歌缺乏汉语语文的逻辑，但是懂得汉文的读者，从歌的汉字的字面上却可以解通它的意义。万叶研究者把这首歌也训读为五七音音素律的歌：

> 今よりは＼秋風寒く
>
> 吹きなむを＼いかにかひとり＼長さ夜を寝む

经过这样的训读之后，这首歌也以极为规则的五七音音素律出现。

比较这两首训读的歌，可以质疑此类和歌在训读方面的问题是很多的。

第一，"秋风寒"，训读为"あきかぜさむき"，但是，按照日语的语法，"あきかぜ"之后，应该有格助词"が"，才能与"さむく"组成句子。但是，如果加上了这个格助词，这一句就是六音素了，所以不能有了。有人说这是可以的，因为这是诗的语言。

《雷神歌》中的"雷神小动"一句，与《悲伤亡妾歌》中的"秋风寒"一句，在语法构造上是完全一样的。但是，"雷神小动"被训读为"かみなりの"，这个"の"，就其语法的意义来说，就是起"が"的作用。那么为什么在这一句中却要使用格助词了呢？因为这一句如果不使用格助词，就只有四音群了，所以是要用的。这么说来，在这个音素律中，日语语法的价值要服从于音素的需要。音素律具有绝对的意义，而语法则是可以屈从的。同样的状况，"雨零耶"训读为"あめもふらぬか"，其中的"も"与"の、が"是同样意义上被使用的。这就显示了这一类歌的训读，其实并没有严格的规则，可以称为训读的随意性。

此外，将"小动"训读为"sukoshi-toyomite"，这完全是训读者依自己的理解强为之解释了。之所以这样训读，也完全是因为音数的需要。

第四，"将吹乌"的"乌"，似乎应该训读为"karasu"（乌鸦）之意。此句言"寒冷秋风中，乌鸦独鸣"，下面即是"独身一人，长夜奈何"，现在训读为"吹きなむを"，"なむ"是"南無"之音，为什么会有这样没有意义的训读，就不得而知了，一定是与组合成五音群是有关系的。这是因为训读为"karasu"为三个音，而训读为"namu"就是两个音了。依照"三十一音音素律"的要求，它只能容忍两个音。

短歌音素律的强制性，从《万叶集》的这类训读和歌中，可以再次得到重大的启示。我以为这类被强制训读的和歌，可能并不具备五七音音素律的节奏特点，自本居宣长以来的万叶研究者们认为《万叶集》的短歌，都是应该具有统一的五七音的节律的，于是便以训读的随意性把它们解释成了具备整齐节律的短歌了。这种看起来很整齐的节律中，实际上包含着对这些歌的原义作了强制性的解释。

法国文艺学家B. Runeticve指出，文学的类型也像生物的种族一样会分解和合成。上述这一大类的歌，它们用汉字创作，但汉字并不表示音，而是在一定的程度上表示义，这便是中国汉诗的残留；然而困难的是运用汉字构成的歌，却又是用日语来表示音，这便是和歌的显现。这些特殊形态的歌，正是汉诗进入和歌的一种形式，它是正在被分解的汉诗，又是在被分解中残留的汉诗，它也是一种新的韵文的过渡形式。从根本上讲，它是汉诗与和歌相互连接的一种中介形式，是和歌接受汉诗浸润而在韵律形态嬗变过程中的一种中介媒体。

五七音音数律的形成

《万叶集》中的短歌，实际有两个源头。

一个源头是从记纪歌谣发展起来的歌，这一类的歌，都是用万叶假名记音，在格律化的过程中，则以中国乐府体的七五调和五七调为规范的摹本，整顿韵律，向定型化发展。

一个源头是直接从汉诗分解而形成，这就是所谓的训读歌。这一类的歌，从汉诗中被分解出来，抛弃了汉诗原有的押韵、对仗等韵律特点，改造了原有汉语音节与句型，创造出了新的节奏和韵律。

这两类歌应该说是并存于《万叶集》之中的。从短歌的五七音音素律来说，《万叶集》是一部未完成的作品。《万叶集》最杰出的价值之一，就在于它保存了短歌音素律形成过程中的多种断片——即中介形式、中介媒体，因而，研究者可以根据断片，寻找出短歌音素律形成的轨迹，以及经由这一轨迹所显现的中国文化对短歌的五七音音素律形成的最根本性的意义。

短歌歌型的确立，是日本民族在文学艺术中的一个伟大的创造。这一歌型的形态，诚如日本文艺学家冈崎义惠所论述的那样，具有"特殊的混融性"①。

有人以为，在超越自己民族文化的语境中生成的文学和文化，便是使"盗木乃伊的人常常变成了木乃伊"②。这不仅是观念的褊狭，重要的是与文化和文学生成的历史过程不相一致。

造成研究者这种困惑的根本原因，我想主要在于混淆了两种不同文学生成的界限，即在特定的超越本民族文化语境中形成的文学，与由于各种功利目的的驱使，强行抄袭和模仿所生成的文学的界限。

在文学史上，强行抄袭、模仿乃至伪造一种非本土文学而生成另一种文学，确实也是有的。例如16世纪法国古典主义戏剧曾经以所谓希腊戏剧的艺术原则作为自己三一律的依据，在形式上追求时间、地点和动作的一致性。③ 由于法王路易十四及其政府的推行，古典主义戏剧作为一个艺术流派，不仅风靡一时，而且一度占据了剧坛的统治地位。尽管如此，它的艺术寿命是不长的。凭空臆造外国艺术原则，即使依靠政治权势的强制推行，其结果也是一定会被淘汰的。

短歌格调的形成

日本"三十一音音素律"的生成，与法国古典主义戏剧的三一律原则的生成，是完全不相同的。日本短歌的格律形态虽然包容有汉文学韵文中的赋骚体文学的音节成分，但是它并没有笼统地搬用为自己的歌型。它利用这种音节成分作为材料，变化其质，以自己民族的格调，创造出了符合日本民族语言表现特征的表达形式。

作为短歌格调的一个重要特征，便是枕词（まくらことば）的运用。④

枕词是日语中经过艺术提炼的一种短句。它起源于上古时代巫的赞词。此种

---

① 冈崎义惠的论述，参见岡崎義恵：『日本文芸の様式』、岩波書店、1939年。
② 参见西郷信綱：『日本文学史：日本文学の伝統と創造』、厚文社、1954年。
③ 实际上，希腊古典悲剧并没有所谓的三一律，亚里士多德也没有阐述过三一律原则。因此，法国古典主义所谓对希腊古典戏剧的模仿，纯粹是以法国当时的现实需要而虚构的。关于三一律和希腊古典戏剧的关系，马克思在1861年7月22日《马克思致斐·拉萨尔》的信中有经典性的论述。
④ 短歌中的枕词，是涉及短歌民族性的一个非常复杂的问题。此处仅是提示短歌由于枕词的出现，从而强化了它的民族格调。关于枕词的研究，容当另述。

赞词经过民间无数次的提纯，构成表达日本民族美感经验的隐喻，被装饰在韵文作品中具有特定的暗示性。例如：

珠藻刈る	（たまもかる）	敏马的海滩上，
敏馬をすぎて	（みぬめをすぎて）	收割着肥美的水草，
夏草の	（なつくさの）	舟儿驶过它的身旁。
野島の崎に	（のじまのさきに	夏草蓬蓬的野岛，
舟近づきぬ	（ふねつづくぬ）	船儿离此开航。

——《万叶集》卷三 No. 250（柿本朝臣人麻吕羁旅歌八首之二 严绍璗 切意）

名くはしき	（なくはしき）	
稲見の海の	（いなみのうみの）	名声扬啊稻见的海，
沖つ波	（おきつなみ）	滚滚滔滔千重的浪！
千重にかくりぬ	（ちえにかくりぬ）	千重浪中细眺望。
大和島根は	（やまとしまねは）	大和国啊在前方！

——《万叶集》卷三 No. 303（柿本朝臣人麻吕下筑紫国时于海路作歌二首之一 严绍璗 切意）

这两首歌都是著名歌人柿本人麻吕的作品。第一首的第一句"珠藻刈る（たまもかる）"与第二首的第三句"沖つ波（おきつなみ）"都是枕词。它们在短歌中表达一种在日本民族中约定俗成的意思。"珠藻刈る"表达海滩边上水草茂盛，丰收喜人，"沖つ波"表达海上的波浪，滚滚滔滔，气势磅礴。歌人们可以在自己的作品中自由地运用这些枕词，创造一种具有深蕴意义的潜隐的美意识。此种美感经验是非常民族化的，也就是说，枕词所内蕴的意义，一般来说，非日本民族的人是非常难以真正把握的。

短歌在形态上必须具有枕词。也就是说，作为短歌形态与节律的"三十一音音素律"是由两部分组合成的，此即主文和枕词。主文实质上是四行偶数；枕词最初是三言、四言不等，只是由于五七节律的形成，也逐渐被规范化为五言句或七言句。短歌中枕词的运用，也回答了在短歌歌型发生中的一个长期被困扰的难题：既然短歌的五七音数是在汉文学的文化语境中发生的，那么汉文学韵文文学中由五七音数组成的偶数诗行形态，为什么在短歌中变成了奇数歌行形态了呢？原来这是因为在"三十一音音素律"形成的过程中被加入了枕词的缘故。

　　日本短歌的枕词大约有一百八十余组。歌人依靠它来修饰主文，调整语调，从而使读者在歌行辞藻之外，神会揣摩，余情萦绕，终于使短歌成为一种钟情自然、表达心灵的独具日本民族格调的艺术品。

日本《竹取物语》的发生成研究
——关于华夏文化与这一文本发生的综合语境的讨论[1]

一、对《竹取物语》篇名的再认识

物语作为一种文学样式，是日本民族文学长期发展的产物。上古以来直至奈良时代（710—794）以来的神话与传说，为早期物语的创作，提供了极丰富的想象领域。而如《浦岛子传》这样一类具有日本民族文化个性的古汉文传奇，更成为物语成型的直接基础[2]。经过数个世纪的

---

[1] 本文原载于《日本古代文学发生学研究》，北京大学出版社，2020年。

[2] 浦岛文学是日本文学史上起源于6世纪至8世纪，又历经多种演变的一个文学系列。其最早的文本，学界普遍把它称为传承，笔者于1995年在日本国际日本文化研究中心时提出，它事实上是一种更接近或者就是属于汉文传奇的类型，以和文（包括万叶假名）和汉文的文体展现与发展。其初始的几种文本形态，事实上体现了日本上古文学从神话叙事向物语叙事演进的基本轨迹。读者可以参读拙文《日本古传奇〈浦岛子传〉の研究》，载于《日本研究》第12辑，1995年，以及《〈浦岛伝説〉から〈浦岛子伝〉への発展について——亀と蓬莱山と玉手箱についての文化学的解読》，载于『国際日本文学研究集会会議録＝PROCEEDINGS OF INTERNATIONAL CONFERENCE ON JAPANESE LITERATURE』、2002年。

文学性积累，终于在平安文学文艺狂飙运动①的时代中，实现了这种新的文学样式的创造。

10世纪日本《竹取物语》的创作，标志着日本古小说的形成。相传这部物语是采用日本民族当时创造不久的文字——假名进行创作的，它是日本人第一次在文学作品中实现了本民族语言与文字的统一。由《竹取物语》所创造的这种文学样式，成为以后数个世纪日本古小说的基本形态，对后世文学产生了巨大影响。世界文学史上第一部写实意义上的长篇小说《源氏物语》的著者紫式部称它为"物语的元祖"②。这便是说，在对于物语这一文学样式的根本性理解方面，以及关于物语的具体创作方面，作为世界上第一部长篇写实小说的作者，她认为自己的文学创作是承袭了《竹取物语》的传统③。

《竹取物语》以瑰丽的想象力，虚构出一个人间与仙界协调的生活空间，以现实性很强的贵族与天皇向月界仙女赫映姬求爱求婚的故事为主轴，一方面以知性为基础，构成了对贵族社会的批判意识；另一方面又以广泛的对人间的思考为基础，在批判意识中，透露着对人生价值的评估。整个作品表现出作者对于现实的冷峻态度，以及品位很高的浪漫心态。

先辈学者对《竹取物语》已经做过大量的研究，有许多精当的阐发。但是，由于这部作品年代久远，文献阙如，从文化史或者文学史的立场上说，关于这部物语的生成，不少问题至今仍然是一个谜，令人茫然不解，于是便需要我们继续

---

① 这里是借用18世纪德意志文艺运动的名称，指日本平安时代由小野篁等人所发动的于六歌仙时期所形成的所谓平安时代的新文学运动。这一运动的宗旨，意在扫除汉文化弥漫文坛的局面，推进国风（假名）文学的发展。

② 学界有不少研究者认为，10世纪之前《竹取物语》只是在宫廷女官中口耳相传的故事，在假名文字形成后被记录而成为物语。20世纪下半叶笔者曾前后30余次访问日本，累计约在彼邦6年有余，便中曾就自己有兴趣的数个文化层面作过若干田野调查。其实以现在的都县制来规划区域，那么从日本海沿岸的福井到太平洋沿岸的福岛，包括琦玉、熊本、香川等地，都仍然有属于"竹取"或"天女（天姬）"的民间传说，呈多元散漫型。关于民间传说与宫廷传说的关系，在笔者承担的教育部人文基地重点项目"东亚文学的发生学研究"中，另有专文研讨。本章以宫廷系统文本为研讨的基点。学界虽然认定《竹取物语》创作于10世纪左右，但至今一直未能发现早期的文本，现存14世纪后光严院（1338—1374）的御笔断简是目前所能见到的最古文本。本章论述依据由阪仓笃义等校注的文本，载《日本古典文学大系》卷九，岩波书店，1971年。

③ 这一命题的由来，请见下文"《竹取物语》题名的由来"中所引《源氏物语》文及相应的注释①。

予以研读和解答。本章试图依据笔者二十余年来思考与创导的比较文学发生学观念，致力于追求这一文学文本生成的文化原生态。

一旦进入《竹取物语》的世界，首先感到困惑的，便是关于这篇物语的名称、女主人公赫映姬的来历，以及名称、来历与物语主体之间的关系问题。

《竹取物语》题名的由来

目前传世的《竹取物语》，实际上是一个并未能完全确认的物语篇名，也就是说，至今我们仍然无法确定，这篇物语在创作之初，它的篇名到底叫什么，是否真的在当时就被定名为《竹取物语》。

11世纪初完成的世界文学史上第一部写实小说《源氏物语》中保存了关于《竹取物语》的许多有趣的材料。其中题为《逢生》的一回描述的是常陆宫的千金末摘花的诸种境遇。作者提到这位小姐在独处的日子里，只能打开古旧的书橱，取出《唐字之绘》《貌射古刀目之绘》《赫映姬物语绘》等的图画故事来观赏玩弄。这里提到的"赫映姬"，原文做"Kaguya姬"，即是今本《竹取物语》的主人公。根据这一记载，可以推定这篇物语在紫式部时代，在贵族中流传时，被一些人称为《赫映姬物语》，并有绘本流传。

然而，《源氏物语》在题为《绘合》的一卷中，又有另一种说法。该卷记录当时后宫女性进行关于物语优劣的辩论游戏。妇女们分左右两组，各陈长短。作者是这样记录当时的状况的：先从物语的元祖《竹取之翁》及《宇津保之俊荫》开始，分为左右，使其评论，以决胜负。如此说来，则本篇物语在日本中古时代，其题名又被称为《竹取之翁》了①。

平安时代的末期，有长篇作品《今昔物语》。其卷三十一中有《竹取翁于篁中见付女儿养立语》一篇，这是三人求婚的故事②。现在尚不明白，究竟它是今本《竹取物语》的雏形呢，还是《竹取物语》与它都是从另外一个共同的源头演

---

① 本书引『源氏物语・ゑあはせ（絵合）』文，据岩波书店《日本古典文学大系》本（1971年），下同。

② 《今昔物语》卷三十一《本朝付杂事》共收37则故事。其中第三十三则为《竹取翁于篁中见付女儿养立语》一篇，这是三人三难题求婚的故事。

化过来的。

当然这些仅仅是古代日本文献上的记载。现今保存的关于这篇物语的最早文本，则是天正十二年（1584）的写本，题名《竹取物语》[①]。后世的许多文本，大都来自此本。可能因为这个缘故，《竹取物语》的名称便广为流传了。此外，后世传本中也有题作《竹取翁物语》的。

"竹取"一词，在日本古文献中，最早大约见于《万叶集》。其卷十六记曰："昔有老翁，号曰竹取翁也。此翁季春之月，登秋远望，忽值煮羹之九个女子也。百娇无俦，花容无止……"（No. 3791）[②]该篇序文原系汉文，作"竹取翁"。这大概是日本古文化中"竹取翁"概念的最早文献起源了。所以《源氏物语》的《绘合》中称为《竹取之翁物语》，其后也题为《竹取翁物语》，它们是同一意义的不同表述方式。

原本是一篇无题作品

早期《竹取物语》名称不统一，给我们一个很大的启示。从东亚古代汉字文化圈内文学作品定名的惯例来考察，我推论这篇物语在创作之初，或许是根本没有篇名的，属于早期无题作品类。

中国古代文学作品中，从《诗经》开始到魏晋南北朝，无论是韵文或者是叙事文，包括数量众多的志人与志怪作品，都是直接或咏唱或叙事而不设篇名的。唐代说话文学的文本，如在敦煌发现的变文那样，故事的篇幅都已经很长了，但仍然都没有篇名。现在它们被称为如《伍子胥变文》《董永变文》等，这都是研究者根据文本的内容而后来命名的，并不是创作者本来写就的。

实际上，在日本古代文学史上，形成早于《竹取物语》的不少作品，如今本《风土记》中收录的所有传说、民间故事，原本都是没有标题的。著名的《浦岛子传》，在收录这篇作品的《古事谈》《续日本纪》中，也都没有篇名。紫式部

[①] 此本原为武藤之信藏本，现存日本天理图书馆。
[②] 引文据《日本古典文学大系》卷七《万叶集》卷十六，岩波书店，1971年。本书所引《万叶集》歌文，借出自此"大系"中。就此歌内容而言，其内容表述大概与中国唐代传奇《游仙窟》近似，此为另一个课题了。

在《源氏物语》中称这篇作品为《竹取之翁物语》，当是根据作品开始的第一句话："从前，有一个叫竹取之翁的人"而确定的。选取文学作品中第一句话作为该作品的篇目，这是中国自《诗经》以来为无题作品命名的一种惯例。紫式部又称这篇作品为《赫映姬物语》，这是根据主人公的名字而确定的篇名，这与前述的隋唐说话文本如《伍子胥变文》《董永变文》等的命名方法是相同的。正因为这样，在中国古代文学中，有时一篇作品就会有两个或几个不同的篇名。例如著名的汉乐府《孔雀东南飞》，这一篇名是根据该篇的第一句话"孔雀东南飞，五里一徘徊"来定名的。然而，这篇乐府又名为《为焦仲卿妻作》，这是因为乐府的主人翁即为焦仲卿妻，此系依据主人公而命名。

我们可以这样认为，《竹取物语》作为当时讲故事的底本，原稿在用文字写定的时候，极有可能是没有任何篇名的，流传中它可能有好几种随意性的篇名。现在通行的《竹取物语》这一名称，只不过是后人取了全篇的第一句话作为题名而已。

关于原始文本的文体问题

《竹取物语》原本是一篇无题作品，这一情况是与《竹取物语》的形成过程密切相关的。诚如我一再主张的，日本古代最早的物语是以日本的汉文传奇为成型的直接基础。日本江户时代的国学家加纳诸平在《竹取物语考》中表述他对物语形成的见解时说："《竹取物语》原本是仿《浦岛子传》《柘枝传》等而撰作，后又加入叙述其意的和歌，于是便成物语也。"[①]

这是十分精当的见解。如果对《竹取物语》的文本进行多方位视角的考察，便可以发现文本中语言文字的表达有不少脱离假名规则的现象，从而为我们探索原始文本的形态提供了若干思考的线索。

作品中敬语的使用，紊乱而不成规章。例如在前三节中，对女主人公赫映姬全不使用敬语，但自第四节起，则又添加了敬语；又如对石作皇子等也不使用敬语。如是则可以推测，这一物语的原始文本一定是用一种不使用敬语的文体写成，现在的若干敬语，是后人添补上去的。在和文与汉文两种叙事文体中，不使

---

① 参见室谷鐵腸编、加納諸平稿：『竹取物語考』、播仁文库、1926年。

用敬语的大抵是汉文和汉文体。

　　文本的《龙首之珠》一节中，开始部分在表达"天使"一词时，使用的是"天使"，这是汉文词无疑。但后面部分同样表示"天使"之意，却使用了"Kimi no使"这样一个和文词（见《群书类从》本）。原来《日本书纪》的古训中，把汉文的"天"训读为"Kimi"，把"天人"训读为"Kimi no tami"。可以想见的是，在《竹取物语》的原本中一定都是使用了汉文的"天使"，假名的表达都是在此基础上加工而成的。

　　当代日本文学研究巨擘中西进先生从文体学的视角，考察古代物语文学中关于自我的表达方式，认为《竹取物语》与《和泉式部日记》《源氏物语》等，在"我"的使用上有相当的差异。假名物语在表现第一人称时，采用"われ（Ware）"，而且常常主语不完全，读者从上下文中自然理解。《竹取物语》中却使用纯粹的汉文"我"。这种用法与汉文体的《今昔物语》几乎一致。中西先生判断，文体上的这种差异，"便是因为《竹取物语》原先存在着一个汉文传吧，即使没有这种汉文传，那么这也是《竹取物语》采用了汉文体写作的结果吧！"①

　　综合各种材料，我们可以推测，在今本《竹取物语》之前，似乎还应该存在着类似《浦岛子传》第三、四类文本那种形式的汉文文本。这一判断或许将来可以通过得到更充分的材料而确认。这个问题应该再次被提出，并应引起研究者的重视。如果我们连这一基本问题都不能阐述清楚，那么我们又怎么能够对《竹取物语》说三道四呢。

二、赫映姬的诞生与中日古代的竹生殖心态

　　从《竹取物语》的主体情节来看，我们实在不明白求婚与难题同竹取与竹取翁之间，究竟有什么内在的关联。令人费解的还有，女主人公赫映姬既然是月之女，那她为什么一定要经过竹的渠道来到人间大地呢？事实上，当她在人世间演出了数幕生动而又深刻的人生剧之后，却又直飞月亮，几乎完全忘记了自己与竹

---

① 引文参见中西進編『日本文学における「私」』、河出書房新社、1993年。

之间曾经存在过的生命渊源关系。

竹是一种具有特殊生物形态的植物。只是从中世纪后期开始，在日本列岛（北限北海道南部）成为一种广泛种植的植物。室町时代（1336—1573）仿中国唐代文化，将松、竹、梅合称"三友"。在此之前，在古代日本，竹是一种稀有的珍贵植物，而且本州地区从来也没有如中国南方所见的毛竹般的大竹。从《万叶集》卷十六的《竹取翁之歌》来看，竹取或许是一种具有宗教礼仪意味的专业性职业，由此形成了独具日本民族个性的竹崇拜信仰。

赫映姬的诞生，与此种竹崇拜心态密切相关。而且它超越了古日本本土的这一物崇拜，以竹生殖信仰的形式，与东亚广泛地区具有不同发展层次的古老人文观念相关联。

日本先住民的竹崇拜信仰

以《古事记》和《万叶集》为代表，日本上古文献中透露出早期日本族群具有竹崇拜信仰。归纳这种信仰的内容，大致为两个方面。

第一个内容是把竹作为自然美的对象加以歌颂。在这里，竹具有表示一种特殊俊雅风韵的功能。

《万叶集》卷五有小监阿氏《奥岛歌》一首。歌曰：

（原歌：万叶假名）乌梅乃波奈，知良麻久冤之美，和我曾乃乃，多气乃波也之尔，于具比须奈久母。

梅花落缤纷，花散伤吾心。吾园竹林中，莺啼尚自慰。

No. 824《梅花歌》三十二首之一　严绍璗　切意[①]

同集卷十九又有大伴家持《雪中作歌》一首：

（原歌：万叶假名）和我屋度能，伊佐左村竹，布久风能，于等能可苏气伎，许能由布敝可母。

家屋门前地，纤巧竹叶群。万籁俱寂灭，夕阳风声清。

---

① 歌文引自『日本古典文学大系』、岩波書店、1971年。原歌文由高木市之助等依据"三十一音音素律"译为现代日语为"梅の花，散らまく惜しみ，わが園の，竹の林に，鶯鳴くも。"

No. 4291　严绍璗　切意①

这两首歌中的竹，都是自然之竹。歌人用竹表达环境的清幽，从而构筑起清新幽雅的氛围。大伴歌中原有"可苏气伎"（Kasokeki）一词，为"光、色、音"全消去之意，于是只剩下风从竹林中吹过，留下一片夕阳。此种清幽空蒙之境，使读者在心灵上沉醉，感悟到超凡脱俗的气氛。

日本古文献中表现对自然之竹的崇拜，有两点似乎应该特别注意。一是和歌在提到竹时，都描写"吾园竹林中""御园竹林里"，以及"家屋门前地，纤巧竹叶林"等，这是宣告对竹的占有，显示了律令制宫廷社会的权力与荣光。所以在把竹作为自然美的对象时，既表示对于自然的崇拜，也表示对于权力的崇拜。二是和歌中所表现的竹，在同时代或稍早时代的汉诗中已大量地存在，其中以《怀风藻》为最典型。如释智藏《玩花莺》中有"以此芳春节，忽值竹林风"之句。又如从四位上治部卿境部王《宴长王宅》中也有"送雪梅花笑，含霞竹叶青"之句②。汉诗与和歌两种艺术形式共同表现出当时日本人对竹的崇拜。在艺术上，和歌多少是从汉诗中脱胎换骨出来的。

第二个内容是把竹作为化生的咒物加以膜拜。在这里，竹具有镇邪驱恶的功能。描写男神伊邪那岐命到黄泉国去探望妻子伊邪那美命时，曾两次出现用竹制成的栉：

　　伊耶那美命答道："可惜你不早来……。"这样说了，女神退入内殿，历时甚久。伊耶那岐命不能复待，……点起火来，进殿看时，乃见女神身上蛆虫聚集，脓血流溢……。

　　伊耶那岐命见而惊怖，随即逃回。伊耶那美命说道："你叫我来出了丑

---

①　歌文引自『日本古典文学大系』、岩波書店、1971年。原歌文由高木市之助等依据"三十一音音素律"译为现代日语为"わが屋户の，いささ群竹，吹く風，音のかそけき，この夕かも。"关于对自然之竹的崇拜，《万叶集》中另有如柿本人麻吕等作的歌。其中竹还用作季语，如春之笋、秋之竹等。从日本文化史上考察，在早期这一族群的精神活动中，主要是以梅、竹等作为美意识的表达物象，其概率远超过樱花，樱花形成的精神意识，大概是从中古时代开始的。

②　释智藏《玩花莺》诗见《日本古典文学大系》第六十九卷《怀风藻》第八。全诗曰"桑门寡言晤，策丈事迎风。以此芳春节，忽值竹林风。求友莺嫣树，含香笑花丛。虽喜遨游志，还（女鬼）乏雕虫。"　境部王《宴长王宅》诗见《怀风藻》第五十。全诗曰"新年寒气尽，上月淑光轻。送雪梅花笑，含霞竹叶青。歌是飞尘曲，弦即激流声。欲知今日赏，咸有不归情。"

啦。"即差遣黄泉丑女往追。伊耶那岐命乃取黑色葛鬘，抛在地上，即生野葡萄。在丑女摘食葡萄的时候，伊耶那岐命得以逃脱。但不久又复追来，乃取插在右髻的木栉，擘下栉齿，抛在地上，即化为竹笋。在丑女拾食竹笋的时候，伊耶那岐命又得以逃走。①

这是"记纪神话"描述宇宙三分观念的重要一章，意象表述中清楚地显示出上古日本人对竹的化生信仰。在这则神话中，竹制品栉，与其说是一种装饰用具，不如说它本质上是一种咒具（祭具），它具有退避鬼邪的功能。它化生而成的竹笋也是一种稀有的美食，吸引黄泉丑女忘记了自己的使命而纷纷抢食。此种对化生之竹的崇拜，在《古事记》中时有记录。又如彦火火出见尊（山幸）坐在由取自五百个竹林的竹子编成的笼中，终于到达海神之宫。在这里，笼便是神物。与此相同，在《万叶集》中有竹玉、竹珠等，都是具有神力的化生之竹。所有这些都生动地展现了《古事记》《万叶集》时代的日本人所具有的竹崇拜信仰的心理状态。这种信仰在其后的民俗中，便演变为竹取祭，至今延续不断。京都鞍马寺每年六月二十日便举行以竹取的形式来镇治大蛇的祭礼，便是这种竹崇拜信仰的生动形态。②

中国古代竹生殖信仰的基本特征

《竹取物语》的主人公赫映姬是从竹中直接诞生的，竹是孕育并生殖她的真正母亲。从文化史学上说，这是一种独立的竹生殖信仰。就东亚地区而论，从现有的史料考察，此种信仰主要存在于中国从福建至湖南，经由四川，到达云南的以长江流域为中心的文化圈。或许在这一片广袤土地上横贯东西富饶的竹产地便是竹生殖崇拜的起源地。

我们采用原型形象比较的方法，可以揭示中日两种异质文学中所存在的共同母题，然后可以探索其渊源。所谓"母题"，即是指在特定的文化中创造，并以

---

① 《古事记》原文见『日本古典文学大系』（卷1）、岩波書店、1971年。汉译文见［日］安万侣：《古事记》，周作人译，上海人民出版社，2015年，第15—16页。

② 20世纪日本著名作家、诺贝尔文学奖得主川端康成在著名的作品《孤独》的"北山杉"一章中，对鞍马寺的竹取祭以及参加者的心态有很生动的描述。

不同的变体反复出现，而固定为特定文化内涵的文学形象。中日两国的神话、传说和物语中的竹生殖，便是一个共同的母题。

在五世纪由范晔编撰的《后汉书·南蛮西南夷列传》中，有"夜郎侯传说"。文曰：

> 夜郎者，初有女子浣于遁水，有三节大竹流入足间，闻其中有号声，剖竹视之，得一男儿，归而养之。及长，有才武，自立为夜郎侯，以竹为姓。

这是一则生动的竹生殖信仰的传说，大约是根据当时广泛流传的传说记录。在比《后汉书》略早一些的《华阳国志》的《蜀志·南中志》中，有一则非常类似的传说：

> 兴……有竹王者，兴与遁水一女子秦并蜀，通五尺道，浣于水滨，有三节大竹流入女子足间，推之不肯去。闻有儿声，取持归。破之，得一男儿。长养有才武，遂雄夷狄，以竹为姓。捐破竹于野，成竹林，今竹王祠竹林是也。

同样的传说，又记载在五世纪刘敬叔编撰的《异苑》中，文曰：

> 汉武帝时，夜郎竹王神者名兴。初有女子浣于遁水，见三节大竹流入足间，推之不去。闻其中有号声，持破之，得一男儿。及长，有才武，遂雄夷獠。氏自立为夜郎侯，以竹为姓。所破自竹，弃之于野，即生成林。

在此五百年后，十一世纪宋人乐史编纂了著名的《太平寰宇记》，此书的《岭南道》（六），又有如下的记载：

> 竹王祠，《郡国志》云，竹王者，女子浣于水次，有三节竹入足间，推之不去，中有声，破之得一男儿，养之有才武，遂雄诸夷地。

中国的古文献中，关于竹生殖信仰的传说，竟有如此频繁的记录，这着实使人惊奇。其中有两点似乎应该引起研究者的特别注意。

第一，所有这些记录都是把竹作为传说中主人公的直接生殖的母体，这个怀孕的竹母，不采取其他的方式（例如卵生殖的方式），而是表现为破竹，即直接生养的方式，把神异之人送到大地人间。这是以人的生养方式来幻化竹的生殖，是典型的竹生殖心理形态的表现。《竹取物语》中的赫映姬的诞生，便是此种典型的幻化竹生殖的产物。

第二，上述四则中国古文献中关于竹生殖的记载，《后汉书》与《异苑》的记录都把传说的发生地确定为牂牁郡。据《后汉书》卷三十三《郡国志》的记载，当时牂牁为益州的属郡，汉武帝时建立行政区治。所谓益州，即泛指四川地区，而牂牁郡则位于四川西南部。《华阳国志》记载的传说，流传地为蜀郡南中，即四川中部偏南，而《太平寰宇记》又把此竹生殖传说的流行地归为岭南道，即今广西一线。总之，可以确认的是，竹生殖崇拜是中国古代以四川西南部为中心区域的一种民俗心态。这一地区的确认，在《竹取物语》形成的研究中，具有重要的意义，并使研究者认识到，四川阿坝地区产生像《斑竹姑娘》这样的民间传说，并不是偶然的[①]。

竹生殖崇拜所蕴含的女性意义

竹生殖崇拜的起源，具有十分古老的原始性，它本源于更加原始的本体生殖崇拜。所谓本体生殖崇拜，指的是把竹幻化为女性，进而表现为对女体的崇拜。

晋人张华在《博物志·史补》中，有关于"湘妃竹"的记载：

> 尧之二女，舜之二妃，曰湘夫人。舜崩，二妃啼。以涕挥竹，竹尽斑。

稍后，南北朝时梁人任昉在《述异记》中又记这一传说曰：

> 舜南巡，葬于苍梧。尧二女娥皇、女英，泪下沾竹，文悉为之斑。

湘妃竹（即斑竹）的传说，从神话人类学的视角可以判定，传说是把竹与女性作为一体来表现的（即二物的共感），其潜在意义则在于隐喻竹即为女性的化身。既然竹为女性的化身，它便具有了女性的功能。

前述刘敬叔的《异苑》中，又有竹孕的记载：

---

① 《斑竹姑娘》是我国民间文学工作者在20世纪60年代初期于四川地区田野作业中采访到的一则民间承传。本章之后有较为详细的研讨。

　　　　建安有筼筜竹，节中有人，长尺许，头足皆具。

　　这里表现的竹孕、竹胎，它是母胎的隐喻和象征。此种对竹的隐喻和崇拜，与中国曾经流传的桃崇拜、瓜崇拜、葫芦崇拜等一样，都是原始时代对女性生殖器崇拜的延伸与演化。① 中国南部与西南部的居民，自古以来把竹的荣枯作为家族兴败的象征，并且盛行妇女不育则向山竹献祭祈祷的风俗。② 这些无疑都与把竹作为女性生殖器加以崇拜的遗迹密切相关。由此便孕育出了许多把竹幻化为女性托体，且具有生育功能的美丽传说。

　　前述诸种关于竹的传说，可以整理成两个彼此连接的竹生殖崇拜系统。

　　由湘妃竹、筼筜竹这些传说，构成了竹生殖的前系统（即第一系统）：

　　　　竹 —— 幻化为女性 —— 竹孕（竹胎）

　　由夜郎侯、斑竹姑娘（下详）、《月姬》（下详）等传说，构成了竹生殖的后系统（即第二系统）：

　　　　竹胎 ——（有声）——（拾拣）—— 破竹而出
　　　　　　　［胎动标识］　　　　　　　［生殖］

　　这两个系统前后相接，便描绘出中国南部竹生殖崇拜传说的基本轨迹。《竹取物语》女主人公赫映姬的诞生，属于这一轨迹的第二系统。当然，第二系统的存在是以第一系统为前提的。所以当第二系统以独立的形态出现于文学作品中时，实际上是以潜化了的第一系统为心理出发点。或许从这个意义上我们可以断定，《竹取物语》中的竹取与赫映姬的诞生，是由原始的竹生殖崇拜所辐射出的一个分支吧。

---

① 参见拙文：《日本古代的实物信仰与桃崇拜》，载于贾蕙萱、沈红安主编：《中日民俗的异同与交流：中国民俗比较学术讨论会论文集》，北京大学出版社，1993年。

② 笔者1964年11月被派往湖北荆州辖区江陵县治的张王公社（观音寺附近）参加"农村社会主义教育运动"半年，所居住的贫农杨姓人家，后院竹子开花，全家为此紧张异常，视之为凋谢之征兆，唉声叹气，自言"要败家了！" "要败家了！"主人性情变得极坏，多日向我们作揖，请求"工作同志另找好人家住"。这显然是竹崇拜的孑遗。（或许他们认为由于我们的到来，才使他们的竹子开花；竹子开花，才预示他们要家道败落。其实当时，我们每月支付10元饭费，在各家看来是"从来也没有过的收入"。）

三、中国日月神新神话与赫映姬的身份

在《竹取物语》情节的进展中，女主人公赫映姬终于展现了作为月都之人的神秘的身份。《竹取物语》的著者，让他的女主人公先是通过竹生殖来到人间，继而让她在人世间演出了多幕情爱戏剧，最终让她于八月十五日（中国的中秋节）之夜，穿羽衣，饮不死之药，登云车，飞升回归了故乡——月亮。

这是一个极富浪漫幻想的构思。日本学者一般都以羽衣传说或飞天造像来解释这一构思，恐怕并不一定符合其在文化史学方面的真实意义。实际上，这组意象构思中包孕着相当丰富的思想史材料，隐含着古代东亚文化融合的历史事实。

羽衣传说论与飞天造像说的误区

有些学者以日本本土的传说为根据，强调本篇《竹取物语》的结尾，在类型上应当属于羽衣传说系统。例如他们认为古代近江国伊春小江的天女白鸟传说，便是赫映姬回归情节的渊源之一。[①] 他们的主张，可以称为本土传说论。

有些学者在研究赫映姬的回归时，受到佛教故事特别是佛教壁画美术的影响，主张赫映姬的回归即属于飞天一类。例如日本古山城国日野法界寺本堂（阿弥陀堂）中有飞天画像。所谓"飞天"，梵语原为 apsara，意为飞向有情的天界虚空而为伎乐散天花者。这部分学者都倾心于她的飞升造型，而认定赫映姬为飞天之一种[②]。他们主张赫映姬的升天意象可以称为佛教飞天说。

羽衣传说论者与飞天造像说者，几乎完全忽视了女主人公赫映姬在作品中的真实身份，以及这种身份与回归在文化史学上的真正意义。

这两部分研究，都把天作为赫映姬最后的回归之地。其实学者们忽视了无论是羽衣传说还是飞天造像，在这些故事中所谓的天，高空浩渺，不知所在，是一个极具抽象意义的自然概念，这与《竹取物语》中天的概念不合，研究者似乎忽

---

① 参见「近江国風土記」、『日本古典文学大系』（卷1）、岩波書店、1971年。

② 参见藤井贞和：『竹取物語・大和物語・宇津保物語』（新潮古典文学アルバム3）、新潮社、1991年。

略了《竹取物语》中女主人公所确定的身份。《竹取物语》非常清楚地写明记叙赫映姬所标明的："我非本土之籍，乃系月都之人也"。所以，她的回归并不是抽象的飞天，而是目标明确又具体的奔月。前述两说之中，佛教飞天之说法更不合情理。《竹取物语》的回归情节，明显地表现了创作者长生不死的道教思维心态，而且就其外观形态来说，伎乐散天花者的飞天，与赫映姬的奔月，也没有什么类似之处。

从形象学的视角观察，或许可以这么说，《竹取物语》中由赫映姬的身份（月都之人）所创造的文学形象，在日本古代文学史上是第一次出现，并没有先例，也无共同的类型——这是一个很杰出的创新。

原始神话中的日月神本体论

赫映姬这样一个多彩的文学形象，是从月宫仙女的观念出发而创造的。从文化史学上说，此种月宫仙女的观念，并不是日本古老族群传统的神话观念，也不是世界上普遍的原始神话观念。它实在是中国秦汉时代新神话中表现的新观念。

在世界各古老的族群神话中，神与人一样，都具有七情六欲、生老病死。事实上，神就是人。这些族群中的关于太阳与月亮的神话，与其他的神话一样，无论是日神或是月神，都是作为人的折光而存在。因为它们本身就是一种人格的具象，所以从来也没有一种神话在讲到日神或月神时，会让另外一些所谓的仙人寄身于它们的肌体之内，即从来也没有一种日神神话，或月神神话，会让另外一部分仙人居住在太阳或月亮之中的。我们称此种神话观念为日月神本体论。

中国的《山海经·大荒南经》中记载太阳的来源说：

> 东南海之外甘水之间，有羲和之国。有女子名曰羲和，方浴日于甘渊。羲和者，帝俊之妻，生十日。

羲和是位伟大的女子，她是太阳的母亲，生下了十个太阳，在甘渊替它们洗澡。所以，太阳不仅是炽热的火球，它本身就如同人一样，具有生命的形态。《楚辞·九歌》中的《东君》，对太阳神有极生动的描述：

> 暾将出兮东方，照吾槛兮扶桑；

> 抚余马兮安驱，夜皎皎兮既明；
> 驾龙辀兮乘雷，载云旗兮委蛇。
> ⋯⋯⋯⋯⋯⋯
> 青云衣兮白霓裳，举长矢兮射天狼；
> 操余弧兮反沦降，援北斗兮酌桂浆。

这里的"东君"，便是羲和的孩子——太阳神。这位日神，驾龙舟，载云旗，上着青衣，下着白裙，举长矢，射天狼，是一位英俊的武士。

中华原始神话中关于月亮的传说，虽然没有这样生动，但却认为月神是日神的同父异母兄弟，则是没有疑问的。它的母亲叫常羲，也是帝俊的太太。《山海经·大荒西经》曾这样记述月神的来源：

> 大荒之中有山，名曰日月山，天枢也⋯⋯有女子方浴月。帝俊妻常羲，生月十有二。此始浴之。

与羲和为其太阳儿子洗澡一样，月亮的母亲常羲也把她的孩子打扮得干净光洁。这生动地表现了日月生命之神的人类情感。这些关于太阳与月亮的传说，便是中华原始神话中的日月神本体论。

欧洲的原始神话也是这样。希腊神话中主神宙斯与女神勒托生了一子一女。子称阿波罗，女称阿尔忒弥斯。宙斯的正妻赫拉把他们赶出天国。于是，阿波罗成了日神，阿尔忒弥斯成了月神，他们是一对兄妹。甚至在北欧的神话中，日神索罗与月神玛尼诺，也都是巨人蒙底巴里的子女。与中国上古时代的日神与月神一样，他们也是兄妹。

古代人又常常以人间生活的形式来解释日月的自然变化。喜马拉雅地区神话中的月，原来是人世间的一个人，因为调戏岳母，被岳母用草灰撒在面孔上，因而逃到天上为月亮，由于它的脸有一半被岳母涂抹得灰黑了，所以月亮便有了阴面。喜马拉雅地区还有一则神话说，太阳与月亮原为人间兄妹，当时因为还没有日月，所以人间是漆黑一团。为兄的却奸污了自己的妹妹，（这可能是一种血族婚制的传说，被后人曲解了。妹妹因不辨何人，故以泥涂其面，以待将来勘查。）当妹妹知道调戏她的人原来是她的哥哥时，便羞怒而跑至天上，此为太阳；她的哥哥追到天上，此为月亮。这样，月亮便永远地追逐着太阳，但月亮有一半的脸常常看不清楚,这是因为为兄的脸上被她的妹妹还涂着许多泥巴呢。

这种日月神本体论的神话十分生动有趣,它几乎是一切民族中关于太阳与月亮原始传说的共同形态。日本民族关于太阳与月亮的最古老的传说,其基本形态也仍然具有日月神本体论的共同特征。《古事记·神代卷》在描述日本的太阳与月亮的来源时,讲了这样一个故事:

>（伊耶那岐命去黄泉探望亡妻伊耶那美命,却被妻子用黄泉丑兵赶将出来,一路逃命伊耶那岐命）
>
>乃至筑紫日向之桔小门之阿波歧原,举行祓除。……
>
>伊耶那岐命洗左目时所生的神名为天照大御神。其次洗右目时所生的神名为月读命。其次洗鼻时所生的神名为建速须佐之男命。
>
>此时伊耶那岐命大喜说道:"我生子甚多,今最后乃得贵子三人。"因取下颈上的玉串,琮琮地拿在手里摇着,赐给天照大御神,命令道:"你去治理高天原去。"此项颈串称为御仓板举之神。其次命令月读命道:"你去治理夜之国去。"其次命令建速须佐之男命道:"你去治理海原。"[①]

这则神话所说的天照大御神,便是日本的日神;所谓"月读命",便是日本的月神。他们不是如人般正常分娩所生,也是神话中常有的化生而成形,它们是开创日本的主神伊邪那岐命的孩子。与世界各民族的日月神本体论神话一样,彼此也仍然是同胞手足,本身也就具备了人的特征。

赫映姬的身份

《竹取物语》所创造的女主人公赫映姬,却与《古事记·神代卷》中所表现的原始日月神本体论的观念完全不同。赫映姬是这样向她养父母表述自己的真实身份的:

>先前承蒙诸事关照,我的心十分悲伤、混乱。本想沉默不言,但终究是要说出口来。我非本土之籍,乃系月都之人也。原先有约,来此世上,今应

[①] 《古事记》原文见阪倉篤義校訂:『竹取物語』、岩波書店、1970年。汉译文见［日］安万侣:《古事记》,周作人译,上海人民出版社,2015年,第17—19页。

返归。本月十五日,本籍月亮之国将来迎接……

　　到了八月十五的半夜,果然从天上来了许多的人,他们以隆重的仪式,把赫映姬接回月亮中去。女主人公穿上羽衣,饮过仙药,便登上云车,在百人的簇拥之中,飞向了月亮。

在这篇物语中,月亮本身已经不再是神,因而便失去了作为人的特征的生命之光。在世界各处的原始神话中曾经充满着生动气息的月神,现在变成了只是仙人们聚居的一个处所——变成了一座闪烁着熠熠幽光的宫殿,而那些仙人却钻进了月亮的肚中,扮演起各种长生不老的角色。这样原始的日月神本体论便瓦解了,代之而起的则是日月神客体论了。

日月神客体论最本质的特征,便是作为现实世界中人间欲望化身的仙人,寄生到了原始传说中光洁朴实的神的身体之中。原始神话中的日月星辰,原本是具有人的性格的神,现在却演变成了人间以外的生命不死的乐园。古老的表现人与自然关系的观念消失了,而世俗社会中的人无法满足的私欲却披上了种种神灵的光圈。《竹取物语》正是日本第一次以小说的样式表现了日月神客体论的观念。或者说,这一篇物语的作者所构思的各种情节,都是建立在此种日月神客体论观念的基础之上。

中国秦汉新神话与日月神客体论

日月神客体论不是日本文化固有的观念,它是中国秦汉时代所形成的一种新的文化形态。

汉民族原始的神话观念,到了战国时代便发生了变化。我们的先民在原有的诸神之外,又造出了一大批仙人。何谓"仙人"呢?

《释名·释长幼》曰:

　　老而不死曰仙。

《史记·封禅书》是我国记载仙人活动最早的文献。其文曰:

　　自齐威、宣、燕昭使人入海求蓬莱、方丈、瀛洲。此三神山者,其传在渤海中，去人远；患且至，则船风引而去。盖尝有至者，诸仙人及不死之药皆在焉。

当时制造这种仙人幻影的，则是中国战国文化中新增长出来的一批方士。他们是一批从事长生不老术的新专业人士——他们懂得神奇的方术，或者收藏有长生不老的药方等，所以便有了这个称号。这些方士制造种种关于仙人的故事，以满足当时拥有多余生活财富的统治者日益增长的贪得无厌的私欲，也用以欺骗当时苦于战争而走投无路的百姓。战国以来，方士多次入海求仙，以至于秦始皇时代还演出了徐福率童男女入海求长生不老之药的盛举。中国汉文化发展至此，便增加了新的特质。但是，这一时代开始的关于神话观念的转变，还没有直接涉及日月神本身。

中国嫦娥奔月的故事是方士们最早把仙人观念注入神话之中，并由此而创造出的新神话，这一神话的产生与形成，便开始把原始神话中的日月神本体论引向了新神话中的日月神客体论。

嫦娥奔月神话，始见于西汉初期。《淮南子·览冥训》首载其事：

羿请不死之药于西王母，姮娥①窃以奔月。

这则神话中的羿、西王母、嫦娥，原本都是中国上古时代原始神话中的神。嫦娥即常羲，她是主神帝俊的一个妻子，生下了十二个月亮。羿是帝俊的武士，他射杀了河伯而以雒嫔为妻。秦汉之际的方士们，为了宣传长生不死与飞天成精的幻想，便把原来毫不相关的两组神话，重新组合在一起，把羿与嫦娥配为夫妻，使嫦娥偷饮不死之药而奔月，从而创造出了以长生不死为主题的新神话。②

这一则神话，出现于西汉初期，发展至东汉时代，已经被铺陈得有声有色了。四世纪晋人刘昭在为《后汉书·天文志》做注时，曾经全文引用了二世纪时东汉著名的天文学家张衡的大著《灵宪篇》。其中，已将嫦娥奔月敷衍成情节完整的新神话了：

---

① 因西汉时为避汉文帝刘恒的忌讳后改称"嫦娥"，又作"常娥"。

② 笔者以为嫦娥最初的形象，见于《山海经》中的《大荒西经》，即为月亮之母"常羲"，《吕氏春秋》引此文时作"尚仪"。清人毕沅注曰："尚仪即常仪，后世遂有嫦娥之鄙言。""羿"是帝俊的武士，《楚辞·天问》中说："帝降羿夷，革孽爱民，胡为射乎河伯而妻彼雒嫔？"

　　　　羿请无死之药于西王母，姮娥窃以奔月。将往，枚筮之于有黄。有黄占之曰："吉，翾翾归妹，独将西行，逢天晦芒，后且大昌。"姮娥遂托身于月。

晋代干宝《搜神记》卷十四中有相同的记载，表明这组新神话在当时已有相当的流传。在这组新神话中，值得注意的是下述三个基本点：

第一，它意味着中国神话从日月神本体论的观念，向日月神客体论的观念根本性的转变。从此原始的月神观念消失了，代之而起的则是新形成的所谓月宫观念了。

第二，促成这一转变的基本主题是长生不死这一生命观念的演进，而实行这一转变的道具则是不死之药。中华神话观念的这一转变是与中华文化中的方士方术着力发达并向道教发展相一致。

第三，奔月的主人公为女性，由这一位女性演绎的种种情节，则是这一组新神话最基本的表现形式。

此种新神话的观念，与原始神话中无意识的幻觉相反，它是在利用原始神话材料的基础上，进行的一种有意识的创造。这是中华秦汉至六朝文化发展中一个极重要的特点。

至此，中华原始神话文化中的日月神本体论便瓦解了，一种适应社会需要的新神话应运而生。从文学创作的视角考察，此种日月神客体论虽为怪诞之作，但它却表现了富有浪漫色彩的想象，文学家们争相以此种观念构思情节，创造出鲜丽多彩的文学艺术作品。

日本平安文学作品中的嫦娥形象

日本文学作品中接受中华汉民族此种关于日月神客体论的新观念，大约在9世纪初期的嵯峨天皇时代（809—823在位），最早表现在以《文华秀丽集》为代表的汉诗创作中。

嵯峨天皇撰《侍中翁主挽歌词》之二曰：

　　戚里繁华歇，皇家淑德收；悲伤盈旦暮，凄感积春秋。

月色姮娥惨，星光织女怨；一闻箫管曲，日夜泪同流。

——《文华秀丽集》卷中 No. 88

天皇的文学侍臣桑原腹赤在《奉和伤野女侍中》中亦曰：

思媚一人容发老，崦嵫暮晷不留年；
孤坟对月贞女硖，阅水咽云孝子泉。
柳絮文词身后在，兰芬妇德世间传；
古来蒿里为谁邑，今日松门闭鬼埏。
野暗骖嘶通白雾，山空晚响入黄烟；
何崇盗药求仙台，不朽哀荣降圣篇。

——《文华秀丽集》卷中 No. 84[①]

这是两首作于9世纪初期日本宫廷的悼亡诗。天皇在其诗中说："月色姮娥惨"，桑原在他的诗中说："和崇盗药求仙台"，这已经包括了中国嫦娥奔月新神话的主要内容了。这些诗歌作品的出现，意味着当时日本的贵族知识分子不仅已经接纳了中国新神话的信息，而且已经将这种观念导入自己的创作之中，以此构思自己的作品。

以9世纪日本汉诗为媒介，中国新神话的新观念终于在《竹取物语》这一叙事文学样式中得到充分的展开与运用。

《竹取物语》在文学构思方面所容纳的中国华夏族群日月神客体论新神话的特点，可以说集中表现在三个方面。

第一，《竹取物语》几乎是全面地接受了中国自秦汉以来关于仙人的观念，并如中国文化观念所表现的那样，把原始神话中的月神改成了月宫，作为仙人们的生活之所。作者以这种新文化观念，作为本篇物语构思的基础。

第二，《竹取物语》接受了中国汉代方士们所编造的嫦娥形象，并把她改造成为一个美貌无瑕的日本女子，从而作为全篇作品的主人公。

第三，《竹取物语》在结尾之时，几乎全部采用了中国方士所制造的仙人们最重要的生活道具——羽衣、云车与不死之药等，并把它与日本国的象征富士山联系在一起，从而完成了整个故事。

---

① 诗文引自『文華秀麗集』（日本古典文学大系69）、岩波書店、1971年。

四、赫映姬的婚姻与中国的传说

《竹取物语》的主体情节是女主人公与五个求婚者，以及与天皇之间的婚姻纠葛，整个故事以求婚与难题的形式展开。

1957年，我国作家田海燕在《金玉凤凰》一书中，记录了四川省阿坝藏族羌族自治州流传的一则民间传说《斑竹姑娘》。这一传说也是以求婚与难题为主要内容，描写四川的斑竹姑娘与五个求婚者之间的种种纠葛。这一传说的公开，对学界关于日本平安时代的文学研究带来了不小的冲击。自1972年日本百田荣弥子的有关论文发表以来，围绕着《竹取物语》中求婚与难题的渊源，学术界产生了许多对立的见解，争论的关键在于中国的这一则民间传说《斑竹姑娘》，到底是不是日本平安物语《竹取物语》的源头。

孤立地来研究这两则故事之间的关系，恐怕很难得出令人信服的结论。必须对围绕这些物语相关的人文条件进行历史的综合分析，这样或许可以从中获得超越目前见解的新启示。

地理上的一个误解

当代著名的学者片桐洋一在《竹取物语校释》的《解说》中，曾经就《竹取物语》与《斑竹姑娘》的关系问题，发表了如下的见解：

> 正如最近大桥清秀氏和安藤重和氏所提出的反论那样，我想，在河口慧海之后，（《竹取物语》）已经传入西藏，于是，在当地流传的《斑竹姑娘》的后半部分被加入了新的内容，那也是很自然的。[①]

片桐先生提出了一个十分大胆而又非常有趣的见解，可能是代表了一部分研究者的观点。但是这里有一个很大的误解，那就是《斑竹姑娘》的采集地是中国的四川省阿坝藏族羌族自治州，而不是中国的西藏自治区，这是两个不同的地理

---

① 引文见片桐洋一、福井贞助、松村诚一校注・訳『竹取物語；伊勢物語；土佐日記』（「完訳日本の古典」第10巻）、小学館、1983年。

概念。阿坝藏族羌族自治州离西藏自治区（如以省会拉萨计算）尚有1500公里之遥，其中有许多高山大川，如有高达7556米的贡嘎山，又有如金沙江、澜沧江这样的大河。日本明治三十年代与四十年代，探险家河口慧海（1866—1945）两次从尼泊尔进入西藏，他走的是喜马拉雅山南侧通道，并不是从中国内地进入西藏的。从中国内地进入西藏有两条通道，一条经由四川，一条经由青海。从地理学上来讲，河口慧海的"西藏探险"，并未经过四川，当然就不可能把日本的《竹取物语》留在阿坝地区了。

四川《斑竹姑娘》形成的人文环境

否定大桥清秀、安藤和重、片桐洋一诸先生立论的前提，并不就是主张《斑竹姑娘》为《竹取物语》的源头。我们仅仅是辩明了一个基本的地理概念，认定这种假设其实是根本不能成立的。为了揭开两个文本之间的诸种迷惑，还应该对《斑竹姑娘》作如下几个方面的人文环境考察：

第一，《斑竹姑娘》的主体，是从斑竹中生养出的女主人公。前则从竹生殖信仰中已经辨明，把斑竹幻化为女性象征，源自中国的湖南地区，目前所见的《斑竹姑娘》传说，则流传于四川省的西北部。这一传说是从湖南传入四川的。这恰与中国历史上人口迁徙的方向相一致。近两千年来，湖南地区的居住民有过数十次向四川地区的大流动。当今许多四川居民，大都祖籍来自湖南。根据前述许多中国古文献的记载，中国自云南，经由四川、湖南，而达于江浙海滨，存在着竹生殖信仰地带。《斑竹姑娘》与前述的《夜郎侯之话》等一样，是以漫长的历史与广阔的区域中竹生殖信仰为基础而产生的，是由此种信仰衍化而生成的传说，不是偶然出现的孤立文化现象。

第二，中国自《诗经》以来，一直有文人在民间采风的传统，即民间收集各种口头传承，保存传世。20世纪新文化运动以来，民间的采风逐步趋于近代学术化，采集的材料对人文学科的研究也愈来愈具有价值。《斑竹姑娘》便是中国学者在四川西北部采集到的一则具有重大价值的民间传承。

梅山秀幸先生其大著《赫映姬的光与影》一书中，对《斑竹姑娘》采集作了如下的判断：

《斑竹姑娘》中明显地被介入了意识形态。例如作品中暴露了作为"土司资本家"的剥削实态,而且,把社会中的矛盾和斗争加以典型化。这是基于毛泽东《在延安文艺座谈会上的讲话》的基本路线而被编纂成的。本篇故事便是那个政治季节的产物。①

这个见解显然对中国文化中的民间采风传统有很大的误解。《斑竹姑娘》是一则民间故事,长期流传于川西北,其传说内容与《在延安文艺座谈会上的讲话》没有什么关系,倒是这则传说表现了民众在情爱婚姻中,谴责虚诈、追求真实的愿望,它在文化史学上具有重大的价值,反映了中国四川地区广泛的竹生殖信仰,并且表现了东亚文化在思维形式上的若干智慧之光。

第三,据日本学者冈村繁先生的考定,流传于中国四川西北部藏族羌族中的另一些民间传说,常常带有汉族文化的色彩。冈村氏以"札尔干判案"传说为例,加以说明:②

札尔干判案	汉族文献出典
争鸡案	与《南史》中傅琰"判鸡"类似
盗牛案	与《南史》中顾宪之"审牛"类似
羊皮案	与《北史》中李惠"审羊皮"类似
还牛案	与《唐书》中张允济"武阳审理"似

冈村先生的这一考定,多少说明了这一地区藏族文化的丰富性和复杂性——四川西部藏族集居区,并不是一个封闭的区域,它与以汉族为中心的中华各民族古老文化传统有着广泛的联系。

第四,使研究者感到困惑的还有,一则中国内陆的传说,在古代真能够传入日本吗?

当然,我们现在并没有什么确凿材料能够证明《斑竹姑娘》真的传入了日本。但是,如果能够超越一个民间传说本身而从中日文化之间更广阔的关系来考察,那么可以确证,古代中国的内陆文化,例如四川地区的文化传入日本,并不

---

① 梅山秀幸:『かぐや姫の光と影:物語の初めに隠されたこと』、人文書院、1991年。
② 所引表文见冈村繁:『中古文学と漢文学』(第2卷)、汲古書院、1987年。

是不可能的。

《万叶集》卷九有《登筑波岭为嬥歌之会日而作歌》，描写奈良时代大和地区的一种两性风俗。嬥歌一词，原见于《昭明文选》，而嬥歌之会，原本是中国巴蜀地区的风俗，男女互相手拉手，且歌且舞，中间穿插有两性的关系。这种活动多少具有原始宗教的意义，8世纪时已经从四川传入了日本，令人惊奇。

实际上，文化的传播力常常超出我们的想象。从中国西南部的云南，经由四川沿长江而东下，到达中国东部海滨，越海或到日本或到朝鲜。自古以来，一直存在着这样一条文化通道。有两个基本事实可以作为证明。

学术界许多人认为，亚洲的稻米生产，当起源于中国的云南，其向东辐射到东亚；向南辐射到南亚。目前在日本海沿岸的稻根出土了公元前2世纪左右的炭化米粒，是已知日本最早的稻米遗物，测定为Japonica种。Japonica种是七千年前发源于云南的早期人类培育的稻种。这便是说，日本的稻作农艺，是由云南地区经由四川，沿长江东下，或由浙江、江苏，或由朝鲜半岛而传入。[①]

佛教史学研究者们又认为，早期佛教造像的传布有南北两条路线。其南路通道，则由印度经缅甸，进入中国云南，再由云南进入四川，沿长江而东下，最终到达日本[②]。

稻作与佛教，构成日本从蒙昧时代进入文明时代的两大支柱性标志，而它们进入古日本，竟然都与中国四川地区相关！

日本自古以来，漆工艺有很高的造诣。目前正仓院所藏的漆器物品，都十分的精美。日本漆工艺，是由"归化人"从中国经由朝鲜半岛传入的。20世纪对朝鲜古乐浪遗址古坟的发掘，出土了许多公元一二世纪的中国汉代的漆器，大部分为中国四川地区的制品。有的漆器上有"子同郡"这样的文字。子同，即四川梓橦之略写。

假如我们立足于这样深远和丰富的文化语境之中，那么我们便会明白，在古

---

① 关于中国云贵地区早期培育的稻米进入日本列岛的途径，拙著《中国文化在日本》，新华出版社，1993年，与《中国与东北亚文化交流志》，北京大学出版社，2016年等著作中已有较为详细的论考，有兴趣的读者可以参考。

② 关于佛教造像进入日本的途径，胡方平先生在《揭开麻浩崖墓佛像之谜》（1994年8月23日《人民日报》海外版）有较为集中的论述。拙著《日本藏汉籍珍本追踪纪实——严绍璗海外访书志》，上海古籍出版社，2005年，"在皇宫书陵部访'国宝'"一章中有相应的论述。

代东亚，远离中央的中国地方性文化，例如巴蜀文化，越海而东传日本，并不是不可能的。

福建地区的《月姬》传说

有研究者认为，在今本《竹取物语》的五人求婚故事之前，可能有一个作为母胎的三人求婚故事（物语），这便是《今昔物语》上的记载[①]。从日本本土文学的发展来说，这真是一个很有意思的见解。

事情真是非常凑巧，甚至使人感到不可思议。原来除了在四川有一个求婚五人故事的《斑竹姑娘》之外，在福建竟然还有一个求婚三人故事的《月姬》传说。这一传说中的女主人公月姬，是月亮中的仙女，她通过竹生殖而来到人世间[②]。

这则民间传说的采集者袁和平先生，当时为福建省文联主席。1987年他作为北京大学"中国作家讲习班"的学员，在听完了我的"中日文学关系研究"这一课程后，在提交的"听课报告"中，记述了福建地区流传的如下一则传说：

> 有一位伐竹的樵夫，一次听到竹中有哭泣的声音，于是便把竹子劈开，从中跳出一位小女子，自称是从月界来的。樵夫遂给她起名叫"月姬"，十数年后，月姬便出落为一位美人。
>
> 待月姬长大之后，便有读书人、猎人和杂技人来求婚，可是，月姬不愿意嫁人。于是，她便要求读书人去改写全部的《论语》，要求猎人射落院子里桐树上的全部叶子，要求杂技人从雷州山上取回雷神的大鼓。
>
> 三人都未能办成这些事，悻悻而退。月姬便与樵夫愉快地生活着。[③]

在这则流传于福建的传说中，女主人公在解决求婚纠葛时，采用了出难题的

[①] 《今昔物语》的记叙，见『日本古典文学大系』（卷9）、岩波書店、1971年。

[②] 关于四川阿坝地区斑竹姑娘的故事，参见田海燕编著：《金玉凤凰》，少年儿童出版社，1961年。

[③] 袁和平先生提供的这则中国福建月姬民间传说，我已经把它载入同年刊出的《中日古代文学关系史稿》第四章，湖南文艺出版社，1987年。日本学者山田博（20世纪90年代为日本新潟大学文学部教授）特地来华访问，商谈由日本国际交流基金提供相应费用展开关于这一则民间神话的田野考察与文献研讨，或许由此也可以看出这则民间神话对推进日本《竹取物语》的研究所具有的积极价值。

方法，从而使求婚者达不到目的，并使自己摆脱困境。传说在表现女性处理婚姻时的机智与聪明方面，则与日本的《今昔物语》《竹取物语》，以及中国四川的《斑竹姑娘》几乎完全相同。古代中日女性在思维形态上似乎存在着同一性。

《月姬》传说有两点十分值得注意。

第一，女主人公月姬向求婚者提出的三个难题，与《今昔物语》中的"竹取"故事相比，有相近之处。

	《月姬》	《今昔物语》《竹取物语》
第一难题	改写《论语》	取空鸣雷
第二难题	射落树叶	取优昙花
第三难题	取雷神大鼓	取不打自鸣之鼓

在上述三个难题中，第一题并不相同，第二题的具体内容虽然并不完全相同，但都可以归为以植物为难题类，第三题则要求内容相同，而《月姬》的第三题与《今昔物语》的第一题内容却也相通。

第二，片桐洋一先生曾提到，在今本《竹取物语》之前，似乎还应该有一个竹取翁自己与赫映姬婚配的《竹取物语》原话存在。这个假设是很有想象力的。中国福建的这个传说，其结尾处女主人公并未回归月亮，更无飞升的情节，月姬在摆脱了求婚者的纠缠之后，便与樵夫愉快地生活着，这个结尾似乎给我们重要的暗示，这个暗示与片桐先生的推测不谋而合。如果真是这样的话，《月姬》这则传说便有了很悠远的古老性。

五个难题的考察

如果拿《竹取物语》与《斑竹姑娘》比较，求婚难题异同的状况，与《今昔物语》和《月姬》之间的状态基本相似。

	《竹取物语》	《斑竹姑娘》
第一求婚者	石作皇子取天竺佛的石钵	土司儿子取缅甸的黄金钟
第二求婚者	车持皇子取蓬莱的玉枝	商人之子取玉树之枝

（续表）

	《竹取物语》	《斑竹姑娘》
第三求婚者	阿倍右大臣取火鼠之皮衣	衙司之子取火鼠之裘
第四求婚者	大伴大纳言取龙颈之玉	臆病幻想者取海龙额之分水珠
第五求婚者	石上中纳言取燕之子安贝	傲慢之青年取燕窝之金卵

上述两个不同文本中的难题显示，中日两则故事中的女主人公在处理求婚这一课题时，事实上具有共同的思维形式，她们虽然地隔数千里之遥，然而所提出的难题却早已超越国界，具有互相对应的关系。当代的读者甚至会怀疑她们在出题之前，是否曾经互相会面商讨过？

五个难题，可以归为三个文化系统。

第一，佛教文化系统的难题。

属于这个系统的是她们向第一位求婚者提出的难题。钵与钟都是佛教修行者常用的食器，进而把僧尼立于各户门前诵经化缘而接受米钱等施舍的活动，称为"托钵"。"钵"，梵文做 patra，汉文译作"钵多罗"。俗称的钵，便是钵多罗的略称。"钟"，梵文作 ghanta，此为做佛事者所必备的音响用具。这一道试题的难点，不在于取钵和取钟，而在于要取得这些佛事用具必须去天竺和缅甸。这对于当时居住在日本的人和对于居住于四川的人，简直是不可想象的。这道难题也透露出当时中日这两则故事中的女主人公对于佛教的起源地与佛教的转播路线，具有相当的知识。

第二，中国华夏族文化系统的难题。

属于这一文化系统的是从第二题至第四题，能够提出这样问题的女性，应该说是具有相当好的汉文化底蕴。

第二题中，赫映姬向她的求婚者车持皇子提出取蓬莱之玉枝。此题应来源于秦汉时代方士们关于蓬莱的传说。《列子·汤问篇》有以下记载：

渤海之东，不知几亿万里……其中有五山焉。一曰岱舆……五曰蓬莱。其上台观皆金玉，禽兽皆纯缟。珠玕之树皆丛生，华实皆有滋味。

这里描写的蓬莱山有金屋玉枝，当然这是方士们编造的永生不死的幻想，赫映姬却以此作为试题,这正是她学识丰富、智慧机敏的表现。

　　第三题的内容事涉火鼠之皮衣。皮衣在汉语中也称为"裘"。中日两则故事中的女主人公所出的这一难题完全相同。所谓的火鼠之裘是中国南部地区的传说,最早见于汉代东方朔《神异经》中。其文曰:

> 南方之外有火山,昼夜火燃,火中有鼠,重百斤,毛长二尺余,细如丝,可以作布。恒居火中,时时出外而毛白,以水逐而沃之,乃死,取其毛,缉织为布。

　　同样的传说还见于《太平御览》辑录的《吴录》中。有学者把这一传说中的火鼠毛织成的布称为"火浣布",这是一种误解。所谓"火浣布"则是指石棉。这里说的火鼠之裘,是中国华夏族古老的传说,其实并无实物,所以是永远也不可能取到的。

　　赫映姬与斑竹姑娘提出的第四道题是欲取龙颈之玉与海龙额上之珠。在金石学说中,玉与珠为同一类物。在中国上古文化中,欲取"龙首之珠玉"是一个比喻,意为一个危险的行动、一个有可能使自己覆灭的鲁莽之举。此喻出自《庄子·列御寇》中,其文曰:

> 夫千斤之珠,必在九重之渊,而骊龙颔下,子能得珠者,必遭其唾也。使骊龙而悟,子尚奚微之有哉!

　　此话的意思是说,价值千金的珠玉,必在骊龙的颔下,而骊龙又处于九重之深渊。若要取得这个珠玉,必待骊龙昏睡之时;若骊龙醒悟,岂不为它所吞食?窃珠玉者便不复存在了。当年庄子用这一"骊龙取珠"来说明宋国国王的残酷,同时也创造了一个生动的比喻。这个比喻又被古代中日两则故事中的女主人公用来摆脱自己婚姻的困境,真是充满了传奇性。

　　第三,中日生活中的知识系统。

　　属于这一文化系统的是最后的一道题。两位女性提出的燕之子安贝与燕窝之金卵都是不存在的。但是这个难题又是以现实生活作为基础。子安贝是一种生活于海洋中的腹足类的贝,因其形似女阴,古代一直延续着原始的生殖器崇拜心态,所以在长时期内,它便成为中日女性的吉祥物。特别是妇女在生养孩子时,常常握在手中，祈求平安。世上有子安贝，但没有燕之子安贝。同样的是，这里的燕窝虽不是中国人现在养生的滋补极品，只是普遍存在的燕之窝，但燕之窝中何来金卵之有？就是要难倒应试者而已。这一难题是从普通生活中来，又加以敷衍夸张，使受试者似是而非，不得要领，终而失败。

中国与日本列岛上关于同一主题的这两组物语的此种对应关系，必然会引起研究者的分外关注。二者之间的渊源关系，虽然尚无足够的材料加以佐证，故难以完全断言；但我们至少可以这样说，古代东亚地区的女性，在面对求婚这一人生重大课题时，似乎具有共同的智慧。

上述这些层面的阐述，意在揭示作为日本古代物语文学之祖的《竹取物语》发生过程中的若干文化语境。这些文化语境为文学史家所不经意地忽略，然而或许正是这样复杂多元的文化语境创造出了流传千余年的这样一些故事的原生态。本书并不是终极的报告，尚有若干层面正在研讨之中。但仅仅依据这些原生态，已经可以提示读者在阅读像《竹取物语》这一类文学文本时，应该关注如下的基本事实：

第一，《竹取物语》的本源，并不是一个完整意义上故事。例如《物语》的开首与结尾，事实上是两种或两种以上并不相同的信仰传说，现在的组合是在流传中逐渐渗透与融合的结果。

第二，这些故事的编撰者（即主讲传话者），不可能是日本列岛上原始的先住民。《物语》著者的祖先或他们本身一定与秦汉归化民或新汉人具有某种血缘关系。

第三，在10世纪由假名文字写定的《物语》文本，并不是这部作品最早的文本。事实上应该存在着比假名文本更早的汉文文本。汉文本可能有几种故事叙述，主要是供宫廷女官们阅读消遣，在这样的过程中，故事中向女主人公求婚的男主角开始被编排为宫廷贵族中几个真名真姓的人了，文本逐步趋于一致，并逐步由宫廷女官运用通行不久的假名写定。

第四，这一《物语》的最后成型，提示了在日本文学形成与发展历史上，在叙事文学领域中,从它的开端就是以文化变异体的形态出现。[①]

正是在这样的意义上,我们可以把《竹取物语》视为研究东亚古代文学发生过程中具有经典意义的作品。

[①] 文化变异体是我们主张的文学发生学观念中具有根本性意义的范畴之一。有兴趣的读者可以阅读笔者自1985年刊出《日本"记纪神话"变异体的模式与形态及其与中国文化的关联》(《中国比较文学》1985年第1期,又载于《北京大学哲学社会科学优秀论文选》第3卷1987年)以来的如《中日古代文学关系史稿》(1987年)、《比较文学视野中的日本文化》(日文版2004年)、《比较文学与文化"变异体"研究》(2010年)等的相关论著。

日本平安文坛上的中国文化[①]

平安时代是日本文化史上辉煌时期，在从律令制向贵族制的历史转变中，创造了不仅是当代杰出的文化成就，而且其中所内蕴的力量一直成为日本文化的基本精神。在这个时代的前期，中日文化有过炽热的相互交会；在这个时代的后期，日本文化又以冷峻的态势，在审视中融入中国文化。这四百年间所积聚的精神文明，深刻地表现了中日文化相互会合而产生的成果。

从9世纪到12世纪，中国的白居易文学经由日本贵族知识分子和学问僧侣传入日本，日本文坛由此而刮起了"白旋风"，历四百年而不衰。它构成了中古时期中日文学交融的最主要的内容。日本中古时期的文学，正是在这种交融中，形成了它自己发展史上的第一次高潮。

17世纪初期，日本学者那波道圆在元和四年（1618）日本刊印的活字版《白氏文集》的"后记"中，曾经这样描写过当年白居易文学在日本传播的状况：

[①] 本文原载于《中国与东北亚文化交流志》，北京大学出版社，2016年。

> 呜呼，菅右相者，国朝诗文之冠冕也，渤海客睹其诗似乐天，自书为荣。岂复右相之独然哉而已矣哉！昔者国纲之盛也，故世不乏人，学非不粹，大凡秉笔之驶，皆以此为口实。至若倭歌、俗谣、小史、杂记、暨妇人小子之书，无往而不沾溉斯集中之残膏剩馥，专其美于国朝，何其盛哉！

对日本中古时代的文人来说，白居易文学并不只是作为一种异国的文学珍品供人鉴赏，它更多的是作为一种文学创作的楷模，供作家们在自己的创作活动中仿效。这一时期的日本文学作品——日本汉诗、和歌、物语、日记等，几乎在文学的一切样式中，都在不同的程度上显露了模拟白居易文学的痕迹。

一、白居易文学传入日本的一般性考察

根据中日双方保存的文献史料，可以推断，白居易文学大约是在9世纪中期传入日本的，其时为日本平安时代的初期，中国唐代文宗、武宗、宣宗年间。

《白氏文集》是白居易生前亲自参与编定的。他在唐会昌五年（845）所撰写的《文集自记》中说：

> 《集》有五本……其日本、新罗诸国及两京人家传写者，不在此记。

会昌五年，时白居易74岁，当时诗人自己已经知道，他的集子已经流传于外国，而所举为首者，即是日本，次为新罗。白居易的这个自述，如果与日本的文献相佐证，那么，便可以描绘出他的文学传入日本的大致轮廓了。

12世纪日本的《江谈抄》记载了嵯峨天皇（809—823在位）与文臣小野篁之间论白居易《春江》一诗的趣闻：

> "闭阁惟闻朝暮鼓，上楼遥望往来船"。行幸河阳馆，弘仁御制。《白氏文集》一本诗，渡来在御所，尤被秘藏，人无敢见。此句在彼集，睿览之后即行幸，此观有此御制也。召小野篁令见，即奏曰："以'遥'为'空'最美。"天皇大惊，敕曰："此句乐天句也，试汝也。本'空'字也。今汝诗情与乐天同也者！"

日本嵯峨天皇与他的文臣小野篁在此处所讨论的白居易的诗句，原出《春江》之中。其原诗是这样的：

> 炎凉昏晓苦推迁，不觉忠州已二年。
> 闭阁只闻朝暮鼓，上楼空望往来船。
> 莺声诱引来花下，草色句留坐水边。
> 唯有春江看未厌，萦砂绕石渌潺湲。

当时，嵯峨天皇藏《白氏文集》一部于秘府，视为"枕秘"，私好诵之。他认为袭用白居易的诗句是无人能知晓的。孰料小野篁却点出了他的"奥秘"，指出了他对白诗的一字改动。这件事表明，白居易的诗作，当时不仅在皇宫内，而且在贵族朝臣中，已有一定的流传。至于小野篁本人，无疑是一位熟读白居易文学作品的文臣，《江谈抄》的另一则记载，便证实了这一点。

> 嵯峨天皇尝幸西山离宫，仲春之倾，命小野篁作诗。篁赋诗得句曰："紫尘嫩厥人拳手，碧玉寒芦锥脱囊"。帝深为激赏，进为宰相。

文臣小野篁在西山离宫所赋的这两句诗，虽然使天皇十分激动，但其实并不完全是小野篁的独创。这一联句是从白居易的诗"蕨嫩人拳手，芦寒锥脱囊"推化而成的。

日本《江谈抄》所记的嵯峨天皇与小野篁之间的这些有趣的诗会，事在日本弘仁元年（810），时白居易39岁，为京兆户曹参军。这就是说，当白居易本人与元稹正在编纂《白氏长庆集》时，白居易的诗文就已经在日本的宫廷里流传了。这些诗文，便是8世纪末与9世纪初来华的日本留学生和学问僧带回本国的。如弘法大师（空海）曾于9世纪初在中国学习密教，其间曾研读过数量众多的唐诗，著有《文镜秘府论》。早期白居易诗文的传入，当与他们有关。

日本正史上首见有与白居易相关的记载，则是879年编撰成的《文德实录》。其卷三"承和五年"（838）曰：

> 太宰少贰藤原岳守检唐船，得《元白诗笔》献，因功叙位。

日本承和五年，当白居易67岁，官居太子少傅。《文德实录》记载中的这部《诗笔》①，当时白居易与元稹两人诗文的合集。其中有一点很值得注意，这便是藤原岳守由于检查中国船得了这本《元白诗笔》，竟然因功叙位，得了一个"五位上"。这件事表明当时的日本朝野竟是如此高度地重视白居易文学的价值，反映了他们希望获得白居易作品的迫切心情。

据《入唐求法巡礼行记》及《头陀亲王入唐略记》的记载，9世纪中期日本遣往中国的学问僧惠萼，于日本承和八年（841）至贞观五年（863）曾先后三次到中国，其中在唐武宗会昌四年（844）第二次入唐时，他在苏州的南禅院，亲手抄录了《白氏文集》三十三卷。此为《白氏长庆集》的一部分，于承和十四年（847）携带回国。《白氏长庆集》因此而传入日本。此本在日本室町时代被收藏于著名的金泽文库。卷三十三后有"题语"曰："会昌四年五月二日夜，奉为日本国僧惠萼上人写此本。"

与惠萼归国同一年，日本著名的"入唐八家"之一的慈觉大师圆仁，也从中国长安回日本。他带回的经论章疏传记共584部，其目编为《入唐新求圣教目录》及《慈觉大师在唐送进录外书》各一卷。其中在《入唐新求圣教目录》中，有"《白家诗集》六卷"。在《慈觉大师在唐送进录外书》中，有"《任氏怨歌行》一卷，白居易"。前者当为白居易诗的一个写本，后者当为白居易单片诗作的写本。但此诗不见今本《白氏长庆集》与《全唐诗》，其零星残句保存于10世纪日本大江维时所编撰的《千载佳句》二卷中。②

现在保存的日本最古老的完整的汉籍藏书目录，是9世纪末藤原佐世编撰的《本朝见在书目录》。此《目录》登录了当时日本中央各文化机构所收藏的汉籍。它在《别家类》中著录："《白氏文集》七十卷。《白氏长庆集》二十九卷。"这两种本子，前者当是《白氏长庆集》五十卷，与《后集》二十卷的一个合本；后者当是《后集》二十卷、《续后集》五卷及其他写本中辑录的"补遗"合并而成。也就是说，在9世纪后期，白居易去世不久，迄今流传的《白氏文集》的全部诗笔，都已经在以皇家为首的日本官僚知识阶层中流传了。

---

① 17世纪日本的国学家本居宣长在其《玉胜间》一书中，曾引用此材料，并指"诗笔"为"诗集"之误。其实，"诗笔"一词是中国六朝以来的通行语。称"诗"为"诗"，称"文"为"笔"。白居易在《白氏文集》的"后记"中自曰："前后七十五卷，诗笔大小凡三千八百四十首。"

② 参见严绍璗《日本〈千载佳句〉白居易诗佚句辑稿》，载中华书局《文史》第23辑。

10世纪之后，日本的私家藏书中，屡见有《白氏文集》的收藏。一条天皇宽弘三年（1006），当时的左大臣藤原道长在其《御堂关白记》中，记载了中国宋代商人曾令文，曾赠给他《白氏文集》一部。藤原道长当时位处"关白"，挟制天皇，权倾朝廷，而中国商人却以《白氏文集》见赠，可见在11世纪，即日本已经停止向中国派遣"遣唐使"一百年后，白居易文学在日本的社会上还是那么的受人尊重。

　　实际上，在日本整个中古时代，白居易和他的文学，一直受到世人的敬仰。这一时代的日本几任天皇，都有较好的白居易文学的教养。嵯峨天皇与白居易文学的关系，已见前述。10世纪初声名显赫的醍醐天皇（897—930在位）曾经作诗描述当时的文坛，诗末自注曰："平生所爱，《白氏文集》七十卷是也。"① 日本《皇朝史略》引《盛衰记》记事，讲述高仓天皇（1167—1179在位）与白居易诗文的逸事。据说曾有人献枫树与天皇，天皇极爱之。一日，仕丁暖酒，剪取此枫树枝而为柴薪，官员大惊，收仕丁，将置之罪。高仓天皇闻此事，则从容曰："唐诗有句'林间暖酒烧红叶'，谁教仕丁作此风流？"遂不复问。此处高仓天皇所吟的"林间暖酒烧红叶，石上题诗扫绿苔"，出自白居易诗《送王十八归山寄题仙游寺》。这一则记载，在日本的文坛上，一直作为白居易文学熏陶了一代君王宽厚仁德和倜傥胸怀的佳话，流传至今。

　　事实上，从嵯峨天皇时代开始，宫廷就设置了《白氏文集》的侍读官。学习白居易诗文与学习儒学经典一起，被认定为日本天皇必备的修身养性的课程。在宫廷侍讲《白氏文集》的讲读官，他们是世代相传的。平安时代有名的大江一族，便累世垄断着天皇的《白氏文集》侍读官的职务。日本《江吏部集·帝德部》记载这一情况曰：

　　　　江家之为江家，白乐天之恩也。故何者？延喜圣代，（大江）千古、维时父子共为《文集》侍读。天历圣代，维时、齐光父子共为《文集》之侍读。天禄御宇，齐光、定基父子共为《文集》之侍读。爰当今盛兴延喜、天历之故事，而匡衡独为《文集》之侍读。

　　在整个10世纪，大江家是日本汉文学界十分活跃的一族。自大江千故伊始，

---

① 诗收于日本《菅家文草》卷一三，日本古典文学大系本，平凡社。

在延喜年间（901—922）为醍醐天皇的文学侍从，经历村上天皇（946—966在位）、圆融天皇（968—983在位）而至大江匡衡为一条天皇（986—1010在位）的文学侍从，祖孙五代，相继在宫廷向天皇进讲《白氏文集》100余年，世代相袭，连绵不绝。江家以白居易文学而得以显贵；白居易文学也逐渐成为专门化的知识，对它的研究，形成了"家学"。

正是在皇室的推动与提倡之下，白居易文学成为宫廷大臣必备的文学修养，在公务活动中吟诵白诗是显示高雅的一种形式。宇多天皇与醍醐天皇时期的三品大臣菅原道真记当时事曰：

> 予为外吏，幸为内宴，装束之间得预公宴者，虽有旧例，又殊恩也。王公依次行酒，诗臣、相国以当次，不可辞杯。予前，伫立不行，须臾吟曰："明朝风景属何人"。一吟之后，命予高咏。

在天皇主持的内宴上，必当咏吟汉诗。菅原道真所咏"明朝风景属何人"一句，出自白居易诗《答元奉礼同宿见赠》，诗曰：

> 相逢俱叹不闲身，直日常多斋日频。
> 晓鼓一声分散去，明朝风景属何人。

菅原道真是一位谙熟白诗的汉文学家，他以深厚的汉文化修养，官至右大臣之尊。他在内宴上所吟白诗，与当时的情景相当，故天皇命其"高咏"，以示首肯。王公大臣们的此种崇尚白居易的心态，蔚成风气。今存有10世纪宰相高阶积善、兼明亲王和文人藤原为时三人以"梦交白居易"为题材的诗作：

高阶积善：《梦中同谒白太保元相公诗》

二公身化早为尘，家集相传属后人。
清句已看同是玉，高情不识又何神。
风闻在昔红颜日，鹤望如今白首辰。
容宛然俱入梦，汉却月下水烟滨。

兼明亲王：《和高礼部再梦唐故白太保之作》

古今词客得名多，白氏拔群足咏歌。

思任天然沉极底，心从造化动同波。
中华相雅人相惯，季叶颓风体未讹。
再入君梦应决理，当时风月必谁过。

藤原为时：《再和前声》两地闻名追慕多，遗文何日不讴歌。

系情长望遐方月，入梦终腧万里波。
露胆虽随天晓隔，风姿未与图影讹。
仲尼昔梦周公久，圣智莫言时代过。

（《本朝丽藻》）

这三首诗，可以说是淋漓尽致地描写了当时日本的知识界对白居易的仰望之情，甚至以仲尼梦周公相比喻，并喜庆自己在梦中所见的白居易，竟然与自己想象中的白居易相仿佛，真是"日有所思，夜有所梦"了。这样的思慕与崇敬，似乎已经超出了白居易在国内所享有的声誉了。

特别值得注意的是，在当时的日本知识分子中间，出现了研究白居易的专门性结社。据日本《山城名迹巡行志》[①]的记载，说"西京有白乐天社"。西京即今京都。如果这一记载可靠的话，那么，在10世纪前后，日本学术界便出现了最早的研究中国文学的社团。这件事对中日文化关系史、中国文学史和日本文学史，以及日本汉学史等，都具有十分重要的意义。

现在有可靠的文献作证的，则是当时出现了一种模拟白居易人格风骨的诗会，依旧袭用白氏旧称，曰"尚齿会"：

尚齿会，唐会昌五年（845）三月二十一日，白乐天于履道坊始行之。我朝贞观十九年（877）三月十八日，大纳言年名卿于小野山庄[②]始行。

（《古今著闻录·文学部》）

日本《扶桑略记》在"贞观十九年三月"条下，亦记其事曰：

同月，大纳言南渊朝臣年名，社尚齿宴。

[①] 《山城名迹巡行志》为《京都丛书》第七册。
[②] 小野山庄，后为赤山明神社址，即今京都市左京区修学院町之北侧。

"尚齿"一名，始出《礼记·祭义篇》。其文曰："有虞氏贵德而尚齿"。白居易晚年开设一种以诗会友的宴筵，世称"尚齿会"。唐会昌五年，白居易年74，创"七老会"，曰"胡、吉、郑、刘、卢、张等六贤，皆多年寿，予亦次焉。偶于敝居，合成尚齿之会，七来相顾，既醉甚欢。""尚齿会"之名，于是行于世。日本平安时代的知识分子，曾多次仿其制而举行诗会，恰是一种白诗的"文艺沙龙"。阳成天皇贞观十九年，大纳言南渊年名，时年76岁，官品正二位，于京都小野山庄始设"尚齿宴"，参加者有大江音人、藤原冬绪、兼原是善、文室有真、菅原秋绪、大中臣是直六人，也为"七老会"。后来，菅原道真在小野山庄追记此次盛会时有诗曰：

逮从幽庄尚齿宴，宛如洞里遇神仙。
风光惜得青阳月，游宴追寻白乐天。
占静不依无影树，避喧犹爱有声泉。
三分浅酌花香酒，一曲偷闻葛调弦。
抚杖将供扶醉出，留车且待下山旋。
每看吾老谁胜泪，此会当为恼少年。

这样的诗会，虽然可能会惹恼了少年才子，但它对于白居易文学在日本知识界的传播，特别是将白居易文学融会于日本文学的创作，无疑是极有意义的事情。每次"尚齿会"都有诗作，可惜失散的不少。现存《粟田左府尚齿会诗》一卷，是日本圆融天皇安和二年（969）大纳言藤原在衡在粟田山庄举行的"尚齿会"上，与会者所作的诗集。

总之，从9世纪中期白居易诗文传入日本之后，作为一种异国文化，它引起了以天皇为首的日本整个官僚知识阶层备方面人士的心灵上的震动，出现了一股历久不衰的"白诗热"，从而在日本中古时代文学的各个领域，都留下了深刻的痕迹。

二、日本平安文坛上的"白体诗"

以汉诗为主体的日本汉文学，自9世纪中期以来，有了一个很大的发展。仅

814—827年的13年间，便先后出现了《凌云集》《文华秀丽集》和《经国集》这样三部大型的敕撰汉诗文集。此外，尚有《本朝文粹》《本朝无题诗》等汉诗文集。在作者方面，也已经从早期的以汉族归化人为主，发展成以日本血统的诗人为主。在诸多的发展中，使这一时代的日本汉诗具有了生命之力的，则是汉诗诗风的大变貌——日本汉诗开始走出宫廷的殿堂，它不再仅仅只是歌舞升平的祝词，而是以诗人自身生活经历中的感受为基础，表现人世间的感情。

促使日本平安时代的汉诗发生变化的因素很多，下面几项是至关重要的：

——在"摄关政治"下，一部分贵族知识分子在现实的生活中感到了自身的危机，从而开始关注民生的一些问题；

——前代文学经验的积累，逐步改变了关于汉诗的意识，促使汉诗向言志抒情的方向发展；

——汉诗的艺术技巧逐步提高，弘法大氏在这一时期撰写的《文镜秘府论》等，论述了汉诗的声韵、对偶等理论，直接为日本的汉诗人提供了创作方面的理论修养；

——由于当时的汉诗人，几乎一致地在感情上和在艺术上倾向于白居易文学，这为他们自身的创作获得了一个良好的模拟范本。他们拈取白诗中丰富的"意象"①，融会贯通，连缀成篇，从而使日本汉诗发展中的上述诸种潜在的变革因素，有了适当的实践条件。

或许可以说，白居易文学的东传，是推动日本平安时代的汉文学发生变化的触媒剂。在这一时代的汉文学史上，日本诗人们拈取白居易诗歌中的定型化的"意象"而创作的诗丰富多彩，我们把这些作品统称之为"白体诗"。

"白体诗"是日本汉诗中一种特殊的形态——它带有对白居易诗的若干模拟痕迹，又是在模拟中创作的一种诗。

"白体诗"可以分列为三种主要的形态。

---

① 学术界关于"意象"的理解各不一致。此处说的"意象"，指的是在诗歌创作中，诗人进行思考和感觉的一种方式，是诗歌形象的活跃元素。诗歌创作是以"意象"经营为基本方针的，它与语言的运用息息相关。唐代诗歌的繁荣，标志着中国诗歌语言的纯熟化。诚如王安石所说："世间好言语，已被老杜道尽；世间俗言语，已被乐天道尽"。随着诗歌语言的纯熟化，便是诗歌"意象"的进一步丰富。白居易文学无疑是这两方面的代表，这便是它对日本文学影响最深刻之处。

第一类是以白居易诗歌的形体为范本，模拟而创作日本汉诗，称之为"仿体诗"。

"仿体诗"是对白居易文学艺术外部形态的模拟。

白居易有3000余首诗作，这些作品几乎是全面地展示了唐代诗歌的所有的形态。平安时代的汉诗人，有许多人刻意模拟白居易诗歌艺术的这种多姿的外部形态。

"仿体诗"中，除了常见的五七律诗外，最可注意的便是"排律"的出现。所谓"排律"，简言之即为律诗长句。这种形式的诗，在提炼感情的同时，可以容纳较多的内容。在唐代的诗人中，杜甫在"排律"的创作方面，最具功力。白居易虽然并不真正工于排律，但是，他的从四十韵到一百二十韵的长诗，也确实显现了他在文学上的造诣。

在日本的汉诗中，余良时代的作品都是十分短小的。《怀风藻》中的作品，七言律诗仅是不多的几首，大多数是五言四句，或五言八句的短诗。律诗长句是在白居易诗作传入日本之后才逐渐出现的。菅原道真是第一位模拟白诗排律的日本汉诗人。他的《新月》为二十韵，而《叙意》一诗，竟也长到了一百韵了。此后，在《本朝文粹》中，"排律"和"长韵"就很多了。

在这些仿白体的长韵诗中，有两种别致的诗体，值得注意。一种是"定格联章"，一种是"长短句"。

所谓"定格联章"，便是以固定的格局，若干章相联，用来记事或叙意。这是白居易创作中常见的一种诗体。

例如《劝酒十四首》，这是由《何处难忘酒（七首）》与《不如来饮酒（七首）》联合组成的，每一组都采用了"定格联章"的诗型：

何处难忘酒（七首）

何处难忘酒，长安喜气新。初登高第后，乍作好官人。
省壁明张榜，朝衣稳称身。此时无一盏，争奈帝城春。
何处难忘酒，天涯话旧情。青云俱不达，白发递相惊。
二十年前别，三千里外行。此时无一盏，何以叙平生。
何处难忘酒，朱门羡少年。……

不如来饮酒（七首）

莫隐深山去，君应到自嫌。齿伤朝水冷，貌苦夜霜严。
渔去风生浦，樵归雪满岩。不如来饮酒，相对醉厌厌。
莫作农夫去，君应见自愁。迎春犁瘦地，趁晚喂羸牛。
数被官加税，稀逢岁有秋。不如来饮酒，相伴醉悠悠。
莫作商人去，恓惶君未谙。……

此种"定格联章"诗体，在声韵节奏上平滑流畅，这是在中国民歌的基础上，逐步韵律化的结果。这种诗体，叙意记事，便于咏唱。在白居易的这种诗体传入日本之后，逐渐为平安时代的汉诗热所模拟。

何处春深好，
—————
春深富贵家。
＝＝　　＝
马为中路鸟，
妓作后庭花。
　　　　＝
……
何处春深好，
—————
春深贫贱家。
＝＝　　＝
荒凉三径草，
冷落四邻花。
　　　　＝
……
何处春深好，
—————
春深执政家。

何人寒气早，
—————
寒早还走人。
＝＝　　＝
案户无新口，
寻名沾旧身。
　　　　＝
……
何人寒气早，
—————
寒早浪来人。
＝＝　　＝
欲避逋租客，
还为招责身。
　　　　＝
……
何人寒气早，
—————
寒早老鳏人

```
= =    =                    = =    =
凤池添砚水,                  转枕双开眼,
鸡树落衣花。                  低檐独卧身。
       =                           =
……                          ……
（共二十章）                  （共十章）
    白居易:《春深》              菅原道真:《寒早》
```

"早行诗"是中国古诗常用的题材,近体诗中也不乏其例,如王观《早行》、温庭筠《商山早行》、齐己《江行晓发》等。但从诗体上来说,那么,毫无疑问,日本平安时代的菅原道真的《寒早》十首,是模拟和融合了白居易的《春深》二十首而创作的。这是典型的"白体诗"中的"仿体诗"。这种"定格联章"型的"仿体诗"的出现,使日本汉诗在描摹社会民生方面有了较大的灵活性。

此外,这一时期中,"仿体诗"中的"长短句"的出现,也是应该充分注意的。所谓"长短句",便是"词"。"词"在白居易的时代还并不发达,但白居易作过"词",则是确实无疑的。今存《忆江南》三首即是。词曰:

忆江南,
风景旧曾谙。
日出江花红胜火,
春来江水绿如蓝,
能不忆江南?

忆江南,
最忆是杭州。
山寺月中寻桂子,
郡亭枕上看潮头,
何日更重游?

忆江南,

其次忆吴宫。
吴酒一杯春竹叶，
吴娃双舞醉芙蓉，
早晚复相逢。

"词"在唐代是可以吟唱的流行歌曲。白居易的这三首《忆江南》画面艳丽，意象生动，形景逼真。若低回吟唱，使人沉醉其中。所以，此词一旦传入日本，汉诗人便起而仿效。在中国文学史上，白居易并不是"词"的开创者，但在白词的刺激下而出现的日本"仿体诗"中，却因此而创造了诗体的新形式，成为日本"汉词"的起源了。

日本平安时代的兼明亲王，有《忆龟山》二首：

忆龟山，
龟山久往还。
南溪夜雨花开后，
西岭秋风叶落间，
岂不忆龟山？

忆龟山，
龟山日月闲。
冲山清景栈关远，
要路红尘毁誉斑，
岂不忆龟山？

《本朝文粹》卷一

兼明亲王在题前有自注曰："效江南曲体"。在唐代歌诗中，"江南曲体"形态各别，唯白居易《忆江南》，为"三五七七五"句型，与《忆龟山》此词型一致。兼明亲王的《忆龟山》，是现在已知的最早的日本汉词。此种白诗"仿体诗"的出现，扩大了日本汉诗的表现领域，增添了新的艺术形式。

第二类是采摘白居易诗歌的诗句，融入其诗作中，称之为"仿句诗"。

从文学创作上说，"仿句诗"并不只是一种修辞方式，它是摘取白居易诗歌的某一意象，借用诗人所积累的美感经验，以此来精炼和纯化自己的创作。

以白居易的诗句入诗的形态，有的比较单纯。例如菅原道真所作《不出门》诗，与白居易诗《香炉峰下新卜山居草堂初成偶题东壁之三》之间的关系，即是一例：

一从摘落在柴荆， 万死竞竞局蹐情。 都府楼才看瓦色， ————— 观音寺只听钟声。 ————— 中怀好逐独云去， 外物相逢满月迎。 此地虽身无检系， 何为寸步出门行。 　　菅原道真：《不出门》	日高睡足犹慵起， 小阁重衾不怕寒。 遗爱寺钟欹枕听， ————— 香炉峰雪拨帘看。 ————— 匡庐便是逃名地， 司马仍为送老官。 心泰身宁是归处， 故乡何独在长安。 　　白居易：《偶题东壁》

日本《史馆茗话》曰："此诗中菅公之至情，历历可见，而'都府楼''观音寺'一联，公亦自认甚似乐天也。"其实，这一联便是摘取白居易的诗句"遗爱寺钟依枕听，香炉峰雪拨帘看"而入诗的。这种"仿句诗"，采用融合白居易诗歌中一组定型化了的"意象"，根据诗人在此时此地的情感和心态，化入自己的创作之中。摘取的"意象"虽然只是一组，但却是"立片言以居要，乃一篇之警策"[①]。白诗的这一组"意象"，在日本汉诗中，常常构成为"警策"，又谓之"诗眼"。

另一类"仿句诗"要复杂一些。这可以岛田忠臣的《春日雄山寺远望》和《台山绝顶》与白居易的《春日题乾元寺上方最高峰亭》相比较来加以阐明。

不是山家是释家， 危峰远望眼光斜。　　A	危亭绝顶四无邻， 见尽三千世界春。	A B

---

① 语出陆机《文赋》。

今朝无限风轮动，
吹绽三千世界花。　　B

《台山绝顶》

====

胫韝手杖汗难收，
惆怅贵热无到日，　　C
只今犹合傲王侯。　　D

岛田忠臣：

《春日雄山寺远望》

（《田氏家集》，见《群书类从》本）

但觉虚空无障碍，
不知高下几由旬。
回看官路三条线，
却望都城一片尘。
宾客暂游无半日，　　C
王侯不到便终身。　　D
始知天造空闲境，　　D
不为忙人富贵人。　　C

白居易：

《春日题乾元寺上方最高峰亭》

这是把白居易一首诗中的若干"意象"，加以分解之后重新组合，从而组合常新的"意象"，融入两首或几首日本汉诗之中。这种新构成的"意象"，并不一定要追求与原诗语句上的一致——因而在一定的程度上摆脱了表相的模拟。它的特点是借用白诗已有的"意象"，变化其形态，创作新汉诗。如上述白诗中的"危亭绝顶四无邻，见尽三千世界春"，在岛田氏的诗中，便被变化为"危峰远望眼光斜"和"吹绽三千世界花"，在遣词韵律方面都作了调整，这便是一种"醇化"的形态。这些新的"意象"，虽然是从前者移植来的，但却与后者是融混为一体的。

在白居易诗的"仿句诗"方面，还有一种"句题汉诗"。这便是以白居易诗中的某一诗句，作为日本汉诗的某一诗题。这一类"句题汉诗"的基本特点，便是以诗句入题，把由原诗句所表现的"意象"，作为创作新诗时进行构思的基础。

岫合云初吐，
林开雾半收。

白居易：《重修香山寺毕题二十二韵以纪之》

停杯看柳色，

林开物色遇清秋，
晓后方知雾半开。
红叶犹应迷隐见，
绿笋不得辨疏稠。

大江维时：《林开雾半收》

巡看细叶含烟处，

各忆故园春。

白居易：《风雨中寻李十一因题船上》

酌罢柔条过雨时。
醵甲未倾莲子绿，
染心空系麹尘丝。

无名氏：《停杯看柳色》

"仿句诗"是一种意象的模拟，但是，这种模拟仍然是属于创作的范畴，因为所有的这些"意象"，经过诗人们各自的"醇化"，已经组合成为新的意境了。事实上，对中国而言，这就是一种文学经验的传递；对日本而言，这便是一种创作美感的积累。此种文学摄取的态势，在不同民族文学的交融中无疑具有积极的意义。

第三类是融合白居易诗歌的主题或意境，并仿此创造出日本的汉诗，可以称之为"仿意诗"。

"仿意诗"与"仿句诗"不同，它是取白诗全诗的意境或主题，在整体上加以摄取模拟，这是模拟白居易诗而形成的"白体诗"中最深刻的形态。

"仿意诗"往往是在白居易诗歌的启迪之下，诗人从自己的人生中，获得了类似的同感，于是，把从白居易的作品中所获得的启示，融进自己的情感，表现人间世相。这一类作品中，斧凿的痕迹较少了，它是"白体诗"趋向成熟的形态。

路遇白头翁，白头如雪面犹红。
自说行年九十八，无妻无子独身穷。
三间茅屋南山下，不商不农云雾中。
屋里资财一柏匮，匮中有物遗竹笼。
白头说竟我为诘，老年红面何方术。
已无妻子又无财，容体魂魄局陈述。
白头抛杖拜马前，殷勤请曰叙因缘。
贞观末年元庆始，政无慈爱法多偏。
虽有旱灾不言上，虽有疫死不哀矜。
四万余户生荆棘，十有一县无炊烟。

适为明府安为民，奔波昼夜巡乡里。

菅原道真：《路遇白头翁》（《菅家文草》卷三）

这是一首对为政者的劝善诗。作者在歌功颂德之中，也用相当的篇幅，描述了老人的困境、时政的黑暗、民生的凋敝。这是在诗人贬出京城之后，于州道上的所见所闻。从日本汉文学史的角度上说，这是第一首以汉诗针砭时弊的作品。这首诗的主题、意境和遣词造句，与白居易的《新丰折臂翁》《卖炭翁》等"新乐府"诗显然具有内在的联系。

这样的一类诗作，在"白体诗"中并不是个别的。再如纪长谷雄的《贫女吟》：

有女有女寡而贫，年齿蹉跎病日新。
红叶门深行迹断，四壁虚中多苦年。
本是富家钟爱女，幽深窗里养成身。
绮罗脂粉妆无暇，不谢巫山一片云。
年初十五颜如玉，父母常言与贵人。
公子王孙竞行挑，月下花前通殷勤。
父母被欺媒介言，许嫁长安一少年。
少年无识亦无行，父母敬之如神仙。
肥马轻裘与鹰犬，每日群游侠客宴。
交谈扼腕常招饮，一日之费数千钱。
产业渐倾游猎里，家资徒竭醉歌前。
……
秋风暮雨断肠晨，忆古怀今泪湿巾。
形似死灰心未死，含怨难追昔日春。
单居抱影何所在，满鬓飞蓬满面尘。
落落户庭人不见，欲披悲绪遂无因。
寄语世间豪贵女，择夫看意莫见人。
寄语世间女父母，愿以此言书诸绅。

这首诗描写一位富家女子，被骗嫁给无赖少年，展现了少女由于择夫不慎而被抛弃的苦难画面。写妇女，没有脂粉气，词意哀怨悲楚。这是平安时代日本汉诗诗风上的一大进步。这首诗的主题，与白居易的"感伤诗"类，如《琵琶行》等有着相通之处。但诗人已经摆脱了"纯模拟"的状态，而把原诗的意境与主题融合于自己的真实感觉之中，进行独立构思而创作了。

平安时代的兼明亲王曾说："我朝词人才子，以《白氏文集》为观摹，故承和以来，言诗者皆不失体裁矣。"平安时代的日本汉诗，在中国唐代文学的影响之下，以"白体诗"的形态，把白居易文学融会贯通于自己的民族文学之中，开始从宫廷殿堂走向社会民生——这可以说是日本平安时代汉诗发展中所取得的最大的成果了。

论五山汉文学

——与禅宗繁荣及宋学崛起的关系①

一、五山文化的范畴：日本五山宗庙系统的形成

自12世纪后期，日本政治权力进入了多元形态。歌舞升平的景象消失了，代之而起的是以将军为首领、以武士为主体长达400年的互相征伐。全国虽然名义上仍然有一个天皇，但天皇不是被将军挟持，就是政令不出京城，在1331年至1392年间，竟然还出现过两个天皇，这便是日本史上的南北朝时代。

战争严重摧残了文化，由平安朝400年间建立起来的文化事业，几乎被破坏殆尽——在这近4个世纪中传入日本的中国文献典籍，如《本朝见在书目录》所著录的1500余种唐代与唐代以前的写本，也大部分毁于这数百年之间②。当时，在日本的国土上，唯一远离战火的是寺庙，一线学脉，便维系于此。于是，寺庙中存在的文化便成为这一时代日本

---

① 本文原载于《日本古代文学发生学研究》，北京大学出版社，2020年。
② 参见拙著：《汉籍在日本的流布研究》第二章第二节，江苏古籍出版社，1992年。

文化的主流，其中最显赫的则是以禅宗为基础，继之又掺入宋学而逐步发达的五山汉文学。

五山时代是日本历史上一个极为特殊的时代，一般泛指自12世纪平安朝逐步结束之后至17世纪初期江户幕府确立之前的历史时期。从世界史的视角判别，则是日本历史发展的中世时代。

这一时代最基本的特点，则是平安时代建立的王朝律令制度溃败，而以各地的武士阶层崛起成为政治活动的主导型力量，奈良—平安时代辉煌的王朝文化在连续将近400年的战争中几乎被破坏殆尽。当时日本列岛的世俗文化几乎归避于佛门僧侣阶级，极而言之，日本中世时代的文化实在是依靠了宗教而得以尚存一线生机。此种势态与平安时代文化的表现形式相距甚远，文化的主宰者已不是贵族知识分子而是僧侣阶级的各类成员。我们把这一时代的文化统称为五山文化。

五山文化是一个文化史学概念，它集中存在于各地的五山宗庙中，但五山时代的文化并不是宗教文化，虽然在这一时代中由僧侣们主宰文化，但由他们表述的文化并非全都带有宗教性质，而是包含着数量与质量都相当丰厚的非宗教性质的文化内容。这种文化势态，终于创造了日本文化史上一个特殊的时期。

五山宗庙的形成和发达，是日本佛教史上一个极为重要的文化状态。以华夏为基地的汉传佛教在7世纪经由朝鲜半岛而传入日本，在镰仓时代产生了划时代的变化。[①]早期佛教信仰以研究经典和祈祷法会为主，天台宗、真言宗等南都六宗等具有无可争辩的权威地位。京畿地区集中了诸大名寺，寺院中皆皇族公家出身。我们习惯上把这一时期的佛教称为贵族佛教。随着镰仓时代将军、武士在政治上的胜利和旧贵族政治的逐步瓦解。贵族佛教的权威也随之动摇。动摇的原因固然是因为旧佛教徒营私利、逞私欲、腐败堕落达到极点，但还有三个或许是更重要的原因。其一是原有的旧佛教不能适应武士阶级的实际生存的状态。武士的出身是多元的，但不管他们来自何处，既为武士，就得驰驱矢石之间为其主子奔走效劳而从中得利，根本没有时间像南都六宗那样沉湎于烦琐的佛事仪式之中；二是大多数武士出身下层，严重缺失把握东传汉字与汉文化的能力，而传入日本的佛教各宗经典，全部是汉文翻译的佛典文献，因此这些叱咤战场的武士根本没

---

① 关于镰仓时代的起始，日本史学界有4种说法。本章取多数学者赞同的1185年说，这是一个日本设置守护、地头，建立了使源赖朝统治达于高潮的封建机构。镰仓时代终于1333年。

有能力把握佛教教义。但是，出生入死的生活使他们迫切需要得到一种寄托灵魂的信仰。在这样复杂的精神活动中，他们开始接受在当时华夏逐渐成熟的佛教新宗派——禅宗，这一宗派几乎没有特殊的信仰仪式和成篇类牍的教义经典，主张在参禅静坐的顿悟之间，放下屠刀，立地成佛，灵魂由此而解脱。这一教派从形式到内涵恰与杀伐战场而文化极为低下的将军武士的生存状态与灵魂追求相一致。当然，在当时处于特定时空中与朝廷公卿阶层相对立的将军武士之所以在奈良—平安时代弃南都六宗而另立新宗，还有一个最根本的欲求，此即这一时期禅宗兴起的第三个也是最根本的原因，就是以镰仓幕府的建立为标志，将军武士（此即日本史上称为"武家"）欲从朝廷公卿（此即日本史上称为"公家"）手中全面夺权已成不可逆转之势，所以接近禅宗是为了在精神层面上（用近代语言说，就是在意识形态层面上）打击作为公家宗教的精神信仰而强化属于武士阶层的自我意识。

正是在这样复杂的文化语境中，镰仓幕府的二代将军源赖家为日本禅僧明庵荣西创建建仁寺；而执权北条时赖热心皈依禅法，提倡禅宗尤为得力。他于1256年（日本康元元年，南宋理宗宝祐四年）在建长寺山内，另建一寺，名曰"最明寺"。自己让权位于北条长时，而在最明寺落发，专事修禅，[①]并且派遣使节赴中国，问禅法于径山（南宋禅林五山第一）的石溪心月。石溪在回书中画一圆相，并着语云，"径山收得江西信"。今《石溪心月禅师语录》卷下收载有一偈，题为《寄日本国相模平将军》，其文云：

径山收得江西信，藏在山中五百年。
转送相模贤太守，不烦点破任天然。

这是中日宗教关系史上的佳话，也可见北条时赖皈依禅法的热忱了。北条时赖是镰仓幕府的中心人物，他如此热衷于禅，对镰仓武士和佛门子弟在精神上产生的信仰刺激无疑是巨大的。而在当时，中国的禅宗经五代、北宋而益趋盛大。南宋宁宗（1195—1224）时，仿印度释迦在世时鹿苑、祇园、竹林、大林和那烂陀五精舍，在江南禅宗中，定临安径山万寿寺、北山灵隐寺、南山净慈寺、明

---

① 见黑板勝美、国史大系编集会编：『吾妻鏡』、吉川弘文館、1964年。载吉川弘文館、昭和39年版《新订增补国史大系》第32册。

州阿育王山广利寺和太白山景德寺为五山。另外，又以释迦牟尼圆寂后的顶塔、牙塔、齿塔、发塔、爪塔、衣塔、钵塔、锡塔、瓶塔、盥塔共十塔为依据，于五山之外，再定十刹。这五山十刹便是南宋禅宗的基地。

13世纪日本镰仓幕府，便依中国五山之名法，在其政治中心镰仓，取建长寺、圆觉寺、寿福寺、净智寺、净妙寺为五山。14世纪中期，禅宗势力终于打进京畿地区，1338年至1342年，京都定南禅寺、天龙寺、建仁寺、东福寺、万寿寺为五山，其后，妙心寺、大德寺、临川寺等又为准五山。从此，日本开始了文化史上一个新时代——五山文化时代。

二、五山汉文学之一：宋学的东传

五山时代文化的特异性质，是由古代日本的政治斗争以及这一时期内中日文化关系的新势态造成的。作为五山文化的第一个标志性层面，则是华夏宋学的东传，构成这一特定时空中汉文学的奠基。

中国的儒学发展到宋代出现了重大的学理变革，由此而形成的新儒学学术史上称为宋学。从东亚文化史上考察，宋学传入日本，成为日本中世时代汉文学的奠基。

大约在日本镰仓时代中期，中国南宋理宗、度宗年间，即13世纪中期，上距程颢、程颐去世约200年，距朱熹、陆九渊去世约50年。中国宋学呈现向日本流入之势。之所以形成这一文化态势，是与日本武家势力的增长，特别是与五山汉文化的隆兴密切相关的。

由清和源氏的嫡系源赖朝打倒平氏而建立起来的幕府政权，造成了武士阶级的崛起。武士作为重要的社会阶级而自立，并且逐步掌握了政权，在日本历史上出现了以京都朝廷为代表的公家，和以镰仓将军为首领、武士为主体的武家对立，形成了政治权力的二元性。反映在思想文化上，新兴的武家文化力图要压倒传统的公家文化，它拼命地摄取符合武家需要的各种意识形态，并把它们融于自己的思想体系中。这一过程具体地表现为旧儒学与旧佛教的逐步崩坏，新儒学与新佛教的逐步兴盛。中国宋学作为新儒学的主要内容，在这一时期随着作为新佛教主要内容的禅宗传入日本。

日本的佛门子弟对南宋发达的禅风充满了渴望，与此同时，中国的一些禅僧为东邻日本禅学的兴起而激动，遂产生了游行化导之志，而镰仓幕府愈益醉心于禅，常欲从中国禅林中延师赴日、讲学皈依，加上13世纪中后期在中国发生的严酷战乱中，汉族的一些禅僧抱"生不食元粟，死不葬元土"之志，决意东向。所有这些情况交叉综合在一起，于是在13世纪中期，中日两国禅僧的交往，达到了历史的高潮。1235年，日僧圆尔辨圆到达中国，嗣径山无准师范之法，回日本后在京都开创东福寺。1246年，中国禅僧兰溪道隆赴日，执权北条时赖迎至镰仓，创建兴寺，与辨圆互为呼应，弘布禅风。其后，他们二人的弟子门生，有史籍可查者，在圆尔辨圆之下，有悟空敬念、心地觉心、无关普门、山叟惠云、无外尔然、白云惠晓、无传圣禅等；在兰溪道隆之下，有约翁德俭、无隐圆范、南浦绍明、藏山顺空、不退德温、宗英、直翁智侃、林叟德琼、桃溪德悟等。在此后50年内，都相继到中国，而继兰溪道隆之后，自中国入日本的禅僧，在宋末有义翁绍仁、兀庵普宁、西涧子昙、大休正念、无学祖元、镜堂觉圆、梵光一镜等；在元初有一山一宁、石梁仁恭、东里弘念、东明慧日、灵山道隐、明极楚俊、竺仙梵仙等。在当时的历史条件下，这一支宗教交流的队伍，称得上是浩浩荡荡了。

中国与日本之间禅僧如此频繁的交往，终于成为中国以宋学为主体的新儒学传入日本的滥觞。

在13世纪中日禅僧的交往中，与宋学传入日本关系最密切者，大概应该首推俊芿、圆尔辨圆、兰溪道隆等人。

1. 入宋僧俊芿

伊地智潜隐（1782—1867）在《汉学纪源》中说："僧俊芿（日本）建久十年（1199，南宋宁宗庆元五年）浮海游于宋，明年至四明（作者按，据《泉涌寺不可弃法师传》云，'建久十年四月十八日发自博多，五月初抵江阴军'），实宁宗庆元六年，朱子卒岁之年矣。居其地十二年，其归也多购儒书回我朝，此乃顺德帝建历元年（1211），宁宗嘉定四年，刘爚刊行《四书》之年也。宋书之入本邦，盖首乎僧俊芿赍回之儒书。"流传于日本的第一部宋学著作是否就一定是"首乎僧俊芿赍回之儒书"，目前似乎还难以断言。日本自平安朝后期（11世纪以来）起，对宋贸易日益兴旺，宋商赴日也日见增多，日本僧之赴宋与中国僧之赴日，几乎都托身于商舶之往返。在中国对日出口货物中，书籍为其大宗。据《百炼抄》记载，宋商刘文仲于仁平年间（1151—1153）。曾向日本左大臣赖长进献《东坡指掌图》2帖、《五代记》10帖及唐书（其他中国书）10帖；而治承年间（1177—1180）日商平清盛也由宋购进《太平御览》1部进献高仓天皇。此类事项，中日史籍不乏记载，所以，中国的宋学著作因系新书新说有利可图，宋日商贾也难免将其输入日本，当然，至今也无确证。至于作为一种思想学术的研究而把宋学著作带入日本，那么，伊地智潜隐认为僧俊芿为其先驱，虽然有些学者以为缺少最有力的证据，而我觉得基本上还是可信的。

  俊芿作为一位僧人，并不是纯禅宗，他初学显密诸宗，次习戒律。1199年携其弟子安秀、长贺二僧来宋，在明州（今宁波）景福寺就如庵学律部3年。当时的南宋，禅风已经大盛，他感于这种新的形势，又登明州雪窦（禅宗十刹第五，资圣禅寺）及临安府径山（禅宗五山第一，兴圣万寿禅寺）学禅，而尤可注意的是，据《泉涌寺不可弃法师传》记载，俊芿常涉外典之学，与当时南宋钱相公、史丞相、楼参政、杨中郎等一般博学俊颖之儒士相往来，是一位集儒释于一身的人物。俊芿于1211年归国，携带佛教典籍1008卷，世俗典籍919卷，碑帖96卷。在这一批运回的世俗典籍中，儒道书籍256卷，杂书463卷。① 如果以此与平安朝时期入唐八家的《请来目录》相比较，那么，无论是儒书还是杂书，俊芿携带回国的均比入唐八家要多得多。这种情况正反映了这一时代哲学宗教界的新形势。

  作为一位赴宋学问僧，既有兴趣于禅宗，又热心于宋学，在当时南宋二程的著作早已流传，朱熹的著作也已刊行的条件下，俊芿带回的儒道书籍中有一定数量的宋学著作，这是可以想见的。这一推断，并不是主观臆测，从当时日本学术界的动态看，尚有若干蛛丝马迹可以作为佐证。在俊芿回国之后30年，日本出现了第一部复刻宋版朱熹的《论语集注》，署名"陋巷子"。这是日本开印中国宋学著作之始，也是宋学传入日本最显著的标志。从俊芿回国至"陋巷子版"《论语集注》刻刊这一期间，目前中日史籍上并无日本再输入儒书的记录，此翻刻一

---

① 参见《泉涌寺不可弃法师传》，京都泉涌寺藏本。

事，当与俊芿引进大批儒书有关吧。此后，镰仓后期五山禅林的著名学者虎关师炼（1278—1346）是一位宋学研究家，他有机会在三圣寺、东福寺、南禅寺中阅读俊芿从中国带回的儒书，受这些书的影响而研究宋学，并与元僧一山一宁质宋学之疑义。此事见于他的《济北集》。该书曰："（东福寺）海藏院经籍所藏谓之文库，秘籍天下儒释二书皆藏焉。"可以看出，俊芿带回的儒书中确有宋学著作，并且影响到日本五山禅林一代的宋学研究。当然，因为没有细目可考，我们在这里把俊芿作为宋学传入日本的先驱，最终还只能是一种推断。

2. 入宋僧圆尔辨圆

圆尔辨圆是日本佛教史上著名的禅僧，谥号"圣一国师"。在中日文化史上，他是第一位有书目可查的从中国向日本引入宋学著作的人。他早年在久能山从尧辨出家，19岁赴京都听孔老之教，1235年34岁时赴中国求法。此时俊芿圆寂已8年。圆尔辨圆在南宋曾受教于径山的佛鉴禅师（即无准师范），禅师授予他《大明录》，并云："宗门大事均备于此书。"《大明录》为宋僧奎堂所作，举程明道等说和于禅宗，是一部援儒入佛的著作。圆尔辨圆还从北磵居简、痴绝道冲二禅师受教，这两人是南宋禅林中第一流的宋学家，致力于宋学与禅教的结合。圆尔辨圆在华6年，在禅风宋学的熏陶之下，无疑也兼儒释于一身。他在1241年回国后，在筑前、博多草创崇福、承天二寺，其后，因为获得藤原道家的崇信而立东福寺，为日本临济宗东福寺派的开山。

圆尔辨圆不仅为日本传入了风靡一时的宋学著作，并且于1257年为当时的幕府执权北条时赖于最明殿寺讲授《大明录》，这可能是日本禅林讲授宋学的最早经筵。1268年掘河国大相国源基贞曾请教他关于儒、道、佛三教大意，他为回答此问而特撰《三教要略》一书，1275年又谒龟山法皇，说三教旨趣，最后编定《三教典籍目录》。从这些活动事迹来看，圆尔辨圆作为禅林僧侣，一直致力调和儒佛道三教学说，他既是一位佛门僧侣，又是一位宋学研究家，他的毕生努力，对把中国宋学传入日本，无疑是起到极为重要的作用。[①]

[①] 圜心编、方秀校正：『聖一国師年譜』、東福寺常楽庵、1930年。

3. 赴日僧兰溪道隆

在13世纪中期，当赴宋日僧致力于摄取宋学的同时，日本称为"归化僧"的中国赴日禅僧也正努力于把宋学介绍给日本。由于他们原本是中国禅林的学者，儒学素养一般比较雄厚，因此，他们于宋学的传播上，着重于义理的阐发，这要比主要是引进著作的日僧又深入了一步，而其中与日本宋学渊源关系最深者，当推兰溪道隆了。

兰溪道隆俗姓冉氏，祖籍四川涪江，曾经师事北磵居简、痴绝道冲和无准师范三位禅师，与日僧圆尔辨圆为同门师兄弟。道隆与日本入宋僧明观智镜交往甚厚，早有东渡之志。《本朝高僧传》曰："（日本）宽元四年（1246），（道隆）居明州天童山，适闻日本商舶泊于来远亭，往浮桥头观之，忽有神人告之曰：'师之缘，在东方。'遂来曰。"①这虽然是后来禅林附会之说，但1246年兰溪道隆携其弟子义翁绍仁、龙江等人赴日，确为中国禅僧东游日本的开始。兰溪道隆抵日后两年，即1248年（日本宝治二年，南宋理宗淳祐八年），被执权北条时赖迎至镰仓粟船之常乐寺，并于翌年建立僧堂，开创了日本佛教史上镰仓的禅宗道场。道隆在常乐寺开堂上堂时曾说"种件依唐式行持"，所以，这一道场几乎完全依据中国禅林的清规。1253年（日本建长五年，南宋理宗宝祐元年），北条时赖于巨福吕地狱谷建成巨福山建长寺，以兰溪道隆为开山祖。时赖并劝募1000余人，铸造巨钟，道隆为之作铭，署其名曰"建长禅寺住持宋沙门道隆"。日本禅寺之名由此而始；同时，也终于成就了镰仓武士欲建一大伽蓝以压倒公家的宿志。兰溪道隆的活动不仅在中日佛教交流史上具有重要的意义，而且他利用禅宗道场，阐发宋学，是日本宋学史上一位重要的人物。

从现存《大觉禅师语录》3卷来看，兰溪道隆的讲学处处皆儒僧口吻，貌类禅林而实似宋学，于阐发《四书》尤为谙熟。《语录》记载，北条时赖常就教于兰溪道隆。一日问教化之道，道隆答曰："天下大事非刚大之气，不足以当之。要明佛祖一大事因缘，须是刚大之气，始可承当。今尊官兴教化、安社稷、息干戈、清海宇，莫不以此刚大之气，定千载之升平。世间之法能明彻，则出世间之

---

① 長井真琴校訂：「道隆伝」、『本朝高僧伝』（卷19）、春陽堂、1935年。

法，无二无异矣。"①这一观点完全是从宋儒所推崇的孟子"浩然之气"演绎来的，只不过是蒙上了一点宗教色彩而已。道隆在建长寺禅堂上曾发过一段议论，其曰："盖载发育，无出于天地，所以圣人以天地为本，故曰圣希天；行三纲五常，辅国弘化，贤者以圣德为心，故曰贤希圣；正心诚意，去佞绝奸，英士踏贤人之踪，故曰士希贤。乾坤之内，兴教化、济黎民，实在于人耳。"这完全出于周敦颐的《通书·志学》，并杂糅了《大学》《中庸》之说。《语录》中所引诸如"政者正也""正身诚意"等出自《论语》《中庸》的语句，更是随手可拾。从这里可以清楚地看出，兰溪道隆不仅谙熟宋学的精髓——四书，而且是根据宋儒的哲理加以理解和阐发的，在某种意义上可以说，他的禅林道场，就是传播中国宋学的基地。从兰溪道隆起，宋学在日本的传播进入了一个由形式到探究内容的阶段。

自道隆之后，大凡来日的宋末禅僧，都是以儒僧面目出现。1260年（日本文应元年，南宋理宗景定元年）赴日的西蜀禅僧兀庵普宁，今存有《兀庵语录》，讲授心性之学尤为得力；1269年（日本文永六年，南宋度宗咸淳五年）赴日的温州禅僧大休正念，今存有《大休录》，言"事君尽忠，事亲尽孝，莅政以公，将兵以信，抚民而接物，一视而同仁。森罗及万家，一法之所印。"其后赴日的元初禅僧如无学祖元（谥号"佛光禅师"）、一山一宁（谥号"一山国师"）都是禅僧而兼理学，对于镰仓时代的武家文化，均有极大的影响。

从1211年僧俊芿携带256卷儒道书籍由中国返日，至兰溪道隆、兀庵普宁等宋僧赴日布道讲学，其间经历了将近半个世纪。

大约在13世纪的中后期，中国宋学已经传入日本，在镰仓幕府的支持下，它逐步为日本所吸收，而构成了日本思想文化的新内容。

4. 五山僧侣儒佛互补的理念

五山时代的僧侣，广泛地从事汉诗的创作，对事涉外典的中国儒学，采取了兼容并包的态度。他们认为儒学于道不为无助，虽读外书亦可也。所以，当有人

---

① 仏書刊行会：「常楽寺録」、『大覚禅師語録并拾遺』（大日本仏教全書）、仏書刊行会、1912年。

问及五山著名僧侣义堂周信，如何看待佛名而儒行者时，他认为：若夫先告以儒行，令彼知有人伦纲常，然后教以佛法，悟有天真自性，不亦善乎。在日本文化史上，宋学是由僧侣随同禅宗一起传入的。所谓"儒以知道，释以助才"，是这一时期日本僧侣基本的文化观。因此，释门热衷于外典儒学文化，便成为当时的文化时尚。仅在14世纪上半叶，赴中国求法的日僧，便有200余人，而东向赴日本布道的中国宋元僧人，也有20余人。[①]这一势态，更推动了日本五山十刹对中国汉文化的钟情。

在日本五山寺庙中，阅读和钻研非释门的中国文献典籍，往往成为修行者的一项美德。中岩圆月在致五山杰出的名僧虎关师炼的信中，是这样来描述虎关的学术的：

> 微达圣城，度越古人，强记精知，且善著述。凡吾西方经籍五千余轴，莫不究达其奥，置之勿论。其余上从虞、夏、商、周，下达汉、魏、唐、宋，乃究其典籍、训诂、天命之书，通其风、赋、比、兴、雅、颂之诗。以一字褒贬，考百王之通典，就六爻贞卦，参三才之玄根。明堂之说，封禅之仪，移风易俗之乐，应答接问之论，以至子思、孟轲、荀卿、杨（扬）雄、王通之编，旁入老、列、庄、骚、班固、范晔、太史纪传，入三国及南北八代之史，隋唐以降五代、赵宋之纪传，乃复曹、谢、李、杜、韩、柳、欧阳、三苏、司马光、黄、陈、晁、张、江西之宗、伊洛之学……可谓座下于斯文，不羞古矣。[②]

中岩圆月在这封信中，竭力赞扬虎关师炼于中国经、史、子、集无所不通，其学术几乎涵盖宋代以前所有的中国名儒，其中虽难免有过实之谈，但一位僧侣对其佛门中的同行，不是修行佛法，而是学涉外书作了如此高的推崇与评价，可以明显看出五山时代日本禅宗与中国非佛学文化相互通达的势态了。

其实，这位推崇虎关师炼的中岩圆月本人，也是一位儒佛兼通的大家。当时中国赴日的华僧竺仙梵仙曾经这样地评价过他：

---

① 参见木宫泰彦《日中文化交流史》所列《入元僧一览表》。
② 参见中巌円月：『東海一漚集』（卷三）、小川源兵衛、1764年。

如中岩者，学通内外，乃至诸子百家，天文、地理、阴阳之说，一以贯之，发而为文，则郁郁乎其盛也。①

在五山文化史上，义堂周信、虎关师炼和中岩圆月诸人，都是杰出的学问僧侣，他们对于禅林具有极大的影响力。他们本人都具有禅林学术以内外典兼通为尚的理念，所以在当时五山寺庙中，僧人们专探经史百氏之书，旁及杂说，吹藜继晷，莫不达明，研读中国文献典籍，蔚成风气。因而，他们必然十分留意于中国文献典籍的收集、引进和保存。

非佛典汉籍的输入

1211年，日本僧侣俊芿从中国归国，他初学显密诸宗，后来在杭州径山学禅参定，常涉儒书外典。据《泉涌寺不可弃法师传》记载，在他带回的典籍中，有佛典1200余卷，此自不待言。令人惊异的是，另有外典汉籍919卷，包括朱熹《四书集注》的初刊本。②由佛教僧侣自觉地从中国独自载回卷帙如此浩繁的外典中国文献，这是日本文化史上的新现象。在此之前，平安时代的僧侣们，虽然也有人从中国带回外典文献，但多则也只有数十卷，像如此众多的输入，是从未有过的。这种新的文化现象的出现，意味着禅宗与宋儒合一的理念，正在逐步成为日本禅宗僧侣们的具体实践。

1241年，日本禅宗史上著名的僧人圆尔辨圆（圣一国师）从中国归抵日本时，带有中国经籍数千卷，收藏于京都东福寺的普门院。1353年，由东福寺第二十八世大道一以（1305—1370）编著成《普门院经论章疏语录儒书等目录》一部，这是圆尔辨圆回国百年后的一次文献经籍整理。当时著录实存于该寺庙的汉籍外典合计102种，去其重复著录，共得94种。兹据原文开列于后：

（调）《周易》2卷　《周易音义》1卷　《易总说》2册　《易集解》1册

---

① 参见竺仙梵仙《天柱集》中的《示中岩首座》。
② 据《元亨释书》卷十三《明戒六·泉涌寺俊芿》的记载，其传来者，佛舍利三粒，律宗经书三百二十七卷，天台章疏七百一十六卷，华严章疏百七十五卷，儒书四百五十六卷，杂书四百六十三卷。凡二千一百三十七卷。

（阳）《纂图互注周易》1册 《尚书》1册 《毛诗》2册 《礼记》3册 《春秋》5册 《周礼》2册 《孟子》2册 《吕氏（家塾读）诗记》5册 《论语精义》3册 《孟子精义》3册 《无垢先生中庸说》2册

（云）《晦庵集注孟子》3册 《论语直解》1册 《直解道德经》3册 《毛诗句解》2册 《尚书正义》1册 《毛诗》3册 《胡文定春秋解》4册 《王先生语》2册 《晦庵大学》1册 《文公家礼》1册 《黄石公秦书》1册 《小字孝经》1卷 《百家姓》1卷 《九经直音》1册 《晦庵中庸或问》7册 《晦庵大学或问》3册 《三注》3册 《连相注千字文》1册

（腾）《庄子疏》10卷 （致）《六臣注文选》21册 《杨（扬）子》3册 《文中子》3册 《韩子》1册

（雨）《事物丛林》2册 《方舆胜览》9册 《汉隽》2册 《帝王年运》3册 《招远图》1册

（露）《东坡词》2册 《东坡长短句》1册 《诗律捷径》2册 《笔书诀》1册 《诚斋先生四六》4册 《启札矜式》8册 《万金启宝》2册 《圣贤事实》2册 《帝王事实》2册 《三历会同》3册 《（京本）三历会同》1册 《连珠集》1册 《搜神秘览》3册 《宾客接诀》1册 《合璧诗学》2册 《四言杂事》2册 《小文字》4册

（结）《说文》12册

（又）《说文》12册 《尔雅兼义》3册

（为）《（大字）玉篇》5册 《（大字）广韵》5册 《玉篇》3册 《广韵》5册 《校正韵略》2册 《韵关》2册 《韵略》2册

（霜）《白氏六帖》8册 《历代职源》10册

（金）《白氏文集》11册

（生）《韩文》11册（不全） 《柳文》9册（不全）

（丽）《老子经》2册 《庄子》1部（缺1至5卷）

（剑）《太平御览》1部

（果）《毛诗注疏》7册 《合璧诗》8册 《周礼》3册 《积玉》3册 《礼记》5册 《孟子》2册 《周易》2册 《注论语并孝经》1卷 《孔书》3册 《扬子》2册 《注蒙求》1册 《文中子》1册 《荀

子》1册《鲁论》2册 《轩书》3册 《大学》1册 《注千字文》1册 《大明录》3册 《玉篇》4卷 《广韵》4卷《悟真寺诗》1卷 《镡津文集》1部

（吕）《乐善录》1部

（阙）《历代地理指掌图》1部

从这一组《目录》中，我们可以看出圆尔辨圆作为日本禅宗著名学问僧，他对于中国文化的兴趣以及这种兴趣的侧重面。其中《晦庵集注孟子》《晦庵大学》《晦庵中庸或问》《晦庵大学或问》以及吕祖谦的《吕氏家塾读诗记》和胡文定的《春秋解》，都显示了宋学新注的传入与宋元学风的输入。

圆尔辨圆传入日本的这些汉籍，大部分已经佚失。目前，尚有《吕氏家塾读诗记》藏于宫内厅书陵部，《乐善录》与《历代地理指掌图》藏于东洋文库，《搜神秘览》藏于天理图书馆，《中庸说》与《太平御览》藏于东福寺等。

外典汉籍的搜集方式

那么，日本五山时代的僧侣们，究竟是通过什么方式从中国获得卷帙如此浩繁的典籍的呢？

今存16世纪日僧策彦周良在华日记《初渡集》与《再渡集》，其中详细记载了他本人在中国搜集文献的实况，兹摘要如下：

嘉靖十八年七月四日 《听雨纪谈》1册，谢国经赠，《医林集》10册。

七月八日 《读杜愚得》8册，以粗扇2把、小刀3把交换。

七月九日 《鹤林玉露》4册，银2夕（日本货币词，钱1枚为夕——笔者）。

七月十八日 《白沙先生诗序》3册，钧云所赠。

七月二十七日 《李白集》4册，张古岩所赠，《文锦》2册，张古岩之兄所赠。

闰七月一日 《古文大全》2册，柯雨窗所赠。

七月二十五日 《九华山志》2册，钱龙泉所赠。

八月十三日　《升庵诗稿》1册，周遵湖所赠。
　　八月十六日　《三场文选》3册，范蔡园所赠。
　　八月二十二日　《文章规范》2册，金南石所赠。
　　十二月十日　《张文潜集》4册，刘宗仁所赠。
　　嘉靖十九年四月十八日　《注道德经》1册，邓通事所赠。
　　八月十六日　《文献通考》1部，银9目。
　　嘉靖二十七年八月五日　《本草》10册，银10两10分。
　　嘉靖二十八年八月十六日　《奈效良方》1部，银7目。

从这一组《日记》的记载看，策彦周良在中国获取文献书籍，大致是有两种方式：一种是相知馈赠，一种是以钱购买，其中包括少量的以物相换。一般说来，这大概便是五山时代日本僧侣在中国获得非宗教性外典汉籍的主要途径。

在这一时期，中国明代官方向代表日本政界来访的日本僧侣赠送外典书，似乎也成为外事礼宾回赐中的一种常规。来访的日本僧侣，在事前则可以先行拟出书单，提请中方照单赠书。1464年，日本建仁寺住持天与清启受将军足利义政之委派访中，在动身前曾先请等持寺僧人周继西堂、东福寺僧人应昙西堂等人，录列未曾东传而又希冀获得的中国图书目录，由瑞溪周凤书写表文。①其文曰：

　　书籍铜钱，仰之上国，其来久矣。今求二物，伏希上达，以满所欲。书目见于左方：《教乘法数》全部，《三宝感应录》全部，《宾退录》全部，《北堂书钞》全部，《兔园策》全部，《史韵》全部，《歌诗押韵》全部，《遨斋集》全部，《张口休画墁集》全部，《遁斋闲览》全部，《石湖集》全部，《挥麈录》全部附《后录》十一卷并三卷并《余录》一卷，《百川学海》全部，《老学庵笔记》全部。②

这张书单所请求的典籍文献数量之多，令人为之震惊。明朝政府依照日方请求，全部照单赠送。书单的开首说"书籍铜钱，仰之上国，其来久矣"，证实了汉籍输入日本存在着一个特殊渠道。最有戏剧意味的是，天与清启在归国途中，

---

① 天与清启，号"万里叟""海樵老人"。宽正四年出使明朝。长禄中圆寂。著有《万里集》。
② 参见瑞溪周凤：「寛正四年遣明表」、『善隣国宝記』、国書刊行会、1975年。

书籍被劫夺，明朝政府应日方的要求，又补送了一批。这无疑体现了中日之间存在着特殊的文化关系。

随着大量非宗教性的外典汉籍传入日本禅林寺庙，于是，便产生了两个非常重大的后果：

第一，它改变了早期贵族佛教与儒学互相对立的局面，创造了新佛教（禅宗）与新儒学（宋学）之间互相补充的新文化形势。这一点已见前述。

第二，原先在平安时代，儒学的传授几乎完全在大学寮中进行，分为纪传、明经、明法、算等四道。每一道的学问常常被一二个家族所垄断。例如，菅家与大江家便世袭纪传道，清原家与中原家便世袭明经道等。由于五山僧侣直接从中国引入新儒家汉籍，便改变了以前世家垄断学术的局面，创造了宋代新儒学在日本传播的新形式。

五山名僧义堂周信在《空华日用工夫集》中这样说："近世儒书有新旧二义，程朱为新义。宋朝以来，儒学者皆参吾禅宗，有一分发明之心地，故与注书章句迥然而别。"①由于五山禅僧执着于儒佛互补的新理念，从中国引进了大批量的新汉籍，终于造成了一个新的文化局面，创造了一个文化的新时代。

三、五山汉文学之二：汉诗的隆盛

五山时代的日本禅宗僧侣，广泛地从事儒佛兼营的文化事业，由崇尚汉文化的心态，发展起了五山汉文学。五山汉文学有广义和狭义两个范畴。广义的五山汉文学，泛指这一时期内以五山十刹僧侣为主体的一切汉文化活动，包括汉文学的创作，中国程朱理学的研讨，汉籍的校注与印刷等；狭义的五山汉文学，则界

---

① 关于宋学著作的东传日本，江户时代的《茅窗漫录》中曾汇集较多资料。如引《南山编年录》云，"元应元年十月四日，《四书集注》舶来。"又引中村惕斋曰："后小松帝应永十年癸未，南都归船载《四书集注》、《诗经集传》来。"又曰："藤井懒斋在《国朝谏诤录》中，永井贞宗在《本朝通纪》中，寺岛良安在《倭汉三才图会》中，井泽长秀在《俗说辨》中，皆记伊势国司垂水广信与藤房论学之事，朱晦庵之书，在此六年始入本朝也。"文载日本随笔大成编辑部编：『日本随笔大成』、吉川弘文館、1977年。

定为禅宗僧侣的汉文学欣赏与创作,其中又以汉诗创作为主。

五山时代的僧侣,把对汉诗文的研习和创作,作为自身修炼的必备基本功。这一时期,日本武士崛起,兵马相争,战争摧残着平安时代创造的辉煌文化,使它们面临深深的劫难。当时,只有以五山十刹为代表的寺庙,尚远离战火,保留着日本文化的一线生机。于是五山汉文学便成为日本文学史上,上承平安时代文学,下启江户时代文学的一个极重要的衔接阶段。必须指出,五山汉文学不是纯粹形态上的宗教文学,而是由宗教保存和发展着的世俗文学。

五山汉文学的风貌,大体崇尚中晚唐及宋代诗歌。与平安时代汉文学相比,《昭明文选》与《白氏文集》的影响,有所衰退。而以《三体诗》为必修之教本,又以《古文真宝》为作文之本。由于禅僧个人的文化素养与生活经历不尽一致,因而各人的侧重与发挥也不相同。大致可以分为三个时期:虎关师炼(1278—1346)、雪村友梅(1289—1346)和中岩圆月(1299—1375)等,他们作为五山汉文学的先驱而存在;由此而继起者,义堂周信(1324—1388)和绝海中津(1335—1405)则是五山汉文学的丰碑;其后,遂由一休宗纯(1393—1481)、景徐周麟(1439—1518)、春泽永恩(1510—1574)逐渐终其尾声。前后诗人百余家。

一般说来,五山汉文学的形成应该以虎关师炼的创作为标志。当然在此之前,已有寿福寺的铁庵道生(1261—1331)、净妙寺的天岸慧广(1272—1335)等的汉诗创作。前者有集名为《钝铁集》;后者于49岁入元朝,陪伴明极楚俊、竺仙梵仙二僧抵日本,故诗作名《东归集》。然而以虎关师炼为标志,是因为他在五山时代的前期,是一位集汉文化之大成者。中岩圆月竭诚赞扬虎关师炼于中国经史子集无所不通,其学术几乎涵盖宋代之前中国所有的名儒。其诗作立于博学的基础上,以洗练著称。如《秋日野游》一首曰:

> 浅水柔沙一径斜,机鸣林响有人家。
> 黄云堆里白波起,香稻熟边荞麦花。

这首诗好似行走在田野,闻到了稻香。前二句用了宋代僧人道潜的诗"隔林信佛闻机杼,知有人家在翠微"的意思,后二句则取王荆公"缲成白雪桑重绿,割尽黄云稻正青"之法。前后二联,皆师宋诗之神而不袭用其句,从而开创五山汉文学的创作特点。虎关师炼的诗文辑为《济北集》20卷，此外，尚有提供作诗的便览《聚分韵略》，以及为童蒙之学而辑录的四六文《禅仪外文集》等，成为当时研学汉诗文的入门书。他的《元亨释书》30卷，是日本文化史上最初的僧史。

与虎关师炼同为五山汉文学开山的中岩圆月，当时禅林中誉他为"学通内外，乃至诸子百家，天文地理，阴阳之说，一以贯之发而为文，则郁郁乎其盛也。"他曾入元求法，云游长江南北，直接与汉文化接触，其文风学韩柳，其诗风则宗黄山谷、陆放翁。今有《东海一沤集》3卷，并《别集》《余滴》各1卷。作为五山汉文学形成之始的另一位诗人雪村友梅，曾师事中国赴日名僧一山一宁，又极喜《庄子》。他18岁入元，被元廷逮捕下狱，放逐于函谷关之西，历20年之坎坷，于37岁时平反，元文宗特赐"宝觉真空禅师"之号，40岁时返日，隐居山城（京都府）的拇尾，后奉朝命而入主建仁寺。雪村友梅的汉诗，大部分作于中国，并取岷山与峨眉山之巍峨邈远以命集名，称为《岷峨集》。其诗在清瘦中富于动人的力量。如《九日游翠微》曰：

　　一径盘回上翠微，千林红叶正纷飞。
　　废宫秋草廷前菊，犹看寒花媚晚晖。

翠微，指陕西临潼骊山，用李白"却顾所来径，苍苍横翠微"之典，诗人思古怀旧，诗风如杜牧，清瘦含情，余意萦绕。上列各家的诗歌创作，开启了其后300年五山汉文学的昌盛，他们所表露的文化素养与诗风特征，为以后的禅林诗家所继承和发展。

14世纪中期至15世纪的百余年间，是五山汉文学的隆盛时期。其间禅林诗家蜂起，斐然可采者，如南禅寺的惟忠通恕（存《云壑猿吟》1卷）、性海灵见（存《石屏集》10卷、《拾遗》2卷）、龙湫周泽（存《随得集》3卷），天龙寺的愕隐慧崿（存《南洲游稿》1卷），东福寺的岐阳方秀（存《不二遗稿》3卷等）、翱之惠凤（存《竹居清事》2卷），建仁寺的江西龙派（存《蘂苍集》1卷、《续翠诗集》1卷）、心田清播（存《春耕集》1卷、《听雨集》1卷）等，其中成绩卓然而可以为代表者，当推义堂周信和绝海中津。五山汉文学就其诗派而言，实际上存在着本土派与游学派的不同倾向。前者由铁庵道生、虎关师炼等为其首，他们在日本本土通读中国典籍文献，研习汉诗汉文，在理念上与汉文化相通；后者由天岸慧广、雪村友梅和中岩圆月等引导，他们求法于中国，云游山川大刹，结识高僧名士，在感性上体验汉文化。一般说来，本土派诗作立于文献博学上，游学派诗作融于直观感受之中。18世纪江户时代著名诗家江村北海编撰《日本诗史》说："五山作者，具名今可征者不下百人，而仅以绝海（中津）与义堂（周信）入其选。"事实上，这一时代以他们为代表，迎来了游学派（绝海中津）和本土派（义堂周信）汉诗创作的繁荣气象。义堂周信是镰仓幕府重要的禅僧，曾为管领足利基氏的顾问。其诗歌创作承袭虎关师炼，又稍出其右，在博学的基础上，显现出洗练与巧致。如《石桥山吊古》一首，是以1180年赖朝与平家之战为背景的七绝。诗曰：

> 石桥夜战事茫茫，余一丰三墓木荒。
> 卧涧古杉笞半合，谁知霸主此中藏。

该诗起承处直写怀古之意，转结处生发出对赖朝的追忆与感怀。在表面的幽寂荒静之中，映出当年金戈铁马，血战方酣的景象。诗人受唐诗中凭吊古战场作品的影响，以静寂写激烈，以残景叙幽思。与此种诗怀相映成趣的是他的写景诗，小景小物，纤巧玲珑。《小景》一首曰：

> 酒旗翩翩弄晚风，招人避暑绿荫中。
> 谁家的艇来投宿，典却蓑衣醉一蓬。

这是一幅夏日黄昏醉人图；在夏日的晚风中，河畔宁静安详，酒旗、晚风、渔船、蓑衣，生意盎然，而"典却蓑衣醉一蓬"，则可为绝唱。此诗首句用陆放翁诗典"雾收山淡碧，云漏日微红，酒斾村场近，罾船浦潊通。"（《平水小憩》）其转结末句又用皮日休诗典"何事对君有惭愧，一篷冲雪返华阳。"（《寄怀南阳润卿》）这些都表明诗人不仅中国诗文造诣深厚，而且还善于提纯和融会。

绝海中津本系梦窗国师的法嗣，1368年入明，时年33岁，在明朝求学问法8年。1376年归国之年，明太祖朱元璋在英武楼接见这位僧人。这是中国历代皇帝除唐玄宗会见阿倍仲麻吕之后，第二次会见在华的日本留学生、学问僧。此次会见，宾主互有唱和，成为中日文学关系史上的佳话。其诗文集为《蕉坚稿》，明僧道衍为此集作序。绝海中津的汉诗，题材广泛，形式多样，古诗、近体皆备。如《读杜牧集》一首曰：

> 赤壁英雄遗折戟，阿房宫殿后人悲。
> 风流独爱樊川子，禅榻茶烟吹发丝。

诗人叙述读杜牧诗的感慨，表达对杜牧为人的追忆与崇敬，每句皆以杜牧诗为典，切扣主题，生动活泼。又《应制赋三山》系在英武楼与明太祖唱和之诗。明太祖据传闻向他询问徐福东渡并日本熊野古祠之事。绝海中津作诗曰："熊野峰前徐福祠，满山药草雨余肥。只今海上波涛稳，万里好风须早归。"这首诗用的是上平微韵，"祠"虽然属于"支"韵，但古汉语中"支"与"微"相通。绝海中津这样的用韵法，表明他具有汉语音韵的精湛知识。此诗明面含义是对答徐福传闻，表达中日千余年之情谊；其暗义则是通过催促徐福的早归，歌颂朱明政权升平之气象。一个题材，两层情怀，表现诗人具有很高的汉诗诗才。

自15世纪后期开始，五山汉文学逐渐进入了终结时代。这一方面是由于连歌作为一种新兴的文学形式在此时逐渐兴起，它作为一种连锁式的富有机敏性的沙龙文艺，受到包括五山僧侣在内的知识人的青睐；另一方面也由于五山禅林受到室町幕府的庇护，高级僧侣趋炎附势，五山寺庙的文化逐渐脱却了生命之光，与室町幕府一起停滞、堕落和衰落。在这一时期中，原本新鲜活泼的游学派汉诗创作已经消失，本土派汉诗创作仍继续了近百年时间。作为从鼎盛时代向终结时代的过渡性汉诗诗人，以一休宗纯等为代表。一休宗纯愤然于当时各大寺庙主持人之无行，遂放浪漫游，巡行都市村落，赋诗偈，咏和歌，吹尺八，带木剑，行如疯狂之人，自号"狂云"。其诗文颂偈集有《狂云集》1卷、《续狂云集》1卷。其作品戒谕僧侣，自由奔放。如《偶作》一首曰：

> 睡里海棠春梦秋，明皇离思独悠悠；
> 三千宫女情难慰，更遂马嵬泉下游。

这首诗虽为咏史之作，实为警世之言。五山汉文学以景徐周麟、春泽永恩和桂庵玄树为代表，迎来了最后的余霞。春泽永恩可以说是五山汉文学的后期一位

诗风纤丽的诗人,其诗文集为《枯木稿》,诗如《雨后杜鹃花》曰:

> 春风吹霁鸟声闲,踯躅露滋红映山;
> 应是千年啼血泪,杜鹃枝上雨斑斑。

这首诗虽然题材承袭前人,然意境的开拓,仍具有纤细清新的美感。景徐周麟曾受幕府出使明朝之命,却借故推辞,终未成行。其诗作多写景寓情,如《梅野吟步》《溪桥残雪》《山寺看花》《枫林晚雨》《鸦背夕阳》等,集为《翰林葫芦集》17卷。其中卷三题为《宜竹集》(又题《宜竹残稿》)单独行世。景徐周麟另有《汤山联句》1卷(亦称《汤山千句》)。联句是五山汉文学后期室町文学的一个新现象,集二位或数位诗人而作诗,它与连歌的兴起,相互呼应。由于景徐周麟积极推行,由此而下,便有了《城西联句》(即《九千句》)。进入庆长年间,更有《凤城联句》《四卿联句》等,这些都与和联句或以汉联句的发达相关联。中日两种文学样式,再次形成新的交会之点。

四、五山汉文学之三:宋学学术的确立

思想发展的阶段并不一定与政治历史发展的阶段相一致。镰仓时代中期开始传入日本的新儒学,大约在14世纪至15世纪期间,逐步地向着独立的学术思想形态发展。它并不是由某一个人来完成的,而是以这一时代日益发展起来的宋学讲学、宋学著作的和点和训(读法的日本化)以及宋学研究著作的刊行作为共同标志。

1. 宋学的讲筵

自14世纪中期日本宋学进入了研究时期,其主要特征之一,便是出现了按中国传来的新注讲授以四书为主的讲席。

在日本宋学史上,第一个正式开设讲席的当推玄惠法印(?—1350)。一条兼良在《尺素往来》中说:"近代独清轩玄惠法印,宋朝濂洛之义为正,开讲

席于朝廷以来，程朱二公之新释，可为肝心候也。"（"肝心"，日语意即"重要"）这里的"独清轩"，即玄惠法印的号。他虽是一位僧人，但关于他的事迹，除了《天台霞标》外，各种僧传都不见记载，却散见在《花园天皇宸记》《大日本史》①《尺素往来》等著作中，这本身就是值得玩味的一件事。

史称他以文学素养称世，谙熟司马光《资治通鉴》，尊信程朱之学，因而奉召为后醍醐帝侍读，在京都宫廷据朱注而讲经书，《大日本史》说玄惠始倡程朱之说。日本京畿地区系统地讲授宋学，实起源于此。他的讲学，影响所及，达于朝野。《花园天皇宸记》中曾记录了自天皇至朝臣与玄惠切磋宋学要义的情况：

> 元应元年（1319）闰七月廿二日甲辰。今夜，资朝、公时等于御堂上局谈《论语》，僧等济济交之，朕窃立闻之。玄惠僧都义诚达道欤，自余又皆谈义势，悉叶理致。

> 元亨二年（1322）七月廿七日癸亥。谈《尚书》，人数同先。其意不能具记。行亲（当时的大学头——笔者）义，其意涉佛教，其词似禅家，近日禁里之风，即是宋朝之义也。

这里说的日野资朝、菅原公时都是玄惠的学生，于宋学造诣很深，而皇宫之内，也充满了新儒学的气氛。所以，花园天皇说他自己研究宋学七八年，与诸人谈，未称旨，而与玄惠及其门生日野资朝相谈，"颇得道之大体者也"，有"始逢知己"之感，因而"终夜必谈之，至晓钟不怠倦"（元应元年闰七月四日丙戌）。②从这里也可以看出玄惠法印在宋学方面的造诣和功力了。

由此便开始了五山时代的宋学讲筵。其中似乎以研讨《孟子》为最热烈。《康富记》一书对此有多次记述。如：

> 吉亭轩康富，昼程诣宝生庵之处，今日《孟子》谈义延引云云。明日可读由被申之。明日予出仕之事候间不可参之由令申，无念之至也。（应永廿四年八月十五日）

> 参青莲院殿，《孟子》第六被游之，无论谈矣，无异议不写之。（享德

---

① 平泉澄校訂：『大日本史』、春陽堂、1937年。
② 花園天皇：『花園天皇宸記』、写本、日本国立国会図書館蔵。

三年十月四日）

　　　参御堂，《孟子》第三终御谈义申，退出，过菩提院。用非时矣。①
（享德三年十月十一日）

江户时代的《茅窗漫录》引述《卧云日件录》第十六的记事，讲述当时的僧徒积极参加宋学讲筵的故事。文曰：

　　　宝德元年闰十月三日，长照院竺华来过。竺华曰：吾翁大椿筑紫人也，少年东游，就常州师，学"四书""五经"，始闻《孟子》讲。时食不足，就人求豆一斗，挂之座隅，日熬一握，以疗饥耳。如是者凡五旬。②

五山时代的僧人，为学习中国的新儒学，不惜在50天内忍饥挨饿，以豆充饥，其刻苦勤学精神，令人感动。所有这些都表明，以宋学为中心的中国新儒学的讲筵，已渐次建立。这种形势发展的结果，终于使朝廷擢用新的儒臣，而以宋学为建武中兴的思想要素。③

当时，日本皇子龙泉令淬曾有书信致玄惠法印，其中云："伏念叟傍为京学之保障，而士大夫之有文者，莫不从而受教也。而身老矣，虽欲解形村壑，又为王公将相之所要诱而不得自便也。"④从这一段描述中可以清楚地看到，此时的宋学讲席，早已超越了佛门禅林，士大夫之有文者，莫不从而受教。玄惠一生讲学，弟子门生遍布，至老而不息，已成为京畿地区学术之泰斗。他的讲席，退汉唐注疏，倡程朱之说，开日本宋学研究一代之风。

自此之后，整个14世纪，无论禅林或世俗讲读宋学者，均不乏其人，如菅原公时、梦岩祖应、义堂周信等。他们分别以程朱新义讲授《大学》《中庸》《论语》《孟子》《尚书》等，"与汉以来及唐儒教章句之学迥然别矣"⑤。其中，由于四书和训和点的出现，从而使日本的宋学讲筵达于一个隆盛的时期。

---

① 参见中原康富：『康富記』、臨川書店、1965年。
② 日本随筆大成編輯部編：『日本随筆大成』、吉川弘文館、1977年。
③ 建武中兴是一个复杂的政治行动过程。其动因可以追溯到13世纪七八十年代。以元军征日为契机，御家人体制逐渐崩坏，守护大名势力日大，京都皇家再度活跃，从而导致皇室亲政。在意识形态上，则与渐次发展的宋学有密切关联。
④ 《松山集·贻独醒老书》。
⑤ 参见義堂周信：『空華日用工夫略集』、大洋社、1939年。

2. 宋学著作的和点和训

原来中国的典籍传入日本之后,在很长的时间里,日本学者完全是依照中国人的读音读法来阅读的,其间虽有吴音与唐音的变换,但都是汉文的直读。因此,只有具备了相当深厚的中国语言文字修养的学者,才能从事中国文化的研究。这对在比较广泛的范围内传播汉文化是一个障碍,宋学传入后遇到的情况也是如此。

但是,随着对汉文化研究的发展,出现了汉籍和训,成为在原著日译之前克服汉字读音困难的变通办法。所谓"汉籍和训",就是在汉文原著上,按照每一汉字的训诂意义,标注上日本假名,从而使不懂汉文或汉文程度不高的人,也能理解原著内容。实际上就是变汉文直读为汉文译读。汉籍和训的出现是日本汉文化普及史上的一件大事。从目前史料来看,大约起源于平安朝时代,而真正形成始于岐阳方秀对《四书集注》添加和点至桂庵玄树的桂庵标点,其间又经历了近一个世纪。

当时五山禅僧南浦绍明在《南浦文集》中这样说:

> 我今说《集注》和训之权舆。昔者应永年间(1394—1428),南渡归船载《四书集注》与《诗经蔡传》来,而达之洛阳[①]。于是,惠山不二岐阳和尚始讲此书,为之和训,以正本国传习之误。[②]

岐阳方秀(1363—1424),号不二道人,早年于梦岩祖应处受儒释二教。梦岩祖应为圆尔辨圆的第二代门人。1386年(日本至德三年,明太祖洪武十九年),岐阳方秀移居当时硕学义堂周信的南禅寺,专攻程朱之学。30岁时归东福寺,司掌藏钥,其后为该寺首座。他开讲宋学大概始于这个时候。《家法和训》曾引岐阳方秀在讲述《论语》批评日本学术界情况说:

> 日本才足利一处学校,学徒负笈之地也。然在彼而称儒学教授为师者,至今不知有好书,徒就大唐所破弃之注释,教诲诸人,惜哉。后来若有志本

---

① 日本自奈良、平安时代,慕中国人文风气,用中国地名称自己的地名,此处洛阳,即指"京都"。

② 转引自西村天囚:『日本宋学史』、梁江堂书店、1909年、第113页。

门之学者,速求新注书而可读之,云云。①

岐阳方秀为了在日本宗教界和学术界推广从中国传来的新注书,他总结了以前汉籍和点的经验,研究出为四书作和训的新法,以便于丛林说禅,宜于世俗世话为要而已,从而创造了汉籍和训。这一和训法由岐阳方秀的弟子桂庵玄树加以修正,于16世纪初,开创了桂庵标点,②成为五山时代后期阅读汉文典籍的标准方法,为学术界所接受。它的形式是对汉籍本文以训读方式加以解读。

这种和训方式,不是按照汉字的读音注释假名,而是根据注释者理解的意义注释假名,这就使汉文修养不太高的日本人也能读懂宋学著作。从岐阳方秀开创和训,到桂庵玄树完成桂庵标点,使中国宋学的日本化大大发展了一步,这是日本宋学研究已经成为独立学问的标志。其后,萨南派的文之玄昌著《四书集注训点》《周易传义训点》《素书训点》和《周易大全倭点》,更通过和训的办法,把宋学推广到更广泛的范围内。

第三节 宋学研究著作的形成

这一时期,五山文化在宋学研究方面也表现出了若干特征,这是宋学在日本进入独立研究阶段的另一个标志。

日本首次刻刊朱熹的《论语集注》,如前所述是在13世纪中期。其后200年间,在日本宋学著作刻印史上是一个空白。1481年(日本文明十三年,明宪宗成化十七年)桂庵玄树在萨摩(今鹿儿岛)讲学,与萨摩国老伊地知左卫门慰重贞翻刻《大学章句》,称"伊地知本《大学》"或"文明版《大学》",1492年(日本延德四年,明孝宗弘治五年)桂庵玄树在鹿儿岛桂树禅院再刊《大学章句》,这就是"延德版《大学》"。延德版《大学》是目前日本留存的最早复刻的宋学著作,被定为"日本国宝"。此书横约14厘米,竖约18厘米,四周单边,折页处上书"大学"二字,下记页数,字大约1厘米,楷法端正,刻工精美。

---

① 转引自西村天囚:『日本宋学史』、梁江堂书店、1909年、第144页。
② 桂庵玄树于应仁元年入明,文明五年归国,在中国专治宋儒之学,且是著名的汉诗人。

1501年桂庵玄树的《家法和点》上梓，1502年《和刻四书新注》刊出。其后宋学著作的刻刊日见增多，无论在日本印刷史上，还是在日本宋学史上都是很有意义的。

但是，作为日本宋学形成独立研究在著作方面所表现的特征，主要并不在于宋著的复刻方面，而在于宋学研究著作的出现。

从宋学传入之后到宋学研究著作的出现，实际上经历了三个阶段。第一阶段作为宋学传播的最初形态，在著作方面主要是禅僧的《语录》。《语录》本旨在传布宗教说教，但由于禅僧兼儒佛于一身，所以，在13世纪中后期的不少禅僧《语录》中，都夹杂着他们对于宋学的理解与阐述。因此，从宋学研究著作的角度说，这些禅僧《语录》是最初形态的研究著作，像《大觉禅师语录》《大休语录》《兀庵语录》《佛光语录》等，都是这方面的代表。第二阶段是向专著发展的过渡形态，主要是文集。有关宋学的研究文集，始于14世纪前半期虎关师炼的《济北集》20卷，其后有义堂周信的《空华日用工夫集》50卷、中岩圆月的《中正子》10篇等。这些著作的特点是，作者虽然是禅林中人，但他们摆脱了语录的程式，而以专题论文的形式论述对一些问题的见解，汇编成集。文集的内容，往往涉及面很广。如《济北集》20卷，前6卷为诗稿，第7卷以下为文稿。第11卷为诗话，最末2卷论述宋学（包括驳奎堂《大明录》，驳朱子、驳司马光等）。这种包含了宋学研究内容的文集出现，是日本宋学研究深入的标志。第三阶段则出现了宋学研究的专门性著作，这是宋学在日本获得独立研究形式的基本标志。

作为宋学研究的专门性著作，最早大约是15世纪中期云章一庆（1386—1463）的《理气性情图》和《一性五性例儒图》等。①云章一庆是岐阳方秀的学生，中年时曾讲授《元亨释书》，史称"喜涌程朱之说"。②他所著的《理气性情图》和《一性五性例儒图》是现知最早的研究宋学理气之说的单行著作，可惜已经不存。现存最早的宋学研究著作是他在晚年自73岁至去世时止约5年间（1459—1463）讲授《百丈清规》的讲义，由他的学生桃溪瑞仙所记，名曰《百丈清规云桃抄》（现存日本永正六年（1509）抄本）。该书首论儒学传统曰："曾子传孔子（之说）与其孙子思，子思传孟子，孟子殁则性之事绝而不传，汉

---

① 参见佛书刊行会编纂：『本朝高僧伝』、佛書刊行会、1913年。

② 同上。

儒遂不知性，至宋儒始兴……宋朝于濂溪先生周茂叔云'太极'始，传至二程；由二程到朱晦庵，儒道一新矣。"（《报恩章》）以后各章，分别论述心性之学（《大众章》）、儒佛不二（《尊祖章》）、三纲领八条目、格物致知和诚意正心（《住持章》）等。《百丈清规云桃抄》的出现，很清楚地表示自宋学传入日本后，至此已达于独立研究的阶段。其后，这种以宋学讲义形式出现的专门研究著作，在学术界愈见增多。云章一庆的弟弟一条兼良（1402—1481）所著《四书童子训》，则是日本思想界最早依据《四书集注》的新理论编写的。江户时代刊行的《茅窗漫录》在其中《朱子学四书来由并二先生像》中记此事说：

> 据以上诸说，朱学之书本朝始于后醍醐帝之时。禅阁兼良公的《四书童子训》则据朱注而编成。①

清原业忠（1409—1467）又编著《易学启蒙讲义》。到15世纪末至16世纪前半期，宋学研究著作已流行于日本学术界，仅清原宣贤（1475—1550）一人的著作，如《周易抄》《易启蒙通释抄》《曲礼抄》《大学听尘》《中庸抄》《童子训》《论语听尘》等共达16种之多。

正是在上述宋学讲学的不断发展、宋学日本化的进一步完成和研究著作出现的诸条件下，15世纪中后期逐渐形成了日本的宋学学派。其中最有影响者是以岐阳方秀为代表的京师朱子学派、以桂庵玄树为代表的萨南学派、以南村梅轩为代表的海南学派和以清原业忠、一条兼良为代表的博士公卿派，他们各传弟子门生，各有其主张和特点。日本宋学发展至此，在学术界已蔚为大观。17世纪初期，新建立的江户幕府终于把它确立为国家意识形态。

由五山诗僧们经过3个半世纪的努力，在中世时代日本学术思想史上所创造的这一段辉煌业绩，无论在当时或现在，都是值得我们注意并研究的一件大事。

五、两个需要说明的问题

在阐述五山新儒学这一重大课题时，我们面临着传统性见解，其基本特点是

---

① 「茅窓漫録」、日本随筆大成編輯部編『日本随筆大成』、吉川弘文館、1977年。

把日本宋学的独立与德川幕府的确立，在时间上几乎等同起来，其中又把藤原惺窝作为这一学术的元祖。然而，这一见解事实上与文化史的实际不相一致，本书已作了许多阐述，这里尚有两个问题需要加以说明。

第一，把藤原惺窝作为独立的程朱理学的开创人，主要理由是认为他终于脱离了佛教，还俗专讲儒学。的确，宋学传入日本是与禅宗结合在一起的，藤原惺窝早年也是一位禅僧，他在中年因与佛门冲突而还俗，专讲宋学，这一情况当然是宋学发展中一个值得研究的问题，但是，把它作为独立的宋学形成标志，或者说由此就是日本儒学的创始，则是不妥当的。因为在我看来，日本的宋学并没有因为藤原惺窝由佛门还俗而获得真正独立的表面形式。我这里使用了表面形式一词，是专指宋学传入日本之后的发展形式，而不是谈它的内容。事实上，中国宋学传入日本之后，它作为日本官方接受的一种意识形态，是没有真正独立的表面形式的。一般研究家都重视藤原惺窝的儒佛分家，但是，却常常有意无意地忽视了正是由藤原惺窝才开始了中国宋学与日本固有的宗教——神道的逐步结合。儒学神道这一概念，就是指中国宋学在日本流传过程中由儒佛分家之后所采取的一种新的表面形式。藤原惺窝的宗教世界观是出于佛而入于神。他最大的门生林罗山（1583—1657）在日本宋学史上具有显著的地位，但是，林罗山的《本朝神社考》《神道传授》等著作，是专以儒学为神道奠定基础的著作。他主张日本是神国，鼓吹"我朝神国也"①。所谓"神道乃王道""神道即理""心外无别神，无别理。心清明，神之光也；行迹正，神之姿也"等，均出于他的神道传授。林罗山之后，儒学在日本的发展，无论是朱子学派、阳明学派、古学派，还是独立学派、水户学派等，都有不少人主张神儒一致论，这与早期宋学传入之初，不少人主张儒佛一致论，有很多相似之处。他们中间也有一些争论，基本上可以分为两派：一派是以儒学为主、神道随从的儒主神从派，另一派是以神道为主、儒学随从的神主儒从派。属于前一派的，有林罗山、贝原益轩（均属朱子学派）、三轮执斋（阳明学派）等；属于后一派的，有雨森芳洲（朱子学派）、熊泽藩山（阳明学派）、山鹿素行（古学派）、帆足万里（独立学派）、德川斋昭（水户学派）等。正因为宋学在日本发展所采取的表面形式与中国本土不尽相同，所以，并不能把藤原惺窝的儒佛分离，作为宋学独立的标志。

---

① 京都史蹟会编纂：『林羅山文集』、弘文社、1930年。

第二，把藤原惺窝作为独立的程朱理学的开创人的另一个主要理由，是认为"16世纪德川幕府为了维持作为幕藩体制特征的严密的士农工商身份制，和武士集团内部的阶层结构，儒教特别是朱子学派最为合适"①，因而，儒学成为独立的学问而发展。

这一说法也并不完全确切。从现有的材料看，大约在中国宋学传入日本之后一个世纪左右，宋学逐步成为日本统治阶级的意识形态。这在武家方面是不待言的，就是在公家文化方面，以明经训诂为主体的日本旧儒学已经衰退，京都朝廷也逐渐在崩坏的旧儒学思想废墟上，接受了新儒学的主要内容。

15世纪初期，一位很活跃的日本僧人仲方园伊在《送义山上人序》中说：

> 国朝二百年以来，斯道稍衰，名教殆坏，朝廷不以科取人，士亦不守世业，仅存官员，不问其人才否，于是大废学问之道，大率谈道学，言文字，以吾德之绪余为缙绅者之专门也。②

这里说的"名教殆坏""大废学问之道""大率谈道学，言文字"，指的都是思想界与政治界在意识形态方面正在发生深刻的变化。事实上，宋学的性理之辨、名分之说等作为公家的精神武器，也日见适合。大约到14世纪中期，在把宋学作为统治思想这一点上，公家与武家达到了合流。当时，后醍醐天皇的宫廷里，已开设宋学的讲筵；日本史上所谓的建武中兴，是采用了宋学作为指导的意识形态。这些在《花园天皇宸记》中说得很明白，所谓"近日禁里频传道德儒教事"，"朝臣都以儒教立身，而政道之中兴又因兹"，这里说的儒教，不是指其他意义的东西，而是"其意涉佛教，其词似禅家，近日禁里之风，即宋朝之义"。参与建武中兴发难的谋臣如源亲房、日野资朝、日野俊基等，都是只依《周易》《论语》《孟子》《大学》《中庸》立义者，他们以理学为先，不拘礼义之间，颇有隐士放游之风。从这些记载中可以清楚地看出，在14世纪，即德川幕府之前两个世纪，日本统治阶级已经把宋学作为一种理想的统治思想了。德川幕府时代由于统治的需要，宋学在那时获得了一个新的发展，这是事实，但显然不是只有到了德川幕府时代，宋学才成为日本的统治思想。当然，我们这里说的

---

① ［日］永田广志：《日本哲学思想史》，版本图书馆编译室译，商务印书馆，1978年。
② 「懒室漫稿」（卷六）、上村观光编纂『五山文学全集』、思文阁出版、1992年。

宋学已经作为日本占统治地位的意识形态，就它的内容而言，与中国本土也是不尽相同的。

　　所以，在我看来，把宋学作为一种独立的思想进行研究的时间划在16世纪德川幕府时代是不妥当的。思想发展的阶段并不一定与政治历史发展的阶段相一致。将宋学作为独立的思想进行研究，当形成于14世纪至15世纪；它不只是由某一个人完成的，而是以这一时代日益发展起来的宋学讲学、宋学日本化的发展（即和点和训的出现）、研究著作的刊行等为标志，并且由玄惠法印、义堂周信、岐阳方秀、一条兼良、桂庵玄树等若干代表人物共同体现出来的。

日本古代"小说"的产生与中国文学的关联[①]

以"物语"和"草子"为代表的日本古代小说,它的产生经历了神话传说的准备时期和汉文小说的过渡时期。一般的研究家都不甚重视这些时期的作品在日本古代小说史上的地位与意义。但是,当要探寻日本古代小说与中国文学关系的时候,就不能不注意到这些作品了。事实上,由于中日两国悠久的文化联系,当日本古代小说还处在萌芽状态的时候,中国文学在日本的传播,就成为它们萌发的催化剂。从比较文学的研究中可以看出,在日本古代小说的发展中,留印着中国文学影响的深刻痕迹。探明两国文学之间的这种关联,对于阐明东亚文学的某些共同特征,从而进一步研究人类形象思维的某些规律,无疑将是很有意义的。

文学发展的历史证明,任何民族真正有价值的文学,都是既扎根于本民族的土壤之中,同时又吸收了外来民族优秀的成分,并使之民族化的结果。本文试图在实证的基础上,从比较文学影响研究的角度,初步探讨日本古代小说的产生和中国文学的关联,以此就教于国内外学人。

[①] 本文原载于《国外文学》1982年第2期;又载张隆溪、温儒敏主编:《比较文学论文集》,北京大学出版社,1984年;又载卢蔚秋编:《东方比较文学论文集》,湖南文艺出版社,1987年。

一

就文学样式而言，小说无疑是属于散文类的。我这里说的散文，指的是与韵文相对而言的文体，并不是近代文学中的散文。从现存的日本古代文献来看，目前在中国《宋书》中所保存的宋顺帝升明二年（478）倭国国王武致宋王朝的国书，[①]是当今世界上最早的一份日本历史文献，它是用散文写成的。此外，已经找不到5世纪前后其他的日本文献了。

日本散文的发展，与中国的散文发展有一个共同的特点，那便是文学形式的散文是由作为历史记录的散文体逐步演变来的。作为这种演变的起始，最具典型意义的作品，则是712年太安万侣编撰的《古事记》[②]。它比最早的汉诗集《怀风藻》（751）与最早的和歌集《万叶集》（约759）差不多要早出现四十年。在日本文学史中，这是第一部由文人创作的、包孕着日本古小说萌芽的散文集。

学者们研究《古事记》的已不在少数。但是，很少有人把它看成是日本古代小说的源头。其实，无论是在中国、日本、阿拉伯或欧洲，古代小说的产生都经历了一个由神话传说、英雄传记和民间故事等汇成的准备时期。在这一个时期出现的——先是流传于口头的、其后由文人记录下来的书面文学，其中就孕育着后来发展为古小说的胚胎。《古事记》的创作，正可以作为日本古小说在其形成过程中这一准备时期的代表。

《古事记》三卷，以朴实美丽的神话和传说，描述了日本民族和国家的起源及其形成。18世纪的本居宣长曾经说："此《记》未曾稍加插言，所记均为古之传闻。其意、其事、其言亦相称，皆为上代之实。"[③]就像中国在很长的时间里，曾经把鲧禹治水，尧舜禅让一类的传说当成上代之实一样，本居宣长的这种观念，反映了在江户时代，日本的一些学者也曾把《古事记》作为信史来看待的。明治之后的近代学者，虽然不再把《古事记》作为信史了，但是，诚如吉川

[①]　《宋书》卷九十七。

[②]　日本目前所藏《古事记》最古版本为1372年手抄"真福寺本"。此书藏爱知县真福寺宝生院。本文引文均引自邹有恒、吕元明译本，人民文学出版社，1979年。

[③]　本居宣长《古事记论》卷一。

幸次郎先生说的，"《记》《纪》的神代卷，当然难于把它们看成是叙事诗，但是，在那里更多的还是作为历史意识而存在的。"①这大概代表了近代日本学者的看法。但是，就《古事记》的价值而言，与其称它为一部历史著作，我以为还不如称它为一部文学创作更为确切。

《古事记》是用历史体裁撰写的，所记的内容，起自神代，下迄推古天皇。其中自开天辟地至鹈鹕草葺不合尊为上卷，自神武天皇至应神天皇为中卷，自仁德天皇至推古天皇为下卷。

从形式上看，极似编年纪。但是，事实上所有这些都是日本史前社会英雄时代的传说。不用说神代的传闻，就是《古事记》著者所虔诚地描写的那些天皇，科学地来说，也都是生活在日本天皇制形成之前的人物。书中所叙述的历史，不过是为这些虚拟的，或传说中的英雄人物，提供了一个活动的舞台，并非是史实。著者虽然是凭借如同中国的《左传》那种类型的历史体裁安排其内容，但是，在其具体的描述上，却采用了较多的文学技巧，对传说进行加工整理时，通过虚构（即空想）给予了必要的附会夸张。《古事记》在写作上的一个重要特点，便是全书的布局以人物为中心。尽管这些人物只是神，或虚拟和传说中的天皇，作品始终是以这些人物活动为线索，展开一个一个美丽多姿、神奇古怪却又首尾相贯的故事。虽然大部分人物形象模糊不清，但著者对其赞佩的主要人物，如上卷中的伊邪那美命、速须佐之男命等，作了相当的刻画，已经初步具有人物性格特征。从文学角度看，其上卷极类似中国的从《山海经》到《搜神记》一类的神话与志怪，其中、下二卷，虽然还带有原始的朴素的传说，但其中一些故事的写作技巧，又与《汉武内传》《飞燕外传》等志人小说有相同之处。

正因为如此，我认为《古事记》不仅是日本最早的文学创作集，而且更是日本古代小说的滥觞。我们这样说，并不是认为《古事记》就是日本古代最早的小说，而是说，《古事记》在主题上所表现的积极态度和进取精神，在创作上所具有的理想化的夸张，在技巧上所采用的以人物为线索展开情节的手段，都标志着日本古代小说是由此而起步的。

当《古事记》成书的时候，正是古代中日两国的文化交融推向高潮的时期。在此之前的千余年中，汉族归化人集团已经把中国的文化逐步地传播到了日本。

---

① ［日］吉川幸次郎：《东洋的文学》，《新潮》1951年10月。

从7世纪起，中日两国开始了政治文化上的直接交往。由遣隋使、遣唐使、留学生、学问僧等带回来的中国思想文化，对日本产生了深刻的影响。日本民族以自己的独特的方式与极强的融合能力，吸收了中国文化。当《古事记》在日本民族土壤中孕育降生时，无疑受到了中国文化的强烈熏陶。

每一个民族对于自己的始祖都存在着许多美丽的化生传说，这些色彩斑斓而内容离奇古怪的传说，正是古人用来解释自己民族起源的朴素见解，《古事记》所编织的关于日本民族的化生，是有趣而生动的。

它说天国的伊邪那歧命与伊邪那美命二神，"降到岛上，树起'天之御柱'，建立起了'八寻殿'"。他们虽然是天国的第六、第七代神，却是一对兄妹。在荒无人烟的岛上，兄妹结为夫妇，生了孩子，创造了日本的国土。（《古事记》卷上"二神结婚"章。）

这个传说，极类似中国女娲的故事。中国传说中以女娲为伏羲的妹妹。《淮南子·高诱注》云，"女娲，阴帝（女性上帝），佐伏羲治者。"汉代武梁祠石室画像中有画，第一段画二人，右为伏羲，下身鳞尾环绕，向左；左为女娲面，同伏羲尾，亦环绕与右相交。中间有一小儿，手曳二人之袖（参见容庚先生《梁武祠画像考释》）。所以，唐朝李亢在《独异志》中说："昔宇宙初辟之时，只有女娲兄妹二人，在昆仑山下，而天下未有人民，议以为夫妻"（见《说邪》（宛委山堂本）"写一百十八"）。

也许有人会认为，兄妹结婚的故事，只是表示原始时代杂婚制的痕迹，在民族化生传说中具有普遍性。其实并不然。关于人类起源的传说，在各民族中有很不相同的色彩。古代埃及的化生传说讲的是拉神的故事。拉神从莲花中升起，大地得到光明。一天，拉神哭泣，眼泪中产生出人类。古代巴比伦文学中的《埃努玛·埃利什》讲马尔都克神战胜恶魔梯阿马特，把它的躯体撕成两半，一半为天，一半为地，用黏土和血造出了人类。然而，中国和日本的化生传说，却都是兄妹联姻的血缘家庭。这不能不说，它们之间必定有着相互的影响。如果再看一下，《古事记》的下述故事，那么，日本民族的化生传说与中国神话的关系，就将是无可怀疑的了。

女神伊邪那美命在生儿子迦其土神时被烤炙而死，男神伊邪那歧命大怒，用十拳剑将其儿子砍死。"被杀的迦其土神的头化成神，名字叫正鹿山津见神（即山的险峻处。津见，管理的意思，下同），他的胸部化成神，名字叫淤滕山津见神（即山腹地），他的腹部化成神，名字叫奥山津见神（即山的深处），他的阴部化成神，名字叫暗山津见神（即山谷地带）；他的左手化成神，名字叫志艺山津见神（即权林繁茂）；他的右手化成神，名字叫羽山津见神（即山麓一带），他的左脚化成神，名字叫原山津见神（即平坦地带），他的右脚化成神，名字叫户山津见神（即山的外围)。"（《古事记》卷上"火神被杀"章。）

这个神话是用以解释日本国土山川地貌的形成的，却令人想起中国关于盘古氏的传说。梁朝任昉《述异记》叙述说："昔盘古氏之死也，头为西岳，目为日月，脂为江海，毛发为草木。秦汉间俗说，盘古氏头为东岳，腹为中岳，左臂为南岳，足为西岳。先儒说，盘古氏泣为江河，气为风，声为雷，目瞳为电……"根据这一记载，中国关于盘古氏死而化生的传说有三，而其中秦汉间俗说则是解释中国五山名岳的形成，这与迦具土神的化生，从内容到形式，都有相通之处。这种联系不能不说与秦汉间汉族归化人迁徙日本有十分重要的关系。

实物信仰是继图腾崇拜之后民族心理状态的一种反映，它本身可能还包含图腾的某些残留痕迹。汉民族认为桃是袚恶除鬼的祥物。后汉应劭在《风俗通义》中说："谨按《黄帝书》云：上古之时，有神荼与郁垒昆弟二人，性能执鬼。度朔山上有桃树，二人于树下简阅百鬼，无道理妄为人祸害，神荼与郁垒缚以苇索，执以食虎。"[①]据这个故事看来，以桃去鬼这种对桃的信仰，上古时代就流传于汉民族中。所以《左传》说"乃使巫以桃茢先袚殡"，又说"桃弧棘矢，以除其灾"。[②]《汉武内传》中说，西王母曾把五个经三千年才结出的桃子，送给汉武帝，以示祝福与长生。直至宋代，王安石的诗还说"新桃换旧符"。

中国汉民族的这种实物信仰，在《古事记》中留下了生动的痕迹。该书"黄泉国"章叙述伊邪那歧命去黄泉探妻，见其妻满身蛆虫蠕动，气结喉塞，全身为雷电笼罩，惧而出逃，伊邪那美命命令八雷神率一千五百黄泉兵追击。伊邪那歧命逃至黄泉国比界比良坂，无路可走。他突然见有桃树，便从坂下的桃树上摘下三个桃子，等黄泉军追到时，向他们打去，黄泉军便逃回去了。

三个桃子可以击退一千五百名追兵，这当然是把桃子视为袪鬼除邪的祥物

---

① 应劭：《风俗通义·祀典第八·桃梗》，吴树平校释，天津人民出版社，1980年。
② 分别见《左传》"襄公廿九年"与"昭公四年"。

了。这一故事恰与前述应劭《风俗通义》引《黄帝书》中说的神荼与郁垒二人在度朔山桃树旁打百鬼的记载相像。当然，《古事记》能够采用汉民族的实物信仰，把它融化在自己民族的传说中，创作出生动的故事，这与东亚民族的共同心理状态与生活习惯是相关联的。中国古代文学尽管也曾对西方文学，例如法国小说产生过影响，但是，要把汉民族的习俗信仰融解于他们的文学中，那将是十分困难的。

无须再举更多的实例，我们已经可以认为：《古事记》的著者在把生长于日本民族土壤中的种种传说故事敷衍成篇，进行创作时，确曾吸收了中国文学中的不少素养，用以丰富自己。这当然不仅仅是关于化生传说和桃实信仰，而是贯串于许多篇章的构思之中，例如"速须佐之男命斩蛇"一节，其布局则与《史记·滑稽列传》中的"河伯娶妇"有着一定的联系，而全书用典与行文，则受汉魏文学的影响甚深。毫无疑问，以《古事记》为代表，日本古代小说从它的胚胎时代起，就显示了对中国文学极强的吸收能力与融合能力。表现了积极进取的精神。正是因为日本民族能够不断地把中国文学中的素养"推化"到自己的故事传说中，并使之日本化，所以，日本古代小说发展中的这一准备时期比中国古小说发展中的同样时期，在时间上要短得多，在形式上呈现丰富多彩的姿态。

二

奈良朝（710—794）中期出现的《浦岛子传》[①]，据小中村清矩与青木正儿两位先生的考订，认为这是比《万叶集》还要早的作品[②]。然而，在日本古代小说的研究中，《浦岛子传》并未引起应该与它的地位相称的重视。事实上，这是日本古代最早可以称得上是"小说"的文学创作，在日本古小说史上自有其不可忽视的意义。

[①] 《浦岛子传》单篇已不传，从《丹后风土记》中辑出之佚文，载于《日本群书类从·文笔部》。

[②] 小中村清矩在《国文论篆·小说之部》、青木正儿在《日本文学》中都指出：《浦岛子传》早于《丹后风土记》，《丹后风土记》又早于《万叶集》。

《浦岛子传》叙述了一个名叫浦岛子（意为岛边人）的渔夫，乘船钓龟。灵龟化为少女，眉如初月出峨眉山，靥似落星流天汉。她自称是蓬山女金阙主，来世上为结夫妇之仪。于是，龟女带着浦岛子到了蓬莱仙宫，共入玉房。龟女配以驻老之方，施以延龄之术，让浦岛子朝服金丹石髓，暮饮玉酒琼浆。浦岛子在荣华富贵中魂浮故乡，终于决心还旧里寻访本境。龟女挽留不成，馈以玉匣，送归故乡澄江之浦。世上已七世，仙中才几年。于是，浦岛子便打开玉匣，乘紫云他去，遂不知所终。这个故事，其后在《万叶集》也曾被引用。

《浦岛子传》这篇作品中只有龟女和渔夫两个人物，通过故事情节，大致可以看出他们各自的性格特征。龟女钟情于渔夫，而渔夫先与龟女欢乐，其后又表现得其志弥高，要摆脱龟女，返回故里，终于他去。如果说龟女是一个寻求爱情的女性，那么，渔夫就是一个享受了这种感情的薄幸者。

提出这个问题，就涉及这篇作品的实际内容是什么了。这是一个带着浪漫色彩，看起来又像是荒诞不经的故事。任何小说都有它的现实基础，小说的人物都有现实的原型，哪怕是被歪曲了的原型。《浦岛子传》的题材所表现的真正内容，并不在于它确认了人对于自然物和神施以人类行为的可能性，即并不表示人控制自然的能力。[①] 这篇小说采用一种变异的手法，借用"精灵"的面貌，实际上描述了游女与狎客的故事。这一类题材，在以后的日本古小说中是不乏其作品的。

日本在7世纪经过大化革新，封建经济有了较盛的发展。天皇制国家仿照中国的国都长安，以大和平野为中心，建设起繁华的首都。贫困的女性被迫卖淫此时已经存在。娟妓并不是商业资本发达后特有的社会现象，事实上，古代东方国家的娟妓是随着家父长制的确立而同时产生的。《浦岛子传》以隐晦曲折的手法，迷离恍惚的境界，反映了这样一种社会存在。龟女和渔夫的性格特征，就是从普遍的游狎生活中概括出来的。不知为什么，很多研究家都没有谈到这个主题。其实，把冶游之所比喻为仙境，在日本古代小说中是常见的。即使像《源氏物语》这样一部写实主义巨著，主人公光源公子在给他的情妇明石的信中也说："怅望长空迷远近，渔人指点访仙源。"此"仙源"即是明石之家。事实上，作于朱雀天皇承平二年（932）的《续浦岛子传记》对此已经作了很好的解明。

---

① 参见《日本文化史大系》第2卷，平凡社，1962年，第194页。

《续浦岛子传记》本身在日小说史上并无多大意义，它不过是《浦岛子传》的扩写。但是，续作者却十分能够体会原著的旨意，经《续浦岛子传记》扩写之后，我们完全可以看出这是一篇游女狎客的故事，极类似《游仙窟》一类的中国唐人的艳情小说了。

有人会问，既然《浦岛子传》写的是当时日本社会的一种现象，为什么不采用写实的方法而要托之于灵龟化异，构筑仙境呢？我们当然无法替著者直接回答。但是，正是在这篇作品的意境构思上，可以看出《浦岛子传》受到中国古小说，特别是唐人小说的强烈影响。

我们如果把《浦岛子传》与唐人张文成的《游仙窟》作一比较，那么，就不难发现两个作品在构思上的雷同之处。《游仙窟》是唐代初期的文人小说，它在8世纪初传入日本，当时文人不惜以千金争购。《万叶集》卷四《大伴家持赠坂上大娘歌》十五首中，有多首的内容采撷自这部小说，连嵯峨天皇的书卷中也有《游仙窟》（见《游仙窟》日本庆安五年刻本载"文保三年英房序"）。《游仙窟》的基本情节是：在青壁万寻之下，碧潭千仞之上有一处神仙居处，一个男子在此与仙女相逢，极尽欢乐。它把唐代社会士大夫的狎妓描写成迷离扑朔的仙界幻影。当这个男子离开之后，仙窟也就声沉影灭，不知所在。

《浦岛子传》在篇章上尽管比《游仙窟》要短，但显然在意境的构思上与情节的发展顺序上，是仿照了唐人的这部艳情小说。著者同样构筑了一个销魂钩魄的神仙世界，只是换了一个名称，叫作"蓬莱仙宫"。龟女和渔夫在这仙宫中"暂侍仙洞之霞筵，常尝灵药之露液，久游蓬壶之兰台，恣甘羽客之玉杯。"然而渔夫总有厌倦思归之时，一旦出境，亦不知仙境所在。《浦岛子传》在题材、构思和情节上是以《游仙窟》这一类唐代艳情小说作为粉本（即范本），我想是不会有什么疑问的了。它们之间的这种关联，就成为日本古代翻案小说的先例。

所谓"翻案"小说，是日本古代小说中的一个类型。它以中国文学作品为原型，取其主题、情节、人物和故事，换上日本的名称，重新编织成篇。此种翻案小说，在镰仓时代已相当发达，一直沿袭到江户中期。《浦岛子传》的著者在翻案中，甚至采用了中国式的龟女和蓬莱仙宫作为他的借托之词，这就更进一步证明了这篇作品与中国文学的关系极深。

中国典籍最早出现蓬莱山当见之于《史记·封禅书》。在司马迁笔下那是一个神仙聚居，渺不可知的地方。而产生于魏晋时代的《列子》则对蓬莱山作了具体的描述，并把它与"龟"联系起来了。该书《汤问篇》说："渤海之东不知几亿万里，其中有五山焉。"蓬莱为其一，"其上台观不金玉，禽兽皆纯缟，珠玕之树皆丛生，华实皆有滋味，食之皆老不死，所居之人皆仙圣之种。"但是，此山虽圣，却无根基，"常随潮波上下往还"。因此，神仙们报请上帝，派禺疆"使巨鳌十五，举首而载之。"这里的巨鳌，《玄中记》即解为"巨龟"。中国的蓬莱山上有仙境，山下有灵龟，灵龟化而为少女，在日本澄江之浦结识了一位渔夫。这表现了著者多么丰富的吸收能力与融合能力。当渔夫厌倦了与少女的欢乐生活后，回到故乡却已经过了七世。所谓"寻不值七世之孙，求只茂万岁之松。"这又是采撷了梁朝吴均《续齐谐记》中的故事。原来的故事说，后汉明帝时，刘晨、阮肇二人入山采药，误入仙境，待归返乡里，已无识者，验之已七代之孙矣。

《浦岛子传》是一篇用汉文写成的作品。在日本民族创造假名之前，汉文是日本政界与知识界必修的文化修养，用汉文进行创作，这是为以后假名小说（物语）的产生所必然要经历的一个过渡阶段。没有这个时期，就日本文学发展史来说是不现实的。这个过渡时期，正如《浦岛子传》所表明的那样，是日本古代小说以中国同类作品为粉本，进行模仿，并在模仿中进行创作的时期。

三

日本古代小说中最辉煌的巨著是《源氏物语》。该书著者紫式部在《绘合》一卷中说："物语的开山祖则是《竹取翁》。"所谓"竹取翁"，即是10世纪初出现的《竹取物语》。由于这一物语（故事）是由一位伐竹老翁引出来的，所以习惯上也称为《竹取翁物语》，又由于故事的主角是一位漂亮的女子赫映姬，所以文学史上又称为《赫映姬物语》。这是日本文学史上第一部物语作品。由它所确立的这种新文学体裁，成为其后几个世纪中日本小说最基本的形态。这部小说是第一次用日本民族自己创造的民族文字——假名来写作的，它克服了长期存在于文字与语言不协调的矛盾,而使言文一致。所以,《竹取物语》的出现,在语言形式上也标志着日本古代小说的形成。

《竹取物语》一般被认为属于"羽衣说话"类。它叙述一位伐竹老翁在竹心里拾到一个美丽的小女孩,便把她盛在竹篮里抚养。三个月后,这小女孩便长成了姿容美丽的女郎。老人给她起名叫"细竹赫映姬。"许多男人都来向她求婚,其中尤以石作皇子、车持皇子、阿部御主人、大伴御行和石上麻吕五人最为热烈。赫映姬故意给他们出难题,以拒绝他们的求婚,要他们去寻找天竺如来佛的石钵、蓬莱的玉枝、龙首的五色玉等种种难以办到的宝物。

小说写了五个小故事,叙述他们有的想用冒险的手段,有的想用欺骗的办法把宝物弄到手,结果都失败了。这时,皇帝企图霸占她。在八月十五日的晚上,赫映姬留下了不死之药,突然升天而去。原来,她是月宫的仙子。皇帝把这不死之药在骏河国的山顶上烧成了烟,这就是不死之山——富士山。

从这个故事梗概中可以看出,《竹取物语》虽然表现了新的题材,但是,它在创作方法上与二百年前的《浦岛子传》有着相通的关系。它们是同属于变异一类的作品,很受中国神仙谭的影响。

这样说,丝毫也不贬低《竹取物语》的意义。这部小说是以平安朝贵族社会深刻的矛盾为背景的。它以天界仙女赫映姬的光洁无瑕与现实社会中凡夫俗子的平庸丑恶相对比,描写了日本社会在手工业发达的条件下,上层社会的庸劣和贵族间的恋爱。从而奠定了日本都市贵族文学的基础。但是,如果把《竹取物语》与二百年之后的《源氏物语》作一比较的话,那么,它们虽然同为都市贵族文学,但是在创作方法上却有着很大的不同。《源氏物语》是一部写实主义作品,《竹取物语》则是一部传奇式作品,浪漫色彩浓厚。我们说它与《浦岛子传》有着相通的关系,就是从创作方法上而言的。从《竹取物语》与《源氏物语》在题材内容上的联系,以及与《浦岛子传》在创作方法上的相通中,大致就可以看出日本古代小说产生的脉络了。

《竹取物语》这部小说在创作构思上的一个最根本特点,便是采用变异的手法,让月宫仙子变成伐竹翁竹心中的小女孩,再让小女孩变成美女,最后又让她升天而去。全部故事都是在这种种变异中穿插进行的。这与《浦岛子传》中让灵龟化而为少女,从而与渔夫共入玉房,是同一种构思手法。只不过《竹取物语》

比《浦岛子传》变异得更为复杂,形象更为浪漫而已。

　　文学创作中的变异构思,是我国唐人小说经常采用的手法。这种创作方法是从六朝志怪延续下来的。但是,它与六朝志怪已经很不相同了。因为这些小说都是以人物为主展开情节的。唐代小说作家变异构思的基本特点是,把神仙世界与世俗社会合而为一,然后在其中安排著者所要安排的各种现实题材。小说中的主要人物,常常是作家变异的对象,而这之中又几乎都是女性人物,因为只有女性才能使构思带有更神秘的色彩。她们从天上地下来到人间,在社会生活的某一个角落,演出了一场悲剧或喜剧,然后用升天入地的办法来解决她们所面临的人世间矛盾。此种小说常常带有浪漫传奇的色彩。例如,李朝威在《柳毅传》中构思了一个水下龙宫与地上人间合一的世界,把洞庭龙君的小女儿变异为牧羊女,在经历了种种曲折之后,终于嫁给柳毅为妻;沈亚之在《湘中怨解》中把湘中蛟宫之娣变异为一怨妇,编织了一段迷离的故事;李复言在《续玄怪记》中描写一田家女,合准仙籍,乘云鹤升天……中国古代小说作家、采用托之于天、托之于仙的手法来描写人间事,在唐人小说中已臻于成熟的地步。

　　《竹取物语》的著者正是采用了唐人小说中这种变异的构思来完成他的创作。必须指出的是,《竹取物语》最原始的型态是称之为"竹取说话"的民间故事。流传于福岛县一带的"竹取说话"是说一个老人在伐竹时拾到一个蛋,从蛋中长出了一个男孩,使老夫妇大吃一惊。这个男孩就是"刘竹太郎",他善于钓鱼。一天,他依靠念佛与神仙的帮助,击退了大蛇,钓了许多鱼来供养双亲。此外,《万叶集》第十六卷中也记载着有关竹取翁的传说,说的是一个老汉碰到九位少女的故事。从这样一些原始型的说话,到具备完整的情节故事、人物性格明朗的物语,是经历了文人重大的改造。这种改造不是情节的重新编排,而是一种艺术的创造,中国文学的一些创作手法在这一过程中起了催化作用。著者采用了变异的构思,以嫦娥奔月的中国故事来组织它的新内容。

　　《竹取物语》创作的时候,它不仅采用了中国古小说中变异的构思,而且还直接吸收了中国传说中的故事来创作它的情节,女主角赫映姬的身上,无疑是揉入了中国嫦娥奔月的故事。我国汉代的时候,在后羿射日神话的基础上,敷衍出了羿妻嫦娥奔月的故事。《淮南子·览冥篇》说,羿请不死之药于西王母,嫦娥窃之奔月宫。在后汉著名天文学家张衡的《灵宪篇》中也有相同的记载。《竹取物语》中的女主角赫映姬在八月十五日升天，并且留下不死之药，其人物情节都是由此而敷衍出来的。

从这些史料的实证中，无疑可以看出《竹取物语》作为日本古代小说形成的标志，它在全篇的构思上是以中国文学提供的经验作为媒介，把贵族社会的种种素材转化为新的文学内容。

我们初步探讨了日本古代小说在其产生的准备时期、过渡时期和形成时期三个阶段上，与中国文学的种种关联，指出了这种实际存在的联系对日本古代小说产生的影响。日本文学与中国文学在创作形式、文学思想，乃至内容上的某些内在的关联，不仅使文学本身呈现丰富多姿的形态，而且导致形成了东亚文学的若干共同特性。当然，我们说的关联并不只是单向的，中国文学也曾受到日本文学的深刻影响。无疑，准确地阐明中日两国文学的交融，揭示其个性和共性，这是我们应该完成的课题。

对"比较文学与世界文学专业"名称的质疑[①]

由于陈思和教授和复旦各位仁兄的努力,第二届"北大—复旦比较文学学术论坛"如期在秋日如画的上海举行。一年多来,这一论坛的存在,确实推进了我们对"比较文学"的许多思考。有些问题本来以为早就明白了的,可是大家谈一谈却又觉得是个问题了,而且,有的还带有根本的性质,可见这些看似已经明白了的,或者已经由定式思维决定了的问题,其实还相当朦胧,在实际的学术研究和教学中,还有不少的盲点。

有人问北大和复旦两校论坛,为什么称其为"比较文学学术论坛"而不称为"比较文学和世界文学学术论坛"?问题的由来是因为在教育部设定的学科目录中,作为二级学科的"比较文学学科"是与所谓的"世界文学学科"连接在一起组成为一个"比较文学和世界文学专业"的。既然如此,这个论坛为什么只取其头"比较文学"之名而舍去其尾"世界文学"之谓呢?

问题提得真是很有意思!

[①] 本文为2004年10月25日在"北大—复旦比较文学学术论坛"第三届年会上的讲话,原载于《比较文学与文化"变异体"研究》,复旦大学出版社,2011年。

确实，本论坛的名称不是随意定下而是经过斟酌的。我们是有意地避开了"世界文学"和"世界文学学科"这些无法定性的空疏概念。据说现在全国大多数大学中都有了"比较文学和世界文学专业"或"比较文学和世界文学教研室"。北大的比较文学研究和教学在国内最先被组建成实体性的机构。1985年教育部的文件使用的是"比较文学"概念而未见有"世界文学"一说。十年前我们研究所的同仁们把"比较文学"的研究，做到了文化的层面上，也就是做到了在超越文学的更加宽大的多元文化语境的层面上。为了体现比较文学研究这样宽阔宏大的多元文化特征，北京大学决定在比较文学的范畴后再加上比较文化的范畴，组成"比较文学与比较文化研究所"。名称虽然长了一点，但是它却昭示了一种学术观念——此即比较文学研究的内在运行机制，常常是在比较文化的层面中展现的，文学和文化经常是不可分离地相互渗透在一起的。从而试图在我国人文学术令人眼花缭乱的变迁中努力地体现比较文学的学术本位。

现在的问题是，教育行政部门未经过学术意识公众论证，就把比较文学和世界文学这样两个本质上不属于一个体系的学术和学科（姑且称之为"学术"和"学科"吧），在全国教育系统中强制性地合二为一。全国综合性大学，特别是师范大学中的"外国文学"课程几乎都变成了"比较文学和世界文学"课程；原本从事外国文学教学的教师，瞬间都变成了比较文学和世界文学的研究者。2002年8月中国比较文学学会登记在册的会员有900余位，成为世界上规模最宏大的比较文学大军。高校的人文学科中，无论是在一级学科的笼罩之下或者是作为二级学科独立存在，比较文学博士点都在成倍地增长着，我们已经在成批量地生产着比较文学的学士、硕士和博士了。这些看起来似乎都是些好事情，至少创造了轰轰烈烈和热热闹闹的场面。但是，如此宏大的部队却未见在提升学术方面产生过多大的效应，除了极少数的学者外，也未见有更多的研究者能够提供经过深思熟虑而取得真正具有长远学术意义的成果，更未见有更多的学人相应地融入国际比较文学学术界的行列……在人文学术交流的多种场合，无论是研究中国文化还是研究外国文化，几乎都能听到发表者以比较研究自我定位，而其表述过程与研究结论，则又常常使人瞠目不知所以。种种不以任何实证为基础的论说，种种没有学术感知的自我张狂，种种因急功近利而拿学术来装神弄鬼的游兴，把比较文学搅得煞是热闹。比较文学这一原本必须经过严格规范学习和训练，至少应该在掌握双语的文化语境中对文学与文化在经典的层面上展开研究的学术，变成了热浪轰轰然的"集市大棚"，变成了人人都能够下手翻炒的"家常菜"。于是，来自圈子内外的学界对"比较文学和世界文学"的批评和嘲讽，无论是国内还是国外已日见增多。是的，毋庸讳言，人们对比较文学这个品牌，相比过去，有着更多的疑虑。这样的状态，当然应该由位处宏观调控的学术界和教育界的高层来加以估量和研讨。我们作为一个具体培养比较文学专业硕士和博士、有博士后流动站，并且承担着与国际比较文学（文化）学界进行频繁学术沟通任务的教学和研究机构，很想奋起而有所作为。例如，我们呼应复旦同仁的好意而共同建立这一学术论坛，就是这种意志的表现。但是面对如此汹涌的大潮，又深感自己的力不从心。

造成当前这一学科混乱的许多根源中尚可以捉摸的原因之一，则是比较文学学科定位的非学术性以及从各种学科（例如从所谓的"世界文学"）中转业从事这一行当的不少同行对比较思维的茫然。这么说来，我们又要回到本学科一个最古老的问题上了，即关于比较文学究竟是一门什么样的学术？作为这样一门独立的学科，它究竟应该如何定位？

比较文学与人文学术史上的其他多种文学是很不相同的人文存在。所谓中国文学和外国文学（例如希腊文学、英国文学、法国文学、日本文学等），无一例外都是以地域命名的文学，指的是在上述各个不同地域中存在的文学；而比较文学则是一个解析和阐述上述各种文学的逻辑体系，它是一种学术存在而不是一种文学存在。至于世界文学的概念，假定它成立的话，也仍然是以地域认定的文学。如果一定要说世界文学、国别文学有什么不同的话，我以为下述两个层面的含义是世界文学的基本属性：第一，先辈思想家们在构想人类未来社会的时候，曾经有过诸如"天下大同""四海之内皆兄弟""乌托邦""桃花源""万国共和"，以至达到"共产主义"的理想。适应此种心理，先辈们便祈求人类在生存中言语相同，于是便有了世界语的出现和流布（遗憾的是这一尝试可以说迄今已经完全失败），也祈求在精神形态上能够相互融合，于是就有了对世界文学等的前瞻（作为文学样式，可惜至今还没有出现过任何模本）。在这个意义上说，世界文学在今日之世界，还仅仅是先哲们对人类理想社会幻想中的一种好梦。这一好梦的实现，就像在真理的长河中追求绝对真理一样，需要无穷尽的努力，因为事实上它存在于无穷远的前方。既然只是一个没有任何模本的好梦，我们怎么可以拿先哲们这样的一个梦作为中国大学中的一个学科呢？第二，在无穷远的将来，世界上形成世界文学之前，所谓的世界文学当前仍然是以世界各国的文学存在于世界各地。我们今天有哪一所大学、哪一位先生（包括确立这个学科的指导者们）能够向世人展示一种超越国别而属于世界的世界文学样本呢？常识告诉我们，现在所谓的世界文学，就是世界上的各国文学的集合体。从学术意识层面上讲，它就是国别文学的别名，而对于中国文学而言，它就是外国文学的别名或雅称了。例如，中国社会科学院外国文学研究所主编的《世界文学》杂志，便是我国著名的外国文学研究刊物。对于这种已经有了定论、早已成为学界基本共识的事体，何必还要费那么大的精力来做这种旧酒换新瓶的毫无意义的事情呢？弄得老实人云山雾罩，莫名其妙！当我们把概念稍稍整理之后，人们就会问道，那么，所谓的"比较文学与世界文学专业"，在目前的阶段上，最多也就是"比较文学与外国文学专业"了。问题又回到了地域文学的范畴之中，当然，外国文学也不过是一个总量代词，在实际的操作中都必须把它还原到具体的国别文学的层面上才能进行。当这一概念被还原成真实的时候，便明白无误地凸显了所谓"比较文学和世界文学专业"的非学术性特征。

　　比较文学研究的学术质量当前面临的疲弱，还在于参与者对比较概念的茫然。这样说并不过分。最近在一个很有品位的国际学术研讨会上，一位论文发表者在评价他研究的作家时说："他十分杰出，他是他们民族学术中第一位介入比较文学研究的，他的勇气在于他不怕把自己民族的文学比没了，有这个胆量！"这位研究者的关于"比较"的概念令人极为震惊！比较文学目的在于在多元文化语境中认知与阐述文学内在运行机制的逻辑系统，怎么会在研究中把一种文学"比没了"呢？实在是匪夷所思！这可能是一种对"比较"的概念茫然的表现——把比较文学的"比较"，作为如同运动场上的比赛，要决出个高低，争个输赢。

　　当然，更多的研究者在对"比较"的理解方面，目前似乎仍然与20世纪初期意大利著名的哲学家克罗齐对比较文学的"无知的名言"相一致。这位哲学家当年说道："比较的方法是一种研究的方法，无助于划定一种研究领域的界限。对一切研究领域来说，比较的方法是普通的……这种方法的使用十分普遍，无论对一般意义上的文学或对文学研究中任何一种可能的研究程序来说,这种方法并没有它的独到特别之处。"[a]克罗齐对比较文学武断的阐述来源于他把"比较"只作为对比的方法加以理解,但是,他不明白,比较文学之所以有可能作为一门独立的学术得以产生、存在和发展,恰恰就在于这一学科的最基本的学理不是把"比较"仅仅作为对比方法,甚至也不是作为一般的认识事物的方法,而是把"比较"作为研究中特殊养成的一种基本的思维形态。

克罗齐作为学术权威,以自己对学术概念一般而又浅薄的了解,掉进了"比较"的深渊。他的这一段关于比较文学的随意却又透露出狂傲的表述,一个世纪以来作为对这一学科"无知的典范"而垂名于比较文学史。这个不幸的事实告诉人们,即使是一个学术权威,对于超越他本身知识范围的其他的学术,也是不能轻易开口,更不能任意胡说的。但是,可以说,迄今为止在中国的比较文学学术经由复兴而日臻发展的近四分之一世纪中,更为不幸的是,教育界和学术界的(其中不少正是在做着所谓比较研究的)为数不多但也不算少的先生(其中也有我们很尊敬的人文学科的一些权威),在关于比较文学的基本理解方面,常常滔滔地表述自己几乎没有入道的随意性说法,其基本的见解,却始终也没有能超越这位意大利美学家把"比较"只停留在方法层面的认知形态上。让人深感不安的是,当代人文学界(包括比较文学界本身)对"比较"的茫然,就其后果而言,则与克罗齐时代是非常不同的。学科发展之今日的这种茫然的见解,已经产生了比克罗齐时代严重得多的武断性的后果。例如,"比较文学与世界文学专业"便是在这样一种茫然中被确立的——既然认为"比较"是一切研究中使用十分普遍的方法,那么,所谓的"比较文学和世界文学专业"就被解释成运用"比较的方法研究世界文学的专业"了。然而,更为严重的是,既然认为在一切研究中都可以使用比较的方法,于是,在当今比较文学的"集市大棚"中,叫喊声此起彼伏,只要把两个以上文本拿出来看一看和比一比,再加上几句评说,就可以成为"比较"的产品了。据管窥所见,这个"大棚"中既有一个外国字也不认识的比较文学家,也有不知道《连山》《归藏》和《周易》究竟是什么的文艺理论家,大家都在这里展示着自己的研究。在当今的人文研究领域中,好像只要有点勇气

---

① 此文转引自《中国比较文学》1988年第2期。本文引用的只是克罗齐对"比较文学"的见解,不涉及对克罗齐在哲学、历史学和更加广泛的人文学中的各种表述。

敢自己说"这就是比较研究",就谁都可以任意地贴上比较文学的标牌。恕我直言,今日的学术界真的已经没有多少能力来分辨李逵和李鬼了。

十年前,孟华教授对我们周围有些恣意妄为的年轻教师说:"比较文学是一门需要经过特别训练才能把握的学术,它有一系列的学术观念和学术规范,不是随意可以介入的。"我想这无论是对我们在学术上的自肃自律,还是作为经验寄语于后生,都是肺腑之言。

现在我们需要辨明的是,作为方法的"比较"与作为比较文学学术的"比较"究竟界限在何处。这个问题已经很老化了,几乎所有公开发行的《比较文学原理》的第一章总是要对此阐述一番。既然我们已经讲了四分之一世纪而问题依然存在,可见一种观念真的要深入人心并且要落实到行动上是多么艰难,况且教科书上的说法大多是搬用欧美学者的论说,很少有我国学者从学术实践中提升的理解。

在人类认识客体世界,并且不断地改造客体世界和适应客体世界从而创造自己的生存方式的过程中,"比较"一直作为人类认知世界客体的方法而与人类的思维模式和行为模式并存。因此,当人文学界提出比较文学这一学术范畴时,大多数人都困惑不解,因为"比较"的方法,亘古以来一直是人类认知事物的主要途径之一,在人文科学和社会科学的广泛的研究中,任何成熟的研究者,都把"比较"看成是一种不可或缺的认知手段。

那么,现在单独把"比较"作为研究文学的一个独立的领域,究竟具有什么意义呢?

一般说来,作为方法的"比较",其核心是在对比的层面上,它被作为鉴别事物的手段而被广泛应用。在这里,"比较"的最终目的是鉴别事物。为达到这一目的而采用的手段是对比,习惯上便称之为"比较"。

这种"比较"的方法,当然有多种表达形态,而最多采用的则是"纯粹的对比"方法,以此鉴定事物的某种性质。例如,科学家在寻找SARS病源的时候,把从病人身上采集的冠状病毒的基因结构,与从某些动物身上采集的冠状病毒基因结构进行对比,结果发现某些野生果子狸身上的冠状基因病毒的结构,与病人的冠状病毒基因完全相同。于是他们得出结论:野生果子狸的冠状病毒与人的SARS冠状病毒完全一样。这就达到了鉴别事物的目的。至于要进一步探明病毒传布的路线、克服病毒的方法等,这个鉴别只是提供了一种基础性的认识。对比的方法不可能回答深层次的问题。

这种"比较",是把超过一个以上的个体(即个案),通过直观的对比,确认其与对比的"他者"之间,是否具有等同性、相似性,或者差异性、无关性,从而对这个个体进行定位。其中运用最多的当是排异性对比与等同性对比等。

人文学术中的比较文学的发生,作为学科的"比较"的概念与上述作为方法的概念不同。比较文学这一学科之所以产生,是参与了整个文学研究的根本目标,在于回答"文学是什么",但它与所有的传统意义上的国别文学研究和民族文化研究不同,比较思维的基础是立足于人类文明的互动——即立足于关于"文化发生"和"文学发生"的一个最基本的立场。这就是任何脱离了野蛮进入文明社会的所谓民族文化和所谓民族文学,无论是整体的,或是个案的,它们一定具有内在的跨文明和跨文化的文化语境特征。

文化语境(culture context)是文学文本生成的本源。那么,究竟什么是跨文化和跨文明的文化语境呢?从比较文学的学术意义上说,文化语境指的是在特定的时空中由特定的文化积累与文化现状构成的文化场(the field of culture)。这一范畴应当与以往在国别文学史中所表述的所谓时代背景相区别,它应该具有两个层面的内容:第一层面的意义,指的是与文学文本生成的特定时空相关联的特定的文化形态,包括生存状态、生活习俗、心理形态、伦理价值等组合成的特定的文化氛围,它具有特定时间中的共性特征;第二层面的意义,指的是文学文本的创作者(有意识或无意识的创作者,个体或群体的创作者)在这一特定的文化场中的生存方式、生存取向、认知能力、认知途径与认知心理,以及由此而达到的认知程度,此即是文学的创作者们的认知形态,它具有特定时间中的个性特征。

对于比较思维来说,这样交叉组成的特定的文化语境,一定内含有跨文化和跨文明的内容——这意思是说,任何文化和文学都是在多元层面的文化语境中生成的,可以说,文明世界中不可能有单一的所谓"纯粹的"文化和文学——这是迄今为止人类文化史提供的一个最基本的事实!这一事实构成比较思维的最根本的特征——此即所谓的比较思维,就是文化认知和文学认知的多元性思维。

一般说来,在多元性思维,即比较思维中,对于文化的认知和判定,总是要比单一思维,即国别范畴内或民族范畴内的结论,要更加接近事实本相。那么,多元思维的"多元"究竟具有什么含义呢?它的内涵的特征与外延的界限在哪里呢?

我在文本细读与文本解析的实践中体味到,所谓多元思维的文化语境,基本上是由三个层面组成的,即:体现本土(本族群、本民族或本国)传承的文化语境;与本土相接触而引发在抗衡中容纳变异的文化语境;体现人类共同思维的文化语境。每一层面的文化语境中又包含着多元文化的因素,例如,作为本民族传承的文化语境,它本身又是一个动态的历史过程,任何脱离了野蛮状态的民族,总体上不可能存在恒定固化的所谓民族传统(我们现在有时会遇到所谓"永恒的民族传统"的说法,对此,研究者就更加应该体验创造此种说法的特定的文化语境而把民族传统还原到历史的层面上)。比较文学真正的意义,就是要求研究者在接触自己研究的对象时,与一般人把对象看作一个整体不同,他应该自觉地透过整体,在解剖的意义上把对象解构在多元文化语境中,并在多元文化语境中还原显现其本来的面貌,进而体验整体被解构后的部件在各个层面的文化语境中的价值意义——如审美意识特征、生命特征、生存特征等。在这个整体的解构过程中,必定会发生与众多的(既指时间的也指空间的多族群的、多民族的和多国别的)文学文本以及超越文学范畴的更为广泛的文化文本的碰撞,这需要研究者积聚自己智慧的心血,运用各种学识修养,大量而细致地进行鉴别和阐述。在经历了上述一系列的解构之后,研究者还必须把被他比较过的作为整体的各个部件再次还原为整体,并在独立文本的意义上进行综合性阐述。

在这一系列解析中,比较体现的是这一逻辑系统的思维特征;文学体现的是这一逻辑系统思维的材料。无论是从文学事实的认知意义上说,还是从文学理论的判断意义上说,比较文学所展现的几乎所有的研究侧面,例如传统上称为的关系研究、接受研究、平行研究都应该是以此为基础的。近30年来比较文学研究中发达起来的把传统的"关系""接受""平行"等加以综合而提升为新的研究系统,例如发生学、形象学、阐述学、叙事学等的研究,其中所获得的有价值的结果也无疑是以此为出发点的。学术界把这样一种在多元文化语境中解析和阐述文学的逻辑系统称之为比较文学,在当初也许实在是不得已而为之的。众所周知,这一学科概念,最初由法国学者把这一研究文学的逻辑系统称为littérature comparée,随后英国人、德国人、意大利人等据此分别称之为comparative literature、vergleichende Literaturwissenschaft、letteratura comparata，日本人依据欧美的定名翻译为ヒカク ブンガク。中国学术界只能尾随其后把它称之为"比较文学"了。或许是因为从事这一学术的学界数辈人的智慧还是不够吧，我们始终未能为这一学术找到一个恰如其分的名称，现在就姑且使用这个定名了。

当然，在人文学术界，想要对一个学科概念作一个包容性的阐述，是极为困难的。至于要获得大多数的认同，更是一件难事。但是，对于我们从事同一类别的研究者来说，寻求其基本的学术内涵，并且尊重和遵循它的基本特征，我想这是确保这一学术的严肃和价值的根本所在。中国比较文学学科，在这样的根本问题上，应该得到最基本的共同认识，才能保证这一学术的正常有序的发展，才能使学术本身有所提升。这是我对本次"论坛"议题的一点希望了。

关于比较文学博士养成的浅见[①]

北大比较文学与比较文化研究所自1993年在我国大学中设立第一个比较文学博士点至今,先后有31位国内外学者在这一博士点上获得文学博士学位,另有3位中途劝退或最终没有通过,占全体有效成分的10%左右。此外,本研究所的博士后流动站先后有21位博士申请,学术委员会获准了一位北师大文艺学博士、一位日本一桥大学文学博士,和一位日本东京都立大学文学博士分期进行了合作研究。目前,有24位国内外学者正由本所5位博士生导师在4个学术方向上指导修读博士课程、撰写博士论文,准备申请文学博士学位。本研究所在12年的时间中培养的博士,若以数字计量,实在不及后起的国内有些兄弟院校大刀阔斧、勇猛无畏。现在比较文学博士点已经遍地开花,有的博士点上只有一位导师,两年的招生人数已经超越我们12年的总量;而目前本所在读博士课程的"库存量人数",据说也只是与本学科中某先生一年一个人招收的博士生量相当。所以平时我很少有胆量公示本研究所12年间5位博士生导师勤勤恳恳总共培养了31位博士,这一可怜兮兮的业绩。只是关起

[①] 本文为2004年10月25日在"北大—复旦比较文学学术论坛"第三届年会上的讲话,原载于《比较文学与文化"变异体"研究》,复旦大学出版社,2011年。

门来，我行我素，自己按照自己的办法办，遑论其他。本次"北大—复旦比较文学学术论坛"第三届年会上，以"比较文学博士生培养"为主题，涉及我国比较文学学科中关于高级研究人才养成的大事。我就坦率地谈谈自己的一些基本的体验和思路。

我先要说两个不是笑话的故事。20世纪下半叶日本中国学研究的巨擘吉川幸次郎（Yoshigawa Koujirou），他是日本东方学会会长、日本艺术院院士、日本外务省顾问、京都大学名誉教授。他一生在京都大学招收过110余名博士生，然而，只有10位获得了文学博士学位，通过率为10%左右，有点令人震惊。还有一个小故事是，2002年我正在日本文部科学省直属的National Institute of Japanese Literature担任客座教授，其间要请假回北京参加博士论文答辩和学位委员会会议。文部省的一位官员问我："你们那里今年有多少论文提请审查？"我随口说："40多部吧。"他说："啊，北京大学一年培养40多位博士，了不起呀！"我说："不是北京大学，我说的40余部是中国语言文学系一个系。"他不解地问我："那么请问北京大学有多少个系？"我说："大概有40多个院系吧！"他极为迷茫地问道："那，那北京大学一年会产生1600位博士？比我们日本全国的大学培养的博士还要多？"他简直不相信自己听到的。或许，日本人正是在这种谨小慎微的高级人才培养状态中，从1949年以来的半个世纪中出现了12位诺贝尔奖得主，这却又正是我们现在不少人在潜意识中所企盼的目标。

这其实经典性地表达了当今世界上发达国家在培养高级研究人才方面不同的思路和不同的操作途径——究竟是"精品生产"还是"遍地放羊"？我不能对此作出价值评价。但是，这确实表现了博士培养中的不同的教育理念、学术信仰、育人思路和操作途径。

依据我的体验和观察，我觉得在学术心态正常的社会中，一个有灵性的研究者并不一定要做什么博士，完全可以自由地做学问，成一家之言，以至于成为学术之巨擘。这在学术史上是发达国家的生活实情中一种很普遍的状态。但是，一个正在学术高层发展中的研究者，为了获得准确的学术观念，建立高瞻远瞩的学术意识和接受相对完整的方法论系统，那么他也可以而且应该进入博士课程研读，在博士点上经受严格锻造，在前辈以无数学术的经验和教训积累起来的学术规范的训练中，去除原本自以为是的各种学术野性，按照本学术领域在高层次上的基本表述路数，展开自己的学术研究。他本身所内具的各种显性的或隐性的聪明劲儿，也只是在这样的锻造过程中，沿着学术规范的方向才能得到有价值的发挥。不少获得了博士学位的学生总结自己的体验说："读博士课程、做博士论文的过程，就是对自己的学术进行脱胎换骨的过程。"

正是基于这样的基本知识，我们不把对博士生的培养仅仅看成是完成一篇博士学位的论文。假如一个学生入修博士课程，仅仅是挂名在某教授名字下写作的一篇论文——请注意我说的是"挂名"，这对于那些已经有了学术著作或相应学术论文的博士生来说，学术的形式就远远大于内容了。许多人称此道为"移地嫁接"而已。其实，从国内的实际情况来说，有些论文是研究生自己原来就做好的，连"移地嫁接"都谈不上，或许他们也从未参加过博士课程。社会对这样的虚妄的博士生培养，提出愈来愈多的质疑，指责博士生导师无端销蚀国民纳税的血汗。

我国语言学的权威学者郭锡良教授在2004年8月教育部武汉博士生论坛上严厉批评这种培养法，说："有些博士点，连一门像样的博士课程都开不出来，这样的博士点早就应该取消了！如果一个博士生连一门像样的博士课程也没有上过，这样的博士生早就应该退学了！"话说得很决绝，道理还是有的。

博士生入学的初期，包括某些已经具有比较文学硕士学位的博士生，他们关于比较文学的观念，大多数是建立在想当然的自以为是的自我认定基础上的，最基本的就是说些所谓平行研究、影响研究之类的老套话，把自己分别圈定在所谓理论研究或者关系研究这样一些古老的阵地上。我的做法是在博士生入学后，前期以博士课程为中心，中后期以博士论文为中心，核心的课题是在比较文学研究的学术氛围中，让他们建立起作为这门独立学科必须具有的比较思维。这是一套立足跨文化大视野在多元文化语境中认知与解析文学与文化内在运行机制的逻辑系统，它区别于作为认识论上鉴别事物的一般意义的比较的方法。

在进入论文课题思考的时候，我觉得导师应该非常尊重博士生自己的表述，我希望每一个进入博士点的学生，都能够具有关于自己从事的研究课题的初始的思考，不管这一思考具有多少学术含量，对一个博士生来说，有没有这样的思考本质上就是有没有具备学术研究的"原发性启动力"的大问题。在论文课题中，我最反对的是用导师的思考替代学生自己的思考，那种导师命题，学生作文的做法，最终不会有真正的价值。但同时，我也希望学生的课题在他的知识量与表达能力上，能够与导师自身的总体的学术兴趣相一致。这种兴趣一致，既使导师具有指导论文的能力，又能够使学生的研究纳入一个总体的学术系统中。例如，我的总体的学术系统大概有两个层面：一是希望经过比较文学的研究，在发生学的意义上重新审视日本文明史（包括文化史），最终能够在更加接近文学或文化本相的意义上，以文本细读为基础重新认识日本文学史（或文化史）；另一个层面是希望在比较思维的指引中描摹19世纪后期到21世纪初期的日本中国学的发生与发展的接近真实的历史，最终在（个案）阐述学的基础上完成"日本中国学史"的表述。目前，就日本中国学史而言，国内外学术界只有我自己在1991年出版的《日本中国学史》（第1卷）。我提请注意的是，把博士论文纳入导师的学术兴趣中，不是要他们为导师做苦力，而是成为总体学术框架中共同的成员，逐步地形成某一专门领域的学术图谱。这应该是世界各国博士生培养的共同法则，在自然科学界尤其是这样。这10年中由我指导的10篇博士论文中的9篇，是依照这个路数确定课题的。但也有不能契合的，不能契合就要协商，我也不逼迫学生一定要进入我的体系，学生独特的具有学术价值的思考课题，既是学术领域所需要的，也可以促进导师对学术的思考并提升自己的学识和智慧。

  课题构成中的创新性是课题的生命。大家对于创新性有不同的认识和评估标准。有人认为创新就是对以往成果的颠覆，未免有些绝对了。有价值的颠覆当然是重大的创新，但也非常容易造成在颠覆性原创的包装下滋生欺世盗名的狂妄无聊甚至无赖之徒，因为事实上人类文明发展到今天，完全抛弃前人智慧的原创本质上不可能存在，即使像鲁宾孙那样一个人生存，也仍然要使用他人提供的生活材料。最常见的创新一定是在前人已经获得的文明成果基础上的创造，人文学术也是这样的。例如，在相关文本细读的基础上，就课题的基础性立论或局部性立论发前人之所未发；以原典实证为基础，在课题的阐述与论辩中构建起属于理论形态的表述或可以被提纯为理论的表述，关于课题的重要材料的发现、整理与阐述等，都可以称之为"创新性"。作为研究智慧表述的论文的创新的获得与展现，是一个非常艰难的学术塑造过程。依据自身的体验，我感觉只有在对研究对象的学科史有足够量的汇集与分析、对相应的文本经历了足够的细读、积累了足够的人文理论底蕴、具备了超越课题本身的文化知识的积累和具有了多层面的文化语境的感受这样诸层面的综合而形成的学术素养，创新价值才可能有所表现。

在这一过程中，导师与学生长期处在互动的双面体中。导师自身虽然没有操作这个课题，但是他必须对这个课题以及与这个课题有关的文化语境有相当的见解和把握，他才有可能在学生的研究中抓住其具有闪光意义的思考，而学生表达的些微的或者是不连续的闪光点，能够促进导师对整个课题的新思考；导师以他的新思考再去启发学生提升自己的认识，形成相对完整的逻辑表达。比如，本研究所刘萍博士当年做的《津田左右吉研究》这个课题，它的理论意义的表达，得到日本思想界主流学者的肯定和褒扬（依据课题史报告，20世纪中国学术界只有3位先生涉及过这个课题），便是在师生互动启发中逐步清晰，逐步学术化和理论化的。

文本细读是博士论文论述的基础。我认为所谓的细读，实际上就是以原典实证推进的文本批评。这是一个认真辛苦的读书和思辨的过程，它是一个丰富自己学术基础、矫正自己知识错乱、提升自己在文本使用和处理上的基本能力，从而形成学术观念的过程。导师在这里的责任，便是把严关口，对不太习惯做文本细读的学生，一定要训练他们从喜好空口说白话的狂热中解脱出来。我们有的学生长期被中国人文学界虚糜的理论所迷惑，在没有读多少文本之前，就要阐述这个主义那个论说，听来听去，飘浮的说辞竟然没有一个能够落实到一处文化事实上，真是一派胡言。导师要开导他从这样的过度阐述的痴迷中醒悟过来，把兴趣和热情放置在文本细读上，以求自己"学术"一生的基本保障。在这个过程中，导师自身必须保持脚踏实地、不吹牛不胡说的学术心态。作为比较文学的文本细读，当然包括双边和多边的文本。要特别警惕学生对中文文本的"不经意"心态，以为中国人就能懂中国书。中文文本是一个巨大的文化系统，横向和竖向都涉及极为复杂的多层面的文化语境，汉语历经上古、中古、近古而达于现代，语音、语法和语意有着复杂的变迁。比较文学博士学位论文在审定中，多次出现中文文本的解读与阐述层面上的谬误，例如"名实相副""不胜其累""危楼成犄角"等文句中的"相副""不胜""危楼"被望文生义地胡解，教训是既可笑又沉痛的。我作为导师，一直引导学生对中文文本保持敬畏的心态。课题研究中必须使用外文文本的原典文献，即使有汉文译本的材料，也一定要阅读原文文献，这一要求对于培养比较文学高级研究人才是不可动摇的，是绝对的。有人指责这是霸权主义要求，有第一世界试图垄断比较文学研究的企图。这都是意气用事，言之过重了。既然比较文学是一门阐述双边和多边文化的学术，既然是在这一学术中培养博士，那么要求把握双边文化和多边文化的原典文本，便是题中之义，便是这一学术的最基本的一项要求。我们要求博士论文引证外文文本，注文必须注明文本原名，重要的引文（即对于立论产生重要影响的引文），必须以"附录"的形式注解出原文的全部。这样做有两个意义：一是确认研究者在论文中的阐述是建立在原典文本的基础上，它没有经过翻译者的文化过滤，能确保作者的原意，从而使论述能在更加接近事实本相的基础上展开，这就是论文的科学性特征；二是当世的或是后世的读者在阅读本论文时，他们能够在双边文化的原典语境中理解论文所表述的意义，从而能够判定它的价值。从比较文学这一学术的根本意义上说，博士学位论文脱离了双边和多边的原典文本，它的研究就是没有价值的。基于这样的要求，在我的手中获得博士学位的10位学者，是中国人的，不管他本科念的是中文或是外文，都能使用研究对象国语言进行日常会话、学术论文发表和文献阅读；是外国人的，也都能够使用汉语进行会话、发表论文和阅读。

  与此相关的是，我非常看重博士生必须具备双边文化的实证性经验，一个研究东亚文化和文学关系的人，如果只是从文献中感受对象国的文化，虽然是必要的，但毕竟是十分肤浅的。1994年，当我开始招收博士生的时候，就非常注意他们是否具有对象国的文化经验，因为这一实证经验与他们的研究是息息相关的。例如，张哲俊博士当年做的论文是关于"中日古典悲剧的形式的研究"，涉及文学、音乐、表演诸领域。他多次在日本参观了表演古典剧"能"的舞台，观看了"能"的演出，考察了古代音乐，参加了中日古代戏剧的共同研究；钱婉约博士做"内藤湖南研究"时，在日本考察一年半，对内藤湖南的生存状态、活动踪迹、文化品位以及相关的罗振玉、王国维在日本与内藤的关系有了相当的把握，我和她还一起考察过罗振玉、王国维在京都的住宅和内藤夫妇的墓地等；刘萍博士为做"津田左右吉研究"，在日本早稻田大学"津田左右吉研究室"阅读了许多原始档案（津田氏是早稻田大学的教授），在他的家乡岐阜县追踪津田的生活道路，与日本的津田研究者共同研讨；涂晓华博士在做"日本占领上海时期的《女声》杂志的研究"这个课题时，在日本寻找日本知识界几乎都已经遗忘了的20世纪20年代的一位女作家——《女声》主编田村俊子的材料,与仅有的几位研究者相当充分地交换了见解;等等。所有这些实证经验使他们对研究对象有了比较确切的认识和把握。如果说,在20年前这样的要求有点严酷的话,在现时今日,我们还是有可能努力做到的。10余年来,孟华教授和我,竭尽全力,使我们所有获得文学博士的学生,在论文撰写过程中,都能有机会获得双边文化的实证经验。各位如果阅读他们的论文或者是他们获得学位后的相关的论著,大致能够体味出渗透于其中的作者自身的文化经验,使研究的表述具有了更多的厚重性和可靠性。此种双边文化的实证经验,使博士生从论文撰写时期开始,就逐步地建立起了参与国际学术对话的可能。如张哲俊在博士课程的后期,就作为北京大学专家组成员参与日本共立女子大学"日本古戏剧共同研究";刘萍在博士论文写作阶段应邀参加了在日本文部省国际日本文化研究中心举行的中日韩三国学者关于《东亚比较文学史》提纲的研讨等,这又是造就我们未来新一代比较文学学者所必须具备的国际学术合作空间。

最后,我想就博士生培养中,导师与学生的学术自我意识的建立,说些自己的想法。30年来我自己在逐步迈入学术的过程中,经常读到的不少论文广征博引地大批量引用其他学者之说,以致淹没了自己的认识主张。广征博引历来被认作是件好事,除去"网络淘宝",也可以称为"读书丰厚",但广征博引的目的我想应该是为了阐述自己的命题,更强有力地表达自己的学术主张。但我面对的不少论文,满篇是他人的言说,特别是欧美学者的言论,许多的表述不是为着解决自我的论述,好像只是以自己的表述来证明引文表述的他人论说的准确性,常常在论文中称这一块是依据海德格尔的理论演示的,那一块是依据福柯的理论演示的,另一块又是依据伽达默尔的理论演示的,自己的思想在哪里呢?一篇论文失却了学术自我,几乎就等于什么也没有说。我在想,一个人吃鸡鸭鱼肉蛋和蔬菜后,如果他要展示自己身上这块肌肉是由鸭肉长成的,那块肌肉是由牛肉长成的,众人一定会觉得他有点意识不正常。一个人吃了各种食物后,只有经过自己体内的多种系统的运作、吸收和排泄,才养成自己的物质力量和意识的基础,否则就会积食、虚胖,看似块头很大却不堪一击,继而则百病丛生,这与学术之理是相同的。其实,这种在权威面前丧失自我,是自我学术能力或虚弱或衰竭,没有了学识的新陈代谢功能,而从根本上讲,是考察一个研究者人文意识是否健康的根本问题,是自我精神建设是否健全的问题。我们稍稍老一点的学人,经历过生活中的"早请示""晚汇报",万事引证"红宝书"的生存时代,当我们的精神从那样的没有自我的状态中解放出来后,为什么有些人会在学术中又坠入这种以权威为自我的境地呢?至于有的人拿外国人的说法来炫耀自己或吓唬中国学界同人,则更是陷入自我幻想的表现。当前中国学界与国际文化的沟通已成普遍的状态,炫耀和吓唬没有任何的学术意义。我们千万要警惕博士生染上这样的心态,必须引导他们学术机体的健康运作。

  造就一位比较文学的博士生,是一个艰辛的过程,也是充满喜悦的过程。导师自身必须具备上述多项学术准备,并在实践中不断地提升自己。北京大学作为一所综合性大学,多学科的学术氛围为导师和博士生都提供了很好的学术语境。我经常把自己不解的问题在与博士生研讨的同时,也向哲学的、文学的、史学的、考古学的、外国文学的诸位先生请教,有很大的收益。我的一生中假如真的能够按照自己的路数培养出15位文学博士,那比吉川幸次郎还要多5名的话,也可以稍稍地聊以自慰了。

"严绍璗文集"总目录

国际中国学研究

养天地之正气 法古今之完人
会通学科熔"义理辞章"于一炉
我和国际中国学研究
20世纪70年代日本学者论中国古代文学的特点问题
日本学者近年来对中国古史的研究
日本对《尚书》的研究情况
日本学者关于《诗经》的研究
日本学者关于中国文学史分期方面的一些见解
日本鲁迅研究名家名作述评（一）
日本鲁迅研究名家名作述评（二）
《赵氏孤儿》与18世纪欧洲戏剧文学
关于汉学的问答
甲骨文字与敦煌文献东传纪事
日本中国学中从经学研究向中国哲学研究演进的轨迹

中国当代新文化建设的精神指向与"儒学革命"

中国古代文学研究的国际文化意识

中国学术界对Sinology研究应有的反思

日本中国学中"道学的史学"的没落与"东洋史学"兴起的考察

日本中国学中中国文学近代性研究的形成

中国国际中国学（汉学）研究三十年

我看汉学与"汉学主义"

比较文学研究

我走上比较文学研究的文化历程

"文化语境"与"变异体"以及文学的发生学

双边文化与多边文化研究的原典实证的观念与方法论

在"比较文学"研究中创建具有自己民族特色的中国学派的构想

民族文学研究中的比较文学研究空间

确立关于表述"东亚文学"历史的更加真实的观念

中外文学交流史：中国比较文学研究中的基础性学术

文学与比较文学同在共存

比较文学研究中的"文本细读"的体验

文化的本体论性质与马克思的文化论序说

日本短歌歌型形成序说

日本《竹取物语》的发生成研究

日本平安文坛上的中国文化

论五山汉文学

日本古代"小说"的产生与中国文学的关联

对"比较文学与世界文学专业"名称的质疑

关于比较文学博士养成的浅见

日本文化研究

日本的发现
中日禅僧的交往与日本宋学的渊源
徐福东渡的史实与传说
中国传统文化在日本的命运
儒学在日本近代文化运动中的意义(战前篇)
日本现代化肇始期的文化冲突
日本当代"国家主义"思潮的思想基础
日本中国学中一个特殊课题——满学
战后60年日本人的中国观
中国儒学在日本近代变异的考察
日本当代海洋文明观质疑
我对日本学研究的思考
汉字在东亚文明共同体中的价值
中日古代文化关系的政治框架与本质特征的研讨
东亚文明与琉球文明研究的若干问题
日本军国主义者对中国文化资材的劫夺
日本近代前期天皇的儒学修养
日本"中国研究"的学术机构
严绍璗教授荣获日本第23届"山片蟠桃奖"文化研究国际奖

日本藏汉籍善本研究

汉籍的外传与文明的对话
在皇宫书陵部访"国宝"
在国会图书馆访"国宝"
在日本国家公文书馆访"国宝"
在东京国立博物馆访"国宝"

在东洋文库访"国宝"
在足利学校遗迹图书馆访"国宝"
在金泽文库访"国宝"
在静嘉堂文库访"国宝"
在杏雨书屋访"国宝"
在天理图书馆访"国宝"
在尊经阁文库访"国宝"
在御茶之水图书馆访"国宝"
在真福寺访"国宝"
在石山寺访"国宝"
在东福寺访"国宝"
在日光轮王寺天海藏访"国宝"

读书序录

他序文

序孙立川、王顺洪编《日本研究中国现当代文学论著索引1919—1989》
序王勇著《中日关系史考》
序尚会鹏著《中国人与日本人：社会集团、行为方式和文化心理的比较研究》
跋六角恒广著，王顺洪译《日本中国语教学书志》
序周阅著《川端康成是怎样读书写作的》
《多边文化研究》第一卷"卷头语"
序《中日文化交流史论集——户川芳郎先生古稀纪念》
序张哲俊著《中日古典悲剧的形式——三个母题与嬗变的研究》
序李岩著《中韩文学关系史论》
序刘元满著《汉字在日本的文化意义研究》
序张玉安、陈岗龙主编《东方民间文学比较研究》
《多边文化研究》第二卷"卷头语"
序钱婉约著《内藤湖南研究》

序刘萍著《津田左右吉研究》
序王琢著《想象力论：大江健三郎的小说方法》
序张哲俊著《东亚比较文学导论》
序张哲俊著《吉川幸次郎研究》
序张哲俊著《中国古代文学中的日本形象研究》
序《东方研究2004——中日文学比较研究专辑》
序王青著《日本近世儒学家荻生徂徕研究》
序王益鸣著《空海学术体系的范畴研究》
序王青著《日本近世思想概论》
《多边文化研究》第三卷"卷头语"
序李强著《厨川白村文艺思想研究》
序王顺洪著《日本人汉语学习研究》
序周阅著《川端康成文学的文化学研究》
序隽雪艳著《文化的重写：日本古典中的白居易形象》
序牟学苑著《拉夫卡迪奥·赫恩文学的发生学研究》
序郭勇著《中岛敦文学的比较研究》
序潘钧著《日本汉字的确立及其历史演变》
序涂晓华著《上海沦陷时期〈女声〉杂志研究》
序张冰著《俄罗斯汉学家李福清研究》
序聂友军著《日本学研究的"异域之眼"》
序王广生著《宫崎市定史学方法论》
序张西艳著《〈山海经〉在日本的传播和研究》

自序文

《中日古代文学交流史稿》前言
《中国文学在日本》前言
《日本中国学史》代序
《中日文化交流史大系·文学卷》序论
"21世纪比较文学系列教材"出版总序

"北京大学20世纪国际中国学研究文库"总序

"北京大学比较文学学术文库"出版总序

《比较文学视野中的日本文化——严绍璗海外讲演录》自序

《日本藏汉籍珍本追踪纪实——严绍璗海外访书志》自序

《日藏汉籍善本书录》自序

《日本中国学史稿》前言

《魏建功文选》前言

人物纪、访谈录

好人阴法鲁先生

北京大学比较文学研究所创始所长乐黛云先生纪事

贾植芳先生的比较文学观

中西进教授的学问

我的老师们

我的生命的驿站

为人民读好书、写好书——严绍璗先生访谈

图书在版编目（CIP）数据

比较文学研究 / 严绍璗著 . —北京：北京大学出版社，2021.10
ISBN 978-7-301-32221-5

Ⅰ.①比⋯ Ⅱ.①严⋯ Ⅲ.①比较文学–文学研究 Ⅳ.① I0-03

中国版本图书馆 CIP 数据核字 (2021) 第 104434 号

书　　　名	比较文学研究 BIJIAO WENXUE YANJIU
著作责任者	严绍璗　著
责任编辑	严　悦
标准书号	ISBN 978-7-301-32221-5
出版发行	北京大学出版社
地　　　址	北京市海淀区成府路 205 号　100871
网　　　址	http://www.pup.cn　新浪微博：@ 北京大学出版社
电子信箱	pkupress_yan@qq.com
电　　　话	邮购部 010-62752015　发行部 010-62750672　编辑部 010-62754382
印　刷　者	北京虎彩文化传播有限公司
经　销　者	新华书店 720 毫米 ×1020 毫米　16 开本　19.75 印张　插页 1　330 千字 2021 年 10 月第 1 版　2021 年 10 月第 1 次印刷
定　　　价	108.00 元

未经许可，不得以任何方式复制或抄袭本书之部分或全部内容。
版权所有，侵权必究
举报电话：010-62752024　电子信箱：fd@pup.pku.edu.cn
图书如有印装质量问题，请与出版部联系，电话：010-62756370